KB269137

한국
프로문학 연구
이경재
숭실대학교 한국문예연구소 학술총서
37
지식과교양

머리말

　『한국 프로문학 연구』에 수록된 글들은 대부분 박사논문 발표 이후에 쓰인 논문들이다. 한설야를 테마로 박사논문을 쓰는 과정에서, 한설야 문학의 중요한 의미론적 요소인 생산력주의를 발견할 수 있었다. 한설야에게는 생산양식의 한 축을 이루는 생산관계에 대한 집요한 문제 의식 뿐만 아니라 생산력에 대한 강조 역시 만만치 않은 힘을 발휘하고 있었다. 이러한 발견이 처음으로 정리된 논문이 바로 첫 번째로 실린 〈한설야 소설에 나타난 생산력주의〉이다.

　한설야를 연구하는 과정에서 발견한 생산력주의가 다른 프로작가들에게 어떻게 드러나고 있는가를 단계적으로 탐구해 본 것이 이번 저서의 핵심이다. 가장 먼저 관심을 기울인 대상은 한설야와 더불어 한국 프로문학을 대표하는 작가인 이기영이다. 〈일제 말기 이기영 소설에 나타난 생산력주의〉, 〈이기영의 『처녀지』 연구〉, 〈이기영 소설에 나타난 만주 로컬리티〉가 생산력주의라는 관점 하에서 이기영 소설을 살펴본 논문들이다. 이를 통해 이기영은 한설야보다도 생산력주의에 더욱 경도되어 있었음을 확인할 수 있었다. 이러한 차이는 두 작가의 각기 다른 문학적 행로를 설명할 수 있는 유력한 근거라고 생각한다. 아쉬운 점은 이기영의 생산력주의를 해방 이후까지 확장시켜 연구하지 못했다는 점이다. 이러한 아쉬움은 앞으로의 연구를 추동하는 동력으로 삼고자 하다. 〈김영석 소설 연구〉는 거의 잊혀지다시피 한 월북작가 김영석을 생산력주의라는 문제의식 하에서 다루어 본 논문이다. 〈일제 말기 생산소설의 정치적 성격 연구〉에서는 생산력주의가 문단에 가장 폭넓게 받아들여지던 일제 말기 소설들의 일반적인 양상을 살펴보았다.

이번 저서를 내는 과정에 예기치 않은 행운이 따라 주었다. 그것은 다름 아닌 재일동포 북한문학 연구자인 김학렬 박사가 평생을 모은 귀중한 저서 3000여종을 서울대에 기증한 일이다. 김학렬 박사가 기증한 도서목록에는 필자가 박사논문을 쓰는 과정에서 그토록 구하고자 노력했으나 남한에서는 구할 수 없었던 한설야의 작품집『귀향』과 장편소설『열풍』,『성장』이 포함되어 있었다. 이들 작품 하나 하나는 한설야의 문학세계를 규명하는데 있어서 너무나 귀중한 자료들이었다. 이들 자료를 검토하여 정리한 논문들이 바로 〈한국 전쟁의 기억과 사회주의적 개발의 서사〉, 〈한설야의『열풍』연구〉, 〈한설야 단편소설의 개작 양상 연구〉이다.

이 저서에는 개인적으로 애착이 가는 두 편의 논문이 수록되어 있다. 2004년에 발표한 〈현덕의 삶과 문학 세계〉라는 논문과 2006년에 발표한 〈한설야 장편소설의 개작 양상 연구〉가 그것이다. 〈현덕의 삶과 문학 세계〉는 최초로 인쇄된 필자의 소설 관련 학술 논문이다. 온 세상이 두꺼운 회색빛으로만 보이던 박사과정 시절 논문다운 논문을 써보겠다며, 현덕이 다녔던 경기고등학교와 종로구청에 가서 학적부와 호적부를 떼던 일이 어제 일처럼 생생하게 떠오른다. 많은 시간이 흘러도, 그 때의 순심과 열정만은 마음 한 편에 늘 고여 있기를 희망한다. 〈한설야 장편소설의 개작 양상 연구〉도 박사논문을 준비하던 초창기에 온전히 발로 뛰며 작성한 글이다.

여기 실린 글들 한 편 한 편을 돌아보면, 아무리 생각해도 나 혼자 쓴 것만은 아닌 것 같다. 은사님들은 물론이고 동료 연구자들의 도움이 없었다면 불가능한 일이었을 것이다. 저에게 많은 도움을 주시는 모든 분들에게 엎드려 감사드린다. 마지막으로 존경하는 숭실대의 여러 선생님들과 흔쾌히 출판을 허락해 주신 지식과교양 여러분들께 감사의 말씀을 올린다.

목차

제1부

한설야 소설에 나타난 생산력주의
한국 전쟁의 기억과 사회주의적 개발의 서사
일제 말기 이기영 소설에 나타난 생산력주의
이기영의 〈처녀지〉 연구
이기영 소설에 나타난 만주 로컬리티
일제 말기 생산소설의 정치적 성격 연구
김영석 소설 연구

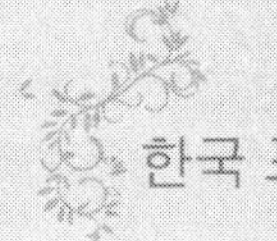

한국 프로문학 연구

한설야 소설에 나타난 생산력주의

1. 생산과 근대

이 글이 관심을 갖는 것은 한설야가 문학활동의 전시기를 관통해서 가장 큰 관심을 보인 생산(노동)이라는 문제에 대해서이다. 한설야가 생산의 문제에 관심을 기울인 것은 그가 마르크스주의자라는 사실에서 비롯된다. 마르크스는 노동을 사회적 존재로서의 인간의 본질이자 근거라고 보았다. 모든 인간 활동은 노동을 통해 자연을 '인간화된 자연'으로 변화시키는 능동적인 과정이며, 이 때문에 인간의 불변하는 속성은 '노동 인간(homo laborans)'이라는 것이다.[1]

생산이란 간단히 말해 인간이 살아가는 데 필요한 물질적 재화를

---

[1] 보드리야르에 따르면, 마르크스주의는 인간을 생산적 공동체에 속하는 것으로 간주하는 서사에 갇혀 있다. 인간은 노동으로 운명이 결정되거나 구원을 받는데, 그때의 노동 개념은 자본주의적 이데올로기 체계에 따라 산출된다는 것이다. 마르크스에게 있어 인간 주체는 노동 안에서만 자신의 자아를 실현할 수 있다. (J. Baudrillard, 『생산의 거울』, 배영달 옮김, 백의, 1994, 16~44면)

획득해내는 과정이다. 이러한 생산의 개념을 심화시킨 사람은 마르크스이다. 그는 생산이 기술적 측면과 사회적 측면으로 구성되어 있음을 밝혔다. 우선 생산이 이루어지기 위해서는 직접적 생산자와 생산수단의 결합이 필요하다. 이것을 생산의 기술적 측면이라 한다. 기술적 측면은 질적인 생산의 기술적 과정과 양적인 노동생산성을 동시에 의미하는 생산력을 나타낸다. 다음으로 생산이 이루어지기 위해서 생산자가 생산수단을 소유한 제 3자와 고용계약 관계를 이루어야 한다. 즉 노동자와 자본가라는 사회적 인간관계가 형성되어야 하는 것이다. 마르크스는 이러한 생산의 사회적 측면을 생산관계라고 불렀다. 이처럼 생산이 생산력과 생산관계라는 두 가지 측면으로 구성되어 있다는 의미에서 마르크스는 생산을 생산양식(mode of production)이라 불렀다.[2] 이러한 생산양식이라는 개념에서 마르크스가 초점을 맞춘 것은 생산관계이다.[3] 생산수단의 사회적 소유관계, 즉 생산관계는 잉여에 대한 분배관계를 내포하고 있으며, 이러한 관계는 생산관계의 위치에 따른 계급관계로 이어질 수밖에 없다.

---

[2]

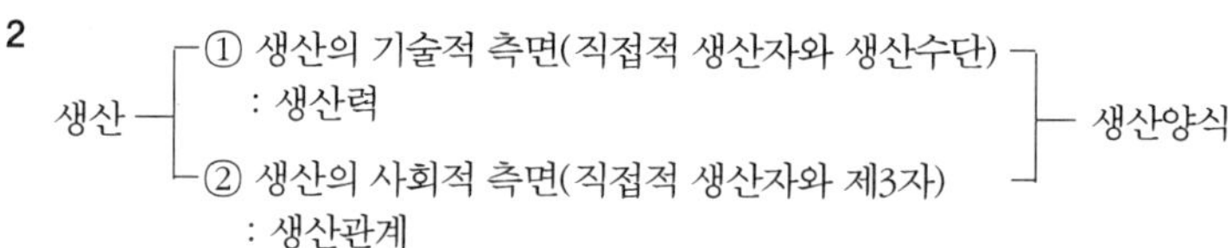

(정이근,『역사유물론과 자본주의』, 한울, 2008, 36면)
역사유물론이란 생산력과 생산관계의 변증법을 자리매김하는 것이고, 모순의 끊임없는 논리, 긍정과 부정의 동질적 공간을 자리매김하는 것이다. (J. Baudrillard, 앞의 책, 107면)

[3] 알튀세르는 "'하나의 주어진 사회 속에서 생산의 담당자들 사이에 설정된 고정된 관계'는 바로 생산관계들이며, 마르크스가 그것을 '본능적' 직감의 형태 – 미지의 형태 – 가 아니라 개념의 형태로 고찰했을 때 그것은 정치경제학 자체의 대상으로 고전경제학의 대상을 혁명시킨 것이다."(L. Althusser,『자본론을 읽는다』, 김진엽 옮김, 두레, 1991, 215면)라고 하여 생산관계 개념의 의의를 밝히고 있다.

평생을 마르크스주의자로 일관한 한설야 역시 분배에 수반되는 잉여의 착취관계에 가장 큰 관심을 두었으며, 그는 계급관계에서 노동자에 대한 당파성을 견실하게 견지했다. 그는 카프 시기에 생산관계의 모순과, 거기서 발생하는 여러 문제점들을 형상화하는데 창작의 온 힘을 쏟았다. 이러한 한설야 문학의 특성은 그동안 경향소설[4]과 노동소설[5]이라는 개념적 범주를 통해 깊이 있게 탐구되어 왔다. 이러한 문제의식은 그의 모든 카프 시기 작품의 밑바탕을 형성하는 것이며, 작가의 이념을 직접적으로 드러내는 평론을 통해서도 확인할 수 있다.

아나키스트 김화산을 비판하고 있는 글에서 한설야는 모든 사회변화와 정치적 변혁의 근본적인 원인은 생산 및 교환방법이라는 물적 토대에 있고, 그 폐해를 극복하는 수단 역시 그러한 생산관계를 통해서만 가능함을 분명히 밝히고 있다. 그는 "경제관계를 토대로 하여 가지고 관념형태가 성립되는 것과, 관념형태 즉 상부조직의 변화는 토대 즉 경제관계에 의한 것이라는 말이다. 하므로 사회의 근본적 XX은, 즉 금일의 무산계급 운동의 귀착은 맑스주의적 견지에서 경제관계를 근본적으로 변혁시키는데 있다는 말이다."[6]고 주장한다. 한설

---

4 조남현, 「1920년대 한국경향소설연구」, 서울대 석사논문, 1974.
  정호웅, 「1920~30년대 한국경향소설의 변모과정 연구」, 서울대 석사논문, 1983.
  김 철, 「1920년대 신경향파 소설 연구」, 연세대 박사논문, 1984.
  서경석, 「1920~30년대 신경향소설 연구」, 서울대 석사논문, 1987.
  차원현, 「한국경향소설 연구」, 서울대 석사논문, 1987.
  장성수, 1930년대 경향소설 연구, 고려대 박사논문, 1989.
  김외곤, 1930년대 한국 현실주의 소설 연구, 서울대 석사논문, 1990.
5 권영민, 「노동문학의 가능성과 한계」, 『월북문인연구』, 문학사상사, 1989.
  장성수, 「1930년대 경향소설 연구」, 고려대 박사논문, 1989.
  조현일, 「1920~30년대 노동소설연구」, 서울대 석사논문, 1991.
6 『동아일보』, 1927. 4. 19.

야는 29년에 쓴 「신춘 창작평」(『조선지광』, 29.2.)에서 송영의 〈우리들의 사랑〉을 평하면서, "대체 군은 흔히 일본 공장 노동자를 작품에 다집어 넣으나 '누구나 어디서 노동하던 중 어뗘 어뗘한 사건이 있었다'라는 신문 사회면식으로 쓰기 때문에 당연히 보여주어야할 본령은 도무지 보여주지를 않는다. 공장, 노동자, 용광로 – 이런 문구를 양념 치는 것이 능사가 아니라 그것 대 인간(노동자) 관계와 더 나아가 그것의 소유자와 그것에게 부림을 받는 자 – 이 인간 대 인간 관계를 말하는 것이, 아니 구명하는 것이 우리 작가에게 부과된 임무인 것이다."라고 말하고 있다. 소재로서의 노동자가 아니라 그들을 둘러싼 관계가 창작의 핵심에 놓여야 함을 비판의 근거로 내세우고 있는 것이다.

한설야는 소위 암흑기라는 40년대가 되어서도 노동자에 대한 형언할 수 없는 깊은 애정을 표현하고 있다. 한 문학청년에게 쓴 답장에서 평북 어느 광산에서 일하고 있는 근로청년에게서 받은 편지를 언급하며, "나는 무엇보다 이 편지에서 가장 감격한 것은 이 평북생이 한개 근로청년이었다는 점이네. 그저 덮어놓고 그가 근로하는 사람이라는 말이 나를 기쁘게 하고 울게 하였네."라고 말하며, "그런데 생면부지의 근로생의 편지를 받고 왜 이렇게 감격에 떠는지? 그 까닭은 나도 모르겠네. 군도 묻지 말게. 다만 영으로 들어주면 고맙겠네."[7]라고 말할 정도이다. 한설야의 소설은 대부분 자본주의적 생산관계에서 비롯된 억압과 그로부터의 해방이라는 문제에 집중되어 있었다고 해도 과언이 아니다.

그러나 한설야의 소설에는 생산양식의 한 축을 형성하는 생산력에

---

7 한설야, 「P君에게」, 『박문』, 40.3.

대한 강조의 태도 역시 강력하게 존재한다. 그것은 자본주의적 근대에 저항하는 마르크스주의 자체가 지니고 있는 근본적 성질이다. 보드리야르의 구조적 논증에 의하면 마르크스주의는 생산의 개념을 결정적으로 강화하고 합리화했으며, 또한 그것을 변증법화하여 그것에 혁명적이고 고귀한 문자들을 부여했다.[8] 이처럼 마르크스주의 역시 생산력의 증대를 제일의적인 과제로 삼는 생산력주의에서 벗어나 있지 못하다. 특히 20세기 사회주의에서 생산력주의는 한층 강화된다.[9] 이렇게 볼 때, 자본주의와 사회주의가 각각 표방하였던 시장 합리성과 계획 합리성은 근대성이라는 공통 분모를 기반으로 하여, 전근대를 탈출하여 근대라는 공통 목표에 도달하기 위해 서로 다른 길을 걸었을 뿐이라고 말할 수도 있다. 생산력주의는 대부분의 사회주의자가 공유하는 것이라고 볼 수 있는데, 트로츠키조차 '노동의 군대화'를 옹호하며 프롤레타리아 독재국가는 국민에게 군대의 헌신과 규율을 요구할 권리를 가진다고 말했다.[10]

---

8 J. Baudrillard, 앞의 책, 8~9면. 다음의 인용문에 나타난 것처럼, 마르크스는 생산 제일주의의 모델을 확고히 한 사람 중의 하나이며, 노동 그 자체에 신성한 의미를 부여했다. "(마르크스주의자들이 그러하듯) 자본주의 이전의 노동을 본질적이고 구체적인 질적 노동으로 간주한다면, 우리는 실제로는 이러한 질적 노동의 개념 자체가 차라리 구조적이고 추상적인 체계에서 파생된 것에 불과하다는 사실을, 즉 논리적으로 이항 대립의 구조적 체계가 먼저 오고 그 이후에 양적 노동의 개념에 대립하는 질적 노동이 개념적으로 구축된다는 사실을 간과하는 것이다." (Richard J. Lane, 『장 보드리야르 – 소비하기』, 곽상순 옮김, 엘피, 2008, 144~145면)

9 이러한 생산력주의는 산업주의(industrialism) 혹은 맑스주의적 발전주의라 불리기도 한다. (S. Kotkin, Magnetic Mountain : Stalinism as a Civilization, Berkeley:Univ. of California Press, 1995.) 20세기 사회주의 국가에게 산업주의는 제국주의 국가에 의해서 가해지는 존재에 대한 위험을 더 월등한 생산성을 통해 격퇴하고, 미래의 사회주의적 과제를 완수하는 데 필수적인 물질적 생산력을 확보하는 데 절실히 필요한 것이었다. 이것이 사회주의 사회로 하여금 산업주의에 몰두하게 만들었던 역사적 구조로 작용한 것이다. (차문석, 『반노동의 유토피아』, 박종철출판사, 2001, 17~18면.)

생산력주의는 제 3세계에 이를수록 더욱더 맹렬해진다. 이들 저개발국에서는 사회주의가 제국주의를 모방하는 자본주의적 근대화가 아니라, 제국주의를 비판하면서 자본주의 선진국을 따라잡는 발전 전략으로서의 성격마저 지니게 된다. 자본주의적 생산관계의 착취적 성격에 초점을 두고 있는 한설야의 문학 이면에는 생산력주의라는 사회주의적 근대성의 중요한 성격이 놓여 있다. 생산력주의는 작가 활동의 초창기부터 북한에서의 활동기까지 다양한 변모양상을 보이며 전개되어 나간다. 본고는 그러한 변모양상과 그 의미를 살펴보고자 한다.

2. 서술자의 중립적 태도에 나타난 생산력주의

카프 시기 작품에도 생산력주의의 변모는 은은하지만 강렬하게 드러나고 있다. 그것은 이 시기 대표작인 〈과도기〉에서 확인할 수 있다. 〈과도기〉는 4년 만에 고향에 돌아온 창선이를 초점자로 내세운 작품이다. 귀향자인 창선이의 시선을 통해 포착된 고향마을 창리는 이전과는 완전히 다른 모습이다. 평화로운 어촌이었던 그 곳은 삭막한 공장지대로 변화되어 있다. 이 작품은 "캐피탈리즘의 필연한 발전상에 따른 농촌의 몰락과 기계공업도시의 발흥, 따라서 농민의 노동자화라는 인간생활의 과도기를 그린 것이다."[11]라는 작가의 말에 나타난 것처럼, 자본주의 발전의 초기 단계에 존재할 수밖에 없는 본원적 축적(primitive accumulation)을 문제삼고 있다.[12] 자본주의가 본격적으로

---

10 와다 하루키, 『역사로서의 사회주의』, 고세현 옮김, 창작과비평사, 1994, 79면.
11 한설야, 「문예시감」, 『문예공론』 2호, 1929.6., 80~81면.

가동을 시작하려면, 그 전제조건으로 토지나 자본이나 노동력이 확보되어 있어야만 한다. 자본주의는 자기만의 방식으로 축적을 시작하기에 앞서 다른 종류의 축적이 필요한 시스템이다. 마르크스는 이것을 '본원적 축적'이라고 했다. 본원적 축적이 이루어지는 과정에는 필연적으로 수탈과 불법, 폭력의 원리가 개입할 수밖에 없다.[13]

그런데 창리의 과거와 현재는 수사적인 차원에서부터 차별적으로 묘사된다. 과거의 창리가 긍정적으로 인식된다면, 현재의 창리는 부정적으로 인식된다. 그럼에도 이 작품에서 근대화되어 가는 현실에 대한 부정적인 시선만을 읽을 수 있는 것은 아니다. 그것은 창선이를 중심으로 한 서사 전개의 차원에서 발견할 수 있다. 〈과도기〉의 마지막은 결국 "상투짜고 감발치고 부삽들고 콩크리-트반죽하는 생소한 사람이 되엿다."[14]는 문장으로 끝난다. 이 문장의 중요성은 결코 과소평가될 수 없다. 창선은 결국 그러한 자본주의적 근대화의 물결에 동참하기 때문이다. 창선은 노동자가 되며, 시종일관 내적 초점화 되어 있는 이 작품에서 창선이의 내적 갈등은 전혀 보이지 않는다. 그는 저항이나 거부의 뜻도 표하지 않으며, 작은 갈등의 흔적조차 보이지 않는 것이다. 이것은 이 시기 다른 소설들이 서술자의 목소리를 통해 강렬하게 계급의식을 드러낸 것과는 다른 양상이다.

이 작품의 의미를 온전하게 파악하기 위해서는, 〈과도기〉의 전후로

---

12 "자본관계를 창조하는 과정은 노동자를 자기의 노동조건의 소유로부터 분리하는 과정(즉, 한편으로는 사회적 생활수단과 생산수단을 자본으로 전환시키며, 다른 한편으로는 직접적 생산자를 임금노동자로 전환시키는 과정) 이외의 어떤 다른 것일 수가 없다. 따라서 이른바 시초축적은 생산자와 생산수단 사이의 역사적인 분리과정 이외의 아무것도 아니다." (K. Marx, 앞의 책, 981면)

13 P. Osborne, 『How to Read 마르크스』, 고병권·조원광 옮김, 웅진지식하우스, 2007, 162~177면.

14 『조선지광』, 29.4., 185면.

해서 창작된 생산현장 배경의 소설들을 살펴볼 필요가 있다. 한설야는 이전에 〈홍수〉, 〈합숙소의 밤〉, 〈인조폭포〉 등의 작품을 발표했으며, 이후에는 〈씨름〉, 〈공장지대〉, 〈사방공사〉, 〈삼백육십오일〉, 〈교차선〉, 〈추수후〉를 발표한다. 그런데 이들 작품과 비교한다면, 〈과도기〉는 기본적인 서술상황이 특수한 예라고 할 수 있다. 여타의 작품들은 외적 초점화를 기본으로 하고 있으며, 서술자는 강력하게 자신의 목소리를 드러내고 있다. 특히 의미 생산의 가장 큰 모멘트가 되는 작품의 결말부에서는 계급의식으로 무장된 날 것의 목소리를 내곤 했던 것이다.[15] 그런데 〈과도기〉만은 창선이가 초점자로 등장하는 내적 초점화를 기본으로 하고 있으며, 서술자의 개입은 극도로 제한되고 있다. 더군다나 직접적으로 계급의식을 드러내는 부분은 단 한 곳도 없다.

〈과도기〉가 위 단락에 언급된 다른 작품들과 다른 점 중의 하나는, 전통적인 삶의 터전 즉 봉건적 생산 현장이 근대적 생산 현장으로 재편되는 시공을 배경으로 하고 있다는 점이다. 이러한 시공을 배경으로 했을 때, 한설야는 선명하고 뚜렷한 계급적 목소리를 내는 것에 대하여 머뭇거리고 있다. 그렇다면 한설야는 이러한 근대적 노동이 필연적으로 수반하는 생산관계의 문제점을 충분히 인식하고 있으면서도, 그러한 변화의 필연성만은 부정하지 못했던 것일지도 모른다. 이러한 서술자의 객관적 태도에는 생산력주의의 그림자가 드리우고 있는 것이다.

전향 이후에 쓰여진 '탁류 3부작'에서는 그러한 주저함이 더욱 커진

---

15 〈뒤ㅅ걸음질〉(『조선지광』, 27.8.), 〈합숙소의 밤〉(『조선지광』, 28.1.), 〈한길〉(『문예공론』, 29.6.), 〈씨름〉(『조선지광』, 29.8.), 〈공장지대〉(『조선지광』, 31.5.), 〈사방공사〉(『신계단』, 31.11.) 등이 그러한 예이다.

다. '탁류 3부작'은 한설야가 일제 시대 마지막으로 구체적인 생산 현장을 작품의 배경으로 한 수작들이다. 그런데 이들 작품은 검거 이전에 쓰여진 작품들과는 서사기법상(초점화, 인물의 형상화 방법, 서술자의 개입여부) 여러 가지 차이점을 드러낸다. 무엇보다 중요한 것은, 주로 내적 초점화가 사용되고 있으며 서술자의 최소 개입으로 인하여 직접적인 작가의 이데올로기가 개입되는 빈도와 정도가 줄어들었다는 것이다. 그러면서도 구체적인 삶의 현장이 지닌 실감 내지는 질감은 한층 강화된 모습을 보여주고 있다. 이것은 단순한 변화가 아니라 서사의 심층에서 이루어지는 근본적인 변화이다.

이러한 변화는 어디에서 비롯되는 것일까? 이것을 검열의 문제로 돌릴 수도 있다. 당대의 엄혹한 현실에서 우회적인 방법을 택했을 뿐, 현실을 바라보는 작가의 시각은 이전과 변함이 없다고 이해하는 것이다. 이렇게 볼 때 일본인 교장 사사키가 경영하는 대농장은 지극히 부정적인 것으로만 이해하게 된다. 고명철은 정연태와 지수걸의 논의[16]를 바탕으로, 이러한 대농장은 "근대적 영농기술의 보급은 일제의 대동아공영권 건설을 위한 군수물자의 원활한 보급과 지원을 위한 것으로, 식민지 농촌의 열악한 현실을 타개하는 것과는 무관"[17]하다고 단정짓고 있다. 이러한 독법에 따를 경우 한설야의 '탁류 3부작'은 대동아공영권 건설을 위한 근대적 영농기술의 부정성을 드러낸 소설로 이해된다.

---

16 이들은 일본인 지주 중심으로 식민지 농촌경제 질서가 재편되어가는 과정과 일제의 군국주의에 따른 농촌진흥운동의 식민주의 근대화가 갖는 맹점을 지적하고 있다. (정연태, 「1930년대 일제의 식민농정에 대한 재검토」, 『역사비평』, 1995년 봄호, 지수걸, 「일제의 군국주의 파시즘과 '조선농촌진흥운동'」, 『역사비평』, 1999년 여름호 참조.)

17 고명철, 「한설야 문학, 그 탈식민의 맥락」, 『반교어문연구』 20집, 2006, 258면.

그러나 검열에서 이유를 찾기에 이전의 생산현장을 배경으로 한 소설들과 '탁류 3부작'이 보이는 차이는 현격하다. 전승주도 리얼리즘적 관점에서 "일제의 농업정책이 누구를 위한 것이며 그 본질은 무엇인지 꿰뚫어보지 못한다는 점이며 이에 따라 그들의 투쟁 역시 아무런 전망이나 역사적 성격을 지니지 못하는 단지 일상적 차원에서 자신의 이익을 위해 이루어지는 이해충돌로 끝날 수밖에 없다는 점"[18]을 지적하고 있다. 더군다나 '탁류 3부작'의 1부인 〈홍수〉와 2부인 〈부역〉 사이에 창작된 〈철로교차점〉이 전향소설로는 드물게 선명한 계급의식을 보인다는 것을 고려할 때, 이 작품이 보이는 소극적인 특성은 쉽게 보아 넘길 수 없다.

이러한 주저함은 1932년부터 40년에 걸쳐 진행된 농촌진흥운동이 가져온 성과에서 비롯되는 것으로 판단해 볼 수 있다. 최근의 연구성과[19]에 의하면 농촌진흥운동은 실질적인 변화를 추동했다. 농촌진흥운동은 1920년대 후반에 시작된 농업 불황이 예고한 농촌의 위기와 1920년대 향촌 지주계급의 권력과 권위를 손상시킨 농촌 계급투쟁의 격화에 대한 식민지 국가의 대응책이었다.[20] 이 운동은 갱생 프로그램 참가자들의 경제적 복지를 증진시키는 데 어느 정도 성공을 거두었다. 물론 경제 갱생 계획의 긍정적 효과는 과장되어서는 안 되지만, 농촌과 농업경제에 대한 대부분의 거시지표들은 이 운동이 농촌의 경제적 복지를 증진시키는 데 일정한 기여를 했음을 보여준다.[21] 이 운동은 소작 관련 법령들과 함께 농촌경제와 사회복지를

---

18 전승주, 『한국소설문학대계』 10권, 동아출판사, 1995, 538면.
19 신기욱·한도현, 「식민지 조합주의 : 1932~1940년의 농촌진흥운동」, 『한국의 식민지 근대성』, 신기욱·마이클 로빈슨 엮음, 도면회 옮김, 삼인, 2006, 131면.
20 위의 책, 139면.

향상시키는 데 중요한 역할을 한 것이다. 〈부역〉에는 사사키 교장이 경영하는 갱생부락 모범부락에서 실행되는 일을 나열[22]하고 있는데, 그것은 당시 농촌진흥운동에서 행하던 일과 일치한다. '탁류 3부작'을 압축한 일본어 소설 〈白い開墾地〉(『文學案內』, 37.2.)에는 직접적으로 일본인 교장이 최근에는 "農村振興"을 부르짖어오고 있다는 언급이 나온다.

이전과 똑같이 생산현장을 배경으로 하고 있음에도 달라진 태도의 밑바탕에는 이러한 농촌진흥운동의 성과가 놓여 있다. 〈산촌〉에서 사사끼 교장이 가져온 놀라운 생산력만은, 다음의 인용처럼 부정되지 않는다.

그래서 무엇보다 실지로 이고장 농부들이 개벽이래, 꿈도 꾸어보지못한 굉장한 실증을 뵈여주었습니다. 재작년부터는 이모범농들이 일단보 일곱섬을 받았습니다. 그러므로 이곤 백성들도 인제와서는 나를 믿지말

---

21 정부 통계에 따르면 1935~1939년간 노동과 토지 생산성이 각각 22퍼센트와 29퍼센트 늘었고 농업 생산은 1933~1939년간 31퍼센트 늘었다. 1933~1938년간 소작지 비율은 논에서는 48.6퍼센트에서 47.8퍼센트로, 밭에서는 38.9퍼센트에서 37.2퍼센트로 감소하였다. 1인당 미곡 소비는 대공황 이전 수준으로 되돌아왔으며 농촌의 계급구조는 사실상 변하지 않았고(농촌 인구 중 소작농 비율은 1933년 52퍼센트, 1938년 51.9퍼센트였다.) 소작 토지의 비율도 비슷하게 안정되었다. (위의 책, 153~155면.)

22 구체적인 항목은 다음과 같다. "추경여행, 축산여행, 퇴비증산, 앙판정지개량과양상보급, 정조식 등 농사개량에 관한 것과 부업, 연료비림조성, 해조채취 등 부대사업에 관한 것과 의례준칙실행, 색복착용, 절주절연, 허례폐지, 미신타파, 근검저축, 부여자근로, 온돌과 부엌개량, 부차근절 등 생활 개선에 관한 것과, 납세기 일엄수, 자력갱생, 지방진흥, 국기게양엄수, 경노사상 등 정신작흥에 관한 것"(『조선문학』, 37.6., 15면.) 등이다. 사사키의 계획은 "T교 졸업생 중에서 중견분자를 가려서 그 토지를 소작시켜 다수확과 온건착실한 근로정신을 아울러 심물량면의 전형적 모범 농장을 만든다는 것"(『조선문학』, 37.6., 17면.)이다.

래도 믿지않고는 백이지못하게쯤 되였습니다. 실지로 보고 있으니까요. 작년부터는 졸업생들에게 시험경작을 시기는 중인데 이책상물림 청소년들도 헌다는 토백이 농군들보다 더 많은 수확을 내고 있습니다.[23]

위의 인용이 사사키 교장의 발언이라는 문제를 가지고 있다면, 〈산촌〉의 마지막에 기술된 다음과 같은 가치중립적인 차원의 서술적 문장은 사사키 교장의 발언이 결코 작가의 인식과 먼 거리에 있지 않음을 증명해준다.

"서마지기에서 여들섬인가 났다데"
그전 작인들은 이런 이야기에 입을 버리고 닫지못하였다. 농장은 전보다 휠신 좋아졌다. 동도 높아지고 땅바닥도 골라졌다. 줄늪은 전부 매여지고 돌(물길)이 오리바르게 이리저리 째여졌다. 그리고 김갑산동과 그 아래사사끼동은 완전히 연결되어버렸다. 그큰동 북면에는 새로 저수지가 되고 그남으로는 광포로 나가는 뺏돌이 길다랗게 내를 이루고있다.
모범 경작생들이 한여름 동안 얼마나 일하고 얼마나 버렀는지는 알수없으나 교장선생은 팔천원이나 드려서 T우편소를 그친구의 이름으로 새로 샀다는 소문이차차 퍼지기 시작하였다.[24]

사사키 교장이 가져온 놀라운 성과에 초점을 맞추고 있는 결말은, 조선인 소작농들의 궁핍한 현실에 초점을 맞추고 있는 〈白い開墾地〉의 결말[25]과는 매우 상이하다. 이러한 상이함은 약 2년간의 시간 동안 이

---

23 『조광』, 38.11., 187면.
24 『조광』, 38.11., 204면.

루어진 농촌진흥운동의 실질적인 성과에서 비롯된 것으로 추론해 볼 수 있다. 물론 '탁류 3부작'도 일제말 현실의 모순관계에 대하여 관심을 보이고 있다. 이전의 많은 연구자들이 지적한 바와 같이, 이 연작은 당대의 농민들이 자신의 땅에서 유리될 수밖에 없는 실상을 효과적으로 드러내고 있기 때문이다. 이 글에서 관심을 갖는 것은, 일제의 자본에 의해 가능해진 생산력의 향상 앞에서 보이는 작가의 객관적 태도에 대해서이다. 근대화된 영농기술이 가져온 생산력의 증대에 대하여 작가는 이전처럼 선명하게 부정적 입장을 표현하지 않는다. 이것은 일제말 농촌 사회에도 자본주의가 들어오는 것은 역사적 필연이라고 생각한 사회주의자의 일반적인 인식과도 궤를 같이 하는 것이다.[26]

〈산촌〉과 비슷한 시기에 창작된 〈술집〉(『문장』, 39.7.)에는 옛날 의학만 믿고 신식 치료를 거부하는 노인의 모습을 통해 봉건성에 대한 비판이 나타나 있다. 한민을 통해 노인은 "옛날 사람은 결핵성이란 무

---

25 "봄이 되자 굶주림은 더한층 심해졌다. 좁쌀죽도 제대로 끓여먹지 못할 정도가 되었다. 풀뿌리를 캐어오거나 소나무껍질과 솔잎을 따다가 가루로 빻아서 죽이나 떡을 만들어 먹었다. 떡으로 만들어 말려 먹으면 배가 든든해서 하루에 한 끼만 먹어도 충분했지만, 다리힘이 약한 노인네들은 미처 도망치지 못하고 산림간수에게 붙잡혀 산림령 위반죄로 걸리기도 했다.
그래도 소작인들은 김씨농장에서 쫓겨나지 않으려고 여느때보다 일찍 밭을 손보기 시작했다. 그러나 그것은 당장 중지되었다." (한설야, 「白い開墾地」, 『문학안내』, 37.2., 김석희 옮김, 『한국문학』, 90.1., 301면)
26 "자본주의·제국주의가 만들어낸 모순에 대한 민족주의자와 사회주의자 사이의 인식에는 차이가 있었다. 민족주의자는 자본주의라는 서양의 시스템이 도입됨으로써 전통적 사회질서가 파괴된 것이 혼란의 근원이라고 생각하고 모순을 짊어지는 것은 농촌이라고 보았다. 한편 사회주의자는 농촌 사회에도 자본주의가 들어오는 것은 역사적 필연이었지만 계급 모순의 발생도 자본주의 도입의 필연적 귀결이라고 생각했다. 그리고 그 모순을 해결하기 위한 방법은 노동자의 사회주의 운동밖에 없었다."고 여겼다. (고사카 시로, 『근대라는 아포리아』, 야규 마코토·최재목·이광래, 이학사, 2007, 242면)

엇인지 알지 못한다. 따라서 무서운 줄도 모른다. 무서운 줄 모르는 사람이 가장 장수일 수 있다. 그들은 다리를 찍지 않아도 좋다고 생각하고 찍지 않고도 한약으로 어떻게 나꿀 수 잇다고 생각하는 것이다. 자기네 조상이 모다 그렇게 살아왔고, 살아온 그 덕으로 자자손손이 퍼져서 지금 자기네가 있다고 생각는 것이다."(171)라고 인식된다. 무엇보다 "한 가문 안에 다리찍은 병신이 있다는 것을 이 늙은이는 퍽 꺼리는 모양이다."(172)라고 하여, 그러한 노인을 부정적으로 인식하고 있다. 근대화에 대한 맹목적인 부정이 아닌 근대화의 필연성에 대한 인정과 그것의 문제점을 바로잡고자 하는 균형잡힌 의식을 확인할 수 있다. 소위 전향소설에서 아내는 미신에 빠진 모습에 대하여 많은 비판을 받는다. 이것 역시 봉건성에 대한 비판과 궤를 같이 하는 것이다.

3. 제국담론의 전유를 통해 드러난 생산력주의

한설야의 일본어 경장편소설 『대륙』은 생산력주의와 관련하여 이전부터 진행되어오던 한설야 문학의 결실이며, 이후 전개될 한설야 문학의 씨앗이기도 하다. 이 작품은 식민지 시기 한설야와 해방 이후의 한설야를 연결시켜주는 사라지는 매개자라고 볼 수 있다. 『대륙』은 30년대 말의 만주를 배경으로 하고 있는 소설이다. 일제말 만주는 조선 문학의 소재 가운데 커다란 위치를 차지하고 있다. 소재의 빈곤에 허덕이는 조선 문학의 타개책이라는 문단의 내부적 욕망과 국책이라는 외부적 욕망이 만나는 곳에 만주라는 공간이 놓여 있었기 때문이다. 특히 30년대 사회주의 진영에서 만주는 반자본주의적인 성격을 지닌, 새로운 진보적 기획이 가능한 공간으로 인식되었다. 이러한 성격은 중일전쟁의 발발[27]로 시작된 일제 말기 신체제의 발흥과 함께 더욱 본격화된다. 30년대 후반 만주에 대한 일제의 공식적인 입장은 '오족협화론'와 '왕도낙토론'으로 요약해볼 수 있다.[28] 한설야는 이러한 만주라는 공간과 그곳을 장악하고 있던 새로운 논리에 포섭되는 모습과 우회적으로 저항하는 모습을 동시에 보인다. 그것은 다른 사회주의자들에게서도 발견되는 일반적인 논리의 흐름이다.

포섭의 모습은 일본이 국책으로 내세운 이데올로기를 궁극적으로는 부정하지 않는 것에서 발견할 수 있으며, 저항의 모습은 '오족협화론'이나 '왕도낙토론'을 새롭게 전유할 때 발견된다. 한설야의 『대륙』에 대한 평가는 포섭과 저항 중 어느 쪽에 초점을 맞추느냐에 따라 달라진다. 김재용과 김성경은 저항이라는 측면에 초점을 맞추어 '비협력의 저항'[29]이라고 평가하거나, '인종적 타자의식의 그늘'[30]을 발견하거나, '제국 이데올로기에 대한 적극적인 전유'를 읽어내고 있다. 그러나 이러한 논의는 이 작품이 그러한 저항의 포즈에도 불구하고 국책에 포섭되는 분명한 사실[31]을 외면한다는 점에서 일면적인 논의일 수밖에 없다. 반대의 입장이 있을 수 있는데, 그것은 프로문학자들의 소

---

27 중일전쟁으로 조선의 좌파 지식인들은 전시변혁에 대한 기대감을 가졌다. 대표적인 마르크스주의 경제학자 박극채와 윤행중, 김명식, 인정식 등이 대표적인 사례이다. (홍종욱, 「해방을 전후한 주체 형성의 기도 – 좌파 지식인의 전향을 중심으로 –」, 『근대를 다시 읽는다』, 역사비평사, 2006, 253~255면.)

28 한석정, 『만주국 건국의 재해석』, 동아대학교출판부, 1999, 120~134면.

29 김재용, 『협력과 저항』, 소명출판사, 2004, 239면.

30 김성경, 「인종적 타자의식의 그늘」, 『한국 근대문학과 민족 국가 담론』, 서울시립대학교 인문과학연구소 엮음, 소명출판사, 2005, 74면.

31 1937년 이후 국책에 따라 농민문학, 대륙문학, 생산문학, 해양문학이라 불려진 문학이 유행하였으며, 이것들을 총칭하여 국책문학이라 한다.

설에서 포섭의 양상에만 초점을 맞추는 논의들이다.[32] 그러나 이것은 당대 지식인들의 내재적 고민을 도외시하는, 폭력적 이분법에의 귀환에 불과하다. 이러한 시각으로 볼 때, 일제말 사회주의자들은 이중의 훼절(전향이라는 이념적 훼절, 친일이라는 민족적 훼절)을 한 악질적 변절자에 불과하다.

『대륙』은 하야시를 중심으로 한 개척의 서사와 오야마와 마리의 결합을 중심으로 한 사랑의 서사로 이루어져 있다. 이 논문의 문제의식에서 바라볼 때, 더욱 관심의 대상이 되는 것은 하야시에게서 드러나는 개척의 서사이다. 이 작품에서 하야시는 여전히 "붉은 기운이 남아 있는"[33] 전향 사회주의자이다. 이것은 당시 사회주의자들이 만주 개발에 가졌던 관심을 그대로 드러낸다. 당시의 사회주의자들에게 만주국과 일본 주도의 개발 담론들은 반자본주의적인 것으로 이해되었다. 실제 이 시기에 주도적으로 경제 계획을 수립한 만철조사부는 소비에트 문헌에 익숙한 다수의 친마르크스주의자들로 구성되었다. 이러한 관료들에 의해 고안된 경제계획들은 소비에트식 계획을 모방하여 만

---

32 조진기는 이기영의 생산소설인 〈광산촌〉을 분석하는 논문에서, 생산문학을 비롯한 국책문학의 선봉에는 프로문학에서 전향한 작가들이 있었으며, 그들은 자신들의 전향이 위장된 행동이 아님을 증명할 수 있는 기회로 생각하였을 뿐만 아니라 이전까지 프로문학을 통하여 목적문학을 창작하였기 때문에 목적문학으로서 국책문학의 창작에 별다른 부담을 갖지 않을 수 있었던 것이라고 말하고 있다. (조진기, 「일제 말기 국책의 문학적 수용」, 『한민족어문학』 43집, 2003.12., 9면.)

33 「대륙」, 『국민신보』, 39.6.11.
「대륙」의 번역은 『식민주의와 비협력의 저항』(역락, 2003)에 실려 있다. 윤대석에 의하면 'materialism(유물론)'을 '마키아벨리즘'으로 번역하거나, "붉은 기운이 남아 있군"을 "붉은 입김이 뿜어져 나오는군"으로 "정반합의 반"을 "정반합의 합"으로 번역한 것을 오류로 지적하고 있다. (윤대석, 「1940년대 '국민문학' 연구」, 서울대 박사논문, 2006, 93면.) 이 글에서는 이러한 오류가 나타난 부분을 제외하고는 『식민주의와 비협력의 저항』(역락, 2003)에 실린 번역본을 인용하고자 한다. 본문 중에 면수만 기록하기로 한다.

들어졌고, 기획원과 군수성은 소비에트의 국가계획위원회와 같은 역할을 수행했다.[34] 『대륙』에서 개발의 서사를 담당하고 있는 하야시역시, 전향 사회주의자로 그려지고 있다.

『대륙』에서 생산관계의 문제, 즉 좌파적 문제의식은 여전히 중요하다. 하야시나 주요 인물들이 만주 개발에서 가장 중요시하는 것은 국가 권력과 자본가의 배제이다. 그 주체는 어디까지나 민간, 즉 만주인과 조선인, 그리고 우월의식을 가지지 않은 일본인으로 한정되어 있다.[35] 관주도에 대한 거부는 거의 강박적인데, 하야시의 아버지도 "관리를 아주 싫어"(23면)했으며, 여주인공 마리도 "관청은 싫다고 해서"(43면) 봉천에 관리를 하는 친척에게 가지 않는다. 그런데 이러한 '재벌 중심의 경제구조의 거부', '동아의 연대', '대중동원론', '민중생활의 안정' 등은 당시 사회주의 지식인들에게 큰 영향을 미치던 '동아협동체론'의 핵심과 그대로 통한다.[36] 한설야는 그러한 제국의 담론을 공

---

34 기무라 미쓰히코, 「파시즘에서 공산주의로 – 북한 집산주의 경제정책의 연속성과 발전」, 『해방전후사의 재인식』 1권, 책세상, 2006, 758~759면.

35 이와 관련된 하야시의 발언을 정리하면 다음과 같다.
"지금은 일만 양국간에 국가적 차원에서 대륙 경제를 세우고 있습니다만 그런 사업을 국가 차원에만 맡기고 싶지 않습니다. 그런 건 좋은 것을 얻을 수 있는 성질이 아니고 대륙 경제에는 우리 민간의 자각이 토대가 되지 않으면 안 된다고 생각합니다.", "우리들은 군대나 권력에 의존하는 이민이 되고 싶지 않습니다. 우리 자신의 힘으로 일어설 수 있는 새로운 토지를 만들고 싶습니다.", "물론 국가의 힘이아닌 자유 이민의 정신 아래 노력 하나로 이루려고 생각하고 있습니다."

36 1937년부터 41년 12월의 태평양 전쟁의 발발까지 '동아신질서 구상'을 실현할 사상으로 제창되어 일본 국내 정치에 적극적으로 개입했던 이데올로기가 '동아협동체론'과 '동아연맹론'이다. 이 두 구상은 새로운 지역 질서의 창출을 일본 국내 체제의 혁신과 관련짓고 있으며, 30년대 소련 및 사회주의적 전망을 상실한 좌파들이 적극적으로 시국에 개입하여 제출했다는 데 의미가 있다. '동아협동체론'은 동아신질서의 구상을 서구 자본주의의 근대와 소련의 사회주의 이념까지 종합 지양한, '협동주의'에 기반한 '협동체'라는 지역 질서를 통해 구체화하면서, 이 문제를

유하면서도, 그 담론을 새롭게 전유함으로써 그것을 내파하는 방식을 채택하고 있다. 이것은 한설야만의 특징이 아니라, 조선의 사회주의자(인정식, 서인식, 박치우 등)들이 공통적으로 취한 방식이기도 하다.

『대륙』이 이전의 한설야 소설과 가장 차이나는 지점은 하야시의 다음과 같은 사고에서이다. 하야시는 "교육 사업보다는 생활이 먼저라고 생각"하며, 예전에 자신이 사회주의자로서 활동했던 시절에는 "자본주의가 유행하던 시대라서 모든 방면에서 개선이 주장되던 때"(25면)였지만, "지금처럼 긴박한 상황에서는 문자보다 빵이 먼저"(25면)라는 "유물론적"(25면) 사고에 바탕을 두고 있다. 그는 어느새 빵이라는 구체적인 물질적 성과를 중요시하는 단계에 이르고 있다. 실질적으로 생산을 맡을 조선인이 '반자연'의 수준에서 그려지는 것[37]과 함께, 노동자나 이념(문자)이 아닌 생산의 결과로서의 빵이 제일의적인 과제로 떠오르고 있는 것이다.

사정이 이러하다면 『대륙』에서 하야시를 통해 집중적으로 드러나는 제국과 자본의 관계에서 벗어난 듯 보이는 '대중자치론'으로서의 공동체 개발은 언제든지 생산력의 증대를 위한 '대중동원론'으로 연결될 수 있는 가능성을 지닌다.[38] 마적의 습격을 받고 "지옥의 귀신도 울지 않을 수 없는 처참한 광경"(36면)을 경험한 조선인들이 머무는 피난민 수용소에 안내받은 하야시는 "죽음을 눈앞에 두고 학대받는 사람을 봐도 크게 절망하지 않았다. 죽음보다는 생을 보고 새벽을 보

일본 국내의 자본주의적 기성기구에 대한 혁신과 연계지었다. (정종현, 「중일전쟁과 탈식민의 환타지」, 『전쟁의 기억 역사와 문학』상, 동국대학교 한국문학연구소 엮음, 월인, 2005, 181~182면.)

37 김성경, 앞의 논문, 75~78면.

38 오야마는 하야시의 말을 들으며, "예의 대중동원론이 나오는군"(32)이라고 말하기도 한다.

는 것이었다.”(38면)고 묘사된다. 이 때의 하야시에게서 노동자를 수단으로만 보는 자본과 국가의 모습을 읽어내는 것은 무리가 아닐 지도 모른다. 『대륙』은 ‘탁류 3부작’에서부터 보이던 생산관계 혹은 계급적 당파성이 약화되고, 그에 비례하여 생산력주의가 좀더 본격화된 작품이라고 볼 수 있다.

〈과도기〉와 ‘탁류 3부작’에서 생산력주의는 어디까지나 서사의 심층에서 암시적으로 드러나고 있을 뿐이다. 이들 작품은 그 시기의 다른 작품들처럼 생산관계의 모순에서 비롯된 여러 가지 문제들에 많은 관심을 보인다. 그러나 이처럼 은은하게 그 존재를 드러내고 있던 생산력주의는 일제 말의 특수한 상황을 맞이하여, 제국이라는 거대한 힘을 전유하면서 그 모습을 뚜렷하게 드러낸다. 그럼에도 『대륙』에서 생산력주의는 하야시의 의식과 말을 통해서 드러나고 있을 뿐, 서사 속에 구체화되지는 못한다.

해방 이후 생산력주의는 북한의 공식적인 국가 이데올로기로서 자리매김 된다. 그러한 담론적 지형 안에서 이 시기 소설들은 아무런 자의식 없이 생산력주의를 본격적으로 표출하게 된다. 『대륙』은 생산이라는 문제와 관련하여, 카프 시기의 작품들과 해방 이후 작품들을 연결시켜주는 매개자의 역할을 하고 있다. 카프 시기에 희미한 그림자로서만 존재하던 생산력주의는 일제 말에 제국의 담론이라는 거대한 힘을 전유하면서 그 형체를 얻게 된다. 해방 이후 긍정적인 여건이 마련되자, 생산력주의는 본격화하게 되는 것이다.

4. 북조선식 노동영웅들

> 지금은 꼭 변증법의 정, 반, 합 가운데 반의 끝부분에 와 있어. 합의 과
> 정은 실로 대중의 총의에 의해 비로소 성취되는 거야.[39]

위에 인용한 하야시의 발언은, 『대륙』에서 하야시가 구상한 정치적
기획을 설명하는 것인 동시에 해방 이후 한설야의 문학이 이전의 문
학과 가지는 관련성을 압축해서 보여주고 있는 명제이다. 하야시에
의해 구체화된 개발의 담론은 당대 사회주의자들에게 큰 영향을 끼친
동아신질서 구상과 긴밀하게 관련되어 있다. 하야시가 만주에서 기획
한 '합'의 사회는, '정'의 자본주의와 '반'의 사회주의를 종합 지양한 신
체제였다고 할 수 있다. 그것은 자본주의적 근대화가 노정하는 생산
관계의 모순을 바로잡으면서도, 근대의 가공할 생산력을 그대로 담지
한 모델이라고 말할 수 있다. 이 명제에는 '합'에 이르는 방법론까지
나타나 있는데, 그것은 바로 '대중'의 힘을 이용하는 것이다. 그러나
통제파 군부와 기성 자본주의 세력의 반격에 의해 혁신좌파가 정치적
으로 실각하면서 동아협동체론의 혁신사상은 파시즘 이데올로기인
대동아공영권으로 변질되고 만다.[40]

해방 이후 한설야의 소설은 하야시가 못다 이룬 '합'의 신체제를 그

---

39 한설야, 「대륙」, 『국민신보』, 1939.6.4.

40 일본은 러일 전쟁 이후 소련을 염두에 둔 대북방 중심의 전략에서 40년 4월 이후
의 독일의 서부전선의 약진에 고무되어 남방무력침략 방침을 결정하고 동남아시
아를 포함한 '대동아공영권' 건설구상을 실행에 옮긴다. 이러한 정세의 변화 속에
서 일본 국내의 정치와 대외 전략은 급격한 변화를맞게 되어, 식민지 지식인들이
전유하며 개입하고자 했던 언설공간은 그 자체가 사라져 버리게 된다. (정종현,
앞의 논문, 190면.)

려내고 있다. 그것은 『대륙』에서 어렴풋하게 대중동원의 성격이 무엇보다 강조되는 작품인 동시에, 역사로서의 사회주의가 보여주었던 생산력주의를 선명하게 보여주는 작품들이다. 생산력주의는 단순히 한설야 개인의 구상을 넘어 당시 북의 공식적인 체제 이데올로기였다. 북에서 고축적을 달성해야만 한다는 성장노선은 많은 기복을 수반하기는 했으나 한번도 포기된 적 없는 지상명령적 과제였다.[41]

한설야가 식민지 시기 내내 관심을 기울였던 생산관계의 모순이나 노동자의 착취라는 문제는 더 이상 문제가 되지 않는다. 해방이라는 대사건으로 인해 그러한 문제는 더 이상 북한 사회에 존재하지 않기 때문이다. 한설야에게 북한 사회에서의 노동이란 "창조이며, 기쁨이며, 광명이며, 힘"[42]일 뿐이며, "오늘의 로동은 옛날의 그것처럼 착취의 대상이 아니고 바로 사회주의 사회 건설의 방법 그것이니만치 이것은 오늘의 인간에게 있어서 무엇보다 고귀하며 영예로운 일"[43]일

---

41 북한에서는 이러한 경향이 시간의 흐름과 함께 점점 강렬해진다. 집단적 혁신운동, 천리마운동은 물질적 동기 외에도 정신적 동기에 의해 비약적으로 생산력을 중대시킬 수 있다는 믿음에 의해 추진되었다. 이른바 '혁명적 군중노선'은 소련으로부터 경제원조가 끊기면서 자체의 힘으로 사회주의를 건설한다는 자력갱생 원칙과 결합되어 더욱더 열광적인 모습을 띠어간다. 사회주의보다 한 단계 더 나아간 공산주의 원리가 더 큰 생산력을 보장한다는 인식이 지배하게 되었다. 이는 근대의 초극, 근대의 부정을 통해 생산력의 증대를 이루겠다는 전망이었다. 여기에는 자본주의적인 경제적 합리성은 물론, 소련의 국가사회주의가 갖는 계산성까지 뛰어넘겠다는 의지가 발동하고 있었다. 그러나 1960년대 이후 북한 국가사회주의 체제는 이미 생산력 증대에서 한계에 달해 있었다. (서동만, 「북한 사회에서 근대와 전통」, 『한국의 '근대'와 '근대성' 비판』, 역사문제연구소 편, 역사비평사, 1996, 361면.) 「10년 – 해방 10주년을 맞이하여」(『한설야 선집 – 수필』, 조선작가동맹출판사, 1960)에는 해방 이후 10년 간은 노동자와 농민들이 과거에는 상상할 수도 없는 "증산"(218)을 이룬 과정으로 의미부여되며, 심지어 전쟁 기간에도 "생산은 계속 보다 높은 숫자에서 보장"(220)된 것으로 기술된다.

42 한설야, 「생활의 교훈」, 『한설야 선집 – 수필』, 조선작가동맹출판사, 1960, 337면.

뿐이다. 윤세평도 한설야의 〈탄갱촌〉과 〈자라는 마을〉에 대해 논의하면서, "로동이 고역으로 된 것은 착취자 사회에서의 일이다. 근로자들이 나라의 주인으로 된 우리 사회에서 로동의 의의는 달라졌다."[44]고 단언하고 있다. 한설야의 소설에서 생산관계의 모순이라든가 비인간적인 노동조건의 문제는 모두 해결되어 전혀 문제시되지 않는다. 이러한 인식의 바탕 위에서 본격적인 생산력주의의 면모가 나타난다.[45]

〈자라는 마을〉과 〈탄갱촌〉은 생산력주의가 본격적으로 드러난 대표적인 사례이다.[46] 〈자라는 마을〉에서는 끊임없는 경쟁을 통해 더 나은 성취를 달성하기 위해 애쓰는 모습이 그려지고 있다. 농사일은 물론이고 문맹퇴치 사업도 경쟁의 원리하에 이루어진다.[47] 이것은 무한경쟁을 기본 원리로 하는 자본주의를 떠올리게 할 정도인데, 이 때문인지 락운은 그러한 경쟁이 의미하는 바를 "우리는 결국 서루 돕고 다 같이 잘 살고 뒤떨어진 사람들을 얼른 춰서게 하자는 기요 … 그래서 이렇게 서루 경쟁하면서 돕는 기구 그런 데서 발걸음이 빨리지는 기요."[48] 라고 강조해서 언급할 정도이다. 그러나 락운의 입을 통해서

---

43 한설야, 「사회주의 젊은이들」, 위의 책, 350면.

44 윤세평, 앞의 글, 59면.

45 러시아 출생의 토니 클리프는 스탈린 체제, 곧 현실사회주의를 관료제적 국가자본주의(state capitalism)라고 부르면서 스탈린 체제가 결코 노동자 계급의 해방을 본질로 하는 사회주의가 아니라고 말하기도 했다. (T. Cliff, 『소련 국가자본주의』, 정성진 옮김, 책갈피, 1993.)

46 〈탄광촌〉과 〈자라는 마을〉은 체험을 바탕으로 해서 쓴 작품(이러한 사정은 「생활의 교훈 – 사회주의 로력 투쟁 속으로」에 잘 나타나 있다.)이다. 그런 만큼 당시 북한의 실상에 흡사할 것으로 추측해 볼 수 있다.

47 상호경쟁과 집단주의는 증산을 독려하는 원칙이었다. 서로를 부추기는 방법으로서의 경쟁은 결국 집단주의를 강화하는 것이어야 했다. (신형기·오성호, 『북한문학사』, 평민사, 2000, 94면.)

도 경쟁 그 자체가 부인되지는 않는다.

이 작품에서는 황무지 개간이 주요한 사업으로서 그려지는데, 황무지 개간은 일제말부터 생산력의 향상을 보여주는 사례로 가장 많이 애용되었다.[49] 황무지 개간은 '탁류 3부작'과 『대륙』에서도 이미 나타난 바 있다. 〈자라는 마을〉은 해방 이후 북한의 농업 정책을 거의 사실적으로 드러내고 있다. 이 시기 북한의 농업 정책은 시장 거래가 공식적으로 승인되었다고 하지만 국가의 통제라는 특징을 지니고 있었다. 생산책임제에 기초하여 개별 농민에게 생산 목표량을 부과하고, 집단 농작업을 위해 농민들을 단체로 조직하고, 농민의 사기를 고양하기 위한 정신운동을 추진했던 것이다.[50] 〈자라는 마을〉은 이러한 농업 정책의 모습이 거의 직접적으로 나타나 있다.

〈탄갱촌〉은 생산력주의를 가장 선명하게 보여주는 소설이다. 이 작품에는 여러 가지 돌격운동이 등장한다.[51] 해방 일주년을 기념하여 "탄광 기계 전부의 수리와 개조에 중점을"(105) 둔 돌격운동을 펼치고

---

48 『한설야 선집』, 조선작가동맹출판사, 1960, 289면. 『대동강』을 제외한 해방 이후 단편소설들은 이 책에서 인용하였다. 인용시 본문 중에 면수만 기록하기로 한다.

49 이기영의 일제말과 해방이후에 걸쳐 가장 많이 나타나는 모티프이다. 이기영은 해방 이후 〈땅〉에서도 황무지를 개간하여 논을 만들고, 그 과정에서 공동체적 일체감을 확인하는 이야기를 그려보였던 것이다. 이기영은 일제 말, 한 글에서 만주의 황무지를 논으로 만드는 일을 '자연계의 일대 변혁'(이기영, 「만주와 농민문학」, 『인문평론』, 1권 2호, 39.11., 22면)으로 찬양하고 있기도 하다.

50 기무라 미쓰히코, 앞의 책, 749면.

51 증산과 개발이 전투였던 만큼 그 선봉에 나서는 것은 돌격대다. 군대식 동원이 보편화된 것이다. 신인간들은 그 자신이 돌격대거나 돌격대를 조직하는 선봉이 되어야 했다. (신형기·오성호, 앞의 책, 94면)
'돌격대'라는 호칭은 북한 사회 전체를 가리키는 단어가 되기도 한다. 북한은 "쓰탈린에 의하여 국제 로동 운동에 있어서의 영광스러운 '돌격대'의 칭호를 받"(「쓰딸린은 우리와 함께 살아 있다」, 『한설야 선집 – 수필』, 조선작가동맹출판사, 1960, 206면)는다.

있으며, 나아가 "로동자들은 자진하여 건축과 수리에 필요한 자갈을 실어 오고 일요일에는 농촌에 가서 농민들을 도와 주고 또 수재를 방지하기 위하여 방축 역부에도 일부 로동자들을 며칠에 한 번씩 단체 동원"(106)하는 것이다. 재수를 비롯한 학생들도 "나라를 위하고 겨레를 위하는 길"(106)이라 여겨, 그러한 돌격운동에 동참한다. 탄광학교 한 선생의 "우리는 자연을 정복할 뿐 아니라 그것을 고붉처럼 쥐여서 우리에게 필요한 것으로 만들어 내놓아야 하오."(97)라는 말은, 이 시기 한설야 소설의 중핵이라고 할 수 있다.[52] 이 작품은 급기야 "사람보다 더 윤기 있게 번쩍이는 것은 무연탄 덩이였다."(82)고 말하는 수준에까지 이어진다.

작품에서 해방 이전과 이후의 달라진 상황을 나타내는 가장 중요한 지표는 노동자의 복지나 행복이 아닌 채탄률이다.[53] 김선생은 "더욱이 로동 법령이 실시된 이후부터 광부들은 신이 나서 너희들 지식을 조아파는 사람만 일한다더냐 우리도 나라를 위해서 일을 할 게니 보아라 하듯이 능률이 버쩍버쩍 올라 가고 있소. 왜 놈 시대에는 하 사람이 하루 한 톤 류칠백쯤 팠는데 해방 후에는 두 톤 오류백까지 올리는 사람이 있소."(90)라고 말한다. 그리고 그러한 채탄률은, 일제의 야만적인 탄압이 없어지고 노동자들의 자발적이며 헌신적인 참여가 있었기에 가능했던 것으로 그려진다. 생산력주의에 대한 확고한 신념은 다음과 같은 상식 밖의 문답을 만들어내기도 한다. 과학적 상식이란

---

[52] '기술을 통해서 자연을 개조해 간다'는 생산의 정신이 밑바탕에 흐르는 한, '사회에서 짐이 되는 것은 배제해간다'는 합리화로 나갈 수밖에 없을 것이고, 그러한 사고는 많은 문제점을 낳게 된다.

[53] 채탄률의 상승은 "손으로 석탄을 파먹던 시대가 지나가고 전기로 파내는 새 시대가"(72) 온 것과 동일한 맥락에 놓여 있다. 무엇보다 해방의 가장 큰 의미는 생산력의 증대를 가져왔다는 사실인 것이다.

채탄률 높이기란 지상명제 앞에서는 너무나도 허약하다.

> "선생, 이 석탄이란 아마도 사람에게 그다지 해가 한 되나부지요. 그리게 이 속에서 십 년 이십 년을 로동해도 견디여 내지요."
>
> 하고 성춘이가 물었다.
>
> "그렇지요.　이 석탄 속에 류황분이 있어서 사람 몸에 좋다고 하오."(90)

그러나 생산기술의 현격한 발전이 전제되지 않은 이상, 탄광 안에서의 노동이란 중노동일 수밖에 없다.[54] 따라서 〈탄갱촌〉은 노동소설로서는 특이하게도 '노동자 없는 노동소설'이 되고 있다. 이 소설의 주인공은 현재 노동자가 아닌, 앞으로 탄광 노동자가 될 "탄광 기술 공업 학교 학생들"(65)이다. 실제로 막장에서 탄을 캐고 있는 사람들은 말이나 시선의 대상으로 표상되고 있을 뿐, 한번도 주체로서 등장하지 않는다. 교장은 훈시에서 그들을 "거의 사람의 형용을 잃고 검둥이 같이 되어서 일을 하고 있"(67)다고 말한다. 굴 속에 있는 실제 노동현장은, 탄광에 경험이 많은 김선생의 설명으로 그 재현이 대체되고 있다. 학생들은 광부들과 이야기해보려 하지만, 작품 속에서의 유일한 대화는 갱도를 수리하는 사람들을 만났을 때의 "수고들 하십니다."라는 인사말 뿐이다. 처음으로 석탄 파는 사람들을 만났을 때도, 학생들은 "몸에서 땀이 철철 흐르는데 석탄 가루가 씌여서 전신 만신이 가맣

---

54 증산이라는 문제를 다룸에 있어 그 배경으로 탄광을 설정한 것은 의미심장하다. 루이스 멈포드(Lewis Mumford)는 『기계의 신화』에서 근대적 산업화의 최초의, 그리고 가장 전형적인 형태의 공장이 석탄광산이라는 점을 지적한 바 있다. 광산은 근대적 산업노동의 원형이라고 볼 수 있는 것이다. (김종철, 「민주주의, 성장논리, 農的 순환사회」, 『창작과비평』, 2008년 봄, 74면.

게 되어 있었다. 어떤 데서는 아랫도리까지 빨가벗어 버리고 일하는 사람도 있었다."(80)고 학생들에 의해 보여질 뿐이다. 물론 그들이 처한 힘겨운 노동환경은 "더구나 먼지가 뽀얗게 떠도는 가운데서 검은 사람이 움직이는 것이 전기불에 비쳐 마치 흑연처럼 둔탁하게 빛났다."(81-82)처럼 희미하게 드러나고, "검은 먼지가 뺀질 떠올랐다. 숨이 막힐 듯 하였다."처럼 직접적으로 드러나는 경우에도, 곧 "그렇건만 광부들은 아무렇지도 않은 모양이었다."(81)와 같은 초점화자의 개입으로 무화되어 버리고 만다.

이 때 노동자의 빈 자리를 대신하는 것은 김일성의 사진과 여러 표어들이다. 굴 속으로 들어가는 승강장에서부터 막장까지 그것들은 어김없이 걸려 있다. 승강장에 있는 그 사진으로 "랑하는 그 초상화 한 장 때문에 더할 수 없이 명랑하였다. 재수는 무연한 가운데서 기운이 났다. 기쁨이 드솟았다."(71)고 묘사된다. 작품의 마지막 역시 그 사진을 보며 재수가 노래를 부르는 것으로 끝난다.

이 시기 한설야 소설에서는 '하면 된다'는 식의 주의주의(Voluntarism)가 넘쳐난다.[55] 이것은 레닌주의로부터 주체 사상에 이르기까지 공통

---

[55] '해방 10주년을 맞이하여'라는 부제가 붙은 「10년」(『한설야 선집 – 수필』, 조선작가동맹출판사, 1960.)이라는 수필에 나타난, 북한이 걸어온 해방 이후 10년의 시간은 '의욕'이나 '노력' 등의 정신적 힘을 통해 모든 곤란을 극복해 온 과정으로 그려지고 있다. "우리는 이 약속에서 한 때의 불편 부족 고통들을 기쁨과 로력과 창조에의 불타는 의욕으로 참을 수 있었다."(215), "실제 전야 작업에서 일제 시대보다 많은 수확을 내였다. 해방이 준 약속 – 아직 정신에만 가져다 준 희망이, 즉 이 새로운 정신이 땅에 작용하였던 것이요. 이 정신이 바로 땅에서 보다 많은 물질을 만들어 내였던 것이다."(216), "이러한 투쟁 속에서 로동자들은 자기들이 돌릴 수 없던 기계를 자기들의 손으로 돌리게 되었고 그 투쟁에서 얻어진 자기도 모르던 자기의 창조력에서 놀라운 기쁨과 희망을 느꼈다. 그것은 소소한 곤난을 완전히 잊어 버리게 하였다."(216), 이상의 인용에서 알 수 있듯이 지난 10년은 "인간의 정신이 참을 수 없는 고통을 이기고 우리에게 필요한 물질을 창조해 내고 '없는 것'

적으로 발견되는, 인간의 주체적 능력을 강조하는 동원 이데올로기의 철학적 표현이다. 이러한 기획은 일종의 유토피아적 기획이라고 할 수 있으며, 그것은 공적인 것을 위해 사적인 것을 모두 소거시키는 것에 상응한다. 이러한 주의주의는 당대의 북한사회가 처한 현실적 상황에서 비롯된 것으로 보인다. 생산이 가능하기 위해서는 노동력을 지닌 인간과 노동대상 및 노동수단이 필요하다. 노동력이 생산의 인적 요소라면 나머지 두 요소는 생산의 물적 요소로서, 생산수단이라 부를 수 있다.[56] 당시 북한 사회는 생산수단이 모자란 저개발의 상태라고 할 수 있다. 이러한 상황에서 생산력을 높이는 방법은 생산의 다른 한 축인 노동력을 최대한 끌어올리는 방법밖에는 없었던 것이다.

〈기적〉에서 사람들은 기차가 끊어진 지 열흘이 넘었음에도 "왜놈들의 세월이 끝난 것이 기뻐서 한동안은 걸어 다니는 괴롬을"(383) 모르며, "정거장 구내는 단 며칠 동안에 몰라 보도록 정결해"(390)졌다. 상세하고 세밀하게 경제 개발을 지휘하는 이와노브 대위의 "조선은 이제 곧 훌륭한 나라로 되오, 그것은 동무들의 손에 달렸소."(393)라

에서 '있는 것'을 창조하는 놀라운 사실"(217)을 깨달은 시간이고, 심지어는 "아름다운 인간의 념원과 지능"(221)으로 원자탄을 이겨낸 시기이도 한 것이다.

58년에 창작한 「정신의 기사와 정신의 생산자들」(『한설야 선집 - 수필』, 조선작가동맹출판사, 1960.)에도 주의주의는 선명하게 나타난다. "육체를 움직이는 데 있어서 정신의 힘은 진실로 이렇게 무서운 작용을 놀고 있는 것이다. 하나의 굳은 신념은 육체를 태산 같이 무겁게도 할 수 있는 것이요 또는 홍모 같이 가볍게도 할 수 있는 것"(310)이며, 실제로 병약한 여학생은 "정신력이 강화되여 병을 이기고 일의 능률을 높"(311)여 누구보다도 많은 작업량을 달성하기도 하는 것이다. 이 글에서도 미국의 핵은 "자애로운 창조의 '신'이며 생활과 생산의 원천인 우리의 정신적 생산"(312)을 결코 이길 수 없는 것으로 표현되고 있다.

59년에 창작한 「위대한 비약의 시대」(『한설야 선집 - 수필』, 조선작가동맹출판사, 1960.)에서도 "오늘 우리 나라의 기적이란 것은 사실 인간의 힘에서 오는 것이다."(322)는 문장을 확인할 수 있다.

56 정이근, 앞의 책, 32면.

는 말에 인춘영감은 "나라를 위해서는 뼈가 휘어도 좋다고 생각"(393)
한다. 훌륭한 나라를 위해서라면, 개인은 "뼈가 휘어도 좋"은 것. 그
것이 해방 이후 북한 사회가 원한 이상적인 인간형의 하나라고 할 수
있다.

생산력이 절대시되는 상황에서 낭비는 절대적 금기의 대상이 된다.
〈남매〉에는 랑비에 대한 병적인 혐오가 나타난다. 쏘련 적십자 병원
의 소련인 간호장은 연필 하나가 없어졌다는 이유로 병원을 다 뒤집
다시피 한다. 또한 작품에서 가장 모범적인 인물인 크리블랴크 선생
의 탁자에는 "무용한 랑비가 거기에는 하나도 없"(194)다. 이 과정을
통해 원주는 "이 병원에 들어 온 이후에 무용한 허비를 미워하는 감정
이 훨씬 더 예민해"(195)진다. 또한 서사의 진행과는 무관하게 맑은
물이 땅 속으로 흘러가는 모습을 보며, "그것은 인간의 피의 랑비인
외에 아무 것도 아니였다."(211)는 다소 과장된 인식을 보여준다. 낭
비가 축적의 반대편에 있는 개념이라는 것을 생각할 때, 생산성의 향
상과 그것을 통한 힘의 축적을 지상과제로 삼고 있는 상황에서 낭비
가 혐오의 대상인 것은 당연하다.

생산력주의는 남녀관계를 결정짓는 요인으로까지 등장한다. 『대동
강』에서 점순이가 태민이를 사랑하는 가장 큰 이유는 그가 '열심히 일
한다는 점'이다. "태민은 말수 적은 사람이오, 또 일에만 고스란히 매
달려 있는 사람"[57], "선량한 사람이며 남이 알아주거나 말거나 진심으
로 일에 충실한 사람"(14), "기계 이외에는 별로 관심을 가지지 않"(243)
는 사람으로 묘사된다. 점순이는 일하다가 다친 태민이의 붕대 감은
손을 최고의 선물이라고 생각한다. 점순이도 "무엇보다 실행하는 사

---

[57] 『대동강』, 조선작가동맹출판사, 1955, 12면. 앞으로의 인용시 본문 중에 면수만
기록하기로 한다.

람이였고, 건설하는 사람이였고, 새로 만들어 내기를 좋아하는 사람"(109)으로 묘사된다. 이에 반해 점순의 지도를 통해 변화하기 이전의 상락은 "자기 허물은 감추어 두고 다른 사람 헐뜯기, 또 그것으로 자기 허물 가리기, 실행 없는 허풍떨기, 이 책 저 책에서 그럴듯한 말만 따가지고 유식한 체 뽐내기, 남 좋다는 건 덮어놓고 까발리기, 몰라도 아는체 하기"(109)로 요약된다. 그것은 주로 실행과는 대척점에 선 모습이다. 이 소설은 점순이가 태민이 밤새워 일하는 모습에 반하는 것으로 끝난다.[58] 서정적으로 그려진 이 장면에서 생산력주의라는 국가 이데올로기는 지극히 낭만화되고 있다.

한설야 소설은 대개의 경우 성장의 과정을 기본 구성방식으로 채택하는 경우가 많은데, 해방 이후 소설에서 긍정적 주인공이 성장을 통해 최종적으로 가닿는 지점 중에 하나는 소련의 노동영웅 스타하노프[59] 식의 초인적인 노동자이다. 1935년 소련이 만들어낸 노동영웅

---

[58] 그 부분을 옮기면 다음과 같다.

"태민 동무!"

하는 자기의 부르짖음도 또 부지중 앞으로 달려간 게걸음도 점순은 전연 의식하지 못했다.

점순은 하마트면 태민의 가슴에 가서 콱 부딪칠번 했으나 그 한걸음 못미처에서 멈춰 선채 손을 내밀었다.

"태민 동무!"

"아!"

그제야 태민은 흠칫하며 이상한 소리를 내였다.

"아이 눈이 시여"

점순은 반쯤 모로 서서 눈을 비비고 있었다. 공연히 수삽했다.

아침 햇빛이 두사람 사이로 조금 더 붉게 흐르고 있었다. 사람의 가슴도 찬란했다.

"이제 맘껏 일하게 됐어요"

점순은 재단기를 비다듬듯이 하며 말하였다.

"난 가서 또 하나 새걸 조립해야지"

태민이가 말하였다.

동천 붉은 태양이 떠오르고 있었다.

스타하노프의 북조선식 변형이라고 할 수 있다. 이러한 노동영웅 스타하노프가 상징하는 것은 사회주의 근대화의 목표에 동원되어 소모되고 탈진한 비극적 인간상이다.[60] 한설야의 소설에서 베어나오는 비장감은 이 때문이다. 생산력 증대를 위한 노동 규율의 문제는 해방 이전과 이후에 있어 상이한 방향으로 해석된다. 해방 이전 시기 생산력 증대를 위한 노동의 규율이 노동자를 탄압하고 착취하는 것으로 그려졌다면, 해방 이후 시기에 있어 노동 규율은 이상적인 주체가 반드시 갖추어야만 할 미덕으로서 새롭게 그 의미가 부각되는 것이다.[61] 그것은 반드시 습속화되어 자연스럽게 우러나야 하며, 어떠한 강제도 아닌 자발성에 의한 것이어야만 한다. 때로는 초인적인 인내와 강도를 요구하는 것일지라도 그것은 마땅히 받아 안아야만 할 것이다.

최대한으로 노동을 동원하는 것 – 그것이야말로 사회주의적 근대화의 지상 과제가 된다. 〈탄갱촌〉의 재수에게서 드러나는 것처럼, 규율을 내면화한다는 것은 모든 사적인 욕망을 공적인 욕망에 종속시키는 것이기도 하다. 생산력의 극대화를 위한 대중동원을 통해 공적 영역과 사적 영역의 차이를 발견할 수 없는 불구적인 삶의 매트릭스가 창조되고 있는 것이다.[62] 해방 이후 한설야 소설에 나타난 생산력주

---

59 1935년 러시아는 돈바스 탄광의 광부 스타하노프가 7톤의 할당량을 초과해 102톤에 이르는 양의 석탄을 캐냈다고 크게 선전하였다.

60 임지현, 앞의 책, 215면.

61 이러한 특징은 식민지 시기 노동소설을 쓴 대표적인 또 한 명의 작가인 이북명에게도 나타난다. 식민지 시대 이북명의 노동소설에서 노동 규율은 오직 혹심한 노동 착취를 위한 것이었다. 그러나 해방 이후 이북명의 소설에서 공장이라는 공간은 노동자들이 화기애애하게 일하며 행복을 나눌 수 있는 곳이 된다. (신형기, 「'신인간' – 해방 직후 북한 문학이 그려낸 동원의 형상」, 『해방전후사의 재인식 1』, 책세상, 2006, 722면.)

의는 대중동원의 국가 이데올로기로 귀결되고 있다.

5. 결론

본고는 한설야 문학에 나타나는 생산력주의의 변모양상과 그 의미를 살펴보았다. 한설야는 일관되게 생산(노동)이라는 문제에 큰 관심을 기울여왔다. 카프 시기 한설야의 문학은 자본주의적 생산관계에 주로 관심을 기울였으나, 점차 생산력을 강조하는 방향으로 변화되기 시작한다. 〈과도기〉와 '탁류 3부작'은 일본에 의하여 이루어지는 근대화의 문제점에 대하여 충분한 관심을 보이고 있다. 당대의 농민들이 자신의 땅에서 유리될 수밖에 없는 실상을 효과적으로 드러내고 있다. 그럼에도 이들 작품에는, 일제의 자본에 의해 가능해진 생산력의 향상 앞에서 보이는 작가의 머뭇거림이 나타나 있다. 특히 '탁류 3부작'에는 식민지적 근대가 가져온 생산력의 증대에 대하여, 이전처럼 분명한 입장을 표현하지 않고 있다. 이러한 머뭇거림은 작품이 이데올로기의 일방적 중압으로부터 벗어났음을 보여주는 것으로서, 작품

---

62 이를 통해 북한사회는 비약적인 생산력의 증대를 경험하게 된다. 1959년에 쓴 글에서 한설야는 "1957년에 우리 나라 공업 총생산액은 전년에 비하여 44% 증가하였으며 1958년에는 또 다시 전년에 비하여 40% 증가하여 제1차 5개년 계획을 2년이나 앞당겨 금년 중으로 완수할 것이 예견되고 있습니다. (중략) 그러므로 사회주의 건설의 완성을 촉진하며 공산주의에로의 이행을 준비하기 위하여 계속 전진, 계속 혁신의 구호 밑에 천리마의 기세로 내닫는 우리 근로자들은 기술 혁명 수행에 대중적으로 동원되어 노동 생산 능률을 2배, 3배로 높이며 매일 같이 새로운 기적들을 창조하고 있습니다."(「공산주의 교양과 우리 문학의 당면 과업」, 『공산주의 교양과 문학창작』, 작가동맹출판사, 1959, 김재용(외), 현대문학비평자료집(5), 태학사, 1993, 8면.)라고 감격해하고 있다.

의 미학적 성취를 일정 부분 보장하게 된다. 〈과도기〉와 '탁류 3부작'에서 생산력주의는 어디까지나 서사의 심층에서 암시적으로 드러나고 있을 뿐이다. 생산력주의는 일제 말, 제국의 담론을 전유하면서 한층 강화된 모습을 보여준다. 『대륙』은 생산력주의라는 문제와 관련하여, 카프 시기의 작품들과 해방 이후 작품들을 연결시켜주는 '사라지는 매개자'로서 기능한다. 해방 이후 작품에서 생산력주의는 대중동원의 국가 이데올로기로 기능한다고 말할 수 있을 정도로 본격화된다. 생산력 증대를 위한 노동 규율의 문제는 해방 이전과 이후에 있어 상이한 방향의 해석으로 드러난다. 해방 이전 시기 생산력 증대를 위한 노동의 규율이 노동자를 탄압하고 착취하는 것으로 그려졌다면, 해방 이후 시기에 있어 노동 규율은 이상적인 주체가 반드시 갖추어야만 할 미덕으로서 새롭게 그 의미가 부각된다. 그것은 반드시 습속화되어 자연스럽게 우러나와야 하는 성질의 것이다. 이러한 생산력주의는 한설야가 기대고 있는 마르크스주의의 근본적인 성격에서 비롯된다. 또한 일제 말이라는 파시즘적 시기와 해방이라는 신화적 시공은 한설야 문학에 나타난 생산력주의를 한층 강화시켰다고 말할 수 있다.

한국 전쟁의 기억과
사회주의적 개발의 서사
— 한설야의 『성장』論

1. 한설야의 마지막 장편소설 『성장』

한설야의 장편소설 『성장』(조선작가동맹출판사, 1961)은 『형제』(아동도서출판사, 1960)의 속편으로서, 지금까지는 『조선문학』(1961년 8월)에 실린 일부(전체 18장 중에서 10장, 11장)만을 확인할 수 있었다. 『성장』 단행본은 재일동포 북한문학연구자인 김학렬 박사가 2008년 후반기에 서울대에 기증한 3000여종의 북한문학도서에 포함되어 있다. 『형제』는 전쟁기를 배경으로 하여 금옥이를 중심으로 한 전쟁 고아 5남매가 순이 부부와 국가의 보살핌을 통해 성장하는 이야기를 담고 있다. 『성장』은 5남매의 후일담을 담고 있다. 표현에 있어서도 『성장』은 『형제』와 밀접한 관련성을 맺고 있다. 50년대 후반 '민족적 특성론'이 북한 문학계에서 활발하게 논의될 때, 한설야의 『형제』는 이상적인 작품으로 많이 언급된다. 이러한 표현적 특징은 『성장』에서도 확인할 수 있는데, 대표적인 것이 기층민중의 삶과 정서에 밀착한 속담의 빈번한 사용이다.[1]

'성장'이라는 제목에 걸맞게 『성장』은 주로 아동과 젊은이들을 주인공으로 삼고 있다. 젊은 세대가 소설의 핵심인물로 설정된 것은 당대의 북한사회가 전대미문의 변화, 즉 이동성(mobility)의 상황에 놓여 있었던 것과 관련된다.[2] 그리하여 '천리마 대고조기'라 불리는 1958년부터 1967년까지의 북한문학에 등장하는 천리마 운동의 이상적 담지자인 "천리마 기수들은 대체로 순수한 신세대 젊은이거나 보통사람들"[3]이다. 유임하도 "1950~1960년대 북한 문학을 지배하는 키워드는 단연코 '청년'과 '열정'이다. '청년'이라는 말에는 북한 사회의 활력과 '사회주의의 전면적 건설'에 매진하는 근대화의 주체라는 함의가 담겨 있다."[4]고 주장하고 있다.

---

1 『성장』에 등장하는 속담들을 정리하면 다음과 같다.
　(얼음에 박 밀듯(29), "장 단 집엔 가도 말 단 집엔 가지 말라"(29), "열 소경이 풀어도 안 듣는다."(30) 물에 빠진 사람 검부레기 잡듯(36), 꿩 잡는 게 매(41), 부전 조개 이 맞듯, 등잔밑이 어둡다,(44), 얼음에 박밀듯(45), 우둔한 게 범 잡는다(68), 잘 되는 집은 가지낡에 수박이 달린다(73), 성만 내외 "피짚에도 배리 있다"(96), "량반은 얼어 튀여도 겨불에 손 안 쪼이는 법"(96). "가난이 쇠아들"(96), 물어도 준치(97), 등잔 밑이 어둡다(177), 무른 메주 밟듯(179), 빈달구지가 요란한 법이요, 반 병짜리가 출렁거리는 법(196), 장님 파밭매기(244), 말 한 마디로도 천량 빚 갚는다(248), 무는 범에게는 뿔이 없다(270), 굴르는 돌은 이끼 안 끼는 법(363), 집에서 새는 바가지 들에 가도 샌다(379), 굳은 땅에 물이 괸다(380), 소 뿔을 곧기려다가 소를 죽인단 말(383), 새 발에 피(392), 피 다 잡은 논이 없다(392), 안해에게 한 말은 나도 소에게 한 말은 나지 않는다(404))
2 F. Moretti, 『세상의 이치』, 성은애 옮김, 문학동네, 2005, 30면.
3 신형기·오성호, 『북한문학사』, 평민사, 2000, 229면.
4 유임화, 「청년과 열정, 감화의 이야기 방식」, 『북한문학의 지형도』, 이화여대 통일

총 18장 456페이지에 이르는 『성장』은 두 가지의 성장 서사를 중심으로 해서 작품이 구성되어 있다. 첫 번째는 금옥이가 자신과 같은 전쟁고아인 경덕이를 성장시키는 것이고, 다른 하나는 금옥이가 동생인 영준이를 성장시키는 것이다. 1장부터 13장까지는 전쟁으로 가족을 모두 잃고 운신마저 힘든 경덕을 치료하는 내용이고, 14장부터 18장까지는 금옥의 동생으로 러시아 유학에서 돌아온 영준이가 새롭게 탄생하는 내용이다. 동시에 작품의 여기저기에 천리마 운동[5]의 영향으로 개발이 한창인 농촌, 건설, 공업, 학교, 병원 현장이 나온다. 이것은 크게 보아 영준의 성장서사의 주제의식에 포함시킬 수 있다. 경덕이의 성장서사는 북한에서 한국 전쟁이라는 전대미문의 비극을 극복해가는 고유한 방식을 보여주며, 영준의 성장서사는 생산력주의와 긴밀한 관련을 맺고 있다. 경덕의 성장서사는 강렬한 내셔널리즘에 바탕한 반미의식을 보여준다. 이것은 『형제』의 핵심적인 주제의식이기도 하다.

『성장』에는 『형제』에서 발견할 수 없는 새로운 주제의식이 첨가되어 있는데, 그것은 생산력주의와 관련된 것이다. 이것은 반미, 친소, 김일성 찬양이라는 세 가지 주제를 다룬 것으로 인식되어 온 한설야의 북한소설에 대한 논의[6]에서는 찾아볼 수 없던 새로운 주제라고 볼

학연구소, 이화여대출판부, 2008, 128면.

5 천리마운동은 전후 복구 3개년 계획을 종료한 시점인 1956년 12월 당 중앙위원회 전원회의에서 행한 김일성의 연설 '사회주의 건설에서 혁명적 대고조를 일으키기 위하여'에서 비롯되었다. 자본·물자·기술 등의 부족에 직면한 북한은 결국 자체의 내부 원천과 인민의 자발적 역량을 총동원해야 했고 이를 위한 집단적 증산운동이 바로 천리마운동이다. (김성보·기광서·이신철, 『북한현대사』, 웅진지식하우스, 2004, 120~141면)

6 김윤식, 「한설야론」, 『한국현대현실주의소설연구』, 문학과지성사, 1990, 50~98면.
　서경석, 「한설야 문학 연구」, 서울대 박사논문, 1992, 110~155면.
　조수웅, 『한설야 소설의 변모양상』, 국학자료원, 1999, 200~289면.
　문영희, 『한설야 문학연구』, 시와시학사, 1996, 198~242면.

수 있다. 『성장』은 전후 복구를 끝내고, 본격적인 경제개발에 나선 북한의 1960년부터 1961년까지를 배경으로 삼고 있다. 이러한 배경은 생산력주의에 대한 과도한 강조로 이어진다. 생산력주의란 20세기 자본주의와 사회주의가 공유한 이념으로서, 산업적 근대성이 대중에게 행복을 제공할 것이라는 유토피아적 꿈이다.[7]

이처럼 한설야의 『성장』은 당대 북한의 기본적인 체제 이데올로기라고 할 수 있는 내셔널리즘과 생산력주의를 강하게 드러내는 작품이다. 이 작품이 더욱 문제적인 것은 증후적인 차원에서 그러한 체제 이데올로기에 균열을 일으키는 지점을 포함하고 있다는 점이다. 이것은 체제 이데올로기 비판을 가능케 하는 대목인 동시에 숙청을 앞둔 한설야의 내면과도 연결되는 지점이라고 볼 수 있다.

2. 한국 전쟁에 대한 전유

1) 경덕의 침묵과 발화가 의미하는 것

『성장』의 경덕은 한국 전쟁 중 부모를 폭격으로 잃고, 자신도 심각한 부상을 입는다. 이후 찾아간 사촌에게서 쫓겨나 거지와 같은 신세가 되어 길거리를 전전하던 중, 누나 혜덕과도 헤어지게 된다. 분주소와 내무성에서 애육원으로, 다시 애육원에서 초등학원을 거쳐 병원까지 온 경덕은 그동안 겪은 충격과 낙심으로 "말 없는 아이"[8]가 된다.

---

7 Susan Buck-Morss, 『꿈의 세계와 파국 — 대중 유토피아의 소멸』, 윤일성 · 김주영 옮김, 경성대출판부, 2008, 15면.
8 한설야, 『성장』, 조선작가동맹출판사, 1961, 296면. 앞으로 작품 인용시 본문중에

경덕이가 말을 하게 되지 못한 이유를 찾아내고, 그에게 말을 돌려주는 과정이 전반부의 핵심적인 서사이다. 이 부분은 북한이 겪어낸 한국 전쟁의 참상이 얼마나 끔찍한 것이며, 북한 사회가 한국 전쟁이라는 사건의 기억을 어떻게 나누어 가지는지(分有)를 보여준다.

다섯 살이었을 때 경덕이가 겪은 일들은 경덕이에게는 설명될 수 없는 사건 그 자체일 것이다.[9] 그것은 어떠한 의미화 이전에 부조리함 그 자체일 수밖에 없다. 온 집안이 모여 있는 자리에 폭탄이 터져 부모의 몸이 날아가고, 자신에게 돌아온다던 하나 남은 혈육인 누나가 영원히 나타나지 않는 상황이란 어떠한 주체적 선택도 상정할 수 없는 극단적인 상황이기 때문이다. 경덕의 침묵이 암시하듯이, 전쟁이라는 '사건'의 폭력성은 공약불가능한 체험이다. 경덕은 언어로 표현할 수 없는 한국 전쟁이라는 사건의 기억을 몸짓과 표정 등의 흔적을 통해 자신의 의사와는 무관하게 드러낸다. 정확히 말하자면 그 몸짓과 표정을 통해 상처의 기억은 경덕에게 도래한다. 경덕이 남긴 더듬거림과 침묵 한숨 등이야말로 모두 '사건'의 증언인 것이다.

금옥이 처음 "나는 선생님이 아니야. 경덕의 누나야."(197)라고 말했을 때, 경덕의 반응은 "눈을 사르르 감아 버렸다. 입가로 얕은 파도가 스쳐 갔다. 눈지방과 미간이 약간 주름잡히는 것 같았다."(197)고 표현된다. 나중에는 눈물을 보이기도 한다. 이러한 반응을 보고 금옥

면수만 기록하기로 한다.

9 오카 마리는 일관되게 사건은 언어화될 수 없다고 본다. 사건이 언어로 재현된다면, 반드시 재현된 현실 외부에 누락된 사건의 잉여가 있다는 것, 사건이란 항상 그와 같은 어떤 과잉됨을 잉태하고 있으며, 그 과잉됨이야말로 사건을 사건답게 만든다는 것이다. 표상 불가능한 사건을 표상하는 것, 말할 수 없는 사건에 대해 말하는 것, 그것은 무엇보다도 사건의 말할 수 없음 자체를 증언하는 것이 되어야만 한다. (오카 마리, 『기억 서사』, 김병구 옮김, 소명, 2004, 148~149면)

은 "무슨 아픈 기억이 온 것 같았다."(197)고 짐작한다. 이전에도 윤화 아주머니가 금옥이 역시 전쟁 중에 부모를 잃었다고 말했을 때, 경덕은 눈을 사르르 감으며 먹던 사과를 침대 우에 떨궈 버렸던 것이다. 윤화 아주머니가 경덕을 재우기 위해 자장가를 들려주자, 경덕은 별안간 흐느껴 울기 시작한다. 경덕이 보이는 사건의 흔적은 "두 주먹을 불끈 쥐고 그것을 앞가슴에 딱 붙인 채 죽어도 펴려 하지 않는 것"(203)에서도 드러난다. 경덕은 "우울한 사람으로 대낮에도 꿈꾸는 사람으로 반은 살고 반은 죽은 것 같은 그런 사람으로 살아"(295)가고 있는 것이다. 경덕은 금옥이가 가벼운 부상으로 붉은 빛이 흘러나오는 하얀 붕대를 두른 손을 보자 '아! 피…'(298)라고 몸소름을 치며, 의식을 잃어버린다. 눈을 감아도 "그의 눈 속에서 검은 그림자는 그대로 맴돌이치고 있었"(298)던 것이다. '검은 그림자'는 언어화할 수 없는 한국 전쟁이라는 사건의 흔적임에 분명하다.

전쟁에 관한 기억을 흔적으로만 증언하던 경덕이를, 처음 발화하게 만드는 장면은 자못 폭력적이다. 윤화아주머니는 "이 놈아, 내가 네 에미다."(203)라고 시작해 "요놈의 새끼, 그렇게 생각해 줘도 여태 나를 에미라고 안 부르지, 때려 줄테다."(204), "말을 해 봐라, 말을 하면 무슨 일이든지 다 해주겠다. 미국놈을 때려 잡아 다라면 내가 서울 가서 잡아 오마."(204), "말을 해라, 아버지, 어머니가 죽었으면 원쑤를 갚아야 하지 않니. 내가 원쑤를 갚아 주어, 말을 해봐라 어서."(204), "아버지, 어머니, 죽었지, 우리 수복 아버지도 미국놈들 때문에 죽었다. 말을 해 봐라."(204)라고 연달아 다그쳐 묻는다. 경덕은 간신히 고개를 끄덕이고, 이 순간 연화아주머니는 "옳다, 그렇게 말을 해야 나도 알지."(204)라며 "너도 얼른 나아서 원쑤 갚자. 수복이도 나도 함께 원쑤 갚으라 나가. 모든 조선 사람이 다간다."(204)고 말한다. 윤화 아주머니에 욕설 섞인 윽박지름을 통해 경덕은 처음으로 전쟁과 관련한 말을 시작한다. 그리고 윤화 아주머니의 말에는 이미 한국 전쟁이라는 사건의 의미가 선명하게 부여되어 있다. 그것은 반미로 수렴된다.

금옥과 윤화 아주머니 그리고 서술자는 경덕의 가족들이 당한 부조리한 죽음이 어디에서 유래하는가를 밝히려 한다. 경덕은 자신이 겪은 사건의 기억이 타자에게 공유되지 않고, 사건의 기억과 그 기억 속에서 세계의 외부에 방치되어 살아온 것이다. 금옥은 경덕이 겪은 한국 전쟁의 폭력을 상기해 결코 망각 속에 방치되지 않도록 최선을 다한다. 경덕이 지닌 폭력적인 수많은 사건에 대한 기억이 타자와 나누어 갖지 못하고 망각의 어둠 속에 묻혀 버린다면, 그것은 경덕을 영원히 타자화시키는 폭력이 될 것이다. 따라서 경덕이 겪은 사건의 기억을 나누어 가지려는 금옥과 윤화 어머니의 노력은 그 자체로 소중하다. 문제는 그 방식이다.

그 방식의 실체가 선명하게 드러나는 것은 금옥이가 경덕의 전쟁 시기 행방을 탐문하는 9장부터 12장까지이다. 이 부분에서 경덕의 형인 기덕은 영웅적인 활약을 하다 전쟁터에서 전사했고, 하나 남은 혈육인 열 여섯 살의 혜덕이도 반미의식이 투철한 투사로서 미군의 비행기 폭격에 죽었음이 밝혀진다.[10] 경덕을 육체적 불구를 지닌 "말 없는 소년"(173)으로 만들어버린 이유는 "미국 원쑤들로 해서 그렇게 된 소년"(295)이라는 말처럼, 철저하게 미국의 탓으로 돌려진다. 난데없

---

10 이러한 금옥과 기덕의 모습은, 북한이 공식적으로 형상화하기를 원하는 이상적인 아동의 모습이라 할 수 있다. 김정일은 『주체문학론』(조선로동당출판사, 1992)에서 "항일혁명투쟁시기 장군님을 따라 용감하게 싸운 아동단원들과 조국해방전쟁시기에 용감하게 싸운 소년들, 수령님께 끝없이 충직한 참된 소년단원들의 생동한 전형을 창조하여 우리 어린이들이 그 모습을 마음의 거울로 삼도록 하여야 한다."(251면)고 말하고 있다.

이 날아온 폭탄에 목이 잘려나간 아버지와 어머니의 죽음에도, 군수품을 운송하다가 기총소사로 죽어간 형의 죽음에도, 철다리에서 거지처럼 살다가 폭격에 죽어간 누나의 죽음에도 '전사(戰士)'로서의 의미가 충전되는 것이다. 경덕이 겪은 사건은 금옥의 내셔널한 욕망에 의하여 일방적으로 위치 지어지고 서사화된다. 혜덕이와 같은 어린 소녀가 반미를 외치다가 폭사한다든가 혜덕의 오빠가 자신의 임무를 수행하다 민청 맹증과 수첩만을 놓치지 않고 죽어가는 모습은, 사악한 존재로 설정된 미국이라는 존재에 대한 적개심에 바탕한 내셔널리즘이 발현된 장면이다. 근원적으로는 무의미할 뿐인 수많은 죽음에 미국의 희생자라는 의미가 주입되는 것이다.

경덕의 상처를 의미화화려는 욕망은 언어로 설명할 수 없는 '사건', 그 때문에 재현 불가능한 현실이나 사건의 잉여 그리고 타자의 존재를 부인하는 행위와 결부되어 있다. 전쟁의 상처가 비롯된 근원을 모두 "미제"에 돌려 버림으로써, 경덕이 겪은 상처와 연관되어 있는 '우리'는 그 책임으로부터 벗어나버리기 때문이다. 이를 통해 '우리'의 도덕적 순결과 위대함은 계속해서 유지된다. 경덕의 기억을 전유하려는 의도는 죽은 자들의 전유로까지 이어진다. 금옥은 공동묘지를 지나며 "죽은 사람에게 말이 없다고 누가 말하는가. 분명 이 무덤과 무덤은 어제도 오늘도 래일도 '미제 원쑤들을 쳐달라'고 부르짖고 있는 것"(249)이라고 여긴다.

사건의 기억을 하나의 이데올로기로 전유해버리는 것은 그로 인해 선명해지는 과거의 의미와는 무관하게, 사건의 진상 자체를 지워버린다는 점에서 또 다른 망각을 만들어낸다. 한설야의 『성장』은 경덕의 침묵과 발화를 통하여 망각의 정치학을 전형적으로 보여준다. 전쟁이라는 상황 속에 그야말로 내던져져 무의미하게 살해된 자들의 죽음에 내셔널리즘이라는 거대한 의미를 폭력적으로 부여하여, 한국 전쟁이라는 사건을 경험한 타자(어린이)의 목소리를 억압하고 봉쇄하는 이데올로기적 효과를 낳고 있다. 그것은 근본에 있어서는 사건의 분유(分有)와는 거리가 먼 또 하나의 폭력이라 할 수 있다. 이것은 경덕을 말하게 하는 것인 동시에 진정한 침묵에 머물도록 하는 것이다. 경덕과 독자는 전쟁이 가한 폭력적인 사건의 근원적인 부조리함을 회피하게 되기 때문이다. 그렇다면 금옥과 윤화 어머니의 노력은 경덕이 겪은 '사건'의 기억을 적극적으로 억압하기 위해 노력하는 것이라고 볼 수도 있다.

2) 축소된 국가로서의 병원

『성장』의 주요한 배경은 병원이다. 핵심 인물인 금옥은 작년에 의대를 나온 신출내기 의사이며, 경덕의 치료를 다룬 부분은 물론이고 후반부도 대부분 병원을 중심으로 서사가 이루어진다. 병원은 한설야 소설에서 주요한 배경 중의 하나이다. 그런데 그 의미와 역할은 해방 이전과 이후가 판이하게 다르다.

〈사방공사〉(『신계단』, 32.11.), 〈술집〉(『문장』, 1939.7.), 〈태양은 병들다〉(『조광』, 40.1.)와 같은 해방 이전 작품에서 병원은 부정적으로 형상화된다. 해방 이후 작품이더라도 식민지 시기를 배경으로 할 경우, 〈승냥이〉에서처럼 병원과 의사는 부정적으로 그려진다. 『성장』에서도 일제 시기 금옥의 어머니가 종처로 곪은 팔을 치료하기 위해 찾아간 공의가 무작정 팔을 찍자고 하는 이야기가 등장한다. 이 말에 놀라 병원을 뛰쳐 나온 금옥의 어머니는 침구 의원에게 가서 병을 고친다.

과거와 현재의 선명한 이분법은 태선생이라는 나이 든 의사를 통해서 선명하게 드러난다. 그는 일제시대에 교육을 받고 의료 활동을 해온 구세대 인물이다. 태선생은 "언제나 문헌과 경험에만 매달리려 하고 이 나라의 새 의료 일꾼들이 열고 나가는 길에 대해서 과소평가"(216)한다. 이외에도 그는 천리마 시대 부정적인 것으로 지적되는 특징을 고루 지니고 있는 인물이다.[11] 그러나 나중 태선생은 치료를 위해 환자의 곁에서 밤을 새우기도 하고, 딸의 열흘치 식량을 다른 사람에게 돌리기도 한다. 무엇보다 그는 치료 방법에 있어 이전과는 다른 새로운 방법을 실험한다. 그것은 문헌과 경험에만 매몰되지 않은 새로운 방법이다. 그 방법 의 핵심은 중화상 환자에게 참기름을 바르는 것이다. 참기름의 사용은 "집단의 지혜"(423)와 "전체적인 개진"(423)에 의하여 과거 문헌과 경험의 한계를 돌파하는 구체적 방법론이다. 참기름이라는 "민간 료법을 도입"(424)한 것은 주체성의 강조와 맥락이 닿아 있다. 동시에 그것은 철저하게 집단의 일원이 되겠다는 선언이기도 하다. "피곤도 괴롬도 모릅니다. 결코 과장이 아닙니다. 이제부터는 나도 자각적인 집단의 한 의사라는 신념으로 일하겠습니다."(423-424)라는 다짐을 동반하는 것이다.[12]

우파이든 좌파이든 전체주의는 질병의 이미지를 즐겨 사용한다. 그

---

[11] 이 시기 물리쳐야 할 부정적 측면으로는 "현상에 안주하려는 소극적이고 보수적인 태도, 과학지식과 기술에 대한 전문가적 폐쇄성을 고집하는 기술신비주의, 경험의 타성을 벗어나려 들지 않는 경험주의, 그 이외에도 이기주의나 개인주의와 같은 부르주아 사상의 잔재, 종파주의 및 관료주의 등"(신형기·오성호, 앞의 책, 221면)이 지적되었다. 태선생은 처음에 위에 열거된 부정적 성격을 모두 지니고 있다.

[12] 태선생 이외에도 구시대의 인물로 새롭게 변화하는 인물로는 성만 내외가 있다. 〈형제〉에서 금옥 남매를 구박하고 치안대에서 활동했던 성만이 내외는 휴전 이후에도 일에 열성을 내지 않는 모습이지만, 활기차게 변화되는 북한의 상황에 따라 긍정적인 인물로 새롭게 탄생한다.

이전부터 정치 철학에서는 질병과 사회의 무질서가 대비되고는 했다. 프랑스 혁명 이후 질병은 사회적으로 심판되어야만 될 그 무엇, 즉 악의 징후로서의 질병이라는 관념을 지니게 되었다.[13] 금옥은 자신의 메스가 "원쑤 치는 비수"(293)라고 여긴다. 또한 다음의 인용처럼 미국을 '독균'으로 인식한다.

> 이 추악한 병균들을 빨리 이 땅 남쪽에서 없애 버려야 한다. 의사에게는 모든 독균을 없앨 의무가 있다. 독균 중에서 가장 더러운 독균은 미제 강도들이다. 힘든 일이나 이것을 남조선에서 없애 버리고 지구상에서 없애 버려야 한다. (293)

이처럼 질병을 치료하는 병원이란 사회적·역사적 악을 교정하고 제거하는 국가를 상징하게 된다. 과거에 치료하지 못하던 병을 현재 치료할 수 있다는 것은, 현재 국가의 권능을 강조하는 효과를 발휘하게 된다. 이러한 의미는 "이십 년 동안 – 그나마 이국 일본에서 손에 운동화를 신고 다니던"(407) 경자라는 환자가 일본 동경 제대 병원에 전 재산을 털어주고 제일 유명하다는 외과 의사의 수술을 받고서도 치료하지 못한 병을, 금옥이 근무하는 병원에서 치료하는 사례에서 최고조에 이른다. 『성장』에서 경덕을 비롯한 여러 인물은 대부분의 질환을 일제 시기나 전쟁 시기에 얻게 된 것이다. 과거의 병원과 지금의 병원은 이처럼 선명하게 구별되는데, 그러한 대비는 이전의 국가와 지금의 국가가 지닌 차이를 드러내는 효과를 발휘한다.

---

13 Susan Sontag, 『은유로서의 질병』, 이재원 옮김, 이후, 2002, 111~118면.

3) 국가라는 대가족

경덕이 겪은 한국 전쟁의 상처에 의미를 부여하는 작업은, 그 사건의 단독성을 지우는 것이기도 하다. 경덕이가 금옥을 자신의 누나로, 윤화어머니를 자신의 어머니로 여기는 것에서 알 수 있듯이, 그러한 작업은 경덕의 누나와 부모를 수많은 국가의 누나와 부모로 대체하는 일이다. 경덕이는 누나인 혜덕이가 죽은 것을 알게 된 후, 드디어 금옥을 "누나!"(299)라고 부른다.

『성장』에서 국가와 인민의 관계는 별다른 매개 없이 직접적으로 부모와 자식의 관계로 이어진다. 영일은 외과 과장의 헌신적인 치료에 감동하여, 과장 선생은 "나의 아버집니다."(137)라고 선언한다. 일본에서 치료를 위해 북한에 온 경자 역시 "이 병원에서 보는 선생님들은 모두 저의 아버지, 어머니"(178)라고 말한다. 앞에서 보았듯이 금옥도 계속해서 경덕에게 죽은 혜덕이 대신 자신이 "누나"임을 강조한다. 윤화 아주머니도 경덕에게 "내가 네 에미다."(203)라고 선언한다. 길에서 만난 촌부도 자신의 자식이 "나라 자식"(252)이라고 말한다.

전쟁으로 인한 좋은 부모들의 죽음과 계부, 계모의 학대는 좋은 나라는 사라지고 나쁜 집단이 인민을 학대하는 것에 대응한다. 『성장』에서 주목할 것은 전쟁고아의 양육에 있어 혈연을 바탕으로 한 가족은 아무런 도움이 되지 않는다는 점이다. 금희의 아버지 고철룡은 해방 전 노동 운동을 하다가 여러 번 징역을 산다. 금희의 외할머니는 징역쟁이 사위를 떼어내고 딸을 소작인의 며느리로 개가시키려고, 딸과 손녀를 심하게 구박한다. 나중에는 사위를 밀고하여 죽음에 이르게 한다. 경덕의 누나인 혜덕이도 부모가 폭격으로 모두 죽자, 사촌의 집에 찾아간다. 그러나 사촌 올케는 혜덕 부모가 벌어놓은 양식을 모두 빼앗아 가고, 나중에는 그들 남매를 빈 몸으로 내쫓는다. 『형제』에서도 고아가 된 금옥 남매는 외삼촌 내외로부터 따뜻한 보호 대신 학대와 모멸만을 받았다.

도움 대신 위해만 가하는 사적인 가족을 대신하여 등장하는 공적인 가족이 바로 당과 국가이다. 수상을 가장으로 하는 북한이라는 대가족이 탄생하는 것이다.14 『성장』에서 당이 수행하는 부모의 역할은 부성적인 것이 아니라 모성적인 것이며, 징벌적인 것이 아니라 시혜적인 것이다. 경덕의 수술이 시작될 때, 수술실에는 당 위원장이 들어온다. 이 작품의 핵심이라고 할 수 있는 경덕의 치료 현장은 당 위원장의 시선 아래에서 이루어져야만 하는 것이다. 이 순간 금옥은 "그가 그의 가슴에 실어 가지고 오는 생명에 대한 사랑이 천 근 같은 무게로 금옥의 맘을 든든히 해 주었다."(320)고 느낀다. 이처럼 국가의 시선은 어머니의 시선과 겹친다. 이러한 시선은 『성장』에서처럼 따뜻할 수도 있지만, 그러한 따뜻함만큼이나 위협적일 수도 있다.15

---

14 북한은 개인주의가 아닌 집단주의를, 다원주의가 아닌 집단의 단일화를 향해 사회 전체를 공산주의적 가족, 즉 '사회주의 대가정'으로 변화시키려 했다. 중국도 문화혁명 당시 "국가는 하나의 가정"이라는 구호를 내걸었다. 개인의 이익보다는 집단의 이익을 중요하게 생각하는 '집단주의 원칙'에 의해 개인보다는 가족이, 가족보다는 국가가 중요하게 자리 잡는다. (박현선, 「북한의 가족정책」, 『북한의 여성과 가족』, 경인문화사, 2006, 134면)

15 이러한 나르시스적 상상의 영역에서 모성적인 사랑은 유아에게 엄청난 공포를 줄 수 있다. 모성적인 사랑의 철회는, 영양분 공급을 억제하는 것에서부터 육체적으로 사라지게 하는 것에 이르기까지, 직접적으로 육체를 위협하기 때문이다. (Susan Buck-Morss, 앞의 책, 238면) 본래 나르시스적 상상적 동일시와 공격성은 동전의 앞뒷면처럼 구조적으로 맺어져 있으며 이는 거울상과의 동일시가 궁극적으로 모호하고 불안전한 구조를 지니고 있음을 보여준다. (Teresa Brennan, *History After Lacan*, London:Routledge, 1993, p.40)

3. 스타하노프(Stakhanov)형 인간의 완성

1) 천리마 시대의 풍경

『성장』은 1960년부터 1961년까지를 스토리 시간으로 삼고 있다. 이 시기에 천리마운동에 기반을 둔 제 1차 5개년 경제계획(1957~1960)이 끝나고, 제 1차 7개년 경제계획(1961~1970)이 시작된다. 『성장』은 전반적으로 낙관적인 분위기가 가득한데, 이것은 제 1차 5개년 경제계획이 성과를 거둔 사실에도 일정 부분 기인한다.[16] 영준의 성장은 천리마 시대의 생산력주의와 긴밀하게 연관되어 있다. 당위원장의 말처럼 "일 잘하는 사람이 제일 예쁜"(106) 사회적 분위기를 반영하고 있는 것이다.

민족국가들 사이의 전쟁이 공간 차원에서 이루어진다면, 계급 전쟁은 시간 차원에서 이루어진다. 소련에서 경제 개발을 위한 정책은 전쟁과 같은 절대적인 것이었다.[17] 이 시기 북한사회에서도 속도는 무엇보다 중요시된다. 1958년에는 건축에 조립식 방법을 받아들임으로써 7천 세대분의 자재와 자금, 노동을 가지고 2만 세대의 살림집을, 그것도 한 세대를 14분 만에 세우는 '평양속도'가 등장하였다. 이어 1961년에는 비날론 속도가 창조되었다. 모두 산업생산 분야에서 짧은 기간 동안 비약적 발전을 이룩한 것을 나타내는 용어로서 속도가 빈번하게 사용된 것이다.[18] 『성장』에서도 "소탈한 사람은 성질이 급한 것"(242)이라든가 "굼벵이 천장하듯 하는 사람이 100년 산다면 맘이

---

16 고태우, 「정치·경제의 불가분의 계획들」, 『북한현대사 101장면』, 가람기획, 2000, 147면.

17 Susan Buck–Morss, 앞의 책, 60면.

18 전영선, 『북한의 문학예술 운영체계와 문예이론』, 역락, 2002, 124면.

급한 사람은 200년 사는 폭"(243)이라는 말이 등장한다. 남진과 영준의 대화에서도 남진은 "멀어도 달리는 놈이 먼저 가는 법이다. 여북하면 수상님이 천리마라고 이름 지었겠니."(356)라고 말하자, 부정적인 인물이던 영준마저도 "빠른 것은 좋아요."(356)라며 속도에 동의한다. 속도는 무엇보다 강조되는 가치이다.

『성장』의 곳곳에는 빠른 속도를 위한 노력이 곳곳에 드러난다. 대부분의 사람들이 엄청난 노동량을 감당하는데, 가정주분인 순이도 예외가 아니다. 병원에서는 서로 잠을 자지 않으며 경쟁적으로 환자를 돌본다. 산업 현장에서도 속도전이 벌어지고 있다. 어느 노인은 평양에 사는 아들의 집을 찾아갈 때마다 혼란을 겪는데, 이것은 14분만에 집 한 채를 지었다는 '평양속도'를 보여주는 것이다. 그 노인은 "저렇게 자꾸 짓는다면 하늘엔들 못 올라 가겠소."(252)라고 말하기도 한다. 이러한 속도를 위해 가장 많이 쓰이는 단어는 '경쟁'과 '동원'이다. 농촌과 도립 극장 등을 둘러본 남진은 "작업반과 작업반이 서로 경쟁이 붙어서 야단"(140)이라고 말한다. 여성 노동자인 귀례는 아버지와의 "경쟁"(435)을 일생 계속하겠다고 다짐하고, 영옥이와 정옥이 자매는 공부를 함에 있어서도 "무슨 경쟁하는 것"(436)처럼 열심히 한다. 상천은 금옥에게 보낸 편지에 "영광스러운 경쟁에서 나는 너에게 지지 않을 것을 약속하고 싶다."(440)고 말한다. 금옥 역시도 마찬가지이다.

이와 같은 사람들의 노동형태는 일종의 충격 작업에 해당한다. 제1차 5개년 계획 동안 선호된 노동조직형태인 충격 작업은 전혀 테일러주의적이지 않았다. 충격 작업은 개인의 몸 움직임에 대한 과학적 계산에 기반하여 리듬을 표준화하는 것이 아니다. 테일러주의적 리듬은 작업의 '규범'을 설정하였던 반면에 충격 작업의 목표는 작업의 규범을 깨뜨리는 것이다. 소련은 1929년에 들어와서 '사회주의적 경쟁'을 위한 캠페인을 벌이면서 충격 작업을 촉진시켰다. 어느 한 공장, 가게, 단체 등은 더 적은 시간 내에 더 많이 성취하기 위해서 다른 것들과 서로 경쟁했다. 규범을 깨뜨리려는 시도 속에서, 사람은 기계처럼 잔인하게 혹사되었고, 부상당했으며, 지나치게 학대받았다. 그 결과 그들은 그들의 기계와 마찬가지로 소진했던 것처럼 보인다.[19]

이와 관련해 『성장』에는 '하면 된다'는 식의 주의주의(Voluntarism)가 넘쳐난다. 이러한 주의주의는 인간의 능력과 의지를 강조하는 동원 이데올로기의 철학적 표현이다. 당시 북한 사회는 생산수단이 모자라는 저개발의 상태에 있었다. 더군다나 전후복구건설 때와는 달리 사회주의 국가들의 원조가 급격히 감소했으며, 투자재원이 심각하게 부족했다. 이러한 상황에서 전국적 범위의 사회주의 노력경쟁운동이라 할 수 있는 천리마 운동이 본격화 된 것이다. 이러한 상태에서 생산력을 높이는 방법은 생산의 다른 한 축인 노동력을 최대한 끌어올리는 방법밖에는 없었던 것이다.

거의 모든 주요인물은 '마음'이나 '정신' 등을 강조한다. 병원에 근무하는 간호원 금희는 "매사에 마음이 으뜸"(15)이라고 여기며, 외과 과장도 "첫째는 사람의 정신"(23)이라고 말한다. 금옥의 양아버지 남진도 틈틈이 "사람은 마음이 으뜸이니라."(55)라고 강조한다. 이후에 남진은 '조국건설'이 한창인 곳곳을 둘러본 후 "사람의 마음 같이 무서운 것은 없더라."(144)는 말을 한다. 사람들이 갖추어야 할 정신과 마음의 이상형은 일본과 미국에 맞서 싸우던 전사들의 정신이다. 병원을 중심으로 당시 북한 사회에서 모든 이들은 전사의 정신으로 자신의

---

19 Susan Buck-Morss, 앞의 책, 143면.

임무를 수행해 나간다. 금옥의 선배의사인 박연승도 "적과 싸우는 정신의 힘을 여기서 생각해서 안 될 것이 없다고 생각"(18)한다.

천리마 시대에 생산력을 향상시키기 위한 활동에 있어서는 아이들도 예외일 수 없다. 영준이 학업에만 전념하는 것보다 일에서 더욱더 많은 것을 배울 수 있다고 말하는 것이 단적이다. 영준은 한 달간 노동, 학습, 사상 동원이 삼위일체가 된 생활을 한다. 이러한 생활을 통해 학생들은 공부만 해야 한다던 영준의 생각이 180도로 변한다. "로동은 아무려나 학문보다 뒤에 서야 할 것이라던 생각도 땀 속에 흘러가고 말았"(391)던 것이다. 보호받아야 하는 존재로서의 어린이라는 근대적 관점이 생긴 이면에는 생산력의 발달이라는 물질적 변화가 자리잡고 있다.[20] 이와 같은 논리로 심각한 전쟁의 피해를 입은 저개발 상태의 북한에서는 생산력의 발전을 위해 어린이마저 동원할 수밖에 없었던 것이다.

생산력에 대한 강조는 모든 이에게 해당한다. 김일성의 어린 시절을 그린 〈만경대〉에서도 '원수'는 어른들로부터 항일의식과 함께 일중시사상을 교육받는다.[21] 일 중시 사상은 4장과 5장에 집중적으로 나타난다. 4장에서 '원수'는 아버지로부터 "사람은 일을 해야 한다. 땅같이 큰 것도 일을 무서워한다."(41), "일은 모든 것을 이길 수 있다."(41), "일은 반드시 무슨 일 값이든지 가져다 준다."(42)는 말을 듣는다. 아버지를 비롯해 할아버지, 할머니, 어머니, 숙부, 숙모의 유일한 무기는 "모든 것을 이길 수 있는 '일'"(47)이다. 5장은 "어린 원수는

---

20 홍성태, 「근대화 과정에서 어린이는 어떻게 자라왔는가」, 『당대비평』, 2004년 봄호, 246면.

21 〈만경대〉는 제1차 경제 개발 계획이 시작된 1957년에 교육도서출판사에서 출판되었다.

할아버지와 아저씨에게서 일하는 것이 좋은 일이란 것을 보고 배웠습니다."(47)는 문장으로 시작된다. 할아버지가 농사짓는 것을 보며, "근로하는 사람이 가장 좋은 사람이라고 생각"(51)한다. 나아가 "할아버지를 존경하는 마음은 근로를 사랑하며 또 물건을 아끼는 마음으로 자랐"(51)다고 이야기된다. '원수'의 아버지도 "근로를 사랑하고 물건을 아끼는 것은 할아버지와 같"(52)다. 1960년을 전후한 시기에 생산력주의는 내셔널리즘과 함께 북한 사회를 떠받치는 핵심적인 이념임을 확인할 수 있다.

2) 집단주체의 일원 되기

영준은 몇 년 간의 유학생활을 마치고 귀환한다. 영준의 성장은 주체적 입장의 확립[22], 개인주의의 청산, 산업 전사로의 탄생이라는 세 가지 의미를 지니고 있다.

영준의 개인주의를 향한 욕망은, 영준이 가지고자 하는 자기만의 '방'과 아무도 풀어보기를 원하지 않는 '보따리'로 표상된다. 영준은 식구들이 많은 집에서 자신만의 방을 요구하고, 자신이 소련에서 가져온 보따리를 아무도 펼쳐보지 못하게 한다. 특히 영준의 개인주의는 집단주의를 신봉하는 금옥과의 논쟁 과정을 거치면서 뚜렷하게 그 모습이 드러난다. 금옥이는 영준이가 낡은 사회의 관념에 빠져 "확대경 앞에서 너 자신을 바로보고 있"(372)으며, "오늘 우리 나라의 어떤 사

---

22 영준은 오랜만에 가족들을 만나 "누나도 이제 서양 가 보라구, 참 좋아."(353)라든가 "아버지도 서양 악기 좀 배우셔요."(354)라고 말한다. 작은 행동 하나까지도 가족과 나라를 무시하는 모습이 베어 있다. 금옥은 이러한 현상이 "제 것, 제 집, 제 거레에 대한 애정"(369)이 엷어져서 나타난 것이라고 규정한다. 처음 영준은 "남의 눈으로 우리 것을 보려는"(378) 사람이었던 것이다.

람도 전체의 리익과 모순되는 개체의 자유를 신성 불가침이니 자기의
세계니 권리니 리익이니 하고 말하는 사람은 없다."(373)고 단언한다.
이에 영준은 자신이 "자기의 세계와 자기의 자유를 찾는 것"(372)일
뿐이라며 맞선다.

그러나 이 논쟁은 집단주의라는 당대의 체제 이데올로기를 대변하
는 금옥의 일방적인 승리로 귀결된다. 자기의 세계를 지키고자 하는
영준의 욕망은 금옥에 의하여 "라체의 세계, 색정의 세계"(373)로 치부
될 뿐이다. 영준의 보따리 안에는 건축에 관한 서적과 함께 나체 사진
이 실린 영화잡지가 들어 있는 것으로 설정되어 있다. 금옥은 함정에
빠진 이리를 사람들이 구해주었더니, 그 이리가 사람들을 잡아먹으려
했다는 우화까지 영준에게 들려준다. 이 때 이리는 영준을, 사람은 국
가와 당을 의미한다. 이러한 논쟁을 거친 후에도 한동안 영준은 개인
주의에서 벗어나지 못한다. 수도 건설에 참여하게 되어서도 처음에는
"만세주의야", "감정과잉증이야"(381)라며 비판적인 태도를 유지하는
것이다. 그러나 동료들의 열기와 능력에 큰 충격을 받고, 적극적으로
천리마 운동에 나서는 전사로서 새롭게 태어난다. 영준은 밤에 몰래
나가 일을 더 하기도 하고, 칭송받을 일을 하고서도 "저를 내세우고
제 자랑을 하고 싶어 하던 버릇을 송두리째 빼여 버"(400)린 듯이, 감
추기 위해 애를 쓴다. 나중에 영준은 "가만히 생각하니 만분 옳은 말
이란 말이요. 나도 이제는 누나가 가르친 대로 살려오."(394-395)라
며, 금옥의 말을 완전히 수용하게 된다.

『성장』은 작품에 등장하는 생산력주의의 전사들이 각자의 몸을 떼
어내어 천리마 운동 중 화상을 입은 여자에게 이식하는 것으로 끝난
다. 금옥, 태선생, 영준과 같은 주요 인물은 물론이고, 윤화 아주머니,
간호원들, 실습생들이 모두 자신의 피부를 떼어내어 화상 환자에게

이식을 해주는 것이다. 이것은 작품에서 그려내고 있는 스타하노비즘 (Stakhanovism)의 완결된 모습을 실연하는 것에 해당한다. 더 많이, 더 크게라고 외치며 끝없는 생산성을 요구하는 스타하노비즘의 논리 에는 한계가 없다. 스타하노프의 몸은 기계가 아니기에, 당연히 고통 을 느낀다. 그러나 집합체를 위해서 개인을 텅 비워버리는 육체적인 고통은 소비에트 숭고미의 엑스터시이다. 이 때의 몸의 승리는 동시 에 몸의 파괴를 의미한다.[23] 『성장』의 등장인물들은 생산을 위하여 실제로 자신의 몸을 파괴하고 있다. 동시에 그것은 국가라는 거대한 하나의 집단을 만들어내는 작업의 실연이기도 하다. 『성장』에서 천리 마 시대의 일꾼들은 실제로 자신의 몸을 파괴하여 하나의 몸이라는 공적인 숭고함을 만들어 내고 있다.

4. 성장이 지닌 의미와 균열의 지점들

아동관이란 성인들이 아동 본질을 이해하려는 태도로서 그들이 아 동을 어떤 존재로 인식하고 그들의 가치를 무엇으로 보는가와 관련된 사회적 역사적 산물이다.[24] 한설야 소설에서 아동은 국가주의에 바탕 하여, 미래의 북한을 담당할 위대한 국민이 되어야 하는 존재이다. 『성장』의 경덕이 보여주는 동심과 무구의 이미지[25]는 강력한 이데올

---

23 Susan Buck-Morss, 앞의 책, 222~223면.
24 아동관은 근대 유럽의 인권 사상이 생겨남과 함께, 아동을 성인의 축소판이 아닌 고 유의 심성과 발달단계를 지닌 존재로 바라보기 시작하면서 생긴 관점이다. (박은희, 「전후 일본의 아동관 변천에 관한 고찰」, 『동북아 문화연구』 12집, 2007, 359면)
25 순진 무구한 존재로서의 아동에 예외가 있다면, 그것은 김일성이다. 〈만경대〉에 서 '원수'로 호칭되는 김일성은 비범한 능력을 천성적으로 지니고 있다.

로기적 효과를 발휘한다. 쇼와 전기에 나타난 파시즘이나 군국주의 사상에서도 무구 관념의 이러한 작용을 엿볼 수 있다. 또 무구한 어린이를 최고로 치는 동심의 수사법은 현대 어린이를 둘러싼 문제에 관해서 여러 장치, 사회적 맥락에서 자주 중요한 이데올로기 기능을 수행했다.[26] 순수한 어린이의 무구성을 이용하는 방법은 그것과는 정반대에 놓여 있는 국가의 지배 이데올로기를 미화하고 극적인 것으로 만드는 데 효과적이다. 경덕은 냉전적·호전적 민족주의를 강화하는 데 효과적으로 사용된다. 한국 전쟁에 대한 집단기억을 국가의 현재 목적에 맞게 통제함으로써 미국에 대한 증오를 불러일으키고 북한의 영광을 높이도록 정신적 무장을 강화하며, 인민들에게 조국과 민족에 대한 헌신을 강요하는 기능을 수행한다.

해방 이후 북한 사회에서 아동은 반미와 경제 건설의 전사로 여겨졌다. 아동은 인격 완성의 자주적 독립체가 아닌 집단의 대의를 위한 개체로서의 존재라는 사실에서 예외일 수 없다. 순수한 어린이의 무구성을 이용하는 방법은 그것과는 정반대에 놓여 있는 국가의 지배 이데올로기를 미화하고 극적인 것으로 만드는 데 효과적이다. 사실상 당대 북한 인민들은 진짜 아이들뿐만 아니라 생물학적 나이에 관계없이 모두가 국가와의 관계에서 어린이에 머물렀다고 볼 수 있다.[27]

『성장』에서 말하는 성장이란 국가라는 집단이 개인에게 요구하는

---

26 가와하라 카즈에, 『어린이관의 근대』, 양미화 옮김, 소명, 2007, 196면.

27 이와 같은 상황을 이해하기 위해서는 스탈린 시절의 소련을 참고할 필요가 있다. 당시 스탈린은 모든 사람의 아버지였다. 스탈린은 그의 자애를 통해서 모든 하사품을 주는 사람이었다. 그 과정에서 소비에트의 시민들은 어린 아이 취급을 받게 되었다. 그것은 사회보장이라는 약속된 꿈을 위해 치러야 하는 값비싼 비용이었다. 사람들에게 권한을 더 줄 수 있었던 상황은 국가 권력에 어린아이 같이 의존하는 관계로 바뀌었다. (Susan Buck-Morss, 앞의 책, 237면)

역할에 자신을 녹여내는 것이다. 그것은 모든 개인이 자신의 고유성이라는 살을 떼어서 하나의 거대한 인간을 만들어내는 극단적인 모습으로 작품 속에 실연된다. 『성장』의 아동이나 청년들은 내셔널리즘과 생산력주의의 그물에 갇혀 새로운 전사들로서 끊임없이 호명되고 있다. 본래 성장소설은 성장 주체가 보이는 세계와의 불화나 방황이 서사의 주된 요소가 된다. 그러나 카프 작가들의 소설과 해방 이후 북한 소설에 나타나는 성장의 형식은, 뚜렷한 목적의식으로 인해 성장 주체의 방황이나 세계와의 불화가 최소화 된 도제 구조의 특징을 보인다.[28] 『성장』은 한설야가 창작한 여타의 해방 이후 작품들과 마찬가지로 강력한 도제 구조의 특징을 보이고 있다.

그러나 이 작품에는 강고한 이데올로기적 호명에 작은 균열을 일으키는 지점들이 존재한다. 그것은 경덕의 계속되는 침묵과 인순의 치료되지 않는 몸을 통해 나타난다. 금옥과 윤화 아주머니 등의 헌신적인 노력으로 경덕은 한국 전쟁과 관련된 말을 하기 시작한다. 그런데 그 발화의 성격에 주목할 필요가 있다. 금옥과 윤화 아주머니의 말이 철저하게 이데올로기에 충전된 발화임에 반하여 경덕의 발언은 사실 확인의 수준에 머문다는 점이다. 윤화 아주머니의 채근에 경덕이가 한국 전쟁과 관련해 처음 꺼낸 말은 "죽었어, 죽었어."(204)이다. 이후에도 누나와 관련된 물음에 경덕은 "더 큰 소리로 울"(20)거나 "기차 타고 가는 데요, 높은 집이 있어요."(205), "정거장이애요, 거기서 기차가 가요. 기차 길가애요. 높은 다리가 있어요. 그담엔 마을이 있어요."(205)라고 말할 뿐이다. 여기에는 주관적인 의도가 개입되기 어려운 객관적인 정보만이 담겨 있다.

---

28 이경재, 「한설야 소설의 서사시학 연구」, 서울대 박사논문, 2008, 21면.

또한 작품 전체에서 경덕이의 심리가 드러나는 부분은 전체 456쪽 중에서, 296쪽부터 300쪽에 이르는 5쪽 정도에 불과하다. 거기서는 처음 한국 전쟁에 관한 이야기를 했을 때에 대한 회상이 나온다. 윤화 아주머니 앞에서 주먹을 풀어 준 일이 있었지만, 그것은 "윤화 아주머 니의 억지에 못 이겨서 그랬"(296)다는 것이다. 그 이후에도 경덕은 여전히 "잠을 자도 언제나 두 주먹을 꼭 부르쥐고 그것을 가슴에 꼭 댄 채 잤다."(296)고 말한다. 물론 경덕이 역시 강고한 내셔널리즘에 포섭되지 않는 것은 아니다. 경덕은 누나인 혜덕이가 죽은 것을 알고, "우리 너와 나와 둘이서 누나 원쑤를 갚자. 아버지, 어머니, 형의 원쑤 를 갚자."(299), "미국놈들 원쑤 갚자. 백 배 천 배로 갚자."는 금옥의 말에 "응"(299)이라고 대답하며 긍정한다. 그 역시 사건에 대하여 반 미라는 의미를 충전시키며, 자신의 근원적 상처를 깊은 어둠 속으로 숨겨 버리고 마는 것이다.

그러나 수술이 끝난 이후에도, 경덕은 체제이데올로기에 대한 미묘 한 균열로서 존재한다. 경덕이의 수술이 끝났을 때, 금옥은 경덕에게 "소년단 노래"(324)나 "장백산 줄기줄기"(325)로 시작되는 노래를 계 속해서 부르기를 요구한다. 그러나 경덕의 입에서는 "들릴락말락하 게"(325) 간신히 "장백산"이라는 한 단어가 나올 뿐이다. 더욱 중요한 것은 이후 경덕의 입은 두 번 다시 열리지 않는다는 점이다. 처음 문 제가 경덕이를 말하게 하는 아이로 만드는 것이었음에 반해, 그토록 오랜 노력 끝에 육체적으로나 정신적으로 건강한 아이가 되었음에도 경덕은 결코 말하지 않는다. 이후 학원에 보내질 때도, 금옥이가 경덕 이를 학원에서 집으로 데려올 때도 경덕이는 말하지 않는다. 당연히 그의 내면이 드러나는 일도 없다. 이전과 이후나 경덕은 똑같은 모습 으로 남아 있는 것이다.

병원에서 벌어지는 치료의 서사와 관련해서도 미묘한 균열의 흔적은 남아 있다. 앞에서도 말했듯이 금옥이 근무하는 병원에서는 거의 모든 환자를 치료한다. 치료를 통해 환자들은 당대의 북한 사회가 원하는 새로운 인물들로 태어난다. 그러나 하나의 예외가 있다. 그것은 인순이라는 환자이다. 그녀는 어려서 소아마비에 걸려 고생하다가 다섯 살부터 앉은뱅이가 되어 버렸다. 인순은 "15년 동안 누워 있던 몸이 걸어서 고향을 갈 줄 알았더니 이제 다 틀렸"(183)다며, 차라리 "이 놈의 다리를 찍어 주서요"(183)라고 말한다. 그러한 인숙을 보며 금옥은 "못 고치는 병이 어디 있어. 우리는 인순에게 결코 죽음도 병신도 허락할 수 없어."(185)라고 큰소리를 친다. 또한 과장이 "자기의 장골을 뜯어서라도 인순 동무를 고치겠다고 하오."(186)라는 것에서처럼, 의료진은 최선의 노력을 기울인다. 인순도 치료에 적극적으로 웅하고, 두 번이나 뼈를 이식하기도 하지만 인순은 끝내 치료되지 않는다. 마지막에 인순은 "역시 제게는 남의 성한 다리보다 나은 제 다리였다."(408)고 하여, 자신의 불구를 인정하는 자세를 보이기도 한다. 이것은 북한 사회의 전능함을 과시하는 도중에 실수인 양 삐져 나온 실재의 작은 흔적이라 볼 수도 있을 것이다.

'경덕의 계속되는 침묵'과 '인순의 치료되지 않는 몸'은 내셔널리즘과 생산력주의라는 북한의 공식적인 이데올로기에 대한 비판을 가능케 하는 텍스트의 증상(symptom)이라고 볼 수 있다.[29] 두 가지 형상

---

29 지젝은 이데올로기 비판에는 두 가지 상보적인 절차가 있다고 말한다. 하나는 담화적인 차원으로서 이데올로기 텍스트의 '증상을 읽는 독법'이다. 이는 의미의 즉각적인 경험을 해체하는 것으로 이루어진다. 이데올로기의 영역이 얼마나 서로간에 이질적인 '부유하는 기표들'의 조립을 통해, 다시 말해 어떤 '매듭'의 개입을 통한 전체화를 통해 가능하게 되었는지를 입증해 보여주는 것이다. 다른 하나는 향락의 중핵을 추출해내는 것을 목표로 한다. 다시 말해 이데올로기가 환상 속에 구

은 당대 북한의 체제 이데올로기가 성립하기 위해 억압하고 있는 이 질적인 기표들의 존재를 강하게 환기시킨다. 이러한 이데올로기 비판이 작가의 의식적 차원에서 이루어진 것이라고 보기는 힘들다. 나아가 '경덕의 계속되는 침묵'과 '인순의 치료되지 않는 몸'은 더욱 더 강렬한 체제에의 헌신을 이끌어내고자 하는 서사적 장치로 해석해 볼 수도 있다. 그러나 이후 한설야의 숙청을 고려해보면, 무의식적인 차원에서의 비판적 작업이라고 의미부여할 수 있을 것이다. 『성장』을 발표한 다음해인 1962년 한설야는 숙청당한다. 숙청의 표면적인 죄목은 종파주의자, 복고주의자, 일제 시대 군수의 아들, 부와 방탕 등이었다.[30] 그러나 실제적인 이유는 사회전반에서 진행되던 김일성 우상화와 항일혁명문예의 유일전통론에 맹목적으로 추종하지 않은 결과이다.[31] 『성장』에 나타난 균열의 흔적이 한설야의 실제적인 숙청 이유와 직접적으로 연관된 것은 아니다. 그러나 강력한 내셔널리즘과 생산력주의가 주체사상의 성립을 가능케 했다는 점을 고려할 때, 이 작품에 나타난 균열의 흔적에서 말년의 한설야가 지닌 이념적 지향을 읽어내는 것이 지나친 무리는 아닐 것이다.

축된 이데올로기 이전의 향락을 함축하고 조작하고 산출하는 방식을 밝혀내는 것이다. (Slavoj Žižek, 『이데올로기라는 숭고한 대상』, 이수련 옮김, 인간사랑, 2002, 217~218면)

30 한국비평문학회, 『혁명전통의 부산물』, 신원문화사, 1989, 179면.

31 김재용, 「냉전적 분단구조하 한설야 문학의 민족의식과 비타협성」, 『분단구조와 북한문학』, 소명출판사, 2000, 119~126면.

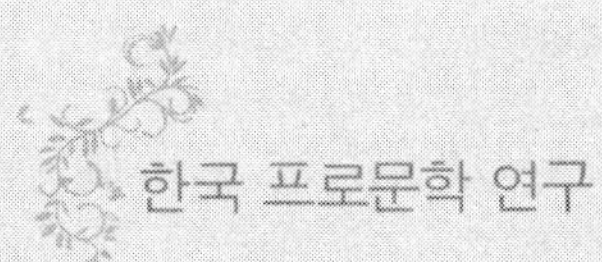

한국 프로문학 연구

일제 말기 이기영 소설에 나타난 생산력주의

1. 이기영 문학의 연속성 이해를 위한 전제

카프 계열 작가들을 연구함에 있어 가장 큰 문제점은 그들의 문학 세계를 지나치게 단층적인 방식으로 연구한다는 것이다. 이 때 단층 적이라 함은 카프 시기, 전향 후, 해방공간, 한국 전쟁 이후와 같은 시기로 나누거나 경향소설, 전향소설, 당소설과 같은 주제로 나누어 고찰하는 것을 말한다. 이런 방식의 연구는 각 시기 소설들이 보인 특성과 동시대적인 의미를 충분히 드러내 준다는 의미가 있지만, 한편으로는 개개 작가 나아가 카프라는 동질적인 문학이념을 공유했던 집단의 일관된 문학적 특질을 놓칠 수 있다는 한계가 있다.

이를 극복하기 위해서 먼저 규명되어야 하는 것은 카프 작가들의 일제 말기 문학이다.[1] 지금까지의 연구에서 카프 시기의 작품들과 해방 이후의 작품들은 기본적인 세계관과 미학적 특질을 공유하는 것으로 받아들여졌다. 다만 그 시기적 차이로 인하여 이념적 강도만이 해방 이후 더욱더 강화된 것으로 인식되었다. 일제 말기만이 이질적인 시기로 받아들여졌다. 이전에 경험해 본 바 없는 강력한 국가주의로 인하여, 각각의 차별성은 사라진 단일한 목적문학만이 남았다고 생각하기 때문이다. 그러나 카프 작가들의 경우 일제 말기는 '일제 통치이데올로기'와 '마르크시즘'과 '작가의 고유성'이라는 세 가지 의미항 사이에서 동요한 시기라고 할 수 있다. 거의 모든 작가들에게서 이 세 가지 의미항은 정도의 차이는 있을지언정 동시에 나타나는 특징을 보인다.

특히 이기영의 일제 말기 작품들은 국책문학의 하위항목으로서의 생산문학과 연관시켜서 이해되었다. 그러나 이러한 관점의 연구는 지나치게 당대적인 맥락에서 작가의 체제순응적인 측면만을 지적한다는 단점을 지니고 있다.[2] 그러나 이데올로기에 완전히 동화된 작품은 없으며, 거기에는 작가만의 고유한 개성과 세계관이 작은 균열을 내고 드러나기 마련이다.[3] 이 균열의 지점에는 작가의 오랜 문제의식과

---

1 일제 말기는 현대문학 연구자들에 의해 큰 주목을 받고 있는 시기이다. 탈식민주의의 영향 속에서 기존의 친일/반일이라는 단편적인 이분법을 넘어선 연구가 활발하게 이루어지고 있는 것이다. 이러한 연구열은 내셔널한 담론의 약화와도 관련된 것으로 보인다. 최근의 일제 말기 연구들을 범주화하면, '친일문학의 범주와 방법론의 모색', '만주배경 소설의 재인식', '일본어 글쓰기 연구', '일제 말기 국책문학의 재고찰' 정도로 범주화해 볼 수 있다.

2 조진기, 「일제 말기 국책의 문학적 수용 – 이기영의 광산소설을 중심으로 –」, 『한민족어문학』 43집, 2003.12.
조진기, 「일제 말기 생산소설 연구」, 『우리말글』 42집, 2008.4.
정종현, 「1940년대 전반기 이기영 소설의 제국적 주체성 연구」, 『한국근대문학연구』, 2006.4.

3 반대로 전례를 찾을 수 없을 정도로 강력했던 당대의 지배이데올로기를 과소평가한 채, 이전의 저항적 문제의식을 그대로 유지했다고 보는 시각도 있다. (김재용, 『협력과 저항』, 소명출판사, 2004.)

내적 필연성이 담겨 있다. 본고에서는 그 증후적인 지점들을 통하여 작가의 심층적인 문제의식 등을 밝혀보고자 한다.

본고는 이기영의 일제 말기 작품을 관류하는 작가의 핵심적인 문제의식이 생산력주의라고 보았다.[4] 생산력주의란 20세기 자본주의와 사회주의가 공유한 이념이라고 할 수 있다. 그것은 산업적 근대성을 통해서 세계를 다시 구성함으로써 대중의 물질적 행복을 제공하는 좋은 사회를 만들 수 있다는 유토피아적 믿음과도 상통한다.[5] 자본주의와 사회주의가 각각 표방하였던 시장 합리성과 계획 합리성은 근대성이라는 공통 분모를 기반으로 하여, 근대라는 공통 목표에 도달하기 위해 서로 다른 길을 걸었을 뿐이라고 말할 수도 있다. 생산력주의는 대부분의 사회주의자가 공유하는 것이다. 사회주의 국가에서 생산력과 생산관계의 강조점을 어디에 두느냐는 항상 중요한 문제이다.[6]

---

4 이기영 문학을 '노동'이라는 개념에 초점을 맞추어 살핀 선행연구로 류보선의 논의를 들 수 있다. 류보선은 민촌의 『고향』에 나타난 현실인식의 원리와 지향점으로 "물질에 토대하고 물질로부터 해방되는, 노동을 통한 인간 모두에 의한 자연의 극복"(「현실적 운동에의 지향과 유교적 윤리」, 『한국 근대문학의 정치적 (무)의식』, 소명출판사, 2005, 141면)이라고 지적한다. 그러나 노동을 탈역사화된 추상적 범주로 이해함으로써, "농촌내의 토지소유관계의 모순과 그로 인한 계급대립, 농민층의 분화과정, 그리고 노동자계급의 지도성을 아우르기는 역부족이었"(위의 책, 145면)고 지적한다. 류보선은 『땅』을 분석한 글에서도 "노동을 통한 자연과 물신성의 극복이라는 추상적인 원리"(「이상화된 현실과 소설적 진실」, 위의 책, 475면)를 이기영 문학의 특징으로 꼽고 있다.

5 이 꿈은 반복적으로 악몽으로 변해 전쟁, 착취, 독재, 기술적 파괴 등을 불러왔다. (Susan Buck-Morss, 『꿈의 세계와 파국 — 대중 유토피아의 소멸』, 윤일성·김주영 옮김, 경성대출판부, 2008, 11~15면)

6 대표적으로 중국을 들 수 있다. 중국에서 마오쩌둥 노선과 덩샤오핑 노선의 가장 본질적인 차이 역시도 생산관계와 생산력 중에서 무엇을 더 본질적인 것으로 보는가로 구분해 볼 수 있다. 마오쩌둥, 더린, 펑딩, 시푸의 주장이 생산력의 제고를 위해서라도 생산 관계의 사회주의적 개조가 계속적으로 요구된다는 생산관계 우위의 입장인 데 반해, 덩샤오핑, 류샤오치, 판치청, 펑신 등은 생산력이 가장 혁명적인

민족국가들 사이의 전쟁이 공간 차원에서 이루어진다면, 계급 전쟁은 시간 차원에서 이루어진다. 소련에서 첫 번째 5개년 계획의 빠른 산업화는 역사적 가속도로 인지되었다. 경제적 생산의 속도를 늦추자는 어떠한 제안도 반혁명과 동의어가 된 것이다. 이들은 경제적으로는 뒤처져 있지만 정치적·역사적으로는 전위에 섰다는 시간의 역설에 빠져 있다. 그 시간의 역설은 볼세비키 체제로 하여금 경제적 근대화로 혁명을 추진하게 했다.[7] 경제 개발을 위한 정책은 전쟁처럼 절대적인 것이 된다. 생산력에 대한 강조는 제 3세계에 이를수록 더욱더 맹렬해진다. 이들 저개발국에서는 사회주의가 제국주의를 모방하는 자본주의적 근대화가 아니라, 제국주의를 비판하면서 자본주의 선진국을 따라잡는 발전 전략으로서의 성격마저 지니고 있다.[8] 이기영에게 생산관계가 배제된 생산력이 전면적으로 문제시된 것은 1930년대 후반에 이르러서이다. 그것은 국책문학으로서의 생산문학이 이 시기에 중요한 과제로 떠오른 것과 더불어서이다.

다음으로 일제 말기 이기영 소설에 나타난 생산력주의의 고유성을

것이며 그 자체 안에 내부 동력을 가지고 있다는 생산력 우위의 입장을 견지하고 있다. 중국은 1978년 11기 3중전회 이후에는 생산관계보다는 생산력을 극대화시켜 강조하는 것이 일반적인 추세이다. (조경란, 「사회주의 시기 사적 유물론 논쟁의 재검토 – 덩샤오핑의 생산력주의와 마오쩌둥의 생산 관계 우위론을 중심으로」, 『중국 근현대 사상의 탐색』, 삼인, 2003, 160~184면)

7 Susan Buck-Morss, 앞의 책, 60면.

8 스탈린은 1931년에 "우리는 서구의 발전된 사회에 비해 50~100년 뒤처져 있다. 우리는 이 간격을 10년 내에 좁혀야만 한다. 그렇지 않으면 그들이 우리를 쳐부술 것"이라고 하였다. 중국의 대약진 시기의 구호도 "15년 내에 영국을 앞지르고 미국을 따라잡자"였으며, 김일성도 1958년에 "다른 사회주의 국가들이 세 차례의 5개년 계획으로 이룩한 수준을 우리는 두차례의 5개년 계획으로 이룩할 수 있다"고 언급하여 추격 발전에 대한 결의를 보여 주었다. (차문석, 『반노동의 유토피아』, 박종철출판사, 2001, 19면)

드러내기 위해 한설야와의 비교를 시도했다.9 이를 통해 이기영이 당대의 지배적인 개발 담론에 어떤 식으로 반응하는지, 또한 사회주의자 문인으로서의 자기 정체성이 어떻게 유지되는지를 살펴보고자 한다. 일제 말기 이기영의 『대지의 아들』(『조선일보』, 1939.10.12.~1940.6.1.)과 한설야의 『대륙』(『국민신보』, 1939.6.4.~9.24.)은 카프 작가들이 생산, 노동의 문제와 관련해 제기할 수 있는 대표적인 두 가지 유형을 대표한다. 비슷한 시기 나온 두 가지 반응은 이후 작가적 행로에 있어서도 큰 차이를 가져오게 된다.

---

9 최근 일제 말기 소설의 연구에 있어 이기영과 한설야를 비교하는 연구들이 나오고 있다. 김성경은 이기영의 『대지의 아들』과 한설야의 『대륙』을 통해 아시아인들에 대한 인종적 타자화를 강화하는 동시에 협화, 동일화의 기치 아래 그들을 재통합해내는 일본 제국의 인종담론에 대한 식민지 조선인의 의식을 살펴보고 있다. 『대지의 아들』은 협동주의적 국가주의에 포섭됨에 반하여, 『대륙』은 협동주의 이데올로기에 균열을 낸다고 주장한다.(김성경, 「인종적 타자의식의 그늘」, 『민족문학사연구』, 2004.) 와타나베 나오키는 루이즈 영이 주장한 '협화'와 '재발명된 농본주의'라는 개념을 통하여 이기영의 『대지의 아들』과 한설야의 『대륙』을 비교하고 있다. 와타나베 나오키는 이기영과 한설야 모두 '협화'와 '재발명된 농본주의'라는 제국의 담론에 포섭되어서, 계급이나 민족의 차이가 국가주의에 의해서 위장적으로 무화되어 가는 현실에 별다른 자각을 하지 못한 것으로 파악하고 있다.(와타나베 나오키, 「식민지 조선의 프롤레타리아 농민문학과 '만주':'협화'의 서사와 '재발명된 농본주의'」, 『한국문학연구』 33집, 2007.) 와타나베 나오키는 당시 만주가 실제로 계급 간의 소유 관계나 이해관계에 문제가 없는 사회라고 오인하고 있다. 또한 텍스트 분석에서도 몇 가지 오류를 노출하고 있다. 『대지의 아들』에서 "현재에도 일상적으로 마적이나 만주인 관리들이 조선인 농민들을 괴롭히고 있다."(23면)고 본 점, 현재 사건으로서의 수로 싸움은 조선인 농민들 사이의 대립임에도 그 싸움을 통해 만주인에 대한 조선인의 식민주의적 의식을 읽어내는 점(23~24면) 등을 들 수 있다.

2. 만주라는 환상과 생산력주의

1) 무갈등의 시공과 생산력 강조 ― 이기영의 『대지의 아들』

『대지의 아들』은 시간적으로 현재와 과거로 나뉘어진다. 만주사변 후 개양툰을 중심으로 한 현재적 사건이 서술되고, 중간 중간에 개양툰 농장의 건설을 비롯한 과거의 일들이 회고를 통한 요약의 방법으로 제시된다. 이 때 과거는 수많은 곤란과 어려움이 혼재되어 있는 시공이고, 현재는 그러한 어려움으로부터 벗어나 있는 무갈등의 시공이다. 그러한 이분법은 너무도 선명해 김노인이 처음 개양툰을 개척하던 시기의 일도 설화적 구연자의 어조로서 서술될 정도이다.

> 일설에는 이 개양툰이 그때 김노인의 손으로 건설되엇다기도 한다. 그것은 김노인이 남쪽으로부터 들어와서 다양한 언덕위에 집을 짓고 저습한 들안에가 농장을 개척하는동시에 개양툰이란 마을이름도 그가 지어냇다는 것이다.
>
> 그것이 사실인지 아닌지는모르나 (중량) 그의 무덤아페는 지금도 개양툰농장의 개척공로비가 서잇다한다. (중략) 그보다도 한전을가진 만인들이 쪼차와서 수로를 못내도록 방해를늣는바람에 이농장은 여러번 절망에 빠젓섯다한다.[10]

불과 이십여 년 전의 이야기를 하고 있음에도 서술자는 '건설되엇다기도 한다', '지어냇다는 것이다', '서잇다한다' 등의 대과거의 간접화

---

10 『조선일보』, 1939.11.30.

법을 사용함으로써 과거와 현재의 격절감을 표현하고 있다. 더군다나 '일설에는', '사실인지 아닌지는모르나'와 같은 구연물의 의례적 문구를 통하여 격절감은 더욱 고조된다.

황건오를 비롯하여 부락장인 홍승구, 석룡이, 정대감, 김병호, 원일여 등은 모두 생존을 위해 만주까지 쫓겨와 정처없이 떠돌던 유랑민이다. 그들의 만주 생활과 김노인의 개양툰 개척 시기의 이야기는 "백만 개척민의 혈한기(血汗記)"[11]라는 『대지의 아들』 광고문구가 적합할 정도로 고생스럽다. 중국인 지주의 수탈, 동북정권의 학정, 비적의 횡행, 떠돌이 건달 농군들의 출몰, 치안부재의 상황 속에 그들은 놓여 있었던 것이다.

그러나 현재의 개양툰은 계급적, 민족적으로 뚜렷한 갈등을 찾아볼 수 없는 무갈등의 시공으로 나타난다. 과거의 회고에서 개양툰의 조선인들은 만주인들과 수전개척을 중심에 두고 치열한 현실적 쟁투를 벌인다. 그러나 현재는 인종적 타자의식만이 희미하게 남아 있을 뿐이다.[12] 지금은 아이들도 함께 어울려 고기를 잡고, 명절도 함께 즐길 정도이다. 상류 조선인 마을과의 갈등이 일어났을 때, 만인들이 조선인과 행동을 함께 하는 것에서 알 수 있듯이 그들은 하나의 공동체로서 생활한다. 일본군 역시 비적을 토벌해주는 믿을만한 보호자로서만 형상화되고 있다.

농촌 계급 갈등의 핵심이라 할 수 있는 소작문제와 관련해서 이 작

---

11 『조선일보』, 1939.10.6.

12 집과 장례 풍습을 형상화할 때 그러한 특징은 뚜렷하게 나타난다. 귀순 어머니는 만주인의 집 양식을 너무나도 불결하고 불편하게 여긴다. 또한 아이가 죽었을 때 주검을 길에 버리는 풍속 등이 엽기적으로 그려진다. 그 풍속은 비슷한 시기에 쓰여진 수필 「국경의 도문 – 만주소감」(『문장』, 1939.11.)의 마지막 부분에도 등장한다.

품에는 방천제도라는 것이 언급된다. 그러나 이것을 둘러싼 구체적인 사회적 관계는 서사화되지 않고, 서술자에 의해 간단하게 설명된다. 정대감과 홍승구가 브로커 노릇을 한 것으로 소개되는데, 그것 역시도 과거의 일일 뿐이다. 『대지의 아들』 연재 약 한달 전에 쓰여진 수필 「만주견문 – '대지의 아들'을 찾아」(『조선일보』, 1939.9.26.~10.3.)에서 이기영은 방천제도라는 소작제도의 문제점을 비교적 자세히 다루고 있다. 또한 현재도 악덕 '부로커'가 많아서 우직한 농민들이 많은 피해를 보고 있다고 말한다. 그러나 소설에서는 생산관계의 중요한 부분을 이루는 이 제도를 단지 과거의 일로만 언급하고 지나간다. 더욱 문제적인 것은 작품의 이념을 담당하고 있는 서치달이 "비록 저곡식이 이담에는 남의소유가되는 소작농이 되신분이라도 우선 지금은 창조의 기쁨과 생산의기쁨을 느끼시지안켓습니까?"[13]라고 말하는 부분이다. 설령 생산관계의 모순이 있더라도 그것은 '생산의 기쁨'보다 부차적인 것일 뿐이다.

　개양툰의 위기를 불러온 비적 침입사건과 상류에 사는 조선 농민들이 만들어 놓은 둑을 터뜨린 사건 등도 쉽게 해결된다.[14] 비적은 황군에 의하여 일망타진되고, 주재소장의 묵인하에 별다른 충돌없이 둑을 무너뜨린다. 이후 강물을 막을 정도로 이기적이었던 상류의 조선인들은 개양툰 사람들의 제안에 따라 순순히 자기네 땅을 포기하고 개양툰에 합류한다. 이 과정에서 문제라면, 절차와 규정을 따지는 현장(現場)의 관료주의 정도이다. 문제가 생기더라도, 생각대로 하면 술술 풀

---

13 『조선일보』, 1940.1.16.

14 개양툰을 이루고 사는 현재의 서사는 크게 황건오를 중심으로 한 농민들의 일상사와 덕성 – 귀순 – 황식의 연애서사로 이루어져 있다. 전자와 관련해서 중요한 것은 신학생 서치달의 전도대회와 농사강습회, 비적 침입사건, 한발로 인해 상류에 사는 선농(鮮農)의 둑을 터뜨리는 사건 정도이다.

려 나가는 곳이 바로 현재의 개양툰 농장이다.

무엇보다 개양툰 농장은 생산력이 눈에 띄게 향상된 곳이다. "희망과 동경을 자아내"[15]는 만주의 평야는 조선에서와는 비교도 할 수 없이 많은 소출을 내는 것으로 설정되어 있다. 또한 수확기의 벼가 논에 가득한 가을 중심의 계절 설정과 가배절의 풍족한 모습은 개양툰의 풍요로움을 더욱 강조한다. 그것은 자연과의 투쟁을 통해 이루어지는 생산력의 증진과 그에 대한 찬양이라는 주제와 어울린다.

『대지의 아들』이 지닌 서술적 특징으로 해설적 개입이 빈번하게 발생한다는 점을 들 수 있다. 또한 핵심적인 생산의 이념이 서치달의 연설을 통해 표출된다. 이것은 서사 속에 녹아들지 못하는 작가의 성급한 관념의 독주와 맞닿아 있는 서술형식이다. 서치달은 강주사와 더불어 개양툰이 지향하는 가치와 이념을 담당한다. 서치달은 전도대회나 농사강습회에서 강주사는 김노인 기념식에서 마을 주민들에게 직접적으로 연설을 한다. 이것은 『대지의 아들』이 구체적인 현실에서 발아하여 작가의 오랜 숙고를 거친 후에 탄생한 작품이라기보다는 당대의 시류적인 생산문학론에 영향받은 바가 크다는 사실을 증명하는 것이다.[16] 이 때의 생산문학론이 생산관계의 문제를 (무)의식적으로 은폐한 국책으로서의 생산문학론에 닿아 있음은 당연하다.

---

15 『조선일보』, 1939.10.12.

16 『대지의 아들』 연재가 시작된 지 약 한 달 후에 쓴 수필 「만주와 농민문학」(『인문평론』, 1939.11.)에서, 이기영은 만주의 신흥 농촌건설 사업은 농민문학 즉 대지의 문학을 건설할 훌륭한 소재가 될 수 있으리라고 쓰고 있다.

2) 생산력주의의 내파 — 한설야의 『대륙』

『대지의 아들』의 중심 공간인 개양툰이 계급적, 민족적으로 뚜렷한 갈등을 찾아볼 수 없는 무갈등의 시공인 것과 달리 『대륙』의 주무대인 토산자는 여러 가지 관계가 갈등을 빚는 공간이다. 토산자는 공간적으로 조선인 부락과 지나인 부락으로 선명하게 나누어져 있다.

이러한 공간적 구분은 사회정치적인 위계를 동반하는 구분이기도 하다. 만주에서 지나인은 조선인에 비해 좀더 우월한 지위를 지니고 있다.[17] 지나인 부락은 각각의 타우(大屋)로 나뉘어져 있는데, 장가(張家) 타우와 신가(申家) 타우같이 세력이 큰 사람들은 "만주 관헌을 전혀 무서워하지 않"[18]는다. 이 유망한 사금장이 개발되지 않은 이유도 "그들 토호 때문"(29)이다. 이들 토호는 마적들과도 긴밀하게 연결되어 있다. 일본군이 토산자를 습격한 마적잔당을 소탕하는 과정에서, 장씨의 아들이 어머니의 시체를 끌어안고 자살한다. 그는 "적의 총참모와 손을 잡고 있었"(40)던 것이다. 그런데 이것은 장가(張家)만의 특징은 아닌 것으로 설명된다. "이런 벽지에서는 자산을 유지하기가 힘들기 때문"에, "여기의 호족은 대개 마적단과 연결"(40)되어 있는 것이다.

이러한 구분은 마적의 습격에서 보다 선명하게 드러난다. 마적이 습격해오자 "조선가는 이미 막다른 골목에 있었다. 그러나 웬일인지 지나가는 평화로웠다."(34)고 설명된다. 만주국 공안대와 육군대는 마적들과 이내 결탁하여 백기를 올리며, "군대 밖의 지나가의 주민들도

---

17 만주국 내에서 조선인의 지위가 일본인 다음이라는 일제의 선전과 달리, 실제로는 일본인과 만주인이 중심적인 지위를 차지하고 조선인은 주변인에 지나지 않았다. (한석정, 『만주국 건국의 재해석』, 동아대 출판부, 2007, 179~190면)
18 한설야, 『대륙』, 『식민주의와 비협력의 저항』, 김재용·김미란·노혜경 편역, 역락, 2003, 29면. 앞으로의 인용시 본문 중에 면수만 기록하기로 한다.

그들과 결탁"(34)한 상태이다. 마적이 공격하는 것은 "조선가와 영사관 경찰"(34)로 한정되기 때문에 마적의 습격으로 인한 모든 피해와 고통은 조선인들의 몫이 된다. 마적뿐만 아니라 "지나가의 상인, 주민까지도 조선가를 약탈하는 데 광란"(36)한다. 조선가와 지나가의 구분선은 너무나 확고해서 이 난리 중에 "조선인이 한 발자국이라도 지나가에 발을 들여놓으면 죽음을 당"(36)할 뿐이다. 조선가는 거의 다 타버리는데 반해, "지나가 사람들은 경계에 진을 치고 방벽을 쳐 지나가에 불이 번지는 것을 막"(36)는다.

조선인과 중국인이 처한 상황은 일본군이 개입하면서 역전된다. 일본 보병대와 경찰대는 마적들이 조선가로 진입한 것과는 반대로 지나가로 돌진한다. 이로 인해 "순식간에 지나가는 포탄 연기로 둘러싸여 맹렬하게 타오르기 시작"(37)하며, 불길을 신호로 조선인은 지나가로 몰려가 "빼앗긴 물건을 되찾아"(37) 간다. 상황이 정리된 후 하야시 일행은 "울지 마라. 울지 마. 지나가 물건들은 전부 당신들 것이 되는 거야. 집도 새로 세워 주지. 먹을 것도 주지."(39)라며 조선인들을 위로하고 다닌다. 이처럼 한설야가 그려낸 만주라는 공간에는 마적, 만주국 군대, 중국인/조선인, 일본군이라는 선명한 이분법이 존재하는 것이다.

『대륙』은 하야시를 중심으로 한 개척서사와 오야마와 마리의 결합을 중심으로 한 연애서사로 이루어져 있다. 생산력주의의 문제와 관련해 중요한 것은 하야시에게서 드러나는 개척의 서사이다. 기본적으로 하야시는 만주의 변방인 토산자의 금광을 개발하고자 하는 욕망을 지니고 있다. 현재 그는 "교육 사업보다는 생활이 먼저라고 생각"하며, "긴박한 상황에서는 문자보다 빵이 먼저"(14)라는 사고를 한다. 하야시는 어느새 빵이라는 구체적인 물질적 성과를 중요시하는 단계에 이르고 있다. 실질적으로 생산을 맡을 조선인이 '반자연'의 수준에서 그려지는 것19과 함께, 노동자나 이념(문자)이 아닌 생산의 결과로서의 빵이 제일의적인 과제로 떠오르고 있는 것이다. 하야시는 "그저 벙어리처럼 묵묵히 일을 하는 것이 그의 성격"(66)이라고 소개된다.

사정이 이러하다면 『대륙』에서 하야시를 통해 집중적으로 드러나는 제국과 자본의 관계에서 벗어난 듯 보이는 '대중자치론'으로서의 공동체 개발은 언제든지 생산력의 증대를 위한 '대중동원론'으로 연결될 수 있는 가능성을 지닌다. 오야마는 하야시의 말을 들으며, "예의 대중동원론이 나오는군"(32)이라고 말하기도 한다. 마적의 습격을 받고 "지옥의 귀신도 울지 않을 수 없는 처참한 광경"(36)을 경험한 조선인들이 머무는 피난민 수용소에 안내받은 하야시는 "죽음을 눈앞에 두고 학대받는 사람을 봐도 크게 절망하지 않았다. 죽음보다는 생을 보고 새벽을 보는 것이었다."(38)고 묘사된다. 이 때의 하야시에게서 노동자를 수단으로만 보는 자본과 국가의 모습을 읽어내는 것은 무리가 아닐 지도 모른다.20

그럼에도 『대륙』에서는 생산관계의 문제 역시 여전히 중요하다. 하야시나 주요 인물들이 만주 개발에서 가장 중요시하는 것은 국가 권력과 자본가의 배제이다. 그 주체는 어디까지나 민간, 즉 만주인과 조선인, 그리고 우월의식을 가지지 않은 일본인으로 한정되어 있다. 또한 하야시가 삼도구 근처 토산자에서 금광을 개발하려는 것도 자본을 증식하거나 세력을 확장하려는 것이 아니라 "생업이 없어 곤란을 겪고 있는 사람들에게 일자리를 제공"(20)하기 위해서이다. 이와 관련된

---

19 김성경, 앞의 논문, 75~78면.
20 『대륙』에 나타난 생산력주의는 『한설야 소설의 서사시학 연구』(서울대 박사논문, 2008, 161~166면)에서 자세하게 논의되고 있다.

의식은 하야시의 발언 등을 통해 여러번 드러난다. '재벌 중심의 경제구조의 거부', '동아의 연대', '대중동원론', '민중생활의 안정' 등은 당시 사회주의 지식인들에게 큰 영향을 미치던 '동아협동체론'의 핵심과 그대로 통한다.[21] 그런데 하야시는 생산력에 대해서도 생산관계 못지않은 관심을 두고 있다.

더욱 큰 문제는 하야시라는 인물의 분열에 놓여 있다. 하야시는 표피적으로 주장하는 '국가권력과 자본가가 배제된 만주 개발'과는 달리, 실제로 개척을 해나감에 있어서는 군대와 같은 국가권력은 물론이고 도덕적으로도 타락한 만몽모직회사 사장 고토의 자금을 통해서 개발을 진행하고 있다는 점이다. "백성이나 광부를 훈련시키는 동안"까지의 "당분간"이라는 전제를 달았지만, 하야시는 "군대의 힘을 빌"(22)리지 않고서는 아무일도 할 수 없다. 토산자 실지 답사에서 하야시 일행은 다음과 같은 대화를 나눌 정도이다.

"빨리 광업령이 시행되면 좋으련만……."

오야마는 거기에 신경을 쓰고 있었다.

"만주국이 섰기 때문에 문제가 없을 거야. 그것보다도 이 곳 일대는 국광이 된다는 소문이 있으니까. 이번에 봉천에 돌아가면 자네 부친이나 형에게 부탁해서 실업청에 교섭을 하도록 해. 길림성의 실업청에도 손을 쓰고."

오야마의 아버지는 봉천 실업계의 원로로 그의 형은 만주사변에서 용맹을 떨친 현역 대위였다.(32)

---

21 임성모, 「동아협동체론과 '신질서'의 임계」, 『동아시아의 지역질서』, 백영서 외 지음, 창비, 2005, 167~206면; 정종현, 「중일전쟁과 탈식민의 환타지」, 『전쟁의 기억 역사와 문학』상, 동국대학교 한국문학연구소 엮음, 월인, 2005, 181~182면.

‘국가권력과 자본가가 배제된 만주 개발’의 주장과는 달리 ‘봉천 실업계의 원로’와 ‘현역 대위’의 힘을 노골적으로 이용하고자 하는 것이다.

두 번째로 하야시와 오야마는 겉으로 내세우는 협화의 관점과는 별개로 식민주의적 (무)의식을 드러낸다는 점이다. 그것은 여러 차례 벌어지는 다음과 같은 마적 사냥 장면 등에서나타난다.[22] 마적을 향한 이와 같은 장면은 작품 내에서 마적의 존재가 차지하는 역할을 생각한다면, 그렇게 놀랄 일도 아니다. 마적은 하야시가 꿈꾸는 이상적인 정착촌을 위해서는 가장 먼저 척결되어야 할 존재이기 때문이다. 그것은 작품의 전반부에서 마적의 습격이 불러온 야만과 폭력에 대하여 상세하게 묘사하는 것에서도 확인할 수 있다. 그들은 야만적인 폭력의 구현체로서 온갖 범죄를 저지르기 때문이다.[23] 그럼에도 당시의 마적은 작품의 첫 부분에서 하야시가 오야마에게 하는 “요즘 마적은 옛날과 많이 달라. 장학량의 정규군이나 왕덕림 부대가 밀림지대에 숨어 있다가 마적이 되는 경우가 많거든.”(12)이라는 말에서처럼, 나

---

[22] “현장에 가 보니까 이미 죽어있더군. 그래서 왼쪽 귀를 잘라서 삼두구 병영에 가서 40원 받아 왔다. 거짓말 아냐.”

이성천이 오야마에게 웃으며 말했다.

“하나 당 20원이란 말이지?”

“아니, 털이라도 난 놈은 값이 달라. 그래도 몸을 들쳐업고 갈 수는 없으니까 왼쪽 귀를 잘라 가는 거야.”

“음, 마치 교환권 같군.”

“실제로 장학량의 군표보다는 마적의 귀가 확실해.” (『대륙』, 27면)

[23] 김재용은 『대륙』에 등장하는 중국인들은 일본인 중심의 만주국에 협조하지 않는 사람들이라고 주장한다. 이들은 다시 근대적 삶의 방식을 받아들이면서도 일본 주도의 만주국이라는 방식에 대해서는 비판적 견해를 갖는 이들과, 근대적 삶의 방식과 무관하게 무장조직을 이끌면서 마적으로 살아가는 인물들로 나뉘어진다고 보고 있다. 한설야는 전자에 대하여 긍정적인 기대를 걸고 있음에 반하여 후자에 대해서는 부정적인 비판적이라고 주장한다. (김재용, 「한설야의 『대륙』과 만주 인식」, 『만주, 동아시아 융합의 공간』, 소명출판사, 2008, 248~251면)

름의 정치적 성격을 지니고 있다.

하야시의 식민주의적 의식은 분열되어 있다. 그것은 복수하기 위해 마적이 침입해 올지도 모른다는 두려움에 떠는 조선인을 바라보며 하는 다음과 같은 생각에서 확인할 수 있다.

> "무지한 자들의 공포라고 하는 것은 실로 측정할 수 없는 것이었다. 그다지 아깝지도 않을 것 같은 목숨이 어째서 저렇게 두려울까 생각하면 하야시는 오히려 웃고 싶어졌다. 물론 그것이 독선적인 생각임을 모르는 바는 아니었다. 자신은 역시 어떤 경우라도 그들의 호위병이어야만 한다고 생각했다."(142)

하야시는 "그다지 아깝지도 않을 것 같은 목숨이 어째서 저렇게 두려울까 생각하면 하야시는 오히려 웃고 싶어졌다."고 생각하지만, 곧바로 그것이 "독선적인 생각"이며 자신은 "그들의 호위병이어야만 한다"고 고쳐서 생각한다. (반)식민주의적 의식이 공존하고 있는 것이다. 하야시는 "당신들 곁에서 몸을 바쳐 의술로써 불쌍한 사람들을 위해서 일하고 싶습니다."라는 내용이 담긴 유키코의 편지를 읽으며, 동경에 있는 가가 변호사의 딸은 "조선의 화전민이라고 하는 반원시인을 상대로"(165)로 목재 채벌 사업뿐만 아니라 개간사업을 하고 있다며, 호탕하게 웃기도 한다.

그렇다면 한설야는 하야시 무리의 몸 속으로 들어가 동아협동체라는 제국의 담론이 근원에서 포함하고 있는 식민주의적 (무)의식과 그 한계를 까발리고 있는 것은 아닐까. 한설야는 동아협동체론에 대한 조건부 지지를 통하여, 생산관계와 생산력의 문제를 균형적으로 바라보았다고 할 수 있다. 이기영이 『대지의 아들』에서 계급적, 민족적 갈등이 무화된 유토피아를 통해 생산력주의를 강력하게 표출했다면, 한설야는 만주를 배경으로 한 생산력주의의 허구성과 위험성을 근본적인 지점에서 바라보았다고 할 수 있다. 또한 『대륙』에서는 하야시의 계획이 이제 막 시작되려고 하는 공간으로서, 『대지의 아들』처럼 뚜렷한 생산력의 발전을 보여주지 못한다.

3) 일제 말기 두 가지 생산문학론 — 최재서와 임화

일제 말기 생산문학론은 생산력과 생산관계 중에 어느 것에 비중을 두느냐에 따라 두 가지 방향으로 나눠진다. 첫 번째는 일제가 강요한 국책문학에 연결된 최재서의 생산문학론이고, 두 번째는 임화의 생산문학론이다. 일본에서 생산문학은 중일전쟁의 발발과 함께 군국주의 체제의 정비를 구실로 정치권력이 문화 통제를 하면서 시작되었다. 생산문학은 국책인 '생산확충'에 관련하여 이름 붙여진 것으로 생산면을 강조, 확대하려는 목적으로 쓰여졌다.[24] 생산문학론은 최재서 등에 의하여 우리 문단에 별다른 여과과정 없이 그대로 소개된다. 최재서는 생산문학의 주제가 인간의 일체 생활과 생산의 연관성의 추구라고 본다. 생산문학의 취재범위는 농촌, 어장, 광산, 공장, 이민지 등이고, 그 안에 포함되는 모든 산업적인 부문이 그 시야에 들게 되며, 그 방법에 있어 기록적, 보고적이고 그 정신에 있어 국책적이라고 규정한다.[25] 권환 역시도 「생산문학의 전망」(『조선일보』, 1940.6.25.~6.28.)에서 최재서와 같은 입장에 서 있다. 이들에 의해 제기된 생산문학(소설)은 생산관계에 대한 문제제기 없이 생산력의 발전만을 문제제기 한다고 요

---

24 日本近代文學館 編, 『日本近代文學事典』 4권, 講談社, 1977, 249면.
25 최재서, 「모던문예사전」, 『인문평론』, 1939.10., 114면.

약해 볼 수 있다.

임화의 생산문학론은 앞에서의 논의와는 달리 생산의 문제와 관련해 생산관계의 문제를 재사유하고자 한다. 이러한 생산문학론은 "생산/노동을 신비화함으로써 민중을 동원하려 한 국책문학으로서의 생산문학에 대한 급진적인 내재적 비판이자 다른 한편으로는 리얼리즘의 회복을 목표로 한 문학적 기획"[26]이라고 정리할 수 있다. 여기서 핵심은 다음의 인용에서처럼 임화가 생산소설의 핵심을 '생산의 사회적 관계'에서 찾는다는 점이다.

> 쓰는 장면에서만 인간을 그린다는 것은 마치 시정의 측면에서만 세계를 보는 것처럼 인간을 전체에서 보지 못한다. 소비에서뿐만 아니라 생산과의 통일에서 세계를 볼 제 비로소 전체로서의 현실이란 것이 자태를 나타낸다. 현실이란 바로 인간이 생산하여 소비하는 장소이다. 그러므로 생산장면을 그리는 것, 혹은 소설의 제재를 한번 생산에다가 국한하고 또는 그리로 전전시켜본다는 것은 작가로 하여금 현실을 전체에 있어서 보게 하는 길을 열어줄 수가 있다. (중략) 생산소설이 농촌이나 어장이나 광산 혹은 공장을 그려서 도달하는 가장 중요한 지점은 이 사회다. 사회 가운데서 작가가 발견하는 것은 개개인의 사회적 성질뿐이 아니라, 실로 그 사회적 관계다. 그것은 우리가 통속소설이나 시민소설[27]에서 보던 정의적 인간이나 윤리학적 세계와는 판이한 것이다.[28]

---

26 하정일, 「일제 말기 임화의 생산문학론과 근대극복론」, 『민족문학사연구』, 2006, 290면.

27 최근에 나온 『임화문학예술전집 5권』(임화문학예술전집 편찬위원회 편, 소명출판사, 2009)에서는 '市民소설'이 '市井소설'의 오식이라 판단하여, '市井소설'이라 표기하고 있다. 글 전체가 시정소설과의 대타적 의식하에 쓰여지고 있다는 점을 생각할 때, '市井소설'의 오식이라 판단하는 것이 합리적이라고 볼 수 있다.

임화가 말하는 생산소설이란 결국 '생산의 사회적 관계'를 드러내는 것이 된다. 이것은 파시즘적 생산/노동 이데올로기의 가장 취약한 측면이다. 생산과 노동의 신비화를 주요 축으로 내포하고 있는 생산문학론과 근대초극론의 입장에서도 생산의 사회적 관계야말로 해결할 수 없는 난제일 수 밖에 없었다.[29] 임화는 바로 일본에서 유행하고 최재서가 받아들인 생산문학론의 난제라 할 수 있는, 사회적 관계의 측면을 문제 삼고 있는 것이다. 이어지는 글에서 임화는 생산소설이 생산의 결과에 대한 통찰에까지 이어지고, 생산과 그 결과를 연결하는 일련의 과정이 바로 사회적인 체제를 이룬다고 주장한다. 일제 말기 문단의 이슈가 되었던 생산문학론과 관련하여, 이기영은 최재서의 생산문학론에 한설야는 임화의 생산문학론과 근친성을 보인다고 정리할 수 있다.

최재서의 생산문학론과 달리 임화의 생산문학론은 리얼리즘을 재건하려는 시도로서, 일제말에 현실화되기에는 불가능한 측면이 있다. 이것은 이기영과 한설야의 이후 창작경향을 통하여 현실화된다. 이기영이 해방 이후는 물론이고 『대지의 아들』을 필두로 하여 해방이 될 때까지 맹렬한 기세로 생산의 문제에 매달린데 반해[30], 한설야는 『대륙』을 연재한 이후 해방이 될 때까지 생산의 문제와 관련된 작품을 단 한 편도 발표하지 않는다. 한설야는 생산을 둘러싼 민족적, 계급적 문제가 해결되지 않은 상태에서 생산력주의에만 매달릴 수는 없었기 때문

---

28 『인문평론』, 40.4., 10~11면.

29 하정일, 앞의 글, 301~302면.

30 1940년부터 해방때까지 이기영은 7권의 단행본을 출판한다. 서지사항을 정리하면 다음과 같다. 『인간수업』(영창서관, 1941), 『어머니』(영창서관, 1941), 『봄』(대동출판사, 1942), 『생활의 윤리』(성문당, 1942), 『동천홍』(조선출판사, 1943), 『광산촌』(성문당, 1944), 『처녀지』(삼중당서점, 1944).

이다. 한설야가 다시 생산의 문제에 관심을 기울이는 것은 해방 이후
이다. 그것은 〈탄갱촌〉과 〈자라는 마을〉이다. 한설야가 식민지 시기
내내 관심을 기울였던 생산관계의 모순이나 노동자의 착취라는 문제
는, 해방 이후의 북한 사회에서 더 이상 문제가 되지 않는다. 한설야의
입장에서는 해방이라는 대사건으로 인해 그러한 문제가 더 이상 북한
사회에 존재하지 않기 때문이다. 그러나 북한이 진정 생산관계의 모순
에서 자유로운 사회였는가에 대해서는 수많은 의문이 제기될 수밖에
없을 것이다.

3. 일제 말기 생산력주의의 귀결 —『동천홍』과『광산촌』

『대지의 아들』의 마지막은 개양툰 농장의 신세대 주역, 덕성, 복술,
귀순이가 삼방간 농장을 보며 감격하는 것이다. 그 감격은 삼방간 농
장의 놀라운 생산력에서 비롯된다. 그 농장은 근검저축으로 개양툰보
다 더 큰 수확을 내고 있다. 이로 인해 사람들은 "비싼소작료를 물면
서두 제가끔 수백원씩 저금을 하였다."[31]는 것이다. 생산력 앞에서 생
산관계의 문제는 별다른 문제가 되지 않는 장면이라고 할 수 있다. 이
연장선상에 본격적인 산업적 근대성에 바탕한 생산력주의를 문제삼
는 일련의 작품들이 창작된다. 광산을 배경으로 한『동천홍』(『춘추』,
1942.2.~1943.3.)과『광산촌』(『매일신보』, 1943.9.23.~11.2.)이 그것이
다. 특히『광산촌』에는, 『대지의 아들』처럼 '혈한사(血汗史)'라 할만
한 여러 사회적 관계로부터 비롯된 고통의 과거는 회고 속에서도 등

31『조선일보』, 1940.5.31.

장하지 않는다. 오직 생산의 보람과 생산에의 욕망으로 가득찬 현재만이 존재할 뿐이다.

『동천홍』은 일본에서 예과를 마치고 온 장일훈이 물질적 이익만을 추구하며 머리로만 사는 도시인의 삶을 벗어나 생활의 건설자로서 건실한 삶을 살기 위해 "생산지대"[32]인 옥림광산에 가서 광부로 살다가 돌아오는 이야기이다. 장일훈이 옥림광산에 간 것은 "취직보다도 어떤 고상한 이상이 있었기 때문"(154)이다. 그 이상은 다음의 인용에 잘 나타나 있다.

> ― 자연과 생산력 ― 이 두가지가 한데 결합되는 중에, 인간의 참으로 아름다운 생활이 건설된다는 신렴을 사실로써 훌륭히 나타내 보자는 것이다.
> 그런데 그것은 사문이와같은 생산노동에 종사하는 일꾼이 되지않으면 안될일이였다. (157)

『광산촌』의 건실하고 독서를 즐기며, '국어'에도 능통한 이형규 역시 통신 중학을 마친 후 구장의 권고로 광산 징용에 자원하여 강원도 옥동 광산에 가서 광부생활을 한다. 증산이라는 문제를 다룸에 있어 『동천홍』과 『광산촌』이 그 배경으로 탄광을 설정한 것은 의미심장하다. 루이스 멈포드(Lewis Mumford)는 『기계의 신화』에서 근대적 산업화의 최초의, 그리고 가장 전형적인 형태의 공장이 석탄광산이라는 점을 지적한 바 있다. 광산은 근대적 산업노동의 원형이라고 볼 수 있는 것이다.

『동천홍』과 『광산촌』은 단순하게 사회주의자들이 공유하고 있던

생산력주의에 그치지 않는다는 점에서 문제적이다. 이기영의 생산력주의는 신체제를 용납할 만큼 절대적이다. 『동천홍』에서 일훈은 청년은 "누구보다도 국가와 사회를 위하는 제이세 국민으로서의 자각을 가저야 할것"(79)이라거나 "지금과같은 비상시국에"는 "한사람이라도 훌륭한 인재을 만들어서 국가적으로 유용하게 쓰여야 할판국"(375)이라고 생각한다. 『광산촌』에서 광산에 들어가는 형규를 어머니가 만류하자, 형규가 "어머니 우리들은 나라를위하여 병정이될몸입니다 한두해쯤 광산일을 가는것이 뭬그리대단할것있겠서요"[33]라고 대답한다든가, "농사를 지여서 만인의 의식주를 당하기나 광석을 파내서 공업을 발전케 하기나 직접 간접으로 국가를 위하는 일임에는 조곰도 다른점이 업다."(43)고 여기는 것에서 동원체제에 포섭된 모습을 읽을 수 있다. 그러나 『광산촌』에서는 그보다는 신체제와 전쟁조차도 생산력주의를 위해 기여한다는 측면이 더욱 강하게 작용한다. 형규는 "인간의 힘으로 자연을 극복한다는 긍지가 로동의 괴로움을 상쇄하고도 남는"(95)다고 여긴다. 다음의 인용에는 전쟁과 생산력의 관계가 비교적 명료하게 드러나 있다.

전쟁은 파괴인 동시에 결실을 가져온다. 그것은 엄청난 소비인 동시에 또한 거대한 생산력을 갖게한다. 따라서 전쟁의 규모가 크면 클수록 모든 국력은 진중하게 된다. 금차 대동아 전쟁과같이 일억국민의 총동원이다.

그리하여 전쟁의 종결은 평화 한새시대를 가져온다 (중략)

오늘날 전시하에 증산을 목적하고 활약하는 산업전사로서의 영예가 크다하겠지만 그밖에도 광부의 생활은 긍지를 가질 수 있다.

---

33 이기영, 『광산촌』, 성문당, 1944, 26면. 앞으로의 인용시 본문중에 면수만 기록하기로 한다.

> 그것은 광부는 한갓 인부가 아니라 국가 사회를위한 훌륭한 생산자라
> 는점이다. (97–98)

전쟁 역시도 "거대한 생산력"을 가져오는 하나의 계기로서 파악되고 있다. 또한 "전시하에 증산을 목적하고 활약하는 산업전사로서의 영예"보다 "국가 사회를 위한 훌륭한 생산자"라는 점에서 생활의 긍지를 찾고 있다. '전사' 이전에 '생산자'로서 긍지를 느끼는 것이다.

광산을 배경으로 하고 있는 『동천홍』과 『광산촌』은 생산관계의 문제에 별다른 관심을 기울이지 않는다. 『동천홍』에서 광부들이 빈곤에 허우적거리는 가장 큰 이유로는 "하루 이원미만의 품삯"(186)과 같은 사회 경제적 모순보다는 "낭비와 소비가 미풍으로 되어있는 그들"(187)의 생활 습관이 제시된다. 이 작품에서 유흥과 낭비는 광부들의 가장 큰 생활적 특징으로 제시된다. 그럼에도 이 작품에는 금남이의 아버지 유성관이 딸을 팔아먹게 되는 과정이 여러 페이지에 걸쳐 언급된다. 이를 통해 당대 농민들이 처한 어려운 사회경제적 조건이 제시된다. 그럼에도 아버지가 "못쓸사람"(52)이 된 결정적인 이유는 "가난과 싸우다가 필경 술한테 지고 만"(52) 것으로 설명된다. 『동천홍』보다 대략 1년 정도 늦게 쓰여진 『광산촌』에서 사회적인 체제를 이루는 생산을 둘러싼 일련의 과정과 관계에 대한 탐구는 생략되고, 생산장면 자체의 묘사와 생산력에 대한 미화, 노동에 대한 찬양으로 기울어지고 있다. 다음의 인용이 대표적이다.

> 물론 개중에는 광부 생활을 한갓 품파리꾼으로 밖에생각지 안는 사람
> 이 있다. 그런 사람은 단지 로자관게로 이해만 따저서 자기는 하찬은 인
> 부에 불과하다는 자격지심을 갖게된다. 그래 그들은 자포자기의 정신적

타락으로부터 시작하야 필경 주색잡기에까지 물심을 허비하고 일생을 허
송하는 가련한 만로를 밟는 것이었다. 그러나 이것은 우매한 날근사상의
찌꺼지이다. (42-43)

노자관계를 따지는 것은 어느새 '날근사상의 찌꺼기'로 인식된다.
『동천홍』과『광산촌』은 생산력주의를 다룸에 있어, 강조점이 각각
다르다. 『동천홍』이 생산을 가능케 하는 일상생활의 개선에 초점을
맞추고 있다면,『광산촌』은 실제적인 노동의 현장에 초점을 맞추고
있다. 『동천홍』에도 "그들은 손이 기계가된다. 기계와같이 그들의 손
은 정확하고, 재바르게 움지긴다."(177)와 같은 말을 통해 현장의 노
동 강도가 드러난다. 특히 일훈이 자신의 표창식이 있기 전날 광산 작
업 중에 낙반이 떨어져 중상을 입는 것도, 이들이 처한 노동환경의 열
악함을 분명하게 보여준다. 그러나 핵심은 일훈이의 주요 사업이 절
주운동, 저축권장, 국어(일본어) 교육 등이며, 광부들에게 노동의 신성
함을 강조하는 것에서 알 수 있듯이 생산력을 고조시키기 위한 정신
과 습속의 측면을 정비하는데 있다. 중상을 입고 서울로 돌아온 일훈
이가, 퇴원하면 농촌으로 들어가 교사가 될 것을 다짐하는 장면에서
도, 일훈이 사람들의 정신을 개조하는데 주안점을 두고 있음을 확인
할 수 있다. 이에 반해『광산촌』은 생산력을 높이기 위한 구체적인 현
장에서의 여러 장면들을 생동감 있게 그려내고 있다.

저개발국가에서의 생산력주의는 인간노동에 대한 찬양으로 직결되
기 쉽다. 생산이 가능하기 위해서는 생산의 인적 요소인 노동력과 생
산의 물적 요소인 생산수단이 필요한데, 생산수단이 미비한 일제말의
조선과 같은 상황에서는 생산력을 높이기 위해서 노동력을 최대한 끌
어올릴 수밖에 없기 때문이다. 이제 오직 노동 그 자체의 찬양만이 남

게 된다. "결국 먹는것도 일하기 위함이요 쉬는것도 일하기 위함이다 동시에 먹는 것은 일할만큼 그동안의 주림을 채우자함이요 쉬는 것은 일한만큼 그동안의 필로를 쉬 하자는 것이다."(116)는 단언에까지 이르게 된다. 이것은 노동의 도착적 엑스터시를 보여주는 대목이 아닐 수 없다.[34] 『광산촌』의 처음은 형규가 꿈 속에서 갱내 작업을 하다가 낙반이 무너지는 소리에 놀라 깨는 것으로 시작된다. 이처럼 형규는 꿈 속에서도 노동으로부터 벗어나지 못한다. 이 작품에서는 형규가 하숙을 하는 집의 주인인 은주를 비롯해 모두가 노동에 대한 크나큰 가치부여를 하고 있다.

그동안 일제 말기 이기영 소설에 나타나는 상호경쟁과 집단주의는 군국주의와의 관련성 속에서 그 의미가 논의되었다. 그러나 이기영 소설에 나타난 생산력주의는 사회주의의 내적인 특징과 긴밀한 연결을 맺고 있다. 그러한 특징은 이들 작품에 나타난 노동형태가 스탈린 시기 소련의 대표적인 노동형태인 소련의 충격 작업과 비슷하다는 것에서도 확인할 수 있다. 이것은 자본주의를 넘어서 생산력의 극대화를 도모한다는 점에서, 군국주의와 스탈린주의가 동일한 문제의식을 공유했기에 가능한 현상이라 볼 수 있다. 이 지점에서 이기영의 생산력주의는 일제 말기라는 문제적 시기와 별다른 어려움 없이 조우하게 된다.

소련의 제1차 5개년 계획 동안 선호된 노동조직형태인 충격 작업은

---

[34] 벅 모스는 안드레이 플라토노프의 소설 『구덩이』의 한 대목을 예로 들어 노동의 도착적 엑스터시에 대하여 설명한다. 구덩이를 파내려가는 노동자들에게 감독관이 1일 작업 시간 규정에 따라 작업을 중단하도록 지시하자, 노동자들은 "밤이 되려면 아직 멀었소. 왜 인생을 낭비한단 말이오? 뭔가를 성취하는 게 낫지. 우린 동물이 아니오. 우린 열정을 위해 살 수도 있는 거요."라고 대답했다는 것이다. 이러한 열정 혹은 과잉이 미국식 테일러리즘에 대응하는 소련식 스타하노비즘을 낳게 된다. (Susan Buck-Morss, 『꿈의 세계와 파국 － 대중 유토피아의 소멸』, 윤일성·김주영 옮김, 경성대출판부, 2008, 145면)

전혀 테일러주의적이지 않았다. 충격 작업은 개인의 몸 움직임에 대한 과학적 계산에 기반하여 리듬을 표준화하는 것이 아니었다. 테일러주의적 리듬은 작업의 '규범'을 설정하였던 반면에 충격 작업의 목표는 작업의 규범을 깨뜨리는 것이다. 소련은 1929년에 들어와서 '사회주의적 경쟁'을 위한 캠페인을 벌이면서 충격 작업을 촉진시켰다. 어느 한 공장, 가게, 단체 등은 더 적은 시간 내에 더 많이 성취하기 위해서 다른 것들과 서로 경쟁했다. 규범을 깨뜨리려는 시도 속에서, 노동자는 사람이 아닌 기계처럼 잔인하게 혹사되었고, 부상당했으며, 지나치게 학대받았다. 노동자들은 운동선수들처럼 기록을 세우기 위해서 서로 경쟁했다. 승리자들은 비행기, 번개가 되었고, 패배자들은 게으름뱅이, 악어가 되었다. 승리자에게 주어지는 상품으로는 미디어 명성, 더 높은 봉급, 아파트와 모터사이클 같은 선망하는 소비재 등이 있었다. 그러한 계속적인 육체적 수고에 의해서 생기는 신체적 고통은 무시되었다. 이러한 노동은 팀 정신, 나날의 드라마, 영웅적 성취 등과 관계되는 열렬한 감정에 호소하는 것이었다. 충격 노동자들의 경험은 오늘날의 프로 스포츠 선수와 놀라울 정도로 닮았다. 그들은 과로로 기분이 진짜로 들떠 있었던 것이다. 그 결과 그들은 그들의 기계와 마찬가지로 소진했다.[35]

형규의 노동, 그 중에서도 한 달에 한 번 돌아오는 증산주간에 탄광 사람들이 겪어내는 노동은 수잔 벅 모스가 제시한 충격노동의 성격을 거의 모두 지니고 있다. '기록을 세우기 위한 경쟁', '승리자에 대한 칭송과 패배자에 대한 비난', '승리자를 향한 물질적 보상', '열렬한 감정에의 호소' 등이 증산주간에 모두 행해진다. 이러한 메커니즘을 통하

---

[35] 위의 책, 143면.

여 증산주간 동안에는 그야말로 "총동원"(92)이 이루어진다. "각부문을 한단위로하여 여러단체가 제각금 작업에 경쟁을 하게 된다."(91)는 것에서 알 수 있듯이, 모든 광부들은 '경쟁'을 한다. 우수한 노동자인 형규는 고평됨과 동시에, 그에 비례해 게으른 노동자인 봉출이와 건성이는 비난받는다. 나중에는 봉출이와 건성이도 형규에게 감화되어 건실한 광부로 다시 태어난다. 또한 광부들은 다음과 같이 비합리적인 열정에 들떠 있다.

> 굴속에 드러서면 일변 기분이 홱 달러 다. 그들은 어떤 모험을 할때처럼 이상히도 마음이 긴장되고 두팔과 두다리에 힘이 올랐다. 그리고 마치 불가능한 일을 해내랴는 거인과 같이 남다른 자부심과 긍지를 느끼었다. 과연 그들은 노동의 영웅이다. (108)

나아가 형규는 광부의 일을 전사의 일과 등치시키고는 한다. "채광의 과정은 마치 전장에서 용약하는 병사와 흡사"(39)하고, 항내작업을 하는 광부는 "적진을 돌격하는 제일선 용사와같"(40)다. 일은 "결전(決戰)"(48)이고, 광부는 "훌륭한 산업전사"(43), 즉 '戰士'이다. 『동천홍』에서도 장일훈은 자신을 "전쟁에 나간 용사나 다름 없"(155)는 기분으로 옥림광산에 들어간다. 전사의 이미지 속에는 파괴적인 이미지가 베어 있는데, 이 역시 스타하노비즘과 관련된다. 더 많이, 더 크게라고 외치며 끝없는 생산성을 요구하는 스타하노비즘(Stakhanovism)의 논리36에는 한계가 없다. 집합체를 위해서 개인을 텅 비워버리는 육체적인 고통은 소비에트 숭고미의 엑스터시이다. 이 때 몸의 승리는 또

---

36 S. Fitzpatrick, The Cultural Front, Ithaca:Cornell University Press, 1992, p.169.

한 몸의 파괴를 의미하게 된다. [37]

위에서 살펴본 것처럼 『대지의 아들』, 『동천홍』, 『광산촌』 등에 나타난 이기영의 생산력주의는 사회주의적인 측면과 이기영 문학의 내적인 연속성 측면에서도 논의될 여지가 있다. 흥미로운 것은 이기영 소설에 나타난 상호경쟁과 집단주의가 사회주의에서 강조하는 공동체와 연대성의 특권적 지점으로서의 노동(물질적이고 산업적인 생산)이라는 이상과 관련된다는 점이다. 이러한 이상 속에서 노동은 단지 그 자체로 만족을 가져다주는, 생산을 위한 집단적 노력에의 참여만을 뜻하지는 않는다. 노동의 이상에서 생산 집단은 사적인 문제들을 포함한 자신들의 문제를 자유롭게 토론할 수 있는 이상적인 장소이다. [38] 이 때의 경쟁은 개인의 발전만을 도모하는 자본주의적 경쟁과는 다른 것이다. 이 때의 경쟁은 어디까지나 '나'가 아닌 '우리'의 발전에 초점이 맞추어져 있기 때문이다.

『대지의 아들』에서 황건오는 작가가 말하고자 하는 생산의 논리를 육화한 존재이다. 무엇보다도 성격상의 핵심은 "남의 딱한 사정을 보면 가만히 있지 못하는 태도", 즉 자기보다는 남과 개양툰을 위해 희생할 수 있는 인물이라는 점이다. 비적의 토벌에 있어서도, 가뭄의 해

---

37 알렉세이 스타하노프는 1934년에 수립된 모든 기록과 테일러주의의 기준을 깼으며 스탈린의 5개년 계획의 돌격단의 상징이 된 사람이다. 주어진 작업시간 내에 그는 102톤 – 할당량의 14배 – 을 채굴하여 과학적으로 수립된 노동 속도를 초과달성한 돈바스 탄광 노동자였다. 결국 노동력의 절반은 스타하노바이츠가 되었고, 남자들뿐만 아니라 여자들도 마찬가지였다. 이들 노동영웅들을 위해 실질적인 이익들이 아파트, 소비자 상품들, 볼쇼이 입장권의 형태로 주어졌고, 최고의 영예는 스탈린을 직접 만나는 것이었으며, 회의들이 이런 목적을 위해 주기적으로 개최되었다. 스탈린과의 즐거운 미소와 악수의 교환은 노동영웅의 크기를 확장했고 결국 노동영웅의 이미지는 위대한 지도자의 기념비성을 반영했다. (Susan Buck-Morss, 앞의 책, 222~223면)

38 S. Žižek, 『전체주의가 어쨌다구?』, 한보희 옮김, 새물결, 2008, 203~204면.

결에 있어서도 선두에는 항상 그가 놓여 있다. 이러한 특징은 아들인 덕성이에게도 그대로 이어진다.『대지의 아들』에서 상류의 선농들이 쌓은 둑을 깨뜨리는 일을 통해, 개양툰 사람들은 "일심단결"[39], "단체적 행동"[40]의 기쁨과 위력을 깨닫게 된다.

『동천홍』과『광산촌』의 장일훈과 형규도 건오나 덕성이에 이어지는 인물이다. 둘은 모두 주어진 사회적 환경 속에서 열심히 노동하여 향상된 생활을 누리는데 삶의 기쁨을 두고 있다.『동천홍』의 장일훈은 어린 시절부터 향학열에 불타며 일상의 안락에 만족하지 않으며 고상한 이상을 붙잡고자 한다.『광산촌』의 형규도 공부에 대한 향학심과 건실한 삶의 자세를 유지한다. 무엇보다도 형규는 "언제나 일에 꾀를 내는 법이없었다. 본시 말이 적은 사람으로서 항상 뚱하니 맡은 일만 꾸준히 한다."(95)는 설명에서처럼 노동에 무척이나 큰 힘을 기울인다. 또 하나 중요한 것은 장일훈이나 형규가 건오와 마찬가지로 남과 함께 나아가고자 하는 인물이라는 점이다.

『동천홍』과『광산촌』에는 같은 광부이지만 장일훈이나 형규와 대조적인 인물들이 등장한다.『동천홍』에서 정생원, 배서방, 수박글겡이,『광산촌』에서 봉출이와 건성이가 그들이다. 이들은 일에도 성의를 내지 않고 오직 주색잡기의 외도에 빠져 있다.『동천홍』에서 장일훈은 정생원 등이 자신의 일에 반대하며, 큰 위해를 가하려고도 했음에도 불구하고 끝까지 그들을 포기하지 않고 배려하는 모습을 보인다. 그리하여 결국 정생원, 배서방, 수박글겡이는 모두 장일훈과 같은 대열에 합류하게 된다.[41]『광산촌』의 형규는 그런 그들을 경멸하며

39『조선일보』, 1940.5.7.
40『조선일보』, 1940.5.8.
41 광부인 정생원, 배서방, 수박글겡이들이 노동의 공동체에 합류하는데 반해, 마지

내치는 것이 아니라 "진실한 동지"로 만들어 보려 한다. 또한 광산의 상관인 이감독은 봉출이와 건성이가 잘못을 저질러 주재소에 잡혀갔을 때도, 기별을 듣자마자 찾아간다. 감독은 "금후는 자기가 책임을 지겠다고 한번만 용서해주기를 간원"하고, 주재소장은 그의 간곡한 말에 감동되어 봉출이와 건성이를 풀어준다. 결국 그들은 "전과를 뉘우치고 열심히 작업에 종사"(111)하게 된다. 여기에서 우리는 현실 사회주의가 지향했던 '공동체와 연대성의 특권적 지점으로서의 노동이라는 이상'을 확인할 수 있다.

이러한 특징은 일제 말기 또 다른 생산소설과의 비교를 통해 더욱 뚜렷하게 드러난다. 최인욱의 〈멧돼지와 木炭〉(『춘추』, 1942.12.)은 국책으로서의 생산소설에 부합되는 작품이다. 제탄장을 배경으로 한 이 작품도 『동천홍』이나 『광산촌』처럼 노동에 열심이며 국책에 충실한 노동자와 그에 대비되는 노동자가 등장한다. 전자의 인물이 진술과 봉식이고 후자의 인물이 인부감독과 주임이다. 그러나 〈멧돼지와 목탄〉은 이기영의 작품과는 달리 진술과 봉식, 인부감독과 주임이 같은 대열에 합류하여 진실한 동지가 되는 것과는 정반대로 서사가 진행된다. 그들의 갈등은 격화되다가, 결국에는 극복할 수 없는 적대에 이르러 봉식과 주임 등이 모두 제탄장을 떠난다. 국책에 대한 순종과 생산력에 대한 열정은 있지만, 이기영의 소설에서처럼 '공동체와 연대성의 특권적 지점으로서의 노동이라는 이상'은 확인할 수 없는 것이다.

막까지 "호랑이라도 돈 앞에서는 개가 되어라"라는 의식을 가진 백춘호와 같은 "허랑한" 인물은 장일훈과는 대척적인 지점에 놓이게 된다.

4. 생산력주의의 등장 배경

그렇다면 문제는 누구보다도 견실하게 사회주의적 문제의식을 견지했던 이기영이 생산관계의 모순이라는 문제를 그토록 쉽게 단념할 수 있었느냐이다. 그것은 이기영이 일관되게 보여온 봉건적 유제와 의식의 문제점에 대한 예민한 의식에서 그 원인을 찾을 수 있다. 이기영에게는 일제의 존재와 그 의의를 희미하게 여길 정도로, 전근대 극복의 절박성을 깊이인식하고 있었다. 그것은 생산력주의가 노골적으로 드러나고 있는 일제 말기 작품들에서 직접 확인할 수 있다.

『대지의 아들』에서는 개척의 서사와는 무관하게 덕성 – 귀순 – 황식의 연애 서사가 큰 부분을 차지한다. 이 연애서사에 있어 갈등은 사실상 자식의 결혼을 부모의 경제적 이득에 따라 결정하려는 전근대적 결혼 풍속에서 비롯된다. 따라서 연애서사는 봉건적 결혼제도가 가진 문제점을 끊임없이 환기하는 역할을 하게 된다. 인물들이 대부분 외부에서 조망되고 있음에 반하여, 귀순이는 상당 부분 내부로부터 조망되는 서술상의 특징을 보이기도 한다. 이 때 귀순이의 내면 역시 봉건적 결혼 풍속에 대한 문제제기와 맞닿아 있다. 대처에 나가서 정미소와 술집에서 일년 동안 지은 농작물을 사기당하고 돌아오는 황건오와 김병호의 모습과 농민들의 무지한 모습을 필요 이상 장황하게 서술한 것도 전근대적 의식과 사회의 문제점을 부각시키려는 의도와 맞닿은 것으로 보인다.

『동천홍』에서는 봉건적 사회와 의식에 대한 문제의식이 좀더 본격화된다. 『동천홍』은 크게 세 가지 이야기로 이루어져 있다. 장일훈이 술집작부로 팔려가던 유금남을 구해주는 이야기와 옥립광산의 설립 내력, 그리고 작품의 중심서사로서 장일훈이 광산노동자가 되어 광산노동자들을 계몽해 나가는 이야기가 그것이다. 이 중에서 첫 번째와 두 번째는 봉건적 사회와 의식에 대한 비판과 밀접하게 연관되어 있다.

작품은 장일훈이 옥림광산으로 찾아가는 길에 부처당이(佛堂里) 주막에서 술집 작부로 팔려가는 열다섯살의 금남[42]이를 만나는 것으로 시작된다. 금남의 아버지 유성관은 계속 어려워만 가는 가정 형편에 술타령으로 세월을 보내다가 딸까지 팔아먹는다. 서술자는 "시굴 처녀들이 부모의 무지와 가난한 환경으로 작부나 창기로 팔려가는것은 항다반 있는일이다"(7-8)라는 설명을 덧붙이고 있다. 이러한 행위에 대하여 일훈은 '개, 돼지짓'이라고 부를 정도로 강력하게 반발한다. 그는 자신이 가진 돈 이백원을 백춘호에게 건네주어서, 금남이가 자유의 몸이 되도록 도와준다. 그러나 금남은 이후에도 아버지에 의해 술집 작부로 다시 한번 팔려가게 된다. 이때도 장훈이 일본인 고산으로부터 받은 포상금 천원으로 다시 구해준다.

또한 옥림광산의 설립 내력이 밝혀지는 부분에서는 광산 현장을 중심으로 한 무지와 야만이 실감나게 그려지고 있다. 그곳에는 어떠한 합리적 질서도 없으며 오직 사욕을 채우기 위한 짐승 차원의 인간들이 벌이는 권모술수만이 있을 뿐이다. 낭비를 미풍으로 여기는, 전형적 금점꾼인 김사문은 옥림광산을 처음 발견하지만, 개발에 필요한 돈과 지식이 없어 조용만 박준대와 동업을 하게 된다. 그러나 김사문은 철저하게 이용만 당해 팔 하나를 잃고, 나중에는 자신이 발견한 광산의 일개 일꾼조차 되지 못하는 극단적인 상황에 처한다. 이러한 상

---

42 금남이는 처음 팔려갔을 때는 선옥이, 두 번째는 산월이라는 이름을 얻는다. 장훈이는 꼭 '금남'이라는 이름을 찾아주겠다고 다짐하는데, 이것은 봉건적 모순으로 인해 훼손되지 않은 본래적인 모습의 금남이를 찾아 주겠다는 의지의 확인이기도 하다. 금남이가 장일훈으로부터 들은 말 중에 가장 깊이 새기고 있는 말도 "너는 금남이란 이름으로 끝까지 살아야 한다."(269)라는 말이다.

황에서 김사문은 윤걸과 일본인 자본가 고산을 만나 작은 광명을 보게 된다. 윤걸과 고산의 도움으로 작은 돈이나마 챙기게 되고, 옥림광산의 "덕대"(152)로서 일하게 된 것이다. 이러한 모든 문제를 해결함에 있어 최종적인 권한과 책임은 고산에게 주어진다. 사문은 "고산씨의 은혜를 진심으로 감사"(152)해 하며, "자기일 이상으로 광산일에 진력"(153)하기 때문이다.

장일훈 역시도 봉건적 의식의 직접적인 피해를 입은 당사자이기도 하다. 그가 굳이 일본으로 건너가 신문배달, 공장 생활을 하며 힘들게 대학 예과를 졸업한 이유는 돈 많은 백부와 목재상을 하는 부친에 대한 반발 때문이다. 백부는 자신의 자식들을 학교에 넣지 않고 집에서 한문을 가르친다. 일훈의 아버지 역시 일훈의 형제를 소학교만 마치게 하고자 하며, 소학교만 마친 어린 일훈에게 장가들 것을 강요했던 것이다. 유학을 마치고 집에 돌아왔을 때도, 계속해서 학업을 이어가기 원하는 일훈의 뜻과 달리 집안에서는 장가를 들어 일상인의 역할에 충실할 것을 요구한다. 일훈이 광산으로 향한 데에는 이러한 집안의 압박도 중요한 이유로 작용한다. 장일훈이 옥림광산에서 광부로 생활할 때, 가장 큰 해를 끼치는 정운혁의 가장 큰 특질은 구시대적인 인물이라는 것이다. 정생원이라 불리는 그는 "지난시절의 교만"이 있고, "뱃속에는 양반사상이 다분히 들어앉"(182)아 있다. 툭하면 공자님 말씀을 읊어대기 좋아하는 정생원은 "네가 신학문은 얼마나 잘아는지 몰으나, 사서삼경은 못읽었을 것이다."(197)라는 우월감을 보이기도 한다.

이처럼 봉건적인 문제가 팽배해 있는 상황에서 이기영은 우선적으로 근대적 생산력의 발전을 우선적으로 원하게 된 것으로 볼 수도 있다. 이기영은 근대 극복의 문제만큼이나 아니 그 이상으로 전근대 극복의 과제를 중요하게 여겼기 때문이다. 그리고 이를 위해서는 생산력의 발전을 무엇보다 우선시하지 않을 수 없었을 것이다. 서치달이 강연에서 "물질적 실력이업시는 정신을 구할 수가 업습니다. 우리의 물질적생활은 의식주임으로 물질적실력이란 즉경제적실력을 의미하는것이올시다"[43]라고 말하는 것처럼 말이다.

5. 결론

본고는 이기영의 일제 말기 작품을 관류하는 작가의 핵심적인 문제의식이 생산력주의라고 보았다. 『대지의 아들』에서 싹을 보인 생산력주의는 『동천홍』과 『광산촌』에서 산업적 근대성에 바탕한 본격적인 생산력주의로 발전한다. 『대지의 아들』은 시간적으로 현재와 과거로 나뉘어진다. 이 때 과거는 수많은 곤란과 어려움이 혼재되어 있는 시공이고, 현재는 계급적, 민족적으로 뚜렷한 갈등을 찾아볼 수 없는 무갈등의 시공으로 나타난다. 무엇보다 개양툰 농장은 조선에서와는 비교도 할 수 없이 많은 소출을 내는 것으로 설정되어 있다. 『대지의 아들』의 중심 공간인 개양툰이 계급적, 민족적으로 뚜렷한 갈등을 찾아볼 수 없는 무갈등의 시공인 것과 달리 『대륙』의 주무대인 토산자는 여러 가지 관계가 갈등을 빚는 공간이다. 이기영이 『대지의 아들』에서 계급적, 민족적 갈등이 무화된 유토피아를 통해 생산력주의를 강력하게 표출했다면, 한설야는 만주를 배경으로 한 생산력주의의 허구성과 위험성을 근본적인 지점에서 바라보았다고 할 수 있다. 일제 말

---

[43] 『조선일보』, 1940.1.17.

기 생산문학론은 생산관계에 대한 문제제기 없이 생산력의 발전만을 강조한 최재서의 생산문학론과 생산관계의 문제를 재사유하고자 한 임화의 생산문학론으로 나뉘어진다. 이 중에서 이기영은 최재서의 생산문학론에 한설야는 임화의 생산문학론과 근친성을 보인다.

『동천홍』과 『광산촌』에 나타난 생산력주의는 신체제를 용납할 만큼 절대적이다. 『동천홍』과 『광산촌』은 생산력주의를 다룸에 있어, 강조점이 각각 다르다. 『동천홍』이 생산을 가능케 하는 일상생활의 개선에 초점을 맞추고 있다면, 『광산촌』은 실제적인 노동의 현장에 초점을 맞추고 있다. 이들 작품에 나타난 노동형태는 일종의 충격 작업에 해당한다. 충격 작업은 개인의 몸 움직임에 대한 과학적 계산에 기반하여 리듬을 표준화하는 것이 아니었다. 테일러주의적 리듬은 작업의 '규범'을 설정하였던 반면에 충격 작업의 목표는 작업의 규범을 깨뜨리는 것이다. 『광산촌』에서 형규의 노동, 그 중에서도 한 달에 한 번 돌아오는 증산주간에 탄광 사람들이 겪어내는 노동은 충격노동의 성격을 거의 모두 지니고 있다. 그동안 『대지의 아들』, 『동천홍』, 『광산촌』 등에 나타나는 상호경쟁과 집단주의는 군국주의와의 관련성 속에서 주로 논의되었다. 그러나 이러한 특징은 사회주의적인 측면과 이기영 문학의 내적인 연속성 측면에서도 논의될 여지가 있다. 이러한 특징은 이들 작품에 나타난 노동형태가 스탈린 시기 소련의 대표적인 노동형태인 소련의 충격 작업과 비슷하다는 것에서도 확인할 수 있다. 이것은 자본주의를 넘어서 생산력의 극대화를 도모한다는 점에서, 군국주의와 스탈린주의가 동일한 문제의식을 공유했기에 가능한 현상이다. 이 지점에서 이기영의 생산력주의는 일제 말기라는 문제적 시기와 별다른 어려움 없이 조우하게 된다. 이러한 상호경쟁과 집단주의는 사회주의에서 강조하는 공동체와 연대성의 특권적 지점으로서의 노동이라는 이상과도 관련된다. 이 때의 경쟁은 어디까지나 '나'가 아닌 '우리'의 발전에 초점이 맞추어져 있다. 그렇다면 누구보다도 견실하게 사회주의적 문제의식을 견지했던 이기영에게 이처럼 강력한 생산력주의가 발현된 이유는 무엇일까? 그것은 이기영이 일관되게 보여온 봉건적 유제와 의식의 문제점에 대한 예민한 인식에서 그 원인을 찾을 수 있다. 이기영은 일제의 존재와 그 의의를 희미하게 여길 정도로, 전근대 극복의 절박성을 깊이 인식하고 있었다. 그것은 생산력주의가 노골적으로 드러나고 있는 일제 말기 작품들에서 직접 확인할 수 있다. 이처럼 봉건적인 문제가 팽배해 있는 상황에서 이기영은 우선적으로 근대적 생산력의 발전을 우선적으로 원하게 된 것으로 볼 수 있다.

한국 프로문학 연구

이기영의 『처녀지』 연구
—— 남표와 선주의 죽음을 중심으로

1. 이기영의 마지막 생산소설

이기영은 1940년대에 들어 맹렬한 작품활동을 보인다. 그는 10여 편의 단편 외에도 장편소설로 『대지의 아들』(『조선일보』, 1939. 10. 12.~1940. 6. 1.), 『봄』(대동출판사, 1942), 『동천홍』(『춘추』, 1942. 2.~ 1943. 3.), 『생활의 윤리』(성문당, 1942), 『광산촌』(『매일신보』, 1943. 9. 23.~11. 2.), 『처녀지』(삼중당서점, 1944) 등을 발표한다. 이 중에서 『처녀지』는 일제 말기 이기영의 마지막 작품으로서 그의 문학세계를 이해하는데, 하나의 분수령을 이루는 작품이다.[1] 그럼에도 지금까지

---

[1] 이기영은 『처녀지』 발표 이후, 『방송지우』에 원고지 30매의 분량으로 〈장끼〉(1945 년 4·5월 합본호)라는 방송소설을 발표한다. 본격적인 소설이라고 보기에는 분량, 작품의 수준, 수록 매체가 모두 수준 미달이다. 내용에 있어서도 처참한 전시상황 으로 빠져들던 당대 현실과는 달리, 징용에 나갔던 남편이 돌아와 행복한 가정을 다 시 꾸린다는 일종의 판타지를 선보이고 있다. 따라서 일제 시기 이기영의 마지막

『처녀지』에 대한 연구는 활발하게 이루어지지 못했다. 이것은 텍스트 확보의 어려움과 더불어 다양한 연구의 시각이 확립되지 못한 것과 관련된 것으로 보인다.

이미림은 일제 말기 이기영이 쓴 작품들을 논의하면서 『처녀지』가 생산소설과 만주개척소설의 성격을 기본으로 하면서 통속적인 연애담이 가미되었다고 보고 있다.[2] 이선옥은 처녀지가 "우생학 담론을 중심으로 민족(인종)과 성별의 서열화를 결합"[3]시켰으며, 우생학 이론에 바탕을 두고 제국주의의 출산 통제 논리에 동화되어 간 특이한 작품이라고 주장한다. 김진아는 집요할 정도로 "당시 일제의 정책이 어떻게 작품 속에 형상화되었는지를 살펴봄으로써 작품 속에서 작동하고 있는 제국주의 파시즘의 논리를 밝히"[4]고 있다. 조진기 역시 이기영이 "누구보다 앞장서서 국책을 문학으로 실천했던 사람"[5]라는 판단하에 『처녀지』와 국책의 관련성을 면밀하게 고찰하고 있다. 이경훈과 정종현은 이기영 소설이 '의사 – 제국주의적 정체성'을 보여준다고 파악한다. 만주를 야만으로 설정함으로써 식민지인이라는 상황을 상상적으로 벗어난다는 것이다.[6]

본격 소설은 『처녀지』라고 보아도 큰 무리는 없을 것이다.

2 이미림, 1999, 『월북작가 소설연구』, 깊은샘, 145~165면.

3 이선옥, 2003, 「우생학에 나타난 민족주의와 젠더 정치 – 이기영의 『처녀지』를 중심으로」, 『실천문학』, 2003년 봄호, 95면.

4 김진아, 2003, 「이기영 장편소설 『처녀지』 연구」, 영남대 석사학위논문, 3면.

5 조진기, 2006, 「만주개척과 여성계몽의 논리 – 이기영의 『처녀지』를 중심으로」, 『어문학』91집, 한국어문학회, 504면.

6 이경훈, 2003, 「만주와 친일 로맨티시즘」, 『오빠의 탄생』, 문학과지성사, 271~297면 ; 정종현, 2006. 4, 「1940년대 전반기 이기영 소설의 제국주의적 주체성 연구」, 『한국근대문학연구』, 121~151면. 이들 외에도 많은 논자들이 남표의 계몽적인 태도를 제국주의적 주체와 관련시키고는 한다. 그러나 의사제국주의적 주체의 모습이라 불리는 남표의 모습은, 친일소설에만 해당하는 것이 아니라 프로소설의 일반

지금까지의 연구는 당대 지배 담론과의 관련성 속에서 이기영 소설에 나타난 친일적 요소를 추출 배열해내는 공통점을 보여준다. 그런데 이러한 시각은 하나의 근본주의를 내포하고 있다. 대표적으로 와타나베 나오키의 논의를 들 수 있다. 그는 이 시기 만주를 배경으로 한소설들에서 일본의 만주 정책을 비판했다는 이유 등을 들어 작품의 저항성을 읽으려는 시도에 대하여 "오족협화론뿐만 아니라 당시 만주국을 지탱하고 있었던 수많은 이데올로기와 이념들은 이런 형태로 종래 국민국가에 관한 담론을 넘어서는 식으로 비판성을 보장하면서 동원의 담론으로 포섭되고 기능했던 것"[7]이라고 말한다. 그러나 이러한 근본주의적인 시각은 반대의 입장에서도 제시될 수 있다. 즉 가끔씩 "오늘날왕도락토를 건설하는황국신민중에는 이와같은정신적 타락자가한사람도없어야한다."[8]와 같은 말을 던지면서, 실제 서사에서는 작가의 고유한 문제의식을 계속해서 제기하는 것이라고 볼 수도 있는 것이다. 이러한 반론이 가능한 것은 이 시기 만주를 배경으로 한 소설들은 겉으로는 일제의 국책에 찬성하는 식으로 안정성을 보장받으면서 저항의 담론으로 기능하기도 했기 때문이다. 한 편의 문학작품이 체제나 구조로부터 완벽하게 벗어날 수 없다면, 체제나 구조에 완벽하게 포섭되는 것 역시 불가능하다.

따라서 카프 작가들에게 일제 말기는 '일제 통치이데올로기'와 '마르크시즘'과 '작가의 고유성'이라는 세 가지 의미항 사이에서 동요한 시

적인 특징이기도 하다. 프로문학은 기본적으로 계몽을 목적으로 하며, 거기에는 계몽의 주체와 계몽의 대상, 그리고 그들 사이의 계몽적 관계가 존재하기 때문이다.

7 와타나베 나오키, 2007, 「식민지 조선의 프롤레타리아 농민문학과 '만주'」, 『한국문학연구』33집, 34면.

8 이기영, 1943, 『처녀지』 상권, 조선출판사, 350면. 앞으로의 인용시 본문중에 상·하권과 면수만 기록하기로 한다.

기였다고 보는 것이 타당하다. 거의 모든 작가들에게서 이 세 가지 의미항은 정도의 차이는 있을지언정 동시에 나타나는 특징을 보인다. 기본적으로 이데올로기에 완전히 동화된 작품은 없으며, 거기에는 작가만의 고유한 개성과 세계관이 균열을 드러내기 마련이다. 이 균열의 지점에는 작가의 오랜 문제의식과 내적 필연성이 담겨 있다.『처녀지』에는 1940년대 이후 이기영을 사로잡았던 특유의 생산력주의가 담겨 있다.[9]

본고는 이기영의 일제 말기 작품을 관류하는 핵심적인 문제의식이 생산력주의라고 보았다. 이기영은 5년여의 기간 동안 6편의 장편을 발표할 정도로 맹렬한 창작활동을 한다. 이러한 행적은 이기영에게 생산소설이 단순하게 보신을 위한 호구책과는 거리가 멀었다는 것을 증명한다. 그에게 생산소설은 자신의 문학적·정치적 신념이 뒷받침된 창작행위였던 것이다. 더군다나 신문에 연재되는 과정 없이 처음부터 단행본으로 출판된『처녀지』는 작가 자신의 내적인 신념이나 요구에 충실하게 창작된 작품이라고 볼 수 있다.

그런데『처녀지』를 둘러싼 외적 상황들을 종합해 보면, 이 작품이 지닌 심상치 않은 의미가 발견된다. 그것은『처녀지』가 이기영이 일

---

9 일제 말기에 나타난 생산력주의에 대한 일본 측의 논의는 다음과 같이 두 가지로 나뉘어진다. 첫 번째는 "모든 마르크스주의적 비판이 봉쇄된 당시에 마르크스주의를 대신하여 정책비판의 주류적 조류를 형성"(高畠通敏, 「生産力理論」, 『共同研究轉向中卷』, 思想の科學研究會編, 平凡社, 1960, 204면)했다고 보는 것이다. 이러한 생산력주의는 일본의 패전 이후 위장 전향과 연관지어 논의되었다. 두 번째는 생산력주의를 "생산력 증대를 주장하는 것은 그 자체가 하나의 가치적 선택"이며 "객관적 필연의 이름하에 주체적 결단의 책임을 회피하면서 현실조작을 행하고 있었다는 점에서 그것은 바로 익찬 시대의 제도정신과 어울리는 '무책임의 과학'으로 전락할 위험을 가지고 있었다."(위의 책, 215면)고 평가하는 입장이다. 이러한 입장에 따를 때 생산력주의는 일본 군국주의 체제와 긴밀한 상관성을 지닌 것으로 이해된다.

제 말기에 그토록 정력적으로 펼쳐 보였던 생산력주의의 완성과 더불어 더 이상 나아갈 수 없는 생산력주의의 한계를 보여준 것과 관련된다. 이기영은 서사의 표면에서는 국책에 적극적으로 협력하는 생산소설의 기본 성격에 충실한 면모를 보여주지만, 심층적인 차원에서는 일제 말기의 국책이 전혀 불가능한 기획임을 강하게 환기시킨다. 그리하여『처녀지』는 분열된 텍스트의 면모를 보인다. 이 해결할 수 없는 분열 때문에 작가는『처녀지』(『삼중당서점, 1944. 9)를 마지막으로 더 이상 적극적인 창작행위에 나아가지 못한 것이다.[10] 이 글은『처녀지』연구가 아직 본격적으로 이루어지지 못한 점을 고려하여 가능한 텍스트에 바탕하여 실증적인 연구 자세를 유지하고자 한다.

2. 이념적 연애가 낳은 선주의 죽음

『처녀지』는 모두 26장으로 이루어진 두 권 분량의 장편소설이다. 이 작품은 두 가지 서사로 이루어져 있다, 하나는 남표가 정안둔이라는 마을에서 의술을 행하며 그 마을을 모범적인 마을로 만들고자 하는 개척서사이고, 다른 하나는 남표가 대동의원 시절의 간호원인 신경아와 파혼한 경험이 있는 이선주 사이에서 벌이는 연애서사이다. 두 개의 서사는 분리된 듯 보이지만, 결국 하나로 연결된다. 그것이 하나로 연결되는 논리에는 이념적 연애라 불리는 독특한 연애관이 가로놓여 있다.

---

10 이기영은 "1944년 3월 나는 강원도 내금강 병이무지리로 전가족을 소개하여 가서 8·15 해방 전까지 2년 동안 손수 농사를 지었다."(『나의 인간수업, 문학수업』, 인동, 1990, 77면)고 진술하고 있다.

남표, 신경아, 이선주의 연애는 명백히 1920년대의 자유연애론이 시대적 소명을 다하고 비판의 대상이 되었을 때, 그 빈자리를 채운 '붉은 연애'의 양상을 보인다. 붉은 연애, 즉 사회주의적 연애는 남녀의 이념과 사랑이 일치하는 것을 말한다.[11] 이러한 사랑에서 남녀의 결합은 이념적인 결합과 평행하여 이루어지며, 이념과 사랑 중에 강조점은 전자에 놓여진다.[12] 『처녀지』에서 사회주의적 연애의 구조와 메커니즘은 그대로이지만, 그 이념은 사회주의가 아닌 남표의 만주개척이념으로 변한다.

이러한 사랑의 구조와 메커니즘은 이전에 쓰여진 『생활의 윤리』(성문당, 1942)에서 이미 나타난 바 있다.[13] 『생활의 윤리』는 이기영 소설로는 특이하게 남녀간의 연애문제만이 전면적으로 다루어지고 있는 소설이다.[14] 『생활의 윤리』는 응주, 준구, 일찌, 박달이라는 네 명의 청춘

---

[11] 엘렌 케이에서 시작하여 구리야가와 하쿠손에서 심화된 연애지상주의는 1930년대에 들어서면서 사회주의 지식인들에 의해 부르주아 계층의 사랑으로 비판받는다. 이것을 대신하여 계급해방론과 여성해방이 결합된 알렉산드라 콜론타이이 '붉은 연애'가 새롭게 대두된다. 공산주의자로서의 동지애, 사회주의적 공동체에 대한 헌신을 주장하는 콜론타이의 '붉은 연애'는 사회주의 사상과 더불어 새로운 사랑의 모델로 관심을 끌었다. 본래 콜론타이의 연애론은 계급해방과 연애의 결합, 연애와 성의 분리, 여성해방 의식 등으로 구성되어 있다.(서지영, 2011, 『역사에 사랑을 묻다』, 이숲, 186~199면) 이 세 가지 요소 중에서 한국의 사회주의자들이 주장한 '사회주의적 연애'는 '계급해방과 연애의 결합'만을 받아들였다고 볼 수 있다.

[12] 이에 대한 자세한 논의는 『한설야와 이데올로기의 서사학』(이경재, 2010, 소명, 54~90면)을 참고할 것.

[13] 일제 말기 이기영의 작품 중에서 『처녀지』와 마찬가지로 만주를 배경으로 한 『대지의 아들』에도 부분적이기는 하지만 덕성과 귀순 황식 사이에 사회주의적 연애의 모습이 나타난다.

[14] 『생활의 윤리』는 모두 17장으로 구성되어 있다. 동기방학이 되자 석응주는 귀향한다. 선교부인으로부터 학비를 지원받아 고등학교를 졸업한 응주는 취직하거나 진학을 하고 싶어하지만 집에서는 결혼할 것을 강요한다. 응주에게 재취자리 중매가 들어오지만 응주는 이를 거부한다. 마을에 응주와 한 반인 일찌와 그녀의 아

남녀가 벌이는 사랑의 이야기로 되어 있다. 이들이 펼치는 연애서사 속에서 개인주의와는 구별되는 새로운 '생활의 윤리'가 제시된다.

『생활의 윤리』는 크게 두 가지 삼각관계를 바탕으로 서사가 전개된다. '웅주 – 준구 – 일찌'의 삼각관계와 '준구 – 일찌 – 박달'의 삼각관계가 그것이다. 이러한 삼각관계는 자연스럽게 '웅주 – 준구'의 짝과 '일찌 – 박달'의 짝으로 정리된다.

웅주와 준구는 개인보다는 공동체에, 개인의 감정보다는 공동체의 직분이나 역할에 충실하다. 웅주는 "남에게 받은바 이은혜를 사회적으로 봉사하기에 성력을 다하자"[15]고 생각하며, "분수에 넘치는것을 바라는 것은 일종의 허영이다. 그는 턱없이 허영을 바라는것 보다는 차라리 내힘에 적당한 일터에서, 생활의 즐거움을 찾고 싶었다."(289)고 생각하는 인물이다. 이러한 특징은 "소담하고 담박한 성격", 즉 "농민적 기질"(290)로 설명되기도 한다. 어려서부터 고생으로 큰 준구는 점잖으며 술 담배 근처에도 가지 않는다. 그는 "향락주의"(397)나 "호구에 근심이 없는것을 다시없는 행복으로 알고 사는것"(396)에 반대한다. 준구는 웅주가 어려움에 처하자 선뜻 자신의 돈을 내놓는다. 이때 "다만 나역시, 구차하게 사는만큼 동지적으로 웅주씨에게 잠시 호

버지 허담 그리고 일찌의 약혼자이자 일찌 동생의 가정교사인 이준구가 사냥을 온다. 웅주는 백화점 여직원으로 취직하고 일찌는 이화여전에 진학한다. 준구가 웅주를 찾아간 것을 오해한 일찌 때문에 이준구는 일찌 집에서 나온다. 웅주의 아버지는 병태한테 꾼 돈을 갚지 못해 웅주는 병태로부터 약혼을 강요받는다. 웅주가 우연히 같은 하숙집에 머물게 된 준구로부터 돈을 빌려 해결한다. 일찌는 신경쇠약과 늑막염으로 입원을 하고, 문병 온 박달과 연인 사이가 된다. 웅주는 가짜 전보를 받고 고향에 내려갔다가 병태에게 봉변당할 뻔한다. 웅주와 준구는 연인 사이로 발전하고, 일찌는 박달의 아이를 낳으며 이후 박달은 종적을 감춘다.

15 이기영, 1942,『생활의 윤리』, 성문당, 289면. 앞으로의 인용시 본문중에 면수만 기록하기로 한다.

의를 보이자는것 뿐"(373)이라며, "그건 새시대의 명령"(373)이라고 말한다. 또한 "생명의 귀중한 보람은 다만 '사는데' 있지않고, 그것을 높이는데 – 정신적으로 발전식히는데 있다."(408)고 생각한다.

이에 반해 일찌와 박달은 개인의 생활과 감정을 무엇보다 우선시한다. 일찌는 산골 출신인 웅주를 무시하기도 하고, "독살이 날때에는 여간 모질고 매섭지 않다가도 한번 푸러지면, 또 언제 그랫드냐 싶게 있는 대로 인정을 내쏟는"(312) 변덕스런 성격을 지니고 있다. 박달은 서울 "중바닥"(278) 출신으로 재치있는 언동이 두드러진다. 그는 처자가 있음에도 불구하고 이혼했다고 거짓말을 하며 자주 "허무의 심연"(407)에 빠진다.

짝이 맺어지는 과정은 철저하게 각각의 인물들이 지닌 윤리에 바탕한 것이다. 일찌는 "늘 뚱하니 말이없고, 오직 저할일만 꾸준이"(458) 하는 준구가 맘에 들이 않았고, 대신 "자기의 성미와 근사한"(459) 박달이를 선택한다. 당연히 작가가 이들 두 짝 중에서 더욱 가치를 두는 것은 웅주와 준구의 짝이 구현하는 윤리이다. 이것은 서사의 결말에서도 분명히 확인할 수 있다. 웅주와 준구가 희망 찬 사랑의 가능성을 보여주는 것과 달리 일찌와 박달은 불행한 사랑의 모습을 뚜렷하게 보여준다. 일찌는 사생아를 남몰래 낳고, 박달은 행방불명되는 것이다.

『처녀지』의 남표와 경아의 사랑에서도 공적인 목적을 위해서는 사적인 욕망이 철저히 억압된다. 남표와 경아의 사이에는 처음부터 섹슈얼리티가 억압되어 있다. 남표는 경아를 "누이와같이 대해왔지 그이상을초월한 적이 없"(상권, 43)다.[16] 이 작품에서 남표는 처음부터

---

16 1980년 이전 중국의 문학에서도 계급투쟁의 승리는 탈성화된 비물질적이고 헌신적인 여성상을 통해 형상화되었다고 한다.(Prasenjit Duara, 2008, 『주권과 순수

"난결혼을 않기로했으니까요."(상권, 7), "난결혼은 할생각이없네."(상권, 16)라는 말을 반복한다.

남표가 정안둔 마을에서 경아에게 처음 쓴 편지에는 정안둔을 선택하게 된 계기와 그곳에서의 생활에 대한 내용으로만 가득한다. 개인적인 감정은 사라지고 없다. 경아는 윤수창이 쓴 "北滿의處女地正安屯"(하권, 439)이라는 기사에 나타난 남표의 활약상을 읽고, 드디어 정안둔 마을로 찾아간다. 그 마을에 찾아갔을 때 남표와 경아가 나누는 대화는 남표가 정안둔 마을에서 행하고 있는 여러 가지 사업 이야기로 가득하다. 흥미로운 것은 선주가 정안둔 마을에 내려온 것도 "北滿의處女地正安屯 – 一醫學靑年을 中心으로"(하권, 491)라는 신문기사를 읽고 나서라는 점이다. 경아와 선주 두 여인과 남표가 한 공간에서 재회하게 된 것은 '북만의 처녀지 정안둔'을 남표가 열심히 개척했기 때문이다.

따라서 선주가 호화로운 도시 생활에 빠져 있는 이기주의자일 때, 그녀와 남표의 사이는 한없이 멀 수밖에 없다. 농촌으로 향하던 기차에서 만난 선주에게 남표는 "넌악마다!"(상권, 127), "넌매춘부다."(상권, 128)와 같은 말을 서슴없이 내뱉을 정도로 적개심을 보인다. 선주가 정안둔 마을에 찾아왔을 때에도 "넌정신병자다……이런미친년은 내쫓어야한다."(하권, 500)고 소리지른다. 그러나 선주가 남표의 개척 사업에 관심을 기울이고, 과거의 삶을 반성할 때 둘의 사이는 가까워질 수밖에 없다. 이것은 개인적인 감정과는 무관한 하나의 메커니즘이고, 선주의 죽음 역시 이러한 메커니즘 속에서 발생한 것이다.

성 – 만주국과 동아시아적 근대』, 한석정 옮김, 나남, 304면) 자기부정적이고 자기희생적이며 탈성화된 여성은 사회주의 문학에서 긍정적인 여성상으로 빈번하게 등장함을 알 수 있다.

나중 정안둔에서 활동하는 남표의 모습에 선주가 감동했을 때, 선주는 도시에서의 호화로운 삶과 이기주의자로서의 자신을 철저하게 반성한다. 그리고 남표의 여러 가지 사업에 적극적으로 찬동한다. 이제 선주는 남표와 결합될 수 있는 조건을 갖춘 것이다.[17] 그러나 선주가 남표와 결합을 시도하는 순간, 선주는 남표와 경아의 동지적 관계에 또 다시 개입하게 되고, 그것은 거짓말로 둘 사이를 방해하던 옛날의 모습으로 돌아간다는 것을 의미한다.[18] 따라서 선주가 새롭게 획득한 만주개척이념에 부합하면서도 남표와의 사랑을 유지하는 길은, 남표에게 남긴 편지에도 쓴 것과 같이 "오직한시밧비죽는것"(하권, 524) 뿐이다. 선주의 죽음은 이념적 연애의 필연적인 귀결인 것이다.

흥미로운 것은 남표와 경아 사이의 유일한 방해자였던 선주가 죽고 나자 오히려 남표와 경아의 관계가 시들해진다는 것이다. 다음의 인용은 이러한 경아의 내면을 잘 드러내고 있다.

> 물론 그는 지금도남표를 존경하고싶다. 그점은변함이없을것이다.
>
> 그러나어제 들에서 느끼는남표에 대하든감정과는 천양지차가있었다.
>
> 그때공상하든 장래의생활과행복감은 편편박살이나듯 여지없이깨지고마렀다. 그라말로일장춘몽이다.
>
> 차라리선주가 죽지않고그전대로 야릇한관계를맺고있는다면 그는고통

---

17 이러한 선주의 모습은 정인택의 〈검은 흙과 흰 얼굴〉(『조광』, 1942. 11)에 등장하는 혜옥을 연상시킨다. 혜옥은 온갖 스캔들을 일으키며 주인공 철수를 떠났지만, 만주 개척촌에서는 교육사업에 헌신하는 훌륭한 여자로 새롭게 태어난다. (윤대석, 2006, 『식민지 국민문학론』, 역락, 210~211면)

18 선주는 남표가 정안둔으로 떠나던 날 전송을 나온 이가 신경 대동의원의 간호사 신경아라는 것을 알고 거짓으로 대동의원에 입원을 한다. 그리고는 자신의 남편과 남표가 죽마고우라며 온갖 거짓말을 늘어 놓는다. "신경서가치있는 간호부가 귀찮게구러서지금북만으로 떠난다"(상권, 263면)는 것이다.

중에도 오히려행복을느끼었을것이다.   그리고최후의승리는 자기에게있

을줄안다. 남표와같이 결혼생활을 할수있다면말이다.

　　한데선주는 그점을멀리내다보고 이런죽엄을자취했는가. (하권, 559)

　선주가 계속 살아 있다면, "최후의 승리"는 경아 자신에게 돌아갔을

것이라고 생각한다. 그러나 선주의 죽음은 선주가 과거 이기적이던

자신과 완벽하게 단절했음을, 동시에 남표의 삶이 표상하는 개척의

이념에 동화되었음을 의미한다. 더군다나 선주는 죽음을 통해 변화의

가능성도 제거된 영원불멸의 이념적 표상으로 남는다.[19] 따라서 이념

적 연애의 관점으로 볼 때, 남표와 가장 가까운 존재는 영원히 경아가

아닌 선주가 될 수밖에 없다. 실제로 선주의 죽음을 통해 남표는 선주

를 생각하는 마음이 완전히 변한다. "선주가죽지만않었어도 남표와경

아는 예정한계획대로 그들의생활을 발전"(하권, 564)시켰겠지만, "큰

진실성(眞實性)이 있"(하권, 537)는 선주의 죽음은 모든 것을 변화시킨

것이다. 선주의 장례가 끝나자 경아가 신경으로 돌아가는 것에서 알

수 있듯이, 경아와 남표의 관계는 멀어지고, 둘은 끝내 맺어지지 못한

다. 결국 이 셋의 관계는 남표가 죽자 경아가 상주 역할을 맡고, 남표

의 무덤이 선주의 무덤과 서로 다정하게 마주보는 것으로 끝난다.

---

19 남표는 의사시험을 보기 위해 신경으로 떠나기 전에 선주의 무덤에 들른다. 이 때
　　남표는 선주와 대화하는 환영에 빠진다. 이 때 선주는 "난두분의 행복을 위하고
　　싶었"(하권, 569면)다고 말하며, 이어서 "선생님은오래도록 사러주세요 당초의목
　　적을직혀서 위대한사업을해주세요……네! 나는그것을지하에서 정성껏빌겠세요"
　　(하권, 570면)라고 속삭인다. 이에 감격한 남표는 선주에게 달려들어 그녀를 안으
　　려고 한다. 이 때의 환영이 남표의 심층심리에서 비롯된 것이라면, 남표의 가슴
　　속에 선주는 이상적인 여성으로 깊이 각인되었음이 분명하다.

3. 공동체와 연대성의 특권적 지점으로서의 노동

『처녀지』의 남표를 이해하기 위해서는 우선 그가 평범한 의사의 삶을 거부하게 된 계기를 살펴보아야 한다. 약혼까지 한 남표는 선주와 헤어지게 되는데, 그 계기가 흥미롭다. 의전을 졸업하기 한 해 앞두고 남표는 "뜻하지않은불행"(상권, 25)으로 학교를 그만둔다. 그 뒤 시골로 내려갔던 남표가 "잇해만에올라와보니"(상권, 25) 선주는 다른 남자에게 시집을 가버리고 없다. 이에 크게 상심한 남표는 "만주나들어가보자!"(상권, 30)라는 생각에 봉천행 급행열차를 탄 것이다.

그런데 작품의 마지막까지 남표의 삶을 결정적으로 바꾸어 놓은 '뜻하지 않은 불행'이 무엇인지는 밝혀지지 않는다. 단서가 전혀 없는 것은 아니다. 남표는 "내가어떤 사정으로서울을 한잇해동안 떠나서부자유한몸이 되었다."(하권, 474면)라고 스스로 밝히고 있다. 이 말을 통해 남표가 겪은 불행한 사건이 정치적인 상황과 긴밀하게 연결되어 있음을 알 수 있다. '뜻하지 않은 불행', '말할 수조차 없는 불행', '부자유한 몸이 되었던 경험'을 간직한 인물이 바로 남표인 것이다. 이러한 남표의 이력은 그가 한때 일제와 대립하던 이념분자였음을 추론하게 만든다. 이후 남표가 보여주는 정안둔에서의 활동과 당대의 시대적 상황을 고려할 때, 남표는 전향 사회주의자라고 보는 것이 가장 합리적이다.

이 작품은 1944년이라는 일제 말기에 창작되었지만 작품 속 배경은 1930년대 후반이다. 따라서 이 작품에 나타난 남표를 이해하기 위해서는 1930년대 후반이라는 시대를 이해하는 것이 필요하다. 사회주의자들에게 1930년대 만주는 힘겨운 삶의 공간인 동시에 자본주의와 사회주의를 동시에 지양하여 새로운 역사적 단계가 가능한 시공으로 인식되었다. 이 시기 일제의 만주에 대한 공식적인 체제 이데올로기는 오족협화론과 왕도낙토론이다.[20] 사회주의자들은 이러한 체제 이데올로기를 새롭게 전유하는데, 조선인과 일본인 간의 평등한 대우를 요구하거나 자본에 대한 통제를 주장하는 것 등이 그것이다. 즉 만주는 어떠한 진보적 기획도 사유하기 점차 힘들어지던 조선과는 달리 새로운 가능성으로 가득한 실험의 공간으로 인식되었던 것이다. 그렇다면 일종의 전향 사회주의자라고 볼 수 있는 남표는, 조선에서 새로운 전망을 찾지 못한 사회주의자들이 오족협화론과 왕도낙토론을 공식 이데올로기로 삼은 만주국에 커다란 기대를 가졌던 상황에 대응하는 인물이라고 볼 수 있다.[21] 실제로 『처녀지』에서 남표가 정안둔 마을에서 실천하는 운동들도 당시 사회주의자들이 만주에 대하여 품었던 계획과 많은 부분 일치한다.

이 작품에서 남표는 무엇보다 노동하는 인간이다. 남표는 모든 문제의 해결이 "위대한실천을 통해서만 될수있는일이다."(상권, 244면)라고 생각한다. 그는 "생활을찾자"(상권, 20), "오직진실하게 일생을살어가보자."(상권, 29), "일하는사람에게밥이 없을린없다."(상권, 60), "행위는 이와같이 존귀하다."(상권, 244)와 같은 말을 끊임없이 반복한다. 그리고 이러한 노동은 농촌에 대한 사랑과 연결되어 있다. 『처녀지』에는 선명하게 농촌과 도시의 이분법이 나타난다.[22]

---

20 한석정, 『만주국 건국의 재해석』, 동아대출판부, 1999, 123~124면. 『처녀지』에도 왕도낙토라는 말은 지향해야 할 이념으로 자주 언표된다. 남표는 정안둔의 부인들에게 "이만주 농촌으로하야금 왕도락토를건설하야 문화수준을향상하지 않으면안된다."(하권, 418면)라고 강연하며, 경아 역시 정안둔의 마을 사람들을 향해 "오늘날왕도락토를 건설하는이마당에 여러분도신흥만주국의 새일꾼으로 등장하는 개척민의 거룩한명예를 지시게된줄로 생각합니다."(하권, 481면)라고 연설한다.
21 "1930년대 일본을 떠나야 했던 일본의 많은 좌익인사들도 자신의 이상을 만주국 농촌에서 실현"(프라센지트 두아라, 앞의 책, 278면)하고자 애썼다고 한다.
22 이기영의 만주를 배경으로 한 소설에서는 공통적으로 이러한 농촌과 도시의 이분

남표가 정노인에게 "의사가되려는 목적보다도 아까말슴드린바와같이 농민생활을하고싶습니다."(상권, 190)라고 말하는 것에서 알 수 있듯이, 그는 진심으로 농민생활을 해보고자 한다. "이북만으로드러온 목적은 농촌생활에있으니까 우선농사를지여보고 싶다는것뿐"(상권, 191)이다. 남표는 의사로서 주로 활동하지만 그에게 의사로서의 일은 농민의 육체적 노동과 같은 의미를 지닌다. 남표는 청진기를 든 농민이라고 부를 수도 있다. 그는 한 푼의 이득도 바라지 않고 헌신적으로 농민들을 돌본다. 결국 진료값 대신 농민들이 농사를 짓게 함으로써, 남표의 의료 행위는 농사를 짓는 것과 같은 효과를 얻는다.

이러한 남표의 모습은 이전 생산소설의 주인공들에 연결된다. 특히 『동천홍』(『춘추』, 1942. 2.~1943. 3.)에 나오는 장일훈과 흡사하다. 일본에서 예과까지 마치고 온 장일훈은 물질적 이익만을 추구하며 머리로만 사는 도시인의 삶을 벗어나 생활의 건설자로서 건실한 삶을 살기 위해 "생산지대"[23]인 옥림광산에 가서 광부로 산다.

남표를 통해 나타나는 노동과 공동체에 대한 강조는 군국주의와의 관련성 속에서만 그 의미를 논의하기 쉽다.[24] 그러나 이러한 특징은

법이 나타난다. (이경재, 「이기영 소설에 나타난 만주 로컬리티」, 『한국근대문학회』 25호, 2012년 상반기, 73~ 76면)

23 이기영, 1943, 『동천홍』, 조선출판사, 82면. 앞으로의 인용시 본문중에 면수만 기록하기로 한다.

24 실제로 일제의 지배이데올로기를 문학적으로 추수하는데 급급했던 대동아문학자대회의 핵심적인 이념은 개인주의 배격이다. 대동아문학자대회의 개최 취지에 드러난 핵심적인 특징은 '서양 물질문화의 배격과 새로운 동양적 정신문화의 수립'이다. (1942. 11. 1,「대동아문학자대회 취지」, 『일본학예신문』, 「大東亞文學者會議號」, 『문예』10권 12호, 1942. 12.) 이 대회에 참석한 조선문인들의 발언도 위에서 살펴본 대회의 전체 취지에서 크게 벗어나지는 않는다. 우리 문인들에게 배격해야 할 서양 물질문화의 핵심에는 개인주의가 놓여 있다. 2차 회의에서 유진오는 「결전문학의 이념 확립에 대하여」이라는 글에서 우리들 문학자의 사명은

사회주의적인 측면과 이기영 문학의 내적인 연속성 측면에서도 논의될 여지가 있다. 이러한 집단주의는 사회주의에서 강조하는 공동체와 연대성의 특권적 지점으로서의 노동이라는 이상과 관련된다.[25] 『처녀지』의 남표는『동천홍』과『광산촌』의 장일훈과 형규도『대지의 아들』의 건오나 덕성이에 이어지는 인물이다. 이들은 모두 주어진 사회적 환경 속에서 열심히 노동하여 향상된 생활을 누리는데 삶의 기쁨을 두고 있다. 또 하나 중요한 것은 이들이 모두 타인과 함께 나아가고자 하는 인물이라는 점이다.『처녀지』에서 남표는 자신이 전염될 위험이 있음에도 혼신의 힘을 다해 페스트에 감염된 만용이를 살리고자 한다. 이유는 "자기의비범한수완을 한번떨처보자는 야심" 때문이 아니라 "만용이를사랑하였기때문"(하권, 712)이다. 결국 남표는 자신의 일을 방해하던 거의 유일한 인물인 만용이가 페스트에 걸리자 목숨을 걸고 그를 치료하다가 본인이 페스트에 걸려 죽는다. 여기에서 우리는 현실 사회주의가 지향했던 '공동체와 연대성의 특권적 지점으로서의 노동이라는 이상'을 확인할 수 있다.

미영격멸 정신을 작품화하고 그것을 통해 개인주의적 영미문화를 격멸하고 동양 고유의 문화를 확립하는 데 있다고 주장한다. 유치진 역시「결전 문학의 이념 확립」에서 개인주의의 미영문학을 격멸해야 한다고 목소리를 높인다. 우리 문인들에게 있어 배격해야 할 서양 물질문화의 핵심에는 개인주의가 놓여 있는 것이다.

25 S. Žižek,『전체주의가 어쨌다구?』, 한보희 옮김, 2008, 새물결, 203~204면. 나아가 이기영의『처녀지』에서는 "과연여러십명이 일심으로공동경작(共同耕作)을하는능률은 비상하였다. 하루동안한일이 품꾼을그만큼사쓰면 몇일동안할만큼 성과를내였다. 군중의운력이란 무선운것을그들은 비로소깨다렀다."(하권, 380면)는 진술에서처럼,집단주의가 실제로도 생산력의 발전을 가져오는 것으로 그려진다.

4. 개인이 소거된 공동체의 비극

남표의 최후는 페스트에 걸린 만용을 헌신적으로 치료하다가, 자신이 페스트에 걸려 죽는 것이다. 이것은 그동안 남표의 어깨 위에 놓였던 여러 가지 부하를 생각한다면 당연한 귀결이있다. 『처녀지』는 철저하게 개인과 공동체라는 이분법에 바탕한 작품이다. 이 중 강조되는 가치는 오직 '공동체'이다.

이러한 이분법은 이기영의 이전 작품인『생활의 윤리』에서도 나타난 바 있다. 『생활의 윤리』에서 일종의 예시담(exemplum)[26]으로 삽입된『창살없는 감옥』은 이러한 '개인/공동체'라는 이분법을 잘 보여준다. 웅주와 일찌는 이 영화를 함께 관람한다. 영화에서 갱생원의 원장은 자신의 직분에 너무나 충실하고, 이를 견디지 못한 의사는 여원장이 갱생시킨 불량소녀와 연인이 되어 떠난다. 웅주는 원장의 "건실한 생활태도를 충심으로"(하권, 457) 지지한다. 그러며 웅주는 일찌가 준구에게 한 행동은 "의사가 원장을 배반한것과 동교이곡"(하권, 457)이라고 생각한다. 이 예시담이 보여주듯이, 사람들은 개인 감정에 충실한 사람들과 공동체의 역할과 논리에 충실한 사람들로 나뉜다. 이때 작가가 가치를 부여하는 것은 후자이다.

남표는 죽음 앞에 이르러서도 "한가지 가석한일이있다면 그것은자기의목적한 사업이첫거름을 떼여노차마자 중도에 꺽기는 그뿐이다."(하권, 720)라고 생각할 정도로, 공동체를 위해 자신의 모든 것을 바친 상태이다. 그는 "페스트의침입이아니라도 날마다임상과연구에 잠시

---

26 예시담이란 비유나 우화와 같이 하나의 권고나 메시지를 분명하게 함축하고 있는 이야기이다. 이러한 예시담은 주제소설의 초기적이고 간단한 형태이다. (Susan Rubin Suleiman, Authoritarian Fictions, Princeton University Press, 1993, p.28)

휴식할틈이없었는데 게다가만용이까지 돌보면서 방역진을치기에 필사의노력을하였다.”(하권, 716면)는 문장에서 알 수 있듯이, 페스트가 아니라도 과로 등의 다른 이유로 언제든지 죽을 수밖에 없는 처지에 놓여 있었다. 사실상 정안둔의 개척과 번영이란 거의 전적으로 남표의 헌신에 의해서만 가능한 것이다. 모든 문제는 결국 남표의 개인적인 몫으로 돌려지고, 남표의 어깨에는 점점 무거운 짐이 지워진다.[27] 만용의 투서사건이 있었을 때도 남표는 해결방안으로 “현실을이상으로높히는데는 권위가필요하다.”(상권, 335)는 생각에 의사시험을 준비하며, 만용의 문제는 결국 남표가 만용의 마약중독을 치료해주는 개인적 노력으로 해결된다. 『처녀지』의 남표가 페스트에 걸린 이후, 병에 걸린 이유가 “자기를잊어버린데원인이 있지않었든가!”(하권, 716)라고 생각하는 것처럼, ‘자기’가 없는 개척과 헌신은 끝내 자기의 소멸로 이어질 수밖에 없었던 것이다.

남표는 “전놀러단일줄도 모른답니다.”(상권, 71)라는 말처럼, 그야말로 많은 일을 한다. 정안둔은 물론이고 이웃 마을의 환자들까지 끊임없이 치료하는 것은 물론이고, 더 많은 의술을 위해 실험에도 몰두하고, 농사기술의 혁신도 추구한다. 그리고 부인들을 위한 야학과 위생강좌 등의 문화사업에까지 골몰한다. 『동천홍』이나 『광산촌』에서 노동자들이 보여주었던 스타하노프형 인간에 조금도 모자라지 않는 초인적인 모습을 보여주는 것이다.

『처녀지』는 여성을 도구화한다는 많은 비판을 받았다. 여성들을 상

---

27 남표는 “태풍과 싸우는 거함”(9)에 비유되고, 그의 “호방한 성정과 굳세인 정의감은 어떠한 위험이라도 돌파하며 전진하랴는 기개와 투지가 만만하다.”(9)고 묘사된다. 소설의 처음부터 근대소설의 등장인물과는 구분되는 영웅적인 존재로서 그려지고 있는 것이다. 그는 대동의원의 보조의사로 있을 때도 5호실 환자를 성실하게 진료하여 나중 정안둔에 정착하는 기본 토대를 마련한다.

대로 강연을 하는 남표가 "그들이정신수양을하는것도 그들의지식을 높이자는것뿐아니라 그보담도그들의인격과 교양을높여서 자녀의가 정교육에 유조한효력을걷우자는것이 근본목적이다."(하권, 417)라고 말하는 부분 등이 유력한 논거로 활용되었다.[28] 그러나 『처녀지』에서는 비단 여성만이 도구화되는 것은 아니다. 이 작품의 주인공 남표도 만주개척이라는 숭고한 사명을 위해 철저히 도구화된다. 간단히 말하사면 이기영의 생산소설에서 주인공들이 보여주는 노동의 강도와 공적인 가치를 향한 헌신은 점점 그 강도가 높아지고, 결국 『처녀지』에서 자기를 잃어버린 남표는 죽음에까지 이른 것이라고 볼 수 있다. 이미 이기영은 이전 생산소설에서 과도한 노동을 감내하는 인간형을 창출해 보여주고는 했다.

북만주의 농촌을 향하는 기차 속에서 남표는 "흡사 전장에나가는 병사와같이 비장한느낌"(상권, 115)을 받는다.[29] 전사의 이미지 속에는 자기 파괴적인 이미지가 담겨 있는데, 이것 역시 스타하노비즘(Stakhanovism)과 관련된다. 끝없는 생산성을 요구하는 스타하노비즘의 논리에는 한계가 없으며, 집단을 위해서 개인을 텅 비워버리는 육체적인 고통은 소비에트 숭고미의 엑스터시이다. 이 강렬한 엑스터시

---

28 이 작품에서 여성은 철저하게 현모양처가 될 것을 강요받는다. 현모양처의 가장 큰 역할을 양질의 국민을 낳는 것이다. 남표는 연설을 통해 "우리나라의 여성은현모양처를 이상(理想)으로삼는데 무엇보다도여자는 모성(母性)으로써 가장현량한부덕을가추어야 하겠습니다. 여러분께서도 잘아시는바와같이 어느나라고간에 부국강병이되려면 훌륭한자녀를 많이낳고 또한잘길러야되는겁니다."(하권, 403면) 등의 말을 장황하게 한다. 부인들이 영양을 섭취하는 목적 중의 하나는 "그들이 낳는자녀 – 제이세국민에게 건강을끼치자는 목적"(하권, 416면)이다.

29 『처녀지』에서 남표 역시 과거에는 술, 도박, 심지어는 아편에도 중독되었던 인물이다. 그러나 "방탕한생활속에서도 그의번민은구제할길이 없었든것"(103)을 깨닫고, "전놀러단일줄도 모른답니다."(71)라고 말하는 인간이 된다.

는 『처녀지』의 남표에게서 볼 수 있듯이, 몸(개인)의 파괴를 통해서만 도달할 수 있는 것이다.

5. 남표와 선주의 죽음이 의미하는 것

『처녀지』에서는 끝내 연애도 일도 불가능해진다. 이러한 결말은 『대지의 아들』이나 『동천홍』, 그리고 『광산촌』의 희망찬 결말과는 너무나 대조적이다. 『대지의 아들』의 마지막은 개양툰 농장의 신세대 주역, 덕성, 복술, 귀순이가 삼방간 농장을 보며 감격하는 것이다. 그 감격은 삼방간 농장의 놀라운 생산력에서 비롯된다. 그 농장은 근검 저축으로 개양툰보다 더 큰 수확을 내고 있다. 이로 인해 사람들은 "비싼소작료를 물면서두 제가끔 수백원씩 저금을 하였다."[30]는 것이 다. 개양툰 농장의 신세대 주역들은 이러한 모습을 보며 희망찬 내일 에 대한 각오를 다진다.

일제 말기 국책문학에서 이러한 낙관성은 매우 중요한 요소로 강조 되었다. 『국민문학』이 창간 1년을 회고하면서 개최한 좌담회에서 미 야자키 세이타로는 "국민문학이 요구하는 건설적이고 적극적이며 명 랑한 인물을 미처 제대로 그려내지 못"[31]한 것을 국민문학의 아쉬운 점으로 꼽고 있다. 그로부터 6개월 후 이루어진 좌담에서 오카다 준이 치는 "건설적이고 명랑하다면 그 자체로 신체제적인 것"[32]이라며, '명 랑성'을 신체제 예술의 가장 중요한 특성으로 꼽고 있다. 제국 일본의

---

30 『조선일보』, 1940. 5. 31.
31 「국민문학의 1년을 말한다」, 『國民文學』, 1942. 11, 287면.
32 「농촌문화를 위하여」, 『國民文學』, 1943. 5, 293면.

문학에서는 '명랑성'과 '낙관성'이야말로 놓칠 수 있는 미학적 규범이었다고 볼 수 있다.[33] 그런데 이기영의 『처녀지』는 핵심적인 주인공 두 명이 모두 요절하는 비극적 결말로 끝난다.

물론 죽음이 모두 전망의 포기와 연결되는 것은 아니다. 대표적으로 경향소설의 대표작 중 하나인 조명희의 『낙동강』만 보아도, 주인공 박성운의 죽음은 더 큰 희망과 전망의 성취를 드러내는 비장한 계기로서 기능했다. 『낙동강』에서 박성운이 죽은 후 백정의 딸이자 박성운의 애인인 로자가 유랑민들과 함께 북간도로 떠남으로써 새로운 전망을 보여주었다면, 『처녀지』에서는 남표의 죽음 이후에 새로운 가능성을 발견하기 힘들다. 남표는 죽기 전에 일성이에게 "너는공부를 힘써하면독학으로도 훌륭히성공할줄안다…… 그러니너나병원을 맡어가고 나의 후계자(後繼者)로서내가못한사업을 마저해다구"(하권, 725면)라고 유언을 남긴다. 그런데 남표의 '후계자'인 일성이는 일자무식에 가까우며, 의학지식은 간호사인 경아보다도 모자라다. 일성이는 "독학으로 의사가될려"(하권, 708면)고 하지만, 과연 그것이 제도적으로 가능한 것인지부터가 의심스럽다. 남표의 죽음과 더불어 그의 목숨을 건 사업은 더 이상 지속가능하지 않은 것이다.

이와 관련해 작품의 마지막에 붙어 있는 '作者附記'는 인상적이다. '작자부기'가 따로 붙어 있는 것도 예외적일 뿐만 아니라 그 내용 역시 음미해볼 가치가 있다. 남포의 죽음 이후 펼쳐질 정안둔의 상황은 구체적으로 언급되지 않은 채 서둘러 봉합되어 버리는 것이다.

---

33 정종현 역시 "'명랑성'과 결부된 로맨티시즘은 대동아전쟁기 제국 일본의 국책과 결부되어 구상된 국민문학의 핵심적 명제"(2010, 「근대문학에 나타난 '만주' 표상」, 『제국의 지리학, 만주라는 경계』, 동대출판부, 366면)라고 주장하였다.

作者附記

　그뒤에귀순이와 일성이는어찌되였으며 현림이와애나의 가정생활 또한학교와병원을중심으로 이정안둔은어떻게시대와 보조를마추고 수전농장은어떻게 되였는지아직도이야기할거리가많지만은 임의예정한지면을 초과하였기때문에 미진한설화는오직 독자의상상에매껴두고 이만무딘붓을놓는다. (하권, 730면)

　『처녀지』와 같은 시기에 발표되었으며, 제목에서부터 생산소설의 성격을 뚜렷하게 드러내고 있는 〈증산일로〉(『방송지우』, 1944년 9월 호) 역시 『처녀지』와 비슷한 양상을 보여주고 있다. 〈증산일로〉 역시 서사의 전면에 드러나는 국책협력적인 전언에도 불구하고, 서사의 중후적 차원에서는 국책에 대한 뚜렷한 균열과 비판의 지점들을 만들어 내고 있다. 〈증산일로〉의 주인공 가네무라는 산을 개간하여 이상적인 농촌사회를 건설하겠다는 이상을 이루기 위해 7년 전부터 산골 마을 수리터에서 살아간다. 가네무라는 개량식 온상법을 개발하는 등 생산력 중대에 있어 나름의 성과를 얻기도 한다. 작품의 결말 역시 가네무라의 친구인 야마모도 역시 "자네야말로 시국을 정당히 인식한 산업전사"라고 크게 칭찬하는 것으로 되어 있다. 그러나 문제는 가네무라의 이러한 노력이 철저히 개인적인 차원에 국한되어 있다는 점이다. 이상적인 농촌사회를 건설하기 위해서는 무엇보다 기층민중들의 계몽과 그들의 집단적인 노력이 절실하다. 그러나 이전의 생산소설들과는 판이하게 〈증산일로〉에서 모든 사업은 단지 가네무라 개인의 시도로 한정되어 있다. 그는 "외딴 산꼴작이에 마치 절간과 같이 혼저 살"[34] 뿐이다.[35] 그렇다면, 가네무라의 시도는 철저히 실패로 돌아간 것이라고 볼 수밖에 없다. 즉 『증산일로』의 가네무라가 철저한 고립

속에서 자신의 실패를 강하게 환기시켰다면, 『처녀지』의 남표는 죽음을 통해 끝내 실패할 수밖에 없는 자신의 기획을 증명하고 있는 것이다. 죽음이야말로 가장 분명한 고립이자 분리이기 때문이다.

『처녀지』는 이기영이 만주를 배경으로 꿈꾸었던 새로운 시대를 위한 기획이 불가능하다는 것을 보여주는 작품이다. 더 이상 나아갈 수 없는 길. 이 때 이기영이 선택한 것은 절필이고 귀향이다. 그것은 물론 일제의 탄압에도 그 원인이 있겠지만, 무엇보다도 이기영이 일제 말기에 새롭게 발견한 생산소설에서 새로운 가능성을 찾을 수 없었던 것과 관련된다. 막다른 골목에 처한 이기영의 문학적 진로는 바로 남표와 선주의 죽음을 통하여 선명하게 드러나고 있는 것이다.

---

34 『방송지우』, 1944년 9월호, 17면.

35 서재길은 『증산일로』가 "주변 사람들로부터 비웃음을 받으면서도 자신에게 부여된 임무와 역할을 완수함으로써 국책에 부응하는 내용을 그린 다른 방송소설에서 결말 부분에 이르러 주변 사람들의 태도가 비난에서 칭송으로 변모하고 있는 것과는 확실하게 구별된다."(「강요된 협력, 분열된 텍스트」, 『민족문학사연구』 45집, 2011.4., 294면)고 날카롭게 지적하고 있다.

이기영 소설에 나타난 만주 로컬리티

1. 로컬리티(locality)의 기본적인 특성

이 글에서는 이기영의 『대지의 아들』과 『처녀지』에 나타난 만주 로컬리티(locality)에 대해서 살펴보고자 한다. 이기영은 1940년대에 들어 맹렬한 작품활동을 한다. 그는 10여 편의 단편 이외에도 장편소설로 『대지의 아들』(『조선일보』, 1939.10.12.~1940.6.1.), 『봄』(대동출판사, 1942), 『동천홍』(『춘추』, 1942.2.~1943.3.), 『생활의 윤리』(성문당, 1942), 『광산촌』(『매일신보』, 1943.9.23.~11.2.), 『처녀지』(삼중당서점, 1944) 등을 발표하였다. 이 중에서 만주를 배경으로 한 작품은 『대지의 아들』과 『처녀지』 두 편이다. 두 작품은 제목부터 강한 로컬리티를 드러내고 있다. 본고에서는 로컬리티의 기본적인 특성을 세 가지로 설정하여 논의를 전개할 것이다. 첫 번째는 로컬리티가 사회적 구성물로서 시대에 따라 변화된다는 것이고, 두 번째는 로컬리티가 중심과 주변의 관계 속에서만 발생한다는 점이며, 세 번째는 로컬리티가 경우에 따라서는 지방주의(localism)로 왜곡될 수도 있다는 것이다.

로컬리티는 특정 로컬이 나타내는 장소성, 역사성, 권력성 등을 포함한 다양한 현상과 관계성의 총체로서, 지리적 환경, 역사적 경험, 사람들의 정서적 기질, 언어, 사회적 관계, 제도 등이 복합적이고 중층적으로 작용하여 구성된다.[1] 오늘날 로컬리티는 단순히 기억과 관심 속에 창조되는 것이 아니라, 일정한 사회적 과정이나 배경 속에서 구축되며 또한 그 사회의 지배적 담론과 관련되는 사회적 구성물로서 받아들여진다. 이처럼 로컬리티는 외적으로 존재하는 실체가 아니라 사회적 구성물이라고 할 수 있다.[2]

동시에 로컬리티는 지리적인 포함관계·공간적 스케일·계층·권력 모두를 통해 항상 '관계' 속에서만 발생하는 상대적인 차이를 통해 형성된다.[3] 특히 근대적인 로컬리티는 균질화된 전체가 형성된 이후에야 특수성이 발생하는 역설적인 특징이 있다.[4]

마지막으로 로컬(local)은 본래 지방으로도 지역으로도 번역될 수 있다. 지역이 중앙과의 관계 속에서 수평적이며 가치중립적 의미를 지닌다면, 지방은 중앙과의 관계 속에서 수직적이며 위계적 의미를 지니고 있다.[5] 지역은 탈위계적이고 탈중심적인 의미가 담겨 있는데

---

1 부산대학교 한국민족문화연구소 편, 『로컬리티, 인문학의 새로운 지평』, 혜안, 2009.
2 D.Harvey, 『희망의 공간』, 최병두 옮김, 한울, 1993, 64면.
3 구동회, 「로컬리티 연구에 관한 방법론적 논쟁」, 『국토지리학회지』 44권 4호. 2010, 515면., 이창남, 「글로벌 시대의 로컬리티 인문학」, 『로컬리티 인문학의 새로운 지평』, 부산대 한국민족문화연구소 편, 혜안, 2009, 118~121면., 정주아, 「움직이는 중심들, 가능성과 선택으로서의 로컬리티」, 『민족문학사연구』 47호, 2011, 14~15면.
4 정종현, 「한국 근대소설과 '평양'이라는 로컬리티」, 『사이』 4권, 2008, 93면.
5 이상봉, 「인문학의 새로운 지평으로서 '로컬리티 인문학' 연구의 전망」, 『로컬리티 인문학』 창간호, 부산대 한국민족문화연구소, 2009.4.

반해 지방은 중심 대 주변의 위계질서를 함축하고 있는 것이다. 지역의 관점에서 보면 중앙 또한 지역의 하나일 뿐이다. 지방이 장소를 중앙으로부터 이러저러한 거리에 있는 공간으로 추상화시키는 것과 달리 지역은 장소의 장소성, 곧 장소와 삶의 구체적 연관성을 환기한다. 자연스럽게 지방을 강조하면 지방주의(localism)로 빠지게 되며, 이 때의 지방주의는 기본적으로 식민주의적 (무)의식과 긴밀한 관련을 맺게 된다.[6]

본고에서 관심을 갖는 만주가 전체와 부분이라는 역학 관계 속에서 근대적인 의미의 로컬리티를 드러내는 것은 만주사변에 이은 만주국 건국 이후부터이다. 이러한 만주 로컬리티를 다룬 작품이 한국어와 일본어로 다양하게 발표된 것은 1938년 10월 무한 삼진의 함락 이후 동아신질서가 널리 유포된 무렵부터이다. 한국 작가들 중에서 가장 본격적으로 만주 로컬리티를 다룬 작가가 바로 이기영이다.

지금까지 이기영의 소설에 나타난 만주의 로컬리티와 관련해서는 상반된 견해가 연구자들 사이에서 나타나고 있다. 첫 번째는 『대지의 아들』과 『처녀지』가 제국의 시선으로 '만주'와 '중국인'을 투시한다고 보는 입장이다. 김성경은 이기영의 『대지의 아들』이 아시아인들에 대한 인종적 타자화를 강화하는 동시에 협화, 동일화의 기치 아래 그들을 재통합해내는 일본 제국의 인종담론에 포섭된다고 주장한다.[7] 와타나베 나오키는 루이즈 영이 주장한 '협화'와 '재발명된 농본주의'라는 개념을 통하여 이기영의 『대지의 아들』이 '협화'와 '재발명된 농본주의'라는 제국의 담론에 포섭되어서, 계급이나 민족의 차이가 국가주

---

6 하정일, 「지역·내부 디아스포라·사회주의적 상상력 – 김유정 문학에 관한 세 개의 단상」, 『민족문학사연구』, 47호, 2011, 84~86면.

7 김성경, 「인종적 타자의식의 그늘」, 『민족문학사연구』 24호, 2004, 126~158면.

의에 의해서 위장적으로 무화되어 가는 현실에 별다른 자각을 하지 못한 것으로 파악하고 있다.[8]

『처녀지』에서도 이와 동일한 시각의 논의들이 발견된다. 이경훈과 정종현은 이기영 소설이 '의사 – 제국주의적 정체성'을 보여준다고 파악하고 있다. 만주를 야만으로 설정함으로써 식민지인이라는 상황을 상상적으로 벗어난다는 것이다.[9] 이상의 논의들과는 반대로 『대지의 아들』과 『처녀지』에서 반식민주의적인 동아시아의 전망을 읽어내는 시각도 존재한다.[10]

본고에서는 지금까지의 논의와는 달리 『대지의 아들』과 『처녀지』를 함께 검토하고자 한다. 그럴 때만이 이기영이 구상한 만주의 로컬리티는 물론이고 각각의 작품에 드러난 만주의 로컬리티도 선명하게 파악할 수 있기 때문이다. 다음으로 일제 말기 이기영 소설에 나타난 만주 로컬리티의 고유성을 드러내기 위해 한설야와의 비교를 시도했다. 이를 통해 이기영이 당대 제국의 담론에 어떤 식으로 반응했는지, 그의 소설에 나타난 로컬리티가 어떠한 정체성을 지니고 있는지 살펴보고자 한다. 이기영의 『대지의 아들』과 『처녀지』 그리고 한설야의 『대륙』(『국민신보』, 1939.6.4.~9.24.)은 카프 작가들이 사유한 만주 로컬리티를 대표하는 두 가지 유형이라고 할 수 있다.

---

8 와타나베 나오키, 「식민지 조선의 프롤레타리아 농민문학과 '만주':'협화'의 서사와 '재발명된 농본주의'」, 『한국문학연구』 33집, 2007, 7~51면.

9 이경훈, 「만주와 친일 로맨티시즘」, 『오빠의 탄생』, 문학과지성사, 2003, 271~297면. 정종현, 「1940년대 전반기 이기영 소설의 제국주의적 주체성 연구」, 『한국근대문학연구』, 2006.4., 121~151면.

10 김재용은 두 작품이 모두 이민의 시각에 바탕해 반식민주의적 동아시아의 전망을 드러낸다고 주장한다. (「일제말 한국인의 만주 인식」, 『일제 말기 문인들의 만주 체험』, 역락, 2007, 30~34면)

2. 도시와 농촌의 이분법,
하얼빈과 신경 對 개안둔과 정안둔

이기영 소설에 나타난 만주 로컬리티의 가장 특징적인 면모는 부정적인 도시와 긍정적인 농촌이라는 선명한 이분법이다. 『대지의 아들』과 『처녀지』에 나타난 만주 로컬리티를 해명하기 위해서 반드시 거쳐야 하는 것은 부정적으로 형상화된 도시의 특성이 무엇인가 하는 문제이다. 이기영 소설에서 농촌은 도시와의 대비 속에서 고유한 로컬리티를 부여받기 때문이다.

『대지의 아들』에서 개양둔 농민들이 겪는 첫 번째 위기는 황건오와 김병호가 만주에서 수확한 식량을 팔러 하얼빈에 나갔을 때이다.[11] 소제목이 〈도시의 유혹〉인 것에서 알 수 있듯이, 이 때의 하얼빈은 도시라는 로컬리티를 대표하는 장소이다.[12] 모두 18회에 걸쳐, 하얼빈에서 건오와 병호가 겪는 일이 상세하게 그려진다. 하얼빈이라는 도시는 자본을 위해 빈틈없이 움직이는 거대한 기계이다. 건오와 병호는 일년내 농사 지어 얻은 수확물을 가지고 러시아인의 묘지, 번화한 거리, 근대적 백화점, 댄스홀과 카바레를 갖춘 국제적 근대도시인 하얼빈을 찾는다.

이곳에서 병호와 건오는 정미소, 여관, 요리집, 화투판이 연결된 거대한 늪에 빠져 일년간 고생하여 얻은 소출을 모두 잃어버린다. 얼핏 보면 건오와 병호가 요리집에 가서 기생을 만나지 않고, 노름에 빠지

---

[11] 하얼빈이라는 도시에서 겪는 위기 이외에도 이 작품에는 '비적의 침입'과 '가뭄'이라는 위기가 닥친다.

[12] 실제로 만주의 한 조선인 관료는 조선인의 명예에 누를 끼친 이들은 일부 도시 양복쟁이들로, 그들은 재만 선인의 일부에 지나지 않는다고 증언한 바 있다. (윤휘탁, 「만주국의 '2등 국(공)민', 그 실상과 허상」, 『역사학보』 169집, 2001, 161면)

지 않았으면 그런 불행을 겪지 않았을 수 있지 않겠느냐는 생각을 할 수도 있다. 그들이 겪은 모든 곤란은 무지한 농민들의 개인적인 의식 문제로 보이기도 하는 것이다. 그러나 사정은 결코 그처럼 간단하지 않다. 서술자는 "병호가 노름을 안햇스면 아무문제가업슬줄아럿스나 그것은 아직도 이고장을 모르는 단순한말이엇다."[13]고 단언한다. 하얼빈이라는 거대한 기계에는 "형사"[14]까지 연결되어 있어 도저히 빠져 나갈 길이 없는 것이다. 하얼빈은 "마치 무성한 플속에숨어서 개고리가 뛰여들기를 기다리는 뱀"[15]이다. 하얼빈이라는 도시는 오직 자본의 이익을 위해서만 움직이는 거대한 기계인 것이다.

『처녀지』에서도 정안둔에 농촌이 지닌 이상적인 로컬리티를 부여하기 위해 대타화 된 대상으로서 도시(신경)가 등장한다. 이러한 이분법은 『대지의 아들』보다 더욱 선명하여 인물의 성격에까지 결정적인 영향력을 발휘한다. 소설의 전반부는 도시 생활의 부정적인 측면을 부각시키는데 사용되고 있다. 남표는 환자 중에도 야비한 인간은 대개 "도회지에서 달어빠진위인들"[16]이라고 말한다. 남표가 농촌생활을 해보고자 한 것도 "도시에 염증"[17]을 느꼈기 때문이다. "언제부터인지 그는 도시사람들이 싫여졌"[18]던 것이다. 남표는 '신경'으로 상징되는 도시와 결별할 때 커다란 기쁨을 느낀다. 남표는 정안둔에서 농민들과 음식을 먹으며 말할 수 없는 평화로움과 행복을 느낀다. 농촌에서 남표는 "젊은틔가있어보"[19]이고, "어린애가되었"[20]다고 할 정도로, 활

---

13 『조선일보』, 1939.11.23.
14 『조선일보』, 1939.11.23.
15 『조선일보』, 1939.11.7.
16 『처녀지』 상권, 66면.
17 『처녀지』 상권, 80면.
18 『처녀지』 상권, 92면.

력과 젊음을 부여받는다. 그는 농촌에서 새롭게 탄생한다고 해도 과언이 아니다.

이러한 도시와 농촌이라는 로컬리티는 인물 성격과도 긴밀하게 결부되어 나타난다. 언제나 농촌을 동경하고 정안둔에서 남표와 행동을 함께 하는 경아는 정적이고 얌전한 구석이 있는 "청초한 동양적 숙녀의 원형"[21]이다. 자기희생적이며 탈성화된 여성인 경아는 영속하는 집단주의와 무욕주의를 실현하는 자아에 대한 감각을 드러낸다. 이에 반해 늘 도시와 화려한 삶을 동경하는 선주는 "요염한 육향을 발산하는 여자"로 표현된다. 그러나 나중 도시의 여자 선주가 정안둔에 머물 때, 선주는 도시에서의 호화로운 삶과 이기주의자로서의 자신을 철저하게 반성한다. 동시에 남표의 여러 가지 사업에 적극적으로 찬동한다.

이러한 인물 성격과 로컬리티의 긴밀한 연관성은 주인공인 남표에게서도 잘 드러난다. 그가 정안둔이라는 시골의 무의촌으로 들어오기 이전과 이후의 성격은 확연하게 변모한다. 정안둔에서의 남표는 완벽에 가까운 인물로 그려진다. 그러나 그가 조선과 만주의 대도시인 신경에 머물 때, 그는 여러 가지로 미숙한 면모를 보인다. 그가 만주에 들어온 것도 선주와의 사랑에 실패하고 "에라! 만주나 들어가 보자!"[22]는 우발적인 충동 때문이다. 또한 친구의 소개로 신가진에 있는 병원으로 가다가 정안둔으로 목적지를 바꾼 이유도 우연히 기차에서 만난 선주와 말다툼을 하고 우발적으로 선택한 일이다. 신경에 머물 때에도 그는 술로 세월을 보내고, 심지어는 아편에까지 손을 댄다. 그러나

---

19 『처녀지』 상권, 211면.
20 『처녀지』 상권, 212면.
21 『처녀지』 상권, 253면.
22 『처녀지』 상권, 31면.

농촌인 정안둔에서 그의 그러한 성격은 확연히 변한다. 이것은 각각의 장소가 지닌 로컬리티가 인물의 성격과 긴밀하게 연결되어 있음을 보여주는 것이다.

이기영의 『대지의 아들』과 『처녀지』에서 만주 로컬리티는 도시와 농촌으로 선명하게 이분되고, 전자에는 부정적인 의미가 후자에는 긍정적인 의미가 주어진다. 이 때 이상적인 만주 농촌의 로컬리티를 드러내기 위해 대타항으로 설정되는 것은 하얼빈과 신경이라는 도시이다. 만주의 농촌이라는 로컬리티는 철저하게 이와 같은 도시 체험을 통해서 창출되는 것이다. 이들 작품에서 하얼빈이나 신경은 개인의 이익만을 절대적으로 추구하는 자본주의적 논리를 체현한 거대한 기계로 형상화된다. 이 때의 도시는 계몽이나 문명의 표상이라기보다는 타락과 퇴폐의 상징이다. 『처녀지』에서는 이러한 이분법이 더욱 강고해져서 인물의 성격에까지 결정적인 영향을 미칠 정도이다. 이러한 도시를 대타화하며 새롭게 발견된 농촌은 반근대라는 긍정적인 가치의 담지자로 자리매김 된다.[23]

---

[23] 김남천에게서는 만주 전체가 국내의 음모와 협잡이 상징하는 자본주의적 속물성과 타락상에 대비되는 일종의 판타지로 기능한다. 김남천의 만주 판타지는 "욕망을 충족할 수 있으리라는 상상을 제공하는 판타지가 아니다. 즉 더 나은 곳이라는 의미가 아니라 그저 다른 가능성 중의 하나라는 의미이다. 그리고 그 '다른' 의 내용은 비어있"(서영인, 「일제 말기 김남천 문학과 만주」, 『한국문학논총』 48집, 2008.4., 237면)음에 반해 이기영에게 있어 만주는 선명한 의미를 내포하고 있다.

3. 지방주의(localism)의 관점에서 바라본 만주

1)『대지의 아들』: 중심부로서의 조선 ― 주변부로서의 개양둔

1장에서 살펴본 바와 같이 로컬(local)은 본래 지방으로도 지역으로도 번역될 수 있다. 지역이 중앙과의 관계 속에서 수평적이며 가치중립적 의미를 지닌다면, 지방은 중앙과의 관계 속에서 수직적이며 위계적 의미를 지니고 있다. 지역의 관점에서 보면 중앙 또한 지역의 하나일 뿐이다. 그러나 지방을 강조하면 지방주의(localism)로 빠지게 되며, 이 때의 지방주의는 기본적으로 식민주의적 (무)의식과 긴밀한 관련을 맺는다.24 이기영의 일제 말기 소설에 나타난 만주 로컬리티는 이와 같은 지방주의의 맥락에서 형상화된다고 볼 수 있다. 지방주의의 문제는 지역이 내부의 차이나 적대가 삭제된 추상적 동일성의 영역으로 환원된다는 점이다.

개양둔의 로컬리티는 다시 만주사변을 기점으로 이전과 이후의 시간에 따라 서로 다른 로컬리티를 지닌 공간으로 나뉘어진다.25 이 때 과거의 개양둔은 수많은 곤란과 어려움이 혼재되어 있는 시공이고, 현재는 그러한 어려움으로부터 벗어나 있는 무갈등의 시공이다.

인종적인 측면에서 과거의 개양둔은 복잡한 갈등으로 채워진 공간이었다. 황건오를 비롯하여 부락장인 홍승구, 석룡이, 정대감, 김병호, 원일여 등은 모두 생존을 위해 만주까지 쫓겨와 정처없이 떠돌던 유

---

24 하정일, 앞의 논문, 84~86면.

25 「대지의 아들」에서는 만주사변 후 개양둔을 중심으로 한 현재적 사건이 중점적으로 서술되고, 중간 중간에 개양둔 농장의 건설을 비롯한 과거의 일들이 회고를 통한 요약의 방법으로 제시된다.

랑민이었다. 그들의 만주 생활과 김노인의 개양둔 개척 시기의 이야기는 "백만 개척민의 혈한기(血汗記)"26라는 『대지의 아들』 광고문구가 적합할 정도로 고생스러웠다. 중국인 지주의 수탈, 동북정권의 학정, 비적의 횡행, 떠돌이 건달 농군들의 출몰, 치안부재의 상황 속에 그들은 놓여 있었던 것이다.27 그러나 지금의 개양둔은 그러한 갈등이 깨끗이 마름질되어 있다.

현재의 개양둔은 계급적, 민족적으로 뚜렷한 갈등을 찾아볼 수 없는 무갈등의 시공으로 나타난다. 과거의 회고에서 개양둔의 조선인들은 중국인들과 수전개척을 중심에 두고 치열한 현실적 쟁투를 벌인다. 그러나 현재는 인종적 타자의식만이 희미하게 남아 있을 뿐이다.28 지금은 아이들도 함께 어울려 고기를 잡고, 명절도 함께 즐긴다. 상류 조선인 마을과의 갈등이 일어났을 때, 만인들이 조선인과 행동을 함께 하는 것에서 알 수 있듯이 그들은 하나의 공동체로서 생활한다.29 일본군 역시 비적을 토벌해주는 믿을만한 보호자로서만 형상화되고 있다.

---

26 『조선일보』, 1939.10.6.

27 인물의 성격에 있어서도 만주사변 이전에 입식한 사라들은 모두가 부정적인 측면을 지니고 있다. (조진기, 「일제 말기 만주이주와 개척민소설」, 『일제 말기 국책과 체제 순응의 문학』, 소명, 2010, 78면)

28 집과 장례 풍습을 형상화할 때 그러한 특징은 뚜렷하게 나타난다. 귀순 어머니는 만주인의 집 양식을 너무나도 불결하고 불편하게 여긴다. 또한 아이가 죽었을 때 주검을 길에 버리는 풍속 등이 엽기적으로 그려진다. 그 풍속은 비슷한 시기에 쓰여진 수필 「국경의 도문 – 만주소감」(『문장』, 1939.11.)의 마지막 부분에도 등장한다.

29 중국인의 한 부류를 차지하는 비적들도 『대지의 아들』에서는 "개척민들의 생존을 위협하는 존재로서의 성격만 강조되었을 뿐 그 실체는 매우 추상적으로 그려져 있다."(서영인, 「만주서사와 반식민의 상상적 공동체:이기영, 한설야의 만주서사를 중심으로」, 『우리말글』, 2009, 337면)는 지적처럼, 어떠한 시공간에서나 존재하는 막연한 악당일 뿐이다. 같은 시기 만주의 비적들을 다룬 한설야의 『대륙』에서는 비적의 모습이 고유한 정체성을 지닌 것으로 형상화된다.

　이러한 특징은 개양둔 마을과 상류 마을의 대립에서 잘 나타난다. 이러한 갈등에는 어떠한 인종적 민족적 차이도 개입되어 있지 않다. 상류마을 사람들 역시 모두 같은 조선인들이기 때문이다.[30] 농촌은 개양둔 마을과 상류마을로 구분되는데, 두 공간을 채우는 것은 온통 조선인들 뿐이다. 『대지의 아들』에서 만주의 농촌은 조선인만의 공간이라고 해도 과언이 아니다. 만주 로컬리티가 지닌 인종적 혼종성은 깨끗이 소거되어 버린 것이다.

　이 개양둔의 조선인들은 "조선가치 땅이 좁아서 살 수업서 너나업시 건너온 백성"[31]들이다. 보통 이주의 서사가 새로운 정착지에서 벌어지는 주체의 정체성 모색이라는 과정을 그려내지만,[32] 현재의 개양둔에는 그러한 모색의 고민은 사라지고 없다. 『대지의 아들』에는 과거 격렬했던 조선인과 중국인의 대립이 흔적처럼 남아 있다. 이때 이야기의 주체는 과거의 로컬리티를 증언할 수 있는 존재이어야 하며, 서사적 인물로 노인이 등장하는 것은 필연이다. 김노인을 통해 구체적이고 개별적인 체험이 소개됨으로써 균질화되고 추상화된 동일성의 공간에 균열의 목소리가 새어 나오게 된다. 그러나 이러한 균열은

---

30 그러나 만보산 사건이 대표적으로 드러내듯이 이 시기 만주에서의 가장 큰 대립이 수전(水田)을 둘러싼 조선인과 만주인의 갈등이었다는 점을 생각한다면, 이것은 조선인과 만주인의 갈등에 대한 의도적인 은폐라고 해도 과언이 아니다. 신승모는 "만주로 건너간 조선인 농민은 일본의 식민지 수탈에 의한 민족적, 계급적 피해자임에도 불구하고, 만주 현지의 원주민의 입장에서 보자면 일본국의 보호하에 일방적으로 수전 개간을 강행하는 난입자, 가해자로 비춰질 수밖에 없었다."(신승모, 「식민지기 일본어문학에 나타난 '만주' 조선인상」, 『제국의 지리학, 만주라는 경계』, 동국대 출판부, 2010, 447면)고 주장한다.

31 『조선일보』, 1939.12.1.

32 이주와 정착의 과정에서 구체적 일상이 이루어지는 로컬과 매개된 정체성의 정치는 지구화시대라 불리는 오늘날에도 중요한 화두이다. (Arjun Appadurai, 『고삐 풀린 현대성』, 배개화·차원현·채호석 역, 현실문화연구, 2004, 60~67면)

오직 과거의 것으로만 치부된다.

『대지의 아들』에서 중국인들은 존재하지만 그들은 조선인들의 거울상이라 할 만큼 아무런 대립이나 갈등을 불러일으키지 않는다. 그리하여 이 작품에서 중국인들은 고유한 정체성을 부여받지 못한 채 조선인들과 평화롭게 공존하고 있다. 개양둔 사람들은 김노인의 추모제에 중국인인 황노인을 내빈으로 초대하고, 치수공작에서도 중국인들과 합동으로 당국에 청원한다. 나중에 강 상류 마을 사람들이 개양둔으로 집단 이주하자, 현 당국은 그들에게 보조금까지 지급한다. 오히려 갈등은 같은 조선인들 사이에서 이루어진다. 그야말로 『대지의 아들』에서 조선인, 중국인, 일본인은 고유한 개성 없이 한덩어리가 되어 공존할 뿐이다. 이주 서사가 상호교섭과 혼종의 서사를 상상하게 하는 것과 달리 『대지의 아들』은 현장의 다양하고 이질적인 복수의 목소리를 조선(인)이라는 하나의 풍경으로 덮어버린다.

이기영의 「만주와 농민문학」(『인문평론』, 1939.11.)에서도 조선중심주의는 강하게 그 모습을 드러낸다. 밭이 아닌 수전을 극구 찬양하는 대목이 그러하다. 이기영은 "그것(수전-인용자)은 다만 경제적 부원을 개발함에 그칠 뿐 아니라 실로 전원의 풍광을 일변하는 자연미를 가져오게도 한다."[33]고 말한다. 그러나 미에 대한 판단에 있어 절대적인 기준을 세우는 것은 사실상 불가능하다. 하물며 밭보다 논이 더 뛰어난 자연미를 가져온다는 것은 수전을 위주로 하는 조선인 중심의 이야기에 지나지 않는다. 나아가 이기영은 "지금 간도는 대다수의 이주동포로 인하야 완전히 조선농촌을 이룬 감이 불무한데, 그것이 기후에까지도 변화가 생기게 해서, 간도지방은 차차 기후가 온화해간다는 것"[34]

---

33 『인문평론』, 1939.11., 95면.
34 『인문평론』, 1939.11., 95면.

이라는 말을 하고 있다. 조선 사람이 많이 이주한다고 해서 기후가 온화해진다는 것은 논리적으로 받아들이기 힘든 이야기이다.

2)『처녀지』: 중심부로서의 일본 제국 — 주변부로서의 정안둔

『대지의 아들』이 주로 이주와 정착이라는 차원에서 서사가 전개된다면,『처녀지』는 계몽과 개척의 차원에서 서사가 전개된다.[35]『처녀지』에서 남표와 농민들의 관계는 기본적으로 의사와 환자의 관계이다. 거기에는 의학이라는 근대적 지식체계에 바탕한 뚜렷한 권력관계가 존재한다. 앞에서 살펴보았듯이『대지의 아들』에서 개양둔의 현재는 무갈등의 시공이라 할만큼 모든 것이 평화롭다. 만주인들과 격렬한 갈등을 겪던 과거는 흔적으로서만 서사의 곳곳에 남아 있을 뿐이다. 대표적으로 '개양둔' 장에서는 김노인이 수전을 개척하는 과정에서 중국인과 관민의 폭력으로 조선 농민이 희생되는 장면이 그려지고 있다.

『처녀지』에서는 그러한 흔적조차 드러나지 않는다. 이 작품에서 매우 흥미로운 점은 정안둔을 개척한 권덕기 노인이 만주사변 당시에 행방불명 된 것으로 처리되어 있다는 점이다. 또한 만주사변 통에 비적의 화를 만나 정안둔은 "하루밤사이에거진 쑥밭이되다싶이 하였다."[36]고 소개된다. 즉 만주국의 건국 이전의 과거는 상징적으로나 실제적으로 모두 지워져버린다고 해도 과언이 아니다. 이러한 과정, 즉 과거

---

35 김재용은 "만주를 재현한 문학 중에서 일본 식민주의에 협력하는 이들의 경우 조선인의 만주 이주를 '개척'이란 차원에서 이해하였고 일본 식민주의에 협력하지 않은 문학인들은 조선인의 만주 이주를 생존권이 달린 '이민'이란 차원에서만 이해하였다."(김재용, 「일제말 한국인의 만주인식」, 『일제 말기 문인들의 만주체험』, 역락, 2007, 19면)고 말한바 있다.

36 『처녀지』 상권, 208면.

와 혼종성의 소거를 통하여 정안둔은 '처녀지'로 재발견된다.

이 부분은 일제의 논리와 연결되는 지점이다. 일본 역시도 만주를 "처녀지, 자연 변방의 이미지"[37]로 표상하였다. 만주국을 자연적 변방으로 재현한 것은 중국의 주장을 제한하고 일본인들을 만주 현지민들과 원시적 자연의 보호자로서 뒷받침하기 위한 것이었다. 새로운 만주국의 후견적 주권(custodial sovereignty)을 확보하기 위하여 순수성이라는 영역의 특정화가 설계되었던 것이다.[38] 이러한 자연적 공간의 순수성은 만주국 이데올로기에서 중심축으로 작용했다.

『처녀지』에서 주인공인 남표는 식민지인인 조선인이 아니라 제국의 유능한 신민으로 존재한다. 의사인 남표의 의료행위는 단순하게 병을 치료해준다는 인도적인 차원에서만 생각할 수 없다. 남표가 무의촌으로 가려는 이유는 비상시국에 "의료보국"[39]을 하기 위해서이다. 일제의 의료정책은 의사경찰 개념에 근거하고 있었다. 이것은 개인의 건강이 아니라 국가 이익을 위하여, 개인의 신체를 통제하는 수단으로 의술을 이용하는 것을 의미한다.[40] 따라서 '의료보국을 실천'하는 행위는 만주 현지인들에 대한 일종의 계몽(개척)행위라고 볼 수 있다.

남표가 정안둔에서 중국인의 출산을 돕는 일을 계기로 환대를 받기 시작한다. 일본인과의 사이에서도 그는 의료 행위를 통하여 마음을 얻는다. 남표는 진가네 집 부인의 출산을 돕고 중국인들과 교류하며 여러 가지 병을 치료해준다. 특히 이 작품에서 만주국의 실질적인 지

---

37 Prasenjit Duara, 『주권과 순수성 – 만주국과 동아시아적 근대』, 한석정 옮김, 나남, 2008, 370면.

38 위의 책, 434~435면.

39 『처녀지』 상권, 61면.

40 신동원, 「일제의 보건의료정책 및 한국인의 건강상태에 관한 연구」, 서울대 석사논문, 1986, 58면.

배자로서의 일본인상은 거의 드러나지 않는다. 정안둔에는 일본인으로서 만철 관료인 역장 가족이 살고 있는데, 이들은 억압하고 괴롭히는 지배자의 형상이 아니라 남표의 의료활동에 의해 치료를 당하는 어찌보면 계몽의 대상으로 그려질 뿐이다. 일본인을 치료하고 그들의 존경을 한 몸에 받는 남표는 이미 식민지인인 조선인이 아니다. 그는 제국의 신민으로서 만주에 살고 있는 것이다.

『처녀지』 역시 『대지의 아들』과 마찬가지로 만주라는 지역 내에 존재하는 민족 간의 차이나 갈등은 소거되어 존재하지 않는다. 나아가 『처녀지』에서의 만주는 조선의 연장선상에 놓여 있는 것이 아니라 일본 제국에 맞닿아 있다. 주인공인 남표가 식민지인이 아니라 제국의 신민으로 존재하는 것처럼, 『처녀지』에서 조선의 자리는 더 이상 존재하지 않는다. 그것은 다음과 같은 인용문들을 통해서도 분명하게 확인할 수 있다.

> 만주는 옛날 만주가 아니다. 오늘날 왕도낙토를 건설하는 황도신민 중에는 이와 같은 정신적 타락자가 한 사람도 없어야 한다.[41]

> 이 만주 농촌으로 하야금 왕도낙토를 건설하야 문화수준을 향상하지 안으면 안 된다. 이 만주의 천여 보의 보고는 우리들에게 문을 열어 놓았다. 우리는 황은에 감사하는 동시에 그와 같은 개척정신으로써 농촌문화를 창조하지 않으면 안 된다.[42]

> 우리들은 집과 함께 자질과 함께 살면서 충군애국의 일본정신을 체득

---

41 『처녀지』 상권, 350면.
42 『처녀지』 하권, 418면.

하지 않으면 안 될 줄로 압니다. 그러면 여러분께서는 내일부터라도 위생 관념을 철저히 가지셔서 음식과 거처를 가급적 청결히 하시는 동시에 아무쪼록 건전한 정신과 아울러 건전한 체격을 만들어 주시기를 이 사람은 간절히 바라오며 이것으로써 오늘밤 강연을 끝막겠습니다.[43]

『대지의 아들』에서는 만주 로컬리티를 구성하는 중앙으로서 조선이라는 네이션이 존재함을 확인할 수 있었다. 이에 반해서『처녀지』에서는 조선의 자리를 일본 제국이 대신하고 있다.『대지의 아들』에서 만주 로컬리티가 조선이라는 내셔널리즘적 전체 속에서 다루어졌다면,『처녀지』에서 만주 로컬리티는 제국의 지방으로서 다루어지고 있는 것이다.

4. 한설야와의 비교
— 분열된 일본인의 시각에서 바라본 만주 로컬리티

이기영이 소설을 통해 드러낸 만주 로컬리티는 철저히 지방이라는 관점에서 구성됨을 확인할 수 있다. 이를 통해 만주는 하나의 중심에 비추어 균등하고 무역사적인 시공으로 깨끗하게 마름질되어 버린다. 조선 혹은 제국이라는 중심을 기준으로 하여 만들어진 무시간성과 공간적 균일성은 일종의 식민주의라고 볼 수도 있을 것이다. 이러한 마름질의 정도는『대지의 아들』보다 나중에 발표된『처녀지』에서 훨씬 심각해진다. 또한 그 중심의 성격 역시 매우 문제적이다.『대지의 아

---

43 『처녀지』 하권, 412면.

들』에서는 그 중심이 조선이었다면, 『처녀지』에서는 조선은 사라지고 일본 제국이 그 자리를 대신하기 때문이다.

이러한 지방주의의 가장 큰 문제는 만주가 지닌 내부의 차이나 적대가 모두 제거된 채 추상적인 동일성으로 환원된다는 것이다. 이것이 실상에 대한 심각한 왜곡임은 분명하다. 이와 관련해 이기영과 같은 카프에 속했던 한설야가 쓴 만주 배경의 『대륙』은 좋은 참조점이 된다. 『대륙』의 핵심인물은 하야시와 오야마라는 일본인으로서, 이 작품은 하야시를 중심으로 한 개척서사와 오야마를 중심으로 한 연애 서사로 이루어져 있다. 오야마는 중국인 여성 마리와 사랑의 서사를 펼쳐나가는데, 이 관계를 통하여 일본인으로부터 끊임없는 차별과 멸시에 시달리는 중국인의 존재가 선명하게 부각된다. 또한 만주를 개척하여 이상 사회를 만들고자 하는 하야시를 통하여, 일본인에 의해 끊임없이 동원의 대상으로 인지되는 열등한 민족으로서의 조선인이 끊임없이 호출되고 있다.[44] 무엇보다 분열된 이들의 존재 자체로 일본인 역시 결코 단일한 성격을 부여할 수 없음이 드러나게 된다.

『대지의 아들』과 『처녀지』의 주무대인 개양둔과 정안둔과 달리 『대륙』의 주무대인 토산자는 여러 가지 갈등으로 가득한 공간이다. 토산자는 공간적으로 조선인 부락과 지나인 부락으로 선명하게 나누어져 있다.

이러한 공간적 구분은 사회정치적인 위계를 동반하는 구분이기도 하다. 만주에서 지나인은 조선인에 비해 좀더 우월한 지위를 지니고 있다.[45] 지나인 부락은 각각의 타우(大屋)로 나뉘어져 있는데, 장가

---

44 하야시의 구상에서 실질적으로 생산을 맡을 조선인은 '반자연'의 수준에서 그려진다. (김성경, 「인종적 타자의식의 그늘」, 『민족문학사연구』 24호, 2004, 75~78면)

(張家) 타우와 신가(申家) 타우같이 세력이 큰 사람들은 만주 관헌을 전혀 무서워하지 않는다. 이 유망한 사금장이 개발되지 않은 이유도 "그들 토호 때문"[46]이다. 이들 토호는 마적들과도 긴밀하게 연결되어 있다. 일본군이 토산자를 습격한 마적잔당을 소탕하는 과정에서, 장씨의 아들이 어머니의 시체를 끌어안고 자살한다. 그는 적의 총참모와 손을 잡고 있었던 것이다. 그런데 이것은 장가(張家)만의 특징은 아닌 것으로 설명된다. 이런 벽지에서는 자산을 유지하기가 힘들기 때문에, "여기의 호족은 대개 마적단과 연결"[47]되어 있는 것이다.

이러한 구분은 마적의 습격에서 보다 선명하게 드러난다. 마적이 습격해오자 "조선가는 이미 막다른 골목에 있었다. 그러나 웬일인지 지나가는 평화로웠다."[48]고 설명된다. 만주국 공안대와 육군대는 마적들과 이내 결탁하여 백기를 올린다. 또한 군대 밖의 지나가의 주민들도 마적들과 결탁한 상태이다. 마적이 공격하는 것은 "조선가와 영사관 경찰"[49]로 한정된다. 마적의 습격으로 인한 모든 피해와 고통은 조선인들의 몫이 된다. 마적뿐만 아니라 지나가의 상인, 주민까지도 조선가를 약탈하는 데 광란한다. 조선가와 지나가의 구분선은 너무나 확고해서 이 난리 중에 "조선인이 한 발자국이라도 지나가에 발을 들여놓으면 죽음을 당"[50]한다. 조선가는 거의 다 타버리는데 반해, 지나

---

45 만주국 내에서 조선인의 지위가 일본인 다음이라는 일제의 선전과 달리, 실제로는 일본인과 만주인이 중심적인 지위를 차지하고 조선인은 주변인에 지나지 않았다. (한석정, 『만주국 건국의 재해석』, 동아대 출판부, 2007, 179~190면)

46 한설야, 『대륙』, 『식민주의와 비협력의 저항』, 김재용·김미란·노혜경 편역, 역락, 2003, 29면.

47 『대륙』, 앞의 책, 40면.

48 『대륙』, 앞의 책, 34면.

49 『대륙』, 앞의 책, 34면.

50 『대륙』, 앞의 책, 36면

가 사람들은 경계에 진을 치고 방벽을 쳐 지나가에 불이 번지는 것을 막는다. 조선인과 중국인이 처한 상황은 일본군이 개입하면서 역전된다. 일본 보병대와 경찰대는 마적들이 조선가로 진입한 것과는 반대로 지나가로 돌진한다. 이로 인해 순식간에 지나가는 포탄 연기로 둘러싸여 맹렬하게 타오르기 시작한다. 불길을 신호로 조선인은 지나가로 몰려가 빼앗긴 물건을 되찾아 간다.[51] 이처럼 한설야의 『대륙』에서 마적, 만주국 군대, 중국인, 조선인, 일본군은 모두 고유한 삶의 논리와 정체성을 지닌 것으로 그려지고 있는 것이다.

한설야는 『대륙』에서 지방주의(localism) 담론이 은폐하고 있는 지역 내부의 차이와 적대를 가감 없이 드러내고 있다.[52] 그것은 『대륙』의 초점인물이 하야시와 오야마라는 일본인이기 때문에 가능하다. 이 일본인들은 식민주의적 (무)의식과 관련해 분열된 인물들이다.[53] 이처럼 분열된 인물들을 통하여 한설야가 바라본 만주는 차이와 적대가 역동적으로 조우하는 생생한 삶의 현장으로 형상화된다. 이러한 『대륙』의 특징은 만주 로컬리티가 중앙의 동일성에 휩쓸려 버리던 이기영의 『대지의 아들』이나 『처녀지』가 지닌 특징을 보다 선명하게 부각시킨다.

---

51 토산자라는 공간이 지니는 복합적인 성격은 「일제 말기 이기영 소설에 나타난 생산력주의」(이경재, 『민족문학사연구』 40호, 2009, 45~46면)를 참조하였다.

52 이러한 특징은 로컬리티가 변방의 지역적 주체들이 서로 갈등하는 현장을 드러냄으로써 기존의 국가(민족) 중심의 서사에서 탈중심적 전환을 끌어낼 수 있는 유용한 개념적 틀로 이해되는 사례에 해당한다고 볼 수 있다. (Sun Joo Kim, Marginality and subversion in Korea, The University of Washington Press, 2007)

53 하야시와 오야마의 분열적인 성격에 대한 설명은 이경재의 『한설야와 이데올로기의 서사학』(소명, 2010, 249~251면)을 참고하였다.

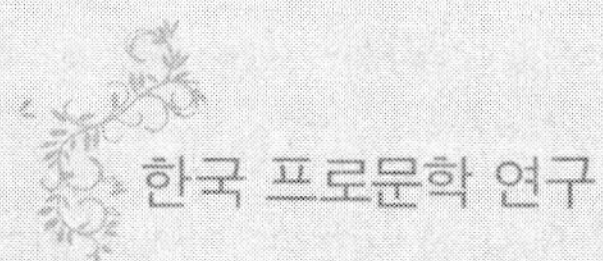
한국 프로문학 연구

일제 말기 생산소설의
정치적 성격 연구

1.『춘추』에 수록된 단편소설들

일제 말기는 정치적인 이념이나 환경이 문학에 지대한 영향을 끼친 시기였다. 일제가 중일전쟁을 계기로 극단적인 파시즘으로 치달으면서 문인들 역시 이러한 정치적 압력으로부터 자유로울 수 없었다. 조선문인협회 결성(1939.10.), 창씨개명 실시(1940.2.), 『조선일보』와 『동아일보』의 폐간(1940.8.), 『문장』과 『인문평론』의 폐간(1941.4.), 조선어학회 사건(1942.9.), 조선문인보국회의 결성(1943.4.) 등으로 이어지는 숨막히는 상황 속에서 작가들 역시 국책에 적극적으로 호응할 것이 강제되었던 것이다. 그리하여 오랫동안 문학사에서 이 시기는 암흑기로 불리워졌다. '암흑기'라는 이 무시무시한 호명 속에는 한국어로 쓰여진 창작물이 거의 없었다는 의미와 이 시기 작품들의 대부분이 일제의 국책에 따른 것이라는 판단이 깔려 있다.

그러나 이 두 가지 판단 모두 재고의 여지가 있다. 일제 말기에도 한글로 된 창작물이 1944년까지 발표되었다. 그 중에서도 대표적으로 『춘추』라는 잡지를 꼽을 수 있다. 이 잡지는 1941년 2월 1일에 창간되어 1944년 10월 1일 통권 39호까지 간행되었다.[1] 또한 타락한 언어로 써야 했던 이 시대의 문학에도 윤리와 정치는 존재했다. 오히려 문제는 연구자들이 당대의 순간으로 돌아가 잠재된 가능성을 숙고하고, 억압들 사이로 비춰 나오는 빛을 엿보는 일에 소홀했던 것인지도 모른다. 나름의 문제의식을 바탕으로 강력한 정치적 호명에 균열을 일으키는 지점들이 분명 존재했던 것이다. 그것은 때로 의식적이기도 하지만 다분히 하나의 증상(symptom)으로서 존재하는 경우도 있다.

이 글은 일제 말기 국책문학의 대표적 예라고 할 수 있는 생산소설을 살펴보고자 한다. 일제 말기 식민지 지배 정책이 침략전쟁의 원활한 수행을 위해 조선과 조선인에 대한 인적·물적 수탈의 효율적 진행에 초점이 맞추어져 있었다는 것을 고려할 때,[2] 생산소설은 일제 말기를 대표하는 소설 유형으로 부상할 조건을 갖추었다고 볼 수 있다. 일제 말기 생산소설이란 생산문학론의 문제의식 아래 창작된 소설들이다.

생산문학론은 생산력과 생산관계 중에 어느 것에 비중을 두느냐에 따라 두 가지로 나누어진다. 첫 번째는 일제가 강요한 국책문학에 연결된 최재서의 생산문학론이고, 두 번째는 임화의 생산문학론이다. 일본에서 생산문학은 국책인 '생산확충'에 관련하여 이름 붙여진 것으

---

1 이제 말기 지속적으로 간행된 잡지로는, 『조광』지와 더불어 종합잡지로서는 『춘추』를 대표적으로 꼽을 수 있다. (김근수 편, 『한국잡지개관 및 호별목차집』, 영신아카데미 한국학연구소, 1973, 859면).

2 최유리, 『일제 말기 식민지 지배정책연구』, 국학자료원, 1997, 253면.

로 생산면을 강조, 확대하려는 목적으로 쓰여졌다.[3] 생산문학론은 최재서 등에 의하여 우리 문단에 별다른 여과과정 없이 그대로 소개된다. 최재서는 생산문학의 주제가 인간의 일체 생활과 생산의 연관성이라고 본다. 생산문학의 취재범위에는 농촌, 어장, 광산, 공장, 이민지 등의 모든 산업적인 부문이 해당된다고 규정한다.[4] 권환 역시도 「생산문학의 전망」(『조선일보』, 1940.6.25.~6.28.)에서 최재서와 같은 입장을 보여준다. 이들에 의해 제기된 생산문학(소설)은 생산관계에 대한 문제제기 없이 생산력의 발전만을 문제제기 한다고 요약해 볼 수 있다.

임화의 생산문학론은 최재서의 논의와는 달리 생산의 문제와 관련해 생산관계의 문제를 재사유하고자 한다. 이러한 생산문학론은 "생산/노동을 신비화함으로써 민중을 동원하려 한 국책문학으로서의 생산문학에 대한 급진적인 내재적 비판이자 다른 한편으로는 리얼리즘의 회복을 목표로 한 문학적 기획"[5]이라고 정리할 수 있다. 여기서 핵심은 임화가 생산소설의 핵심을 '생산의 사회적 관계'에서 찾는다는 점이다. 생산과 노동의 신비화를 주요 축으로 내포하고 있는 생산문학론의 입장에서도 생산의 사회적 관계야말로 해결할 수 없는 난제인데,[6] 임화는 바로 사회적 관계의 측면을 문제 삼고 있는 것이다. 나아가 임화는 생산소설이 생산의 결과에 대한 통찰에까지 이어지고, 생산과 그 결과를 연결하는 일련의 과정이 바로 사회적인 체제를 이룬

---

3 日本近代文學館 編, 『日本近代文學事典』 4권, 講談社, 1977, 249면.

4 최재서, 「모던문예사전」, 『인문평론』, 1939.10., 114면.

5 하정일, 「일제 말기 임화의 생산문학론과 근대극복론」, 『민족문학사연구』, 2006, 290면.

6 위의 글, 301~302면.

다고 주장한다. 최재서의 생산문학론과 달리 임화의 생산문학론은 리얼리즘을 재건하려는 시도로서, 일제말에 현실화되기에는 불가능한 측면이 있다.

흥미로운 것은 저항이건 협력이건 생산소설을 창작한 대부분의 작가들이 경향문학과 밀접한 관련을 지닌다는 점이다. 최재서와 임화 모두 생산문학론과 경향문학의 연관성을 지적하고 있다. 최재서는 생산문학이 "그 방법에 있어 기록적, 보고적이고 그 정신에 있어서 국책적"이라고 규정하고, "과거의 경향문학과 흡사한 점도 있지만(사실 이 문학에 종사하는 작가나 그들의 방법은 과거의 경향문학의 계통을 끄으는 것이지만), 그 정신이나 취재태도가 대체로 국책에 쫓는다는 데서 판이"[7]하다고 말한다. 이러한 논의들은 모두 국책에의 순응 여부를 차이점으로 들고 있을 뿐, 구체적인 생산현장을 배경으로 하여 생산의 문제에 관심을 갖는다는 점에서는 생산문학과 경향문학이 공통됨을 지적하고 있는 것이다. 이것은 사회주의자들이 "근대성을 궁극적으로 공산주의화되고 독립된 한국으로 인도하게 될 역사적 과정에서 불가피하게 여겼"으며, "식민주의를 거부했지만 근대성에 대해서는 더 양가적이었"[8]던 특징에서 비롯한다고 볼 수 있다.

그동안 일제 말기 생산소설에 대한 논의는 주로 장편소설, 그 중에서도 이기영의 장편소설에 집중되었다. 이기영의 『동천홍』, 『광산촌』을 최재서가 말한 국책으로서의 생산문학이라는 관점에서 바라보거나[9], 이기영이 "맑시즘과 일제 지배이데올로기 사이에서 동요"[10]하는

---

7 최재서, 앞의 글, 114면.

8 신기욱, 『한국 민족주의의 계보와 정치』, 이진준 옮김, 창비, 2009, 208쪽.

9 조진기, 일제 말기 국책의 문학적 수용 – 이기영의 광산소설을 중심으로 –, 한민족어문학, 2003.12.
조진기는 "이러한 시대적 요청은 작가에게 국책문학을 강요하게 되었으며, 이에

모습을 읽어내거나, 생산력주의의 지속성과 내적 연결 메커니즘을 발견해내는 논의[11] 등이 그동안 제출되었다.

일제 말기 단편 생산소설에 대한 논의는 조진기의 논의 한 편만이 있다.[12] 조진기는 일제 말기 생산소설을 철저하게 국책문학을 수용한 어용문학이라는 시각에서 다루고 있다. 그리하여 일제 말기 생산소설을 "생산을 진충보국의 실천으로 인식하고 이를 적극적으로 독자에게 주입하려는 작품군"(이무영의 〈문서방〉, 〈모〉, 계용묵의 〈불로초〉), "근로봉사, 근로보국대로 대표되는 노동력 착취를 가난한 농민에게 새로운 삶의 길을 열어주는 것으로 왜곡하고 있는 작품군"(이북명의 〈형제〉), "일제의 전쟁수행을 위한 기반시설의 확충에 적극적으로 참여함으로서 총후국민으로서의 사명을 일깨우는 작품군"(이북명의 〈빙원〉, 석인해의 〈귀거래〉), "지식인의 귀농과 황국근로관을 확립하기 위한 노력"(이무영의 〈제1과 제1장〉, 〈도전〉 박노갑의 〈백일〉)의 네가지로 나누고 있다. 조진기는 이러한 작품들이 1940년 12월의 '농산어촌생산보국지도방침', 1941년 12월의 '국민근로보국협력령', 1938년의 '조선주요광산물증산령', 1940년의 '근로신체제 확립요강' 등의 국책에 대응된다고 본다. 이러한 조진기의 논의는 매우 선구적인 것이다. 그럼에도 생산소설 중에서 다루고 있지 못한 작품들이 많으며, 생산소설이 지닌 우회적인 저항적 성격을 놓치고 있다는 점이 아쉬움으로 남는다.

가장 적극적으로 호응한 작가가 이기영이라 할 수 있다."(200)고 말한다.
정종현, 「1940년대 전반기 이기영 소설의 제국적 주체성 연구」, 『한국근대문학연구』, 2006.4.

10 이원동, 「이기영의 생산소설 연구 – 동천홍, 광산촌을 중심으로」, 『어문학』 85집, 2004, 412쪽.

11 이경재, 「일제 말기 이기영 소설에 나타난 생산력주의」, 『민족문학사연구』, 2009.8.

12 조진기, 「일제 말기 생산소설 연구」, 『우리말글』, 42집, 2008.4.

그동안 일제 말기 생산소설에 대한 논의는 지나치게 국책문학의 측면에서만 다루어졌다고 할 수 있다. 시간이 지날수록 국책적 성격이 강화된 것도 사실이기는 하다. 그러나 당대 사회의 생산관계에 대한 조명과 지배 이데올로기에 대한 균열과 저항이라는 측면 역시 중요한 요소로 존재해왔다. 이 글에서는 그동안 문학사에서 언급된 바 없는 『춘추』 소재 한글 단편 생산소설과 윤세중의 〈백무선〉에 나타난 정치적 성격의 다층성에 대하여 살펴보고자 한다. 윤세중의 〈백무선〉은 당시 인문평론에서 공모한 생산소설공모에 당선된 작품임에도 불구하고, 그동안의 생산소설에 대한 논의에서는 한번도 논의가 이루어진바 없다. 본래 문학작품은 "지배/피지배간의 양가성이나 타자의 저항의 계기가 현실에서보다 쉽게 발견"[13]되는 특성이 있다. 구체적으로 2장에서는 일제 말기 생산소설이 제국의 식민담론에 대하여 어떤 균열과 저항의 지점들을 만들어내는지 살펴보고, 3장에서는 기존 논의에서는 다루지 못한 국책으로서의 생산소설들에 대하여 논의해 볼 것이다.

2. 균열과 저항의 양상들

1) 일제의 억압적 권력에 대한 형상화

윤세중의 〈백무선〉(『인문평론』, 1940.11., 1941.1., 1941.3., 1941.4.)은 『인문평론』이 창간 1주년 기념으로 상금 200원을 걸고 공모한 장편 생산소설에 당선된 작품이다. 이 광고문에는 생산소설을 "農村이

---

13 나병철, 『탈식민주의와 근대문학』, 문예출판사, 2004, 66쪽.

나 鑛山이나 漁場이나를 勿論하고 씩씩한生産場面을 될수있는대로 報告的으로 그리되 그生産場面에 나타나있는 國策이있으면 그것도 考慮할일"[14]이라고 설명하였다. 흥미로운 것은 심사위원으로 김남천, 임화, 이원조, 최재서가 공고되어 있는데, 앞에서도 살펴본 바와 같이 임화와 최재서는 일제 말기 생산문학론을 대표하는 논자들이다. 〈백무선〉에는 최재서적 경향과 임화적 경향이 공존한다. 그럼에도 더욱 큰 비중을 차지하는 것은 당대 노동현실의 비인간성과 그 생산관계의 문제점을 예리하게 짚어내는 임화적 경향이다.

『인문평론』의 폐간으로 인하여 작품은 4회까지만 연재된다. 광고문에서 400자 원고지 500매 내외를 요구한 것으로 볼 때, 지금 확인해 볼 수 있는 〈백무선〉은 전체의 3분의 1정도로 볼 수 있다. 작품의 무대는 함경도의 목재를 실어 나를 목적으로 만들어진 백무선 개수공사 현장이다. 작품은 공업전문학교를 나온 박달이라는 스물넷의 측량기사를 중심으로 전개된다. 박달은 측량조수 창걸과 도선에게 "섬망의 대상"[15]이며, 술자리에서 처음 마주친 명월이가 연심을 품을 정도로 능력 있고 매력적인 인물이다. 무엇보다 박달이의 핵심적인 성격은 열심히 일한다는 것이다.

> 박달이는 아츰부터 저녁때까지 제도판앞에서 씨름을 하였다. 차를 마시거나 담배를피우는까지도, 잊어버리고 일에골몰했다. (중략) 무엇 때문에 그렇게하여야된다는 리유가있는것이 아니었다. 일이하구싶어서 그렇게하는것이아니었다. 다만 일에 열중이되는버릇, 열중이되면, 될수록, 피로와 권태를모르는 건강이있는탓일가! (3회, 156면)

---

14 『인문평론』, 1940.7., 217면.
15 1회, 52면.

박달은 윤세중이 전달하고자 하는 생산에의 강조를 구현하는 관점 인물(viewpoint character)이라고 볼 수 있다. 박달의 반대편에 놓인 인물이 박달과 같은 측량기사인 주창선이다. 주창선은 여러 면에서 박달과 대조적이다. 박달이 공업전문학교를 졸업한 인테리라면, 주창선은 배움이 짧고 "십년을 위태위태 그지위를 보존해오는"(1회, 55면) 인물이다. 박달이 측량조수들의 존경을 한 몸에 받는다면, 주창선은 측량조수들의 미움을 받을 뿐이다. 무엇보다 박달이 일 자체에 몰두한다면, 주창선은 "일에 홍미와 정렬을 잊은지는 벌서 오래전"(2회, 231면)으로서, 오직 "그저 돈이필요하다. 돈이다. 돈!"(232)이라고 생각할 뿐이다.

박달은 현재 완전한 인물은 아니다. 그는 완성을 향해 나아가야 하는데, 그것은 박달이 현재 자신의 세계관을 확립하지 못한 상태로 "과거의 모든 세계관처럼, 우울하고, 명상적이고 비극적인것이아니라, 명쾌하고 실질적이고 환희적인"(3회, 156면) 세계관을 만들어나갈 것으로 설명되는 것에서도 알 수 있다.

윤세중이 그려 나가는 박달의 미래 모습은 박달의 외삼촌을 통해 미루어 짐작할 수 있다. 이 작품에서 박달은 자신의 외삼촌을 매우 존경한다. 외삼촌은 "대학을나온 인격있고 지덕이검전한어른"(3, 159)이다. 그런데 그 외삼촌이 인부가 되어 박달의 공사판에 나타나는 일, 즉 "꿈에서도 상상할수조차 없는일"(159)이 발생한다. 인부가 된 외삼촌을 향해 박달은 '타락'과 '몰락'이라는 말을 써가며 격렬하게 항의한다. 외삼촌은 "이렇게된 나를 리해할때가 올것"(162)이라고 말한다. "인테리가 치도판으로 굴너단이는 일개 로동자가 되"(169)는 일은 현재의 박달에게는 "암만 생각해도 모를일"(169)이다. 박달이 외삼촌을 이해하는 날이야말로 박달의 성장이 완성되는 날이라고 할 수 있으며,

최고학부를 나오고 존경받는 인물이 육체노동을 감당하는 인부가 되는 것이야말로 박달이 갖추어나갈 새로운 세계관의 구현임에 분명하다. 이 인물은 박달을 생산에 헌신하는 인물로 매개하는 인물인 동시에 박달의 부족한 점을 부각시키는 인물임을 알 수 있다. 이러한 외삼촌의 존재는 지식인들을 생산의 현장으로 내몰던 일제의 국책에 부합되는 것이다.[16]

흥미로운 것은 외삼촌이 동경에서 최고학부를 나오고 젊은이들의 존경을 받으며 살다가 "불행이 있은후"(3회, 159면) 사라져버렸다는 것이다. "불행이 있은후"는 문맥상으로 볼 때, 외삼촌이 과거에 사회운동에 연루되어 있었음을 암시한다. 그렇다면 외삼촌은 사회운동을 하던 인텔리였다가 현재는 국책의 일환으로서 진행되는 산업현장에서 육체노동을 감당하는 인물이라고 할 수 있다. 이것은 일본의 국책에 완전히 부합하는 생산소설로서의 모습에 부합되는 것이다.

이 작품에서 서사의 많은 부분을 채우는 것은 백무선 개수공사 현장에 대한 생생한 묘사이다. 공사판의 음식점, 철교개수공사 기공식 날, 인부들의 잠자리, 작업 현장의 풍경이 실감나게 묘사되고 있다. 이 부분이야말로 윤세중의 체험이 묻어나오는 부분이고, 이 작품의 예술성이 보장되는 대목이라고 할 수 있다.[17] 동시에 광고문에서 생산

---

16 일제의 노동정책은 '생산보국'에서 '생업보국'을 거쳐 '국민개로'로 발전되는데 "노동하지 않는 자는 황국신민이 아니다."(곽건홍, 『일제의 노동정책과 조선노동자』, 신서원, 2001, 221쪽)라는 구호 아래 조선인을 생산현장으로 내몰았다. 그 결과 지식인의 귀농이 권장되었는데, 이는 이전의 생산보국이 '생업보국'으로 확대되면서 황국황민이데올로기를 조선 농촌에 정착시키려는 목적에서 비롯되었다. (조진기, 「일제 말기 생산소설 연구」, 『우리말글』, 42집, 2008.4., 356쪽)

17 윤세중은 연재를 시작하며 「〈백무선〉을 쓰고」(『인문평론』, 1940.11.)라는 글에서 자신이 백무선 개수공사장에서 한 달 동안 30명의 노동자와 일했으며, "그석달 동안에 어든것을 記錄한것이 곧이 〈白茂線〉이다." (『인문평론』, 1940.11., 40

소설의 조건으로 제시된 "農村이나 鑛山이나 漁場이나를 勿論하고 씩씩한生産場面을 될수있는대로 報告的으로 그리되"라는 조건에 부합하는 것이기도 하다.

그런데, 여기서 눈여겨보아야 할 것은 일제 말기의 다른 생산소설과 달리 이 현장은 노동에의 헌신과 그에 따른 기쁨과는 거리가 먼 공간이라는 점이다. 오히려 그곳은 카프 시기 프로소설을 연상시킬 만큼 고된 노동 착취의 현장이다. 인부들은 하루에 열세시간 이상 노동에 시달린다. 다음에서 인부들이 나누는 대화는 인부들이 겪는 노동강도를 잘 드러낸다.

"염병헐 똥누러도 안가나?"

머리를 쑥 떠러트리고 팔을뼈쳐 구루마를 밀면서 한인부가 중얼댄다.

"웨 안가면 어때?"

면)라고 밝히고 있다. 더군다나 자신이 과거 3년 동안 공사장일을 보았음을 밝히고 있다.

위의 지면에는 이 시기까지 윤세중(1912~1965)의 대략적인 약력이 다음과 같이 기록되어 있다. "명치사십오년 논산에서 출생함. 십세에 함북으로 전거. 간도 영신중학을 하고 국경지대에서 교원생활을 하다가 문학에 뜻을 세우고 이십이세 상경 「탐구」, 「신시대」 등의(수명을 짤렀으나) 동인을 거쳐 소화십일년 「조선문학」 신춘현상문예에 「그늘밑사람들」이 당선. 이하동십이년까지에 동지에 『명랑』 『로변』외 이삼의 단편을 냈다. 그후, 조문지의 정간과 더부러 별반 작품행동이 없이 금일에 이르다." (60면)

해방 후 월북한 뒤에는 노동당 중앙위원회의 문학과장으로 일하면서 〈선화리〉(1947), 〈안골동네〉(1948), 〈어머니〉 등의 단편을 발표했으며, 전쟁시기에는 종군작가로 활동하면서 단편 〈구대원과 신대원〉(1952), 〈분대장〉(1951), 〈편지〉(1951) 외에, 종군실기, 보도문학, 수필 등을 발표하며 왕성한 작품활동을 보였다. 전후에는 직접 황해제철소에 나아가 노동자들과 함께 일하고 이때의 체험을 바탕으로 장편 〈시련 속에서〉(1957), 장편 〈용광로는 숨쉰다〉, 장편 〈끝없는 열정〉(1965) 등을 발표하면서 절정기를 누렸다. 1965년 11월에 사망하였다. (최동성, 『북한문학의 이해』, 목원대 국어교육과 엮음, 국학자료원, 2002, 270면)

옆에 인부가 받는다.

"꼭 허리가 부러지는것 같으니 말이지-."

"체 그럼 좀 쉬여서하지 뭘그래."

"허리를 폈다가 그 악쓰는소릴 누가듣고? 쉬지도 못하고."

(4회, 209~210면)

노동현장에서는 돌가루가 눈에 튀여 잠시 쉬었다고 해서, 십장의 폭력이 날아들기도 한다. 〈백무선〉에서는 현장책임자인 전택과 인부들의 관계, 십장과 인부들의 관계 역시도 생생하게 드러나 있다. 특히 당국의 열성으로 공사판에 동원된 농부출신 인부들은 본래부터 공사판을 떠돌던 자유인부들에 비하여 훨씬 불평등한 대우를 받는다. 자유인부보다 더 많은 잔소리를 듣고, 임금도 적게 받는다. 밤에는 코에서 단내와 코피가 나는 고된 노동에 시달리며, 걸핏하면 욕설과 폭행을 당하는 농부출신 인부들은 "사람을 사람으로 취급하는게 아니라 무슨 짐승이라도 닥다르는것만같었다."(4회, 218면)고 느낀다. 작품은 경상도의 농민 출신 인부들 중 아홉 명이 탈출하는 것으로 끝난다.

나아가 이 작품에는 노동현장에서 폭압적으로 군림하는 일본인의 모습 역시 생생하게 드러나 있다. 건설현장의 상층부는 모두 일본인들이다. 교량개수공사를 맡은 회사의 사장은 촌전(村田)이라는 일본인이고, 현장의 책임자 역시 일본인 전택홍(田澤弘)이다. 특히 일본인 전택홍은 노골적으로 부정적인 인물로 묘사된다. 작품에서는 전택홍의 독기 있고 못난 외모를 상세하게 묘사하고 있다.[18] 전택홍은 오직 일의 능률만을 최고로 생각하여 인부들을 혹독하게 부린다. 일본 구

---

18 일본인이라고 해서 모두 나쁘게 그려지는 것은 아니다. 새벽마다 사람들을 깨우는 내지 태생의 키 작은 영감은 긍정적으로 그려진다.

주 태생으로 무학인 그는 열네살에 노가다판에 입문하여, 열여덟에 조선으로 건너왔다. 그는 석공으로 곧 공사장의 "오야가다"(57)가 되었고, 삼십이 되었을 때 상당한 부를 이룬다. 그러나 곧 놀음에 빠져 모든 재산을 날리고 현재는 돈에 대한 욕망만을 지니고 있다. "회사의 취지 그런것 아랑곳할게없다. 회사의 명예나 신용이 나에게 무슨손톱만한 도움이라도되는거냐?"(1회, 58면)라고 생각한다. 소비와 향락에 빠져 생산을 게을리 하는 인물로서, 이러한 형상은 생산을 강조하기 위한 대타적 방식의 부정적 형상화라고 할 수 있다. 그는 현장 책임자로서의 역할에도 소홀해 도목수 김가가 건설자재가 모자라다고 찾아와도, 화만 내서 내쫓을 뿐이다.

더욱 문제적인 것은 농부 출신 인부들의 동원에 일제라는 국가의 힘이 개입되어 있다는 사실이다. 특히 일제라는 국가의 힘은 노동력의 배급에 있어 큰 영향을 미친다. 백무선 공사에 있어 가장 큰 문제는 인부난이다. 그것은 경상도에서 70명의 농민들을 조달하는 것으로 해결되는데, 그것은 "당국의 열성"(2회, 245쪽)으로 가능했던 일이다. 경상도 출신 인부들이 탈출하며 "처음 고향을 떠날 때 면사무소 앞마당에 모여서 면장과 주재소 부장의 연설을 들은것 만으로도 자기네들의 지금 이길이 죄된다는 것을 알일이었다."[19]라고 생각하는 것에서 알 수 있듯이, 그들의 동원에는 일제라는 국가의 힘이 개입되어 있다. 이처럼 제국의 억압적 힘에 대한 날카로운 비판은 최소한 두가지 측면에서 선명하게 드러나고 있다. 노동 현장의 상층부를 차지한 채 조

---

[19] 4회, 217면. 그때 주재소 부장은 "만일에 시월그뭄까지 기한을 못채고 중도에서 되돌아온다든지 딴데로 다라난다지하면 각경찰서에 수배를해서 붙드러다가 내가 엄한 벌을 줄테니 그리들 알고 끝까지 건강한몸으로 기한을 채고 오기를 바라는 바요."(217면)라고 말한다.

선인을 괴롭히는 일본인의 형상과 인부를 동원하는데 온갖 수단을 마다하지 않는 일제의 모습이 그것이다.

〈백무선〉에 나타난 저항정신은 해방까지 이어진 윤세중의 작품 경향을 통해서도 확인할 수 있다. 윤세중은 이후 〈鬪犬記〉(『춘추』, 1942.12.)를 통해 신경증에 걸린 지식인의 병리적 내면을 보여준다. '나'는 이웃의 세바트가 자신을 멸시하며 조소를 한다고 느껴 신경전을 벌인다. 세바트의 말과 행동을 모두 알아들을 수 있다고 생각하고, 세바트 앞에서 집안자랑을 하기도 한다. 더욱 문제적인 것은 '나'의 신경증이 "조선신궁의 장엄한 흰 돌층계가 보이"(188)는 곳으로 이사한 후 시작되었다는 점이다. 이것은 〈투견기〉에 나타난 정신병리가 당대 파시즘적 사회의 억압과 긴밀하게 연관되어 있음을 보여준다. 일제 말기 윤세중은 식민지적 생산관계에 대한 나름의 탐구를 보여준 〈백무선〉 이외에, 국책에 부합하는 생산소설을 창작하지 않았다.

2) 농촌의 모순적 생산관계 드러내기

일제 말기 생산소설은 농촌/도시, 생활/지식, 동양/서양 등의 이원적 대립항을 설정하여 서사가 짜여진다. 이 때 전자는 한없이 낭만화되고 이상화되는 데 반해, 후자는 그에 비례해 부정적인 가치를 지닌 공간으로 분칠된다. 그러나 이것은 실제 농촌과 노동 속에 포함된 여러 모순과 억압을 무화시키는 것이며, 전쟁을 위한 후방의 증산을 꾀하기 위한 국책에의 협력이라고 볼 수 있다. 이와 다른 경향의 작품으로 안회남의 〈벼〉(『춘추』, 1941.3.)가 있다. 〈벼〉의 특성을 제대로 이해하기 위해서는 일제 말기 농촌/도시의 이분법에 바탕해 쓰여진 다른 작품들을 살펴볼 필요가 있다.

이동규의 〈들에 서서〉(『춘추』, 1943.10.)와 최인욱의 〈生活속으로〉(『춘추』, 1943.11.) 등은 농촌/도시의 이분법에 바탕해 국책으로서의 생산소설이 지니는 특징을 대표적으로 보여주는 작품들이다. 이들 작품은 모두 지식인이 도시 생활을 청산하고 시골에 내려가 농업에 열중하는 이야기를 담고 있다. 〈들에 서서〉의 주인공 김군은 도시에서 창작을 하던 문인이다. 그가 서울의 문학청년생활을 청산하고 시골로 내려가 농사를 짓는다. "창백한 얼굴을 해가지고 차점으로 서울거리로 돌아다니는" 모습은 없어지고 "진실한농군"(132)이 된 것이다. "그의 편지에는 한번도 서울에 대한 미련을 말한일이 없었"(134)다는 구절에서 알 수 있듯이, 김군은 농촌의 생활에 대하여 아무런 갈등도 느끼지 않는다. 현재 김군은 소를 몰고 쟁기질을 하는 지금의 농촌생활이 "문학이고 예술"(138)이라고 여긴다.

최인욱의 〈生活속으로〉(『춘추』, 1943.11.)는 실업가 김성수가 '노동현장'에 투신한다는 이야기이다. 꿈해몽이나 하며 "음울한 분위기 속에서 단조로운 생활을 연장해가는"(149) 성수는 채석장의 인부들을 보며 큰 감동을 느낀다. 일하는 사람을 우대하기 때문에 그들의 생활에는 여유가 있으며, "그들은 쉴새없이 일을 하면서도 조금도 고되여보히지 않는 어딘지 여유도도한 태도로 회화를"(158) 나눈다. "그들의 얼굴에는 근심과 걱정이란 티끌만치도 찾어볼수 없"(158)다. 김성수는 "사람이란 목숨이 붙어있는동안 일하고 살아야 하는게다 일하는 사람에게는 근심도 걱정도 다 붙지를 못하는 모양"(158)이라는 깨달음을 얻고, 자신도 노동자가 되기로 결심한다.

여러 가지 모순이 중첩된 농촌의 실제 생산관계 문제를 도외시한 위의 작품들과 비교할 때, 안회남의 〈벼〉는 그 정치적 성격이 판이하게 다르다. 〈벼〉도 일제말의 중요한 생산현장인 농촌을 배경으로 하고 있지만 여러 가지 면에서 독특하다. 이 작품은 서울에 사는 젊은 지주 재운이 시골에 내려오는 것으로 시작된다. 서사의 대부분은 재운이가 초점자로 등장하여 진행된다. 그런데 재운이의 내면을 통해 드러나는 것은 그의 농촌을 대상화하고 무시하는 태도이다. 농사 작황을 확인하러 온 재운이는 도착과 동시에 시골여관의 누추함, 시큼 털털한 약주술, 솜씨 없는 음식에 거부감을 느끼며, "담박에 서울 서울의 거리가 그리워"(24)진다. 작품이 진행될수록 시골생활에 대한 염증과 귀경에 대한 욕망은 증폭되어 간다.

이에 반해 여관 주인과 같은 시골 사람은 재운이에게 막연한 동경을 보인다. 재운과 시골 사람의 차이는 감각이나 감성의 차원에만 그치는 것이 아니다. 부재지주인 재운과 농촌 사람들 사이에는 구체적인 이해관계의 차이가 있는 것이다. 농촌에 내려와 예년의 반의 반도 안 되는 작황에 상심한 재운은 "어느날 서울서의 자기 기분을 상쾌하게 하여주었든 늦비나 때잃은 서늘한 바람이 정말은 옴취고 뛸수 없을만치 그를 곤경의 구렁텅이에 몰아 넣은 가장큰 원인이 었든것이다."(29)라고 생각하는 부분이 나온다. 재운은 농사와는 무관하게 땅을 가지고 있다는 이유만으로 똑같은 현상 앞에서도 완전히 다른 반응을 보이는 것이다.

강서방은 읍내에서 멀리 떨어져 있으며 출입하기 위해서는 내를 건너야 하는 무두리에 살고 있다. 그는 이런 생활을 매우 불편해한다. 삼형제 이십여명의 식솔을 거느린 가장인 강서방은 지금처럼 외진 곳이 아닌 곳에 땅을 얻어 살게 되기를 바란다. 이를 위해 강서방은 결국 소작인과 자신이 농사 짓는 땅을 바꿀 계획을 세운다. 결국 강서방은 마름의 지위를 이용해 다른 농민과 경작지를 바꾸는데 성공한다. 강서방 역시 마름으로서 일반 소작농보다는 권력관계에 있어 상위지점에 놓여 있는 것이다. 다음의 인용은 '지주 – 마름 – 소작농'으로 이어지는 농촌의 생산관계를 선명하게 보여준다.

> 은방이호 벼가 거이 다 죽은 탓으로 농형이 말못되고 서로다 손해를 본것은 같지만 강서방만은 마름이라는 중간 지위에서서 그래도 연내의 자기의 조고마한 목적을 달하였다. 그리고 지주 재운이는 김장을 늦게하게되고 장작 석탄을 마음대로 많이못사고 여행을 중지한대신 소작인 문성이는 겨울동안 먹기위하야 품파리로 나설 각오를하였고 병원을 제쳐놓고는 헐한 돌파리 의생에게 동침을마진것이다. (42)

흉년이라는 똑같은 상황 앞에서 각기 다르게 반응할 수밖에 없는 사람들의 모습이 그려지고 있다. 지주인 재운이는 고작 김장을 늦게 하고, 석탄을 마음대로 많이 못사고, 여행을 다니지 못하는 정도에 머문다. 마름인 강서방도 중간 지위에서 경작하는 땅을 읍내에서 더욱 가까운 곳으로 바꾸는데 성공한다. 이와 달리 소작인 문성이는 먹고 살기 위해 겨울 내내 품팔이를 해야 하고, 뺨이 빨갛게 부어오르는 고통을 겪지만 "뭘가지고 쪼개고 발리나 어떻게 도지를 물고 빗을갚고 양도를 차리느냐 하는 궁리로 그의가슴은가득"(38)하여 병원에 가볼 엄두도 내지 못한다. 대신 침쟁이 황첨지를 찾아가 고통스럽게 동침을 맞을 뿐이다.

마지막은 농촌의 모든 것에 염증이 난 재운이가 조선옷을 다시 양복으로 갈아입고 서울을 떠나 서둘러 귀경하는 것이다. 농민들의 환송을 받으며, 재운이는 잠시 침자욱으로 푹 패인 뺨을 한 문성이에게 측은함을 느낀다. 이 작품은 다음의 인용으로 끝나는데, 여기에는 재운이의 자기반성과 그럼에도 결코 벗어날 수 없는 계급적 존재로서의 자기확인이 나타나 있다.

　　자기는 그를 향하야 무턱대고 병원 엘 가라고하였으나 문성이는 도저
히 갈형편이 못 되었는게아니냐 하는것과 그사람들이 그러한 곤경의 한
쪽책임은 아무래도 재운 이 제자신에 있는것처럼 느껴지는것과 호화스럽
게 돈을못써서 걱정하는자기의 그런종류의심리는 그얼마나 얄궂은 사치
냐 하는 의문이 비로소 뭉게 뭉게 뒤를이어 엄습하야 한층더 그의마음을
우울하게하였다. 그렇다고 어찌할수도 없는일이다. 그는 어여 통쾌히 다
러나는 기차를 집어타고 서울로 도회사람들틈으로 향하야 가고싶었다.
보니까 저아래 철교위에서 진동하는 소리를 내이며 기차가 쏜살같이 내
달려오고 있는것이다. (46)

　　이 작품을 보다 정확하게 파악하기 위해서는 같은 해 같은 지면에
발표한 〈동물집〉(1941.10)을 참고할 필요가 있다. 이 작품의 각 장은
소, 개, 벌, 닭, 배암, 돼지, 메뚜기와 같은 동물명으로 되어 있다. 학교
도 들어가지 않은 어린 나이에 사업에 실패한 아버지와 함께 낙향하
여 지낸 얼마간의 시골 생활의 일을 각종 동물을 중심으로 회상하고
있는 작품이다. 이 작품의 의미는 다음 인용하는 작품의 마지막 부분
에 집중되어 있다.

　　그러나 이런 작난도 마지막, 나는 얼마안있다가, 형님에게 손목을이끌
리어, 서울로 다시왔다. 개, 벌, 닭, 배암, 돼지, 며뚜기, 개고리, 이런것들
과 영영 이별을하고 말었다. 서울와서 모자도 사쓰고, 구두도 사신고, 책
과, 연필과, 공. 이런물건도 생기고 했으나, 마음이 못맞당했고, 한참동
안, 시골의정경 산, 내, 봇도랑을, 그리고 남이와용안이, 그 외의 많은동

무들, 그옛 생활이 그리워서 견데지를 못하였었다. 종로거리에서서는, 멀리 이별한 그 정든땅을 한번다시밟어봤으면 좋겠다, 그것은 꿈같이 아름다운 현실이리라, 하고, 좁은 가슴을 조리며명상했었다. 그후 내가, 오래간만에 시골살든땅을 방문하고 얻은, 그농촌의 생활과 인물에 대한 이야기는, 딴형식으로 딴곳에 이야기했다. (195쪽)

일종의 사소설인 이 작품도 이 시기 농촌을 배경으로 한 생산소설이 그러하듯이 농촌에 대한 낭만화가 이루어지고 있다. 그런데 중요한 것은 그것이 취학 이전 아동의 시각에서 대상화된 것이라는 사실이다. 위의 인용에서도 서울에서는 "마음이 못맛당했고", 시골은 "그리워서 견데지를 못"할 정도이다. 이것 역시 서울로 돌아오고 나서의 얼마동안에 해당하는 일이다. 성장해서도 화자는 시골이 "꿈같이 아름다운 현실"이라고 그려보기도 한다. 중요한 것은 '아름다운 농촌/못마땅한 도시'라는 국책소설의 이분법이 안회남의 〈동물집〉에서는 '지금 – 이곳'이 아닌 오직 과거나 향수 속에서만 성립한다는 점이다.

〈동물집〉에서는 당대의 농촌이 결코 이야기되지 않고 있다. 그것은 이 작품의 마지막 문장인 "오래간만에 시골살든땅을 방문하고 얻은, 그농촌의 생활과 인물에 대한 이야기는, 딴형식으로 딴곳에 이야기했다."(195)라는 구절에서도 확인할 수 있다. 당대 농촌의 실상과 〈동물집〉에 드러난 농촌의 모습이 무관함을 스스로 명백하게 밝히고 있는 것이다. 이 때 '농촌의 생활과 인물에 대한 이야기'가 서사화된 '딴곳'이란 안회남의 창작 이력을 살펴볼 때, 〈벼〉임이 분명하다. 앞에서도 살펴보았듯이, 이 작품에는 농촌을 둘러싼 생산관계가 곡진하게 그려져 있었다. 그렇다면 안회남은 '이상적인 농촌/부정적인 도시'라는 국책소설의 일반적인 이분법을 피해서, 당대 농촌사회의 모순적인 실상을 드러내는데 어느 정도 성공했다고 말할 수 있다.

3) 징후를 통해 균열의 흔적 드러내기

이북명의 〈빙원〉(『춘추』, 1942.7.)은 전쟁수행의 기반시설이 되는 공사장을 배경으로 국책에의 협력을 드러내고 있는 작품이다. 그러나 작품에는 하나의 징후로서 균열의 흔적이 은연중에 드러나 있다. 주인공인 기술자 최호는 지난 봄에 우수한 성적으로 K고공 기계과를 졸업하여 현재는 C수력발전사무소 기계과에 근무하고 있다. 그는 한겨울 두만강변의 S저수지 언제(堰堤) 일수문(溢水門) 공사에 자원하여 내려간다. 최호는 산골에 온 자기의 존재가 "퍽으나조고맣게생각되는 것"(170)이라고 여기기도 하지만, 이내 "나는내일부터 이저수지의빙원(氷原)을 정복하고 위대한건설공사를시작할사명을 짊어지고온 기술자다. 어데든지좋다. 내게는 오직『일』이있을뿐이다."(170)라며 결의를 다진다. 국책에 부응하는 전형적인 인물이라 볼 수 있다.

서사의 대부분은 삭막한 마을 풍경과 국책을 드러내는 최호의 생각으로 이루어져 있다. 이 작품에서 또 한 명의 주요인물인 만수노인 역시 국책에 호응하는 인물이다. 최호는 만수노인과 그의 딸 금순이의 각별한 보살핌을 받으며, "생활에 대한강열한욕구라던가 부자유하고 부족한생활을 어데까지던지 꾸준히 극복하고 해결지어 나갈수있는 인간들이있다면 그것은 만수노인과 같은 그런종류의 인간들이 아닐가?"(178)라고 생각한다. 이 뿐만 아니라 최호는 국책을 찬양한다. 오십명의 발구군에게는 "우리나라는지금 남에서북에서 강적을 물리치면서 싸우지않습니까! 총후의 국민인 여러분은 제일선에서사우고있는 용감한장졸들의 마음을 본받어서 '나'라는것을버리고 이번이공사에 일심합력해주시기를 바랍니다."(182)라고 말한다. 이 말 속에는 총후보국에 참여해야 한다는 것, 개인보다 국가를 중시해야 한다는 것 등 일제말의 온갖 지배 이데올로기가 총망라되어 있다. 이외에도 최호의 머리 속에는 국책으로서의 생산소설이 갖춰야 할 이데올로기가 가득하다.

이 작품에서 사건이라 불릴만한 것은 만수노인이 겪은 지난 10년 간의 일이다. 그런데, 흥미로운 것은 이 작품에서 만수노인의 회상을 통하여 일제의 개발이 가져온 삶의 폐해가 선명하게 나타나 있다는 점이다. 십년 전 사수 일대가 화전민 생활을 지속하고 있을 때, 만수노인은 지금은 저수지에 잠겨버린 골짜기에서, 아내, 아들 윤식이 부부, 금순이와 행복하게 살고 있었다. 그런데 저수지를 만든다는 일방적인 통보가 날아온 이후 이들의 불행은 시작된다. 곧이어 저수지 공사가 시작되고, 노동자와 작부들이 몰려온다. 공사장의 일꾼이던 윤식은 작부와 함께 보상비로 받은 돈을 들고 집을 나간다. 며느리도 몇 년 뒤 재혼을 하고, 만수 노인의 아내마저 독사에 물려 죽고 만다. 매우 강렬하게 일제의 개발에 따른 농민의 피폐해진 삶이 드러나고 있는 것이다.

그런데 만수 노인이 겪은 지난 시절의 일과 최호의 내면을 통해 드러나는 이데올로기 사이에는 극심한 괴리가 있다. 만수 노인의 과거사가 서사화 된 이후 등장하는 다음의 인용 부분은 두 가지 사이에 괴리가 얼마나 큰 것인지를 잘 보여준다.

> 노인은 곰방대를 쥐드니 어데론지나 가버렸다.
>
> 최호의 머리는 여러 가지생각에 몹시허크러지기시작한다.
>
> 그렇다―
>
> 위대한건설뒤에는 희생도많을 것이며 비극도있을것이다. (181~182)

노인은 자신의 피맺힌 이야기를 하고서는 어디론가 사라진다. 이후 최호는 여러 가지 생각으로 혼란스러워하지만, 곧바로 "그렇다"며 그 모든 것을 단정적으로 지워버리고 국책에 호응한다. 이러한 반응은 만수노인의 이야기가 담고 있는 불행의 강도 등을 고려할 때 지나치게 부자연스럽다. 이러한 과도함과 어색함은, 작가가 국책을 체화하지 못한 증거라고 볼 수 있다. 위의 예문처럼 과도한 지배 이데올로기에 대한 강조는, 오히려 이북명과 이데올로기 사이의 거리감을 증명하는 것으로 보인다.

안수길의 〈牧畜記〉(『춘추』, 1943.4.) 역시 하나의 징후를 통해 균열의 흔적을 드러내고 있다. 작품의 초점화자는 찬호이다. 그는 교원생활에 실패하고 농촌으로 내려와 돼지를 기르고 있다. 그는 교원생활 중에도 늘 "농촌으로 돌아가야된다는 그의신념"(126)을 기회 있는 대로 생도들에게 말했다. "농촌은 뵈운자를 목마르게 기다린다. 농촌으루 갈지어다. 제구운"(126)이라고 강조한 것이다. 그는 오직 "실행과 근실"(128)로서 목장 경영을 훌륭하게 하고 있다.

이 작품에서 흥미로운 것은 그 목장의 노인이다. 그는 돼지 기르는 일에 너무나 성실해서 "도야지화한것은 몸뿐이아닌듯하였다. 신경이 그랬고 감정이또한 그랬다. 도쟈지의말을 알어듣는듯했고, 도야지도 그의말을 잘듣"(130)을 정도이다. 생산소설의 이상적인 인물이라고 할 수 있는데, 그 노인은 나중 목장을 습격하고 자신의 귀에도 상처를 입힌 범에 대한 "복수귀(復讐鬼)"(134)가 된다. 그리하여 나중에는 노인의 "복수심과 비틀어진 성격은 고질이되여가는듯 보는 자에게 더욱 측은함을 늣끼게"(135) 한다. 돼지가 될 정도로 자신의 일에 충실했던 노인이 결국 정신병에 걸리고 만다는 것은, 일제의 국책에 하나의 균열을 일으키는 것으로 해석할 수도 있다. 〈빙원〉과 〈목축기〉에 보이는 국책에 대한 균열의 양상은 작가의 분명한 의도에서 비롯되었다기보다는 하나의 징후로서 존재한다고 보는 것이 타당할 것이다.

4) 자율적 정치공간의 형상화

최인욱의 〈멧돼지와 木炭〉(『춘추』, 1942.12.)은 채탄장이 배경인 생산소설이다. 이 작품은 인물형상화에 있어 대립적 구조를 보인다. 국책에 호응하는 김봉식과 개인적 이권만을 챙기는 주임과 인부감독이 대립하고 있다. 김봉식은 여타의 생산소설에 자주 등장하는 멸사봉공형 인물이다. 김봉식은 "전장의 병정들과 조금도 달음이 없"는 채탄장의 "국책적 사업"(173)에 열심이다. 김봉식은 "우리 삼십여명 탄부가 모다 한마음 한뜻이 되어가지고 병정들식으로 일을 하기가 원"(179)이다. 겨울이 오자 봉식은 자기 돈을 들여 야학을 개설하여 열심히 운영한다.

이에 반해 주임과 인부감독은 김봉식을 일컬어 "힘깨나 쓰고 속아지 못된놈"(172), "남을 둘러메치기가 일수요", "거짓말이 일수", "남을 중상"하는 인물이라고 욕한다. 인부감독도 김봉식을 "천하망난이"(175)에 "일도 잘않고 건방만 피우"(175)는 인물이라며 험담한다. 인부감독은 뒤에서 새로 부임한 책임자인 서진술을 험담하고, 국민총력제탄소연맹 제이반장이면서 밤마다 탄부들을 선동하여 술을 마시고 노름을 일삼는다. 또한 주임과 함께 사리사욕을 챙기기 위해 온갖 부정부패를 거부하지 않는다.

나중 주임은 봉식이가 숯을 빼돌렸다고 폭로한다. 그러나 훨씬 많은 숯을 주임이 빼돌리고 있었음이 봉식에 의해 다시 폭로된다. 마지막에 봉식은 "제가 진 죄는 제가 달게 받어야죠. 그러나 주임의 죄를 숨겨 들수는 없습니다. 제가 분푸리하잔 수작이 아니라 이 우리 직장을 깨끗하고 명랑하게 만들랴구 그럽니다."(186)라는 말과 함께, 다음 날 "간단한 편지와 돈 십원몇십전"(186)을 진술의 책상 위에 놓고 사라진다. 십원몇십전은 봉식이가 빼돌린 숯에 해당하는 돈이라고 할 수 있다. 그러나 이미 봉식이 야학에 자기 월급으로 감당할 수 없는 돈을 썼음이 언급되었기 때문에, 그가 사리사욕을 위해 숯을 빼돌린 것이 아님은 분명하다.

이 작품에 등장하는 주임과 인부감독은 식민지 규율권력에 균열을 내고 잉여를 만들어내는 인물이라고 할 수 있다. 윤해동은 근대화라는 측면에서 식민주의와 공모하고 있는 민족주의의 저항의 잣대로 포착되지 않는 저항의 지점을 찾고자 한다. 그러한 일상적 저항은 범죄행위, 특히 경제범죄 등으로 드러난다는 것이다.[20] 주임과 인부감독의 행위는 이와 같은 저항의 지점으로 의미부여할 수 있다. 동시에 그러한 저항의 지점은 또한 식민주의에 협력하는 회로이기도 하다. 그럼에도 식민지 규율권력에 균열을 내고 새로운 자유 공간을 창출해내는 것의 의미를 과소평가할 필요는 없다.

주임과 인부감독 그리고 그들에게 복종하는 인부들은 대일본제국의 국민으로 묶여져 동원되는 존재가 아니다. 그렇다고 그들을 그동안의 거대담론에서 말한 것과 같은 저항의 주체로 볼 수도 없다. 그들은 분명 채탄장의 간부들이기에 기본적으로는 포섭되어 있고, 일제에 협력하기 때문이다. 그럼에도 그들은 숯을 빼돌리고, 노동을 방해하고, 충실한 제국의 신민이 되기를 거부한다는 점에서는 식민지 권력에 균열을 내는 저항적 존재들이다.[21] 그들은 서진술 이전의 책임자도

---

20 윤해동, 「식민지 인식의 '회색지대'」, 『당대비평』, 2000년 겨울호, 149면.
21 김영석의 〈상인〉(『춘추』, 1942.3.)은 생산소설이라고 볼 수는 없다. 그러나 주임

떠나게 만들었고, 나중에는 봉식이가 채탄장을 떠나는 것에서 알 수 있듯이, 나름의 힘을 가진 정치적 주체들이기 때문이다. 그들은 식민지가 만들어낸 국민화의 신성한 정치적 기제와 영역을 자신들만의 정치적 공간으로 전유해내고 있다.[22]

이러한 양가적 특성은 시종일관 변함없는 중립적인 서술자의 태도에서도 확인할 수 있다. 윤리적인 이분법을 선명하게 내보이고 있음에도 이 작품에는 어떠한 서술자의 개입도 찾아볼 수 없다. 그저 사건들을 가능한 건조한 문체로 또박또박 기록할 따름이다. 주임과 인부감독의 부도덕성과 봉식의 멸사봉공 정신이 동일한 차원에 놓여 있는 것이다.

3. 국책에 순응하는 양상들

1) 전통·동양·국책으로의 귀환

태평양 전쟁이 발발한 지 1년이 지난 시점부터는 더 이상 균열이나 징후로서도 생산관계나 일제의 폭압적 성격을 문제삼은 작품은 찾아보기 힘들다.[23] 석인해[24]는 일제 말기 생산소설에서 일관되게 귀환의

이나 인부감독과 같이 식민지의 회색지대를 적극적으로 열어 나가는 인물들이 존재한다. 대보상점의 한승희와 정대구라는 경제사범이 바로 그들이다. 그들은 일종의 브로커들로 온갖 불법거래를 일삼음으로써, 신경제 윤리를 위반한다.

22 이것은 식민지 본토의 욕망의 주변부인 식민지에서 식민지 본국의 기반들이 그 부분적 대상을 잃어버리고 재현의 권위를 상실하는 것에 해당한다. (Homi k. Bhabha, 『문화의 위치』, 나병철 옮김, 소명출판사, 2002, 191면)

23 보통 일제 말기는 중일전쟁의 발발에서 해방까지를 들지만, 그 시기는 최소한 세 시기로 나누어 볼 수 있다. 1937년의 중일전쟁, 1940년의 신체제, 1941년 말의

서사를 보여준다. 이 때의 귀환은 전통, 동양, 국책으로의 귀환이며, 전통, 동양, 국책은 보르메오스의 매듭처럼 구조적으로 연결되어 있는 하나의 실체이다. 김재용은 서양 근대의 추수를 비판하고 동양에 대한 자각을 주장하는 것이 모두 친일로 인식되는 것은 바람직하지 않다고 주장한다. 동양의 자각이라는 주장 속에는 시대적인 것과 친일적인 것이 공존한다는 것이다. 친일적인 것은 동양의 자각을 대동아공영권의 문명사적 역할까지 밀고 나가는 경우에 한정하고 있다. 즉 동양의 미래를 대동아공영권에 있다고 생각하면서 서양에 대한 성전을 이야기하는 경우 친일이라고 볼 수 있다는 것이다.[25] 이와 관련해 석인해는 일제 말기 전통과 동양적 가치에 대한 강조가 친일로 이어지는 과정을 선명하게 보여주는 사례라 할 수 있다.

〈浦人〉(『춘추』, 1941.11.)은 바다에 나가 실종된 줄 알았던 필수의 귀환으로 시작된다. 이 작품의 시공은 당대의 구체적 상황과는 거리가 멀다. 필수는 어부로서 바다에 나갔다가 풍랑을 만나 표류한다. 이

대동아전쟁이라는 분기점이 놓여 있는 것이다. (박수연, 「일제 말 친일시의 계보」, 『우리말글』, 36집, 2006.4.)

첫째 시기는 1937년 중일전쟁이 개시되고 1938년 일본의 승리로 전황이 전개되면서 역사적 패배주의와 함께 친일문학이 전개된 때이고, 두 번째 시기는 남경의 왕정위 정부가 1940년 3월에 들어서고 6월에 파리가 함락되면서 주장된 신체제론과 함께 친일문학이 전개된 무렵이고, 세 번째는 1941년 12월 8일의 진주만 공격과 함께 개시된 태평양 전쟁 초기에 일본의 승리를 경험하고 근대초극론을 수용하면서 친일문학이 전개된 시기를 말한다.

24 소설가 석인해는 1911년 평안북도 정주에서 출생하여 1990년 북한에서 사망하였다. 1930년대 중엽 단편 〈꽃피었던 섬〉으로 등단하였다. 해방 이전에는 〈국경의 밤〉, 〈해수〉 등 10여 편의 작품을 창작하였다. 해방 후에는 평북 문화위원회 부부장을 지내고, 48년에는 김일성종합대학의 교수로 있으면서 창작활동을 하였다. 1967년에 혁명화과정을 거쳤고, 말년에 숙청당하여 지방에서 죽었다. (최동성, 앞의 논문, 266~267면)

25 김재용, 『저항과 협력』, 소명출판사, 2004, 68~76면.

때 중국 배의 구원을 받고, 꼬박 십년 가까이 종살이를 하다가 포구로 돌아온 것이다. 그 사이 아내인 초란은 아들을 데리고, 다른 남자와 결혼하여 살고 있다. 초란을 다시 만났을 때, 필수는 10년 전 작별하던 광경을 떠올린다. 그 당시 필수는, 남편이 바다로 나가 돌아오지 않자 유복둥이를 기르면서 평생 남편만을 그리워하며 살다 죽었다는 한 여인의 이야기를 아내에게 해준다. 그 여인은 유복둥이에게 "아버지를 기다리며 바다와 용감이 싸우라고 일렀고"(196), 유복둥이와 그 후손들은 "그 선조의 유훈을 지켜가며 씩씩하게 살아갔"(196)다는 것이다. 절벽에서 바다를 향해 놓여 있는 무덤의 주인이 바로 그 선조이다. 마지막은 초란이 필수에게 아들을 데려다주기 위해 길을 나서는 것인데, "뿌연 잿빛같은 환멸이 있을뿐"(191)이라고 표현되는 현재의 상황에서 이것은 과거 선조의 세계로 돌아가는 것을 의미한다.

〈家譜〉(『춘추』, 1942.8.)는 할아버지의 기일이자 아버지의 회갑 전날을 시간적 배경으로 삼고 있다. 이 자리에 창일, 창삼과 두 명의 딸이 모인다. 아버지가 노동과 농촌을 표상한다면, 창일로 대표되는 자식 세대는 지식과 도시를 표상한다. 이러한 가족의 모임은 아버지로 표상되는 기성세대와 창일이로 대표되는 신세대가 화해하는 장이기도 한다. 엄밀히 말하자면 창일이 아버지의 가치를 전폭적으로 받아들이는 자리라고 할 수 있다. 아버지는 유복자로 태어나 성실하고 근면한 농부의 전형이다. 그는 다음의 인용에서처럼 온갖 미덕을 지닌 존재이다.

한번 크게 깨닫자 풍한서습을 가리지 아니하고 그저 일로 맡았다. 기우러지는 세사를 바로 잡았고 나아가서는 바탕을 늘렸다. 아무리 가탈진 구메 농장이라도 그의 손이 가고보면 개량된 논이며 밭이고 했었다. 소를 기른다 돼지를 친다 닭을 놓는다. 그의손이 닿는것은 모조리 가세를 알뜰하게 만드는 미천이 되든게였다. 그러구러 하는사이 인근향당에서는 범사에 의표(儀表)가됐음은 물론이어니와, 천생 겸허(謙虛)해서 참되게 살아가자는진실뿐이었지 자기의 생활철학이라든 그런것을 남에게강방하는 법도 없었다.(184-185)

〈가보〉의 기성세대는 모두가 이러한 의미망 안에 놓여 있다. 창일의 할머니도 젊은 나이에 과부가 되었지만, 어질고 부지러한 성품으로 창일의 아버지를 길러냈으며, 창일의 어머니도 어려운 일을 즐기어 치러가며 집안을 다스리고 가풍을 도저하게 높이고, "조상에게 대한 정성이 지극"(183)했다.

이에 반해 창일이는 동경 유학까지 하고서는 무위도식하다가 신경에 건너가서도 사업과 돈벌이에 실패하고 다시 아버지의 품으로 돌아온다. 모든 일에 실패했을 때, 창일은 자기도취와 무위에서 벗어나 "실속이 있고, 생산적이오, 건설적인 그런생활로 옮아갈"(191) 것을 결심한다. 그것은 단순한 물리적 이동만을 의미하는 것이 아니라 아버지의 세계관에 완전히 동화되는 것을 의미한다. 문제는 "아버지가 진니는 모든것을 아름다운풍습의 한가지로 간주할진댄, 그것은 곧 우리의 또나아가서는 동양이 가지는 한가지 전통이 아닐수 없을게라고"(187) 여기는 것에서 알 수 있듯이, 순종의 대상인 '아버지'가 '우리'로 다시 '동양'으로 확산된다는 점이다. 창일은 "자신에게 충실하고보면 집안을 위해, 나라를위해 충실함이될것이다."(191)라고 생각한다.

창일은 자신처럼 집을 나가 돈만 탕진하고 돌아온 창삼과의 대화에서 다음과 같은 입장을 펼친다. 그것은 1940년대 석인해가 선보인 귀환의 최종적인 귀착점을 담고 있는 것이다.

논밭 팔아 공부 식힐건 없다구 허시든 아버지 말씀을 인제 짐작 하겠더라. 참 우리 아버진 훌륭허시니라, 산전수전 다 겪으신 그눈물겨운 과거 일사가 거울이 됐을게지만, 우리 가성의힘이 클줄 안다. 전통이란 실로 귀한게여, 우린 자기곁에 아름다운 전통과풍습이 있음에두 불구하구, 너무나 서양의 물질문명과 과학만을 옳다구 소화두 식히지 못한채 그냥 우리생활에다가 두섞어논것이 많단말이다. 그 물질문명을 가지구 동양을 정복흐랴든 야심을 단매에 때려엎은 우리나라의 힘을 무엇으로 해석할게냐 말이다. 그건 정신의 힘이야 그정신이란건 전통이 없이는생기지못하는것이란 말이다. 신도(神道)의 정신이라든가 불교(佛敎)의 정신이라든 그런것이 백성의 생활속에 속속드리 스미어 들어있단말이다. (191-192)

"내일 환갑잔채는 곧 우리 아름다운가보(家譜)를 말하는 자랑이 될 것이다."(192)라는 말을 덧붙이는데, 이 때의 가보에는 단순히 한 집안의 친족 관계나 내력만이 아니라, 대동아로 수렴되는 동양 정신까지가 적혀 있다고 할 수 있다. 창일은 최종적으로 "농촌에서 평범한 생활을 해보란다."(192)고 말하는데, 그것은 "나라에 봉공"(192)하는 길이기도 하다. 동양에 대한 자각이 '나라(일제)'에 대한 봉공으로 이어지고 있음을 확인할 수 있다.

〈귀거래〉(『춘추』, 1943.6.) 역시 앞의 두 작품처럼 귀환의 서사이다. '나'가 새로운 기술을 익혀서 자신이 5년 전 친구 문군과 함께 일하던 K광산으로 돌아오는 이야기이다. K광산은 평생 광산을 찾아다니던 강노인이 발견하여 개발했으나 채산이 맞지 않아 팔아버린 것을, 친구인 문군이 인수하여 '나', 강노인, 문군이 함께 운영했던 곳이다. 5년 전에는 자금과 기술이 부족하여 실패했다. 그러나 5년 후에 찾아간 광산은 비약적인 발전을 하여 많은 생산량을 내고 있다. 그 핵심은

"과학적 힘"(159), "기계의 힘"(154), "사람의 힘"(154)에 바탕하여, 전기가설, 제련장, 부유선광기, 착암기 등을 새로 설치하는 기술적 개선이 있었기 때문이다. '나'는 K광산에서 과거와는 달리 새로운 각오로 국책에 나설 것을 다짐하며 소설은 끝난다. 현재 친구 문군은 "상해로 건너가가지고 이마적엔 대동아 신질서 건설에 빛난업적을 보여주고 있"(152)다. 이 작품은 노골적으로 "대동아 신질서 건설"에의 참여를 주장하고 있다.

이 소설은 귀환의 서사라는 점에서 일제 말기 석인해의 다른 소설과 공통점을 보이지만,결정적인 차이점이 있다. 〈포인〉과 〈가보〉에서 과거가 이상적인 가치를 담지한 시공이었다면, 현재는 일종의 미달상태라고 할 수 있다. 그리하여 현재는 그러한 과거를 배우고 따라하기 위해 최선을 다해야 하는 것으로 설정되었다. 이것은 주인공들이 처한 현재의 불안이 과거를 미화한 것이라고 할 수 있다. 이 때의 과거는 일종의 판타지(fantasy)로서 시공간의 재구성에 해당한다. 이러한 과거의 시공은 끝없는 변화 속에서 불안하게 흔들리는 '나'의 존재에 확실성과 자기동일성을 부여한다. 이상화 된 과거의 시공은 전통사회의 기호나 표지와는 거리가 먼, 사람들이 현재 혹은 가까운 미래에 성취한(할) 것들을 상징하는 기호이다. 그러나 〈귀거래〉에서는 반대여서 과거는 결핍의 시간이고, 현재가 충족의 시간이다. 그리하여 현재의 시공 속에 이미 과거의 가치대상이 포함되어 있다. 이것은 과거를 불러올 필요가 없을 만큼 확고해진 국책에 대한 작가의 신념을 드러내는 것이다.

2) 무갈등의 시공 드러내기

현훈의 〈採石場〉(『춘추』, 1944. 2.)과 조용만의 〈冬箋〉(『춘추』, 1944. 2.)은 주저의 흔적도 없이 전쟁 동원이라는 국책에 적극적으로 순응하고 있는 작품들이다. 이들 작품에는 문학 창작물로서의 고유한 혼돈이나 애매성이 철저하게 제거되어 있다. 〈채석장〉은 채석장을 배경으로 하여 일관되게 명랑한 분위기로 국책을 선전하고 있다. 주인공인 광철은 할아버지와 아버지에 이어 채석장에서 생산에 열중하고 있다. 광철은 한때 아버지를 "처나의 둘도없는 무정한이고 냉혈동물이라고까지 원망"(107)했지만, 오늘날에는 "아버지의 군세인 정신력"(106)을 새롭게 발견한다. 이 작품에는 이미 사소한 오해 정도가 있을 뿐, 본격적인 갈등은 전혀 없다. 이미 국책은 모든 이에게 내면화되어 모두 각자가 선 자리에서 최선을 다할 뿐이다. 또한 이 작품에는 "농촌뿐아니라 공장이라든지 탄광같은 데도 거이 전부가 여자들 이라니까. 내지여자들은 퍽 부지런하지요."(111)라고 하여, 여성들의 노동력 동원을 강조하고 있다.

조용만의 〈冬箋〉도 노동하는 여성, 국책에 적극 호응하는 여성을 과장되게 찬양하고 있는 소설이다. 덕수는 의학박사학위 수여를 앞두고 있는 의사이다. 미혼인 그는 전문학교 음악과를 졸업하고, 아버지가 큰회사의 중역인 여성과 혼담이 오가고 있다. 그러나 덕수는 그런 종류의 부잣집 딸 대신 "우리네같이 마구하는 살림에 어울릴사람"(100), "일하고 노동하는손"(102)을 가진 여자와 결혼한다. 이상적인 여자가 갖추어야 할 구체적인 조건[26]으로 제시되는 것은 모두 전

---

[26] "요새 배급쌀이 어떻고 반찬은 어떻게해먹어야 영양을 보충해나갈 수 있고 방공 연습은 어떻게하는것이고 첫째 공습경보가 나면 어떤처치를 해야하는지 아는색

쟁의 지원과 관련된 것들로 한정되어 있다.

4. 결론

지금까지 일제 말기 생산소설에 대한 논의는 지나치게 국책문학의 측면에서만 다루어졌다. 그러나 당대 사회의 생산관계에 대한 조명과 지배 이데올로기에 대한 균열과 저항이라는 측면 역시 중요한 요소로 존재해왔다. 이 글에서는 그동안 문학사에서 언급된 바 없는『춘추』 소재 한글 단편 생산소설과 윤세중의 〈백무선〉에 나타난 정치적 성격의 다층성에 대하여 살펴보았다.

먼저 일제 말기 생산소설이 제국의 식민담론에 대하여 어떤 균열과 저항의 지점들을 만들어내는지 살펴보았다. 〈백무선〉에는 생산력을 강조하는 최재서적 경향과 생산관계를 중시하는 임화적 경향이 공존한다. 그럼에도 더욱 큰 비중을 차지하는 것은 당대 노동현실의 비인간성과 그 생산관계의 문제점을 예리하게 짚어내는 임화적 경향이다. 박달과, 과거 사회주의 운동을 하다가 지금은 육체노동에 종사하는 박달의 외삼촌의 존재는 지식인들을 생산의 현장으로 내몰던 일제의 국책에 부합되는 것이다. 동시에 이 작품은 노동 현장의 상층부를 차지한 채 조선인을 괴롭히는 일본인의 형상과 인부를 동원하는데 온갖 수단을 마다하지 않는 일제의 모습을 통해, 제국의 억압적 힘에 대하

시"(98), "애를 들처업구 「가이모노부꾸로」를 들고 왼종일 쏘댄길수있어야하구 경계경보가 나면 어떻게하구공습경보가 나면 어떻게하구, 소이탄(燒夷彈)이 어 떻구, 황린탄(黃燐彈)이 어떻구, 이런것을 잘아라야하구 새벽이나 오밤중이래두 방공연습이있으면 뛰여나갈줄아는 여자"(101)가 그 구체적인 조건이다.

여 날카롭게 비판하고 있다. 안회남의 〈벼〉는 농촌을 한없이 이상화하고 낭만화하여 실제 농촌이 지닌 여러 모순과 억압을 무화시키는 여타의 생산소설과는 달리, 농촌을 둘러싼 생산관계를 곡진하게 드러내고 있다. 〈빙원〉, 〈목축기〉, 〈멧돼지와 목탄〉 등은 본격적인 저항은 아니지만 (무)의식적인 차원에서제국의 힘과 담론에 대하여 균열을 일으키는 지점을 지니고 있다. 국책에 대한 과도한 지지(〈빙원〉), 국책에 충실했던 노인이 앓는 정신병(〈목축기〉), 양가적 존재들의 형상(〈멧돼지와 목탄〉)이 바로 균열을 일으키는 구체적인 지점들이다. 이것은 제국 담론의 자기 완결성에 흠집을 가함으로써 양가성을 구조화시키는 것이라고 할 수 있다.[27]

3장에서는 기존 논의에서는 다루지 못한 국책으로서의 생산소설들에 대하여 논의해 보았다. 석인해는 일제 말기 생산소설에서 일관되게 귀환의 서사를 보여준다. 이 때의 귀환은 전통, 동양, 국책으로의 귀환이다. 이러한 귀환이 궁극적으로 지향하는 것은 '대동아 신질서 건설'에의 참여이다. 석인해는 일제 말기 전통과 동양적 가치에 대한 강조가 친일로 이어지는 과정을 선명하게 보여주는 사례라 할 수 있다. 현훈의 〈채석장〉(『춘추』, 1944.2.)과 조용만의 〈冬箋〉(『춘추』, 1944.2.)은 일제 말기 생산소설이 가닿은 궁극적 모습을 보여주는 작품이다. 어떠한 희망도 가지기 힘든 그야말로 제국의 막바지에 무반성적으로 국책에 순응해나간 경우라고 할 수 있다. 이들 작품에는 문학 창작물로서 지니게 마련인 최소한의 고유한 혼돈이나 망설임조차 사라져 있다.

---

27 하정일은 탈식민 저항의 유형을 대안적 저항, 내적 저항, 혼종적 저항으로 나누고 있다.(하정일, 『탈식민의 미학』, 소명, 2008, 32~36면) 〈빙원〉, 〈목축기〉, 〈멧돼지와 목탄〉에 나타난 저항은 "혼종적 저항"에 해당한다고 볼 수 있다.

김영석 소설 연구

― 생산의 문제를 중심으로

1. 잊혀진 이름 김영석

김영석은 월북 문인으로 출생연도, 출생지, 학력 등이 밝혀져 있지 않다. 해방 이전 등단했지만, 그의 본격적인 활동은 해방 이후부터이다. 1946년 조선문학가동맹 산하 문학대중화운동위원회 위원장으로 활동하면서 평론과 창작 양면에서 맹렬하게 활동했으며, 같은 해 10월 이후에는 설정식, 안회남과 함께 구국문학론을 전개하였다. 1948년 초부터는 지하로 잠적해 있다가 한국 전쟁 일어날 때까지 감옥에 있었고, 이후 월북했다.[1] 1965년 2월 마지막 작품 〈그가 그린 그림〉을

---

[1] 지금까지는 1948년 정부수립에서 한국 전쟁 사이에 일부 조선문학가 동맹의 문인들과 함께 월북한 것으로 추측해왔다.(정영진, 「월북 입북 납북 재북 문인행적기」, 월간다리, 89.10. 257면) 그러나 이번에 입수한 김영석의 소설집 『격랑』(조선작가동맹출판사, 1956)의 '저자의 말'에는 1948년 초부터는 "창작 활동의 자유를 빼앗긴 채 쓰다가 만 원고 보따리를 들고 날마다 숙소를 바꾸지 않을 수 없었"(4면)으며,

발표한 이후, 북한의 문학사에서도 그 행적이 보이지 않는다.

1938년 『동아일보』에서 시행한 '신인문학콩클'에서 유진오의 추천을 받아 〈비둘기의 誘惑〉이 일등 당선되어 문단에 나왔다. 이후 유진오는 〈月給날 일어난 일들〉을 통해 김영석을 신인으로 다시 한번 『인문평론』에 추천하면서, "氏의 아름다운 詩心, 洗練된 필치, 人生을 바라보는 正確한 눈 – 모든 것이 作家로서 이미 一家를 이룰 수 있는 境地에 이르렀다"고 보지만, 저널리즘을 멀리 하고 작품에 아직 결정타가 없어서 불우한 처지에 있다고 말한다. 추천작인 〈월급날 일어난 일들〉은 "「고–고리」를 聯想케 하는 눈물겨운 유모어와 諷刺의 好短篇"2이라고 평가하고 있다.

이후 김영석 문학에 대한 연구는 주로 해방기 조선문학가동맹의 대중화론과 관련해 이루어졌다.3 김영석에 대한 본격적인 작가론을 쓴 임무출4은 해방기 김영석이 평론을 통해 문예대중화와 문화써클 운동을 이론화했으며, 문학 대중화 운동의 생성 발달 소멸 과정을 대표한다고 보고 있다. 임무출은 김영석의 소설을 식민지 시기와 해방기로 나누어 고찰하고 있다. 식민지 시기 작품은 이미지의 전달에 주력하며, 소극적이고 무능한 인물과 적극적이고 능동적인 인물로 성격을 분리창조하여 대조의 묘를 살렸다고 평가한다. 해방기 작품인 〈지하로 뚫린 길〉, 〈전차운전수〉, 〈폭풍〉은 노동자소설로서, 해방기의 노

"조국 해방 전쟁의 처음 포성을 나는 감방 안에서 들었다."(4면)는 진술이 나온다. 김영석은 한국 전쟁 발발까지 서울의 감옥에 머물렀던 것이다.

2 『인문평론』, 1940.10., 143면.

3 임규찬, 「8.15 직후 미군정기 문학운동에서의 대중화문제」, 『해방공간의 문학운동과 문학의 현실인식』, 한울, 1989, 75~102면, 김영진, 「해방기 대중화론의 전개」, 『어문론집』 28집, 2000.12., 103~133면.

4 임무출, 「김영석론」, 『영남어문학』 17집, 1990.6., 169~215면.

동조합 운동을 형상화했다는 지적이다. 김영석의 북한 작품들에 대해서는 그 목록만을 간단하게 언급하고 있을 뿐, 본격적인 논의는 전혀 이루어지고 있지 못하다.

북한문학사에서는 중편소설『젊은 용사들』과 장편소설『폭풍의 력사』가 문학사에서 중요하게 다루어졌다.『젊은 용사들』은 "조국해방전쟁에서 발휘한 인민군 용사들의 영웅적 투쟁을 형상한 우수한 중편소설"[5]로 언급된다.『폭풍의 력사』는 4.19의 영향 속에서 "남조선혁명을 주제로 한 작품"[6], "미제와 그 앞잡이들을 때려부시기 위한 남조선인민들과 혁명가들의 반미구국투쟁을 큰 화폭속에 형상한 장편소설"[7]로 무려 3페이지 걸쳐 상세하게 기술되고 있다. 이후에 쓰여진『조선문학사』는『폭풍의 력사』를 두고 "해방직후 남조선의 한 인테리가 로동계급 속에 들어가 자신을 혁명화하면서 조국통일을 위한 투쟁을 줄기차게 벌려나가는 과정을 폭넓게 그려낸 장편소설"[8]이라고 평가한다.

김영석의 문학세계는 크게 세 시기로 나누어 볼 수 있다. 첫 번째는 등단부터 해방이 될 때까지이고, 두 번째는 해방 직후부터 한국 전쟁 때까지 남한에서 활동하던 시기이고, 세 번째는 한국 전쟁 발발부터 1960년 중반까지 북한에서 활동하던 시기이다. 이 중 평론활동은 두

---

5 사회과학원 문학연구소,『조선문학사』, 과학백과사전출판사, 1978, 342면.『조선문학사』(김일성종합대학 조선문학사강좌, 김일성종합대학출판부, 1990)에서도 〈젊은 용사들〉을 윤세중의 〈도성소대장과 그의 전우들〉(1955), 황건의 〈개마고원〉(1956)과 더불어 전후복구건설 및 사회주의기초건설 시기(1953.7~1958.8) 문학 가운데 조국해방전쟁주제의 대표적인 작품으로 언급하고 있다.

6 사회과학원 문화연구소,『조선문학사』, 과학백과사전출판사, 1977, 26면.

7 위의 책, 183면.

8 김일성종합대학 조선문학사강좌,『조선문학사』, 김일성종합대학출판부, 1990, 386면.

번째 시기에만 집중적으로 나타난다. 첫 번째 시기에 창작한 작품들로 는 〈비둘기의 誘惑〉(『동아일보』, 38.11.25.~12.6.), 〈春葉夫人〉(『동 아일보』, 39. 10.24.~11.26.), 〈月給날 일어난 일들〉(『인문평론』, 40.10.), 〈형제〉(『문장』, 41.2.), 〈신혼〉(『인문평론』, 41.2.), 〈상인〉(『춘추』, 42.3.), 〈좀〉(『춘추』, 43.3.)과 콩트 〈夏服〉(41.9.)이 있다. 두 번째 시기에는 〈혜란의 수기〉(『부인』, 46.4.), 〈코〉(『태양』, 46.4.), 〈깨끼꾼〉(『민주주 의』, 46.6.), 〈전차운전수〉(『신문학』, 46.8.), 〈금전문제〉(『협동』, 46.8.), 〈지하로 뚫린 길〉(『협동』, 46.10.), 〈가방〉(『신문예』, 46.10.), 〈폭풍〉 (『문학』, 46.11.), 중편소설 〈격랑〉(『조선중앙일보』, 48.2.17.~4.13.), 장편 소설 『이춘풍전』(조선금융조합연합회, 1947)[9], 소설집 『지하로 뚫린 길』 (아문각, 1948)을 발표하였다. 또한 이 시기에 11편의 평론을 발표한다. 세 번째 시기에는 〈화식병〉(51.11.), 〈승리〉(52.1.), 〈노호〉, 〈적구에서〉, 〈이 청년을 사랑하라〉, 〈봄〉(56.7.), 〈원쑤를 잊지말라〉(57.8.), 〈지휘관〉(58.3.), 〈별〉(58.10), 〈고지에로〉(62.2.), 〈그가 그린 그림〉(65.2.) 등의 단편[10]과 중편 『젊은 용사들』(조선작가동맹출판사, 1954), 장편 『폭풍의 력사』(조 선작가동맹출판사, 1960)를 창작하였다.

---

9 이 작품은 당대에 창작된 〈홍길동전〉이나 〈별주부전〉과 함께 김영석도 적극적으 로 참여한 대중화론의 한 가지 방법으로 이루어진 고전 패러디에 해당하는 작품이 다. (신형기, 「해방 직후 문학 논의의 쟁점」, 『해방전후사의 인식 6』, 1989, 282면)

10 이 중 〈격랑〉, 〈데모〉, 〈화식병〉, 〈승리〉, 〈노호〉, 〈적구에서〉, 〈이 청년을 사 랑하라〉, 〈봄〉은 소설집 『격랑』(조선작가동맹출판사, 1956)에 수록되어 있다. 이 소설집의 머리말에서 김영석은 "二.七 구국 투쟁을 그린 〈격랑〉은 一九四八 년까지 유일한 민주주의적 합법 신문으로 서울에 남아 있었던 『조선중앙일보』에 련재되였던 것을 가필했으며 五.一〇 매국단선과 두 시간 총파업을 묘사하는 〈데 모〉는 一九四八년 비합법 인쇄물에 게재했던 것으로서 나의 후퇴보따리 속에 묻 어 들어온 구작의 전부"(4면)라고 밝히고 있다. 〈원쑤를 잊지 말라〉, 〈지휘관〉, 〈별〉, 〈고지에로〉, 〈그가 그린 그림〉은 『남북문학사연표:1945~1989』(김경원· 송호숙 편, 한길사, 1990, 10~204면)를 통해 발표연도만을 확인할 수 있다.

이 글은 김영석의 북한 소설까지 포함한 전체 소설을 '생산(노동)'이라는 문제를 중심으로 살펴보고자 한다. '생산(노동)'이야말로 김영석 문학의 변치 않는 중핵으로서 존재한다고 판단되기 때문이다. 김영석은 문학활동의 전 기간을 통하여 생산에 관심을 기울였는데, 시기에 따라 관심 갖는 측면은 각기 다르다. 등단하여 해방을 맞이할 때까지는 당대 상황의 엄혹함 때문에 원론적인 차원의 생산을 강조할 뿐이다. 해방기에는 맑스주의적 의미에서 생산관계의 문제점을 진지하게 탐구해나갔다. 가장 문제적인 시기는 북한에서 활동하던 시기라고 할 수 있다. 이 무렵에도 김영석은 생산이라는 문제를 창작의 핵심적인 과제로 삼고 있다. 그런데 문제는 생산에 대한 문제제기가 당대 북한이 아니라 해방기 남한을 대상으로 이루어지고 있다는 점이다. 이 때 남한의 현실은 작가에 의하여 일방적인 전유가 이루어지고, 이를 통해 당대 북한 사회의 생산관계는 교묘하게 은폐되는 담론적 효과가 창출된다.[11]

2. 노동의 윤리와 생산에 대한 강조

김영석이 작품 활동을 시작한 시기는 일제의 탄압이 극에 이른 시기이다. 이 시기는 암흑기라고 불릴 정도로 저항이나 투쟁 등의 단어와는 거리가 멀었다. 그럼에도 김영석은 이들 작품에 그만의 독특한

---

11 그동안 북한에서 창작된 작품들은 작품 목록만을 볼 수 있었을 뿐, 실제 작품은 확인할 수 없었다. 중편『젊은 용사들』(조선작가동맹출판사, 1954), 소설집『격랑』(조선작가동맹출판사, 1956), 장편『폭풍의 력사』(조선작가동맹출판사, 1960)는 김학렬이 2008년 후반기에 서울대에 기증한 3000여종의 북한문학도서에 포함됨으로써 비로소 그 실체가 드러났다.

사회비판적 시각을 드러내고 있다. 김영석의 식민지 시기 작품들은 소비/생산, 지식/생활, 낭비/절약의 이분법을 바탕으로 후자의 입장에서 전자의 가치들을 비판하고 있다. 이 때 부정적인 가치를 담지한 이들은 주로 소시민들이고, 긍정적인 가치를 대표하는 이들은 노동자들이다.

〈춘엽부인〉은 불륜을 저지르는 두 남녀를 통해 가진 자들의 허위와 부도덕성을 비판한 작품이다. 주인공인 최승호는 신문사 사회부기자로서 안정된 생활을 하고 있다. 그러던 중 중학교 동창의 첩인 춘엽과 은밀한 관계를 맺고 사치스러운 생활을 한다. 춘엽 역시 불륜을 저지르면서도 미용실까지 차려준 남편 황재훈에 대하여 어떠한 죄책감도 느끼지 못한다. 결국 아내와 헤어진 최승호는 신문사를 그만두고, 일본행을 결심한다. 작품은 "「不幸한 *情」의第二에피소-드"[12]라는 어구로 끝나는데, 최승호와 춘엽을 바라보는 작가의 부정적인 시각을 분명히 확인할 수 있다. 〈신혼〉 역시 〈춘엽부인〉과 비슷한 문제의식을 담고 있다. 전문대학 철학교수인 박오상은 성악가 최순애와 결혼한 상태이다. 그러나 최순애는 안태기와 불륜을 즐기다가 남편인 박오상에게 이혼을 요구한다. 최순애는 이 작품에서 타락한 여성으로 그려지지만, 이혼의 빌미를 제공한 박오상 역시 윤리적으로 문제가 있는 인물이다.

〈월급날 일어난 일들〉은 3일간에 걸쳐 일어난 일들을 담고 있다.[13] 회계과 사무원인 이돈형은 월급날이면 늘 외상값을 갚아야 하기 때문

---

12 『동아일보』, 1939.11.26.

13 사건시가 짧은 것은 김영석 소설의 일반적인 특징이다. 〈상인〉은 하루, 〈전차운전수〉는 3일, 〈폭풍〉은 5일이다. 북한에서 창작된 전쟁소설들도 한나절이나 단 며칠로 사건시가 한정되어 있다.

에 월급에서 남는 것이 거의 없다. 월급날 여러 빚쟁이들을 피해 도착한 숙직실에서 졸도를 하고, 나중에는 단골 술집에 가서 살인누명을 쓴다. 이돈형이 겪는 곤란은 사회구조적인 문제가 아니라 이돈형 개인의 잘못된 소비 윤리에서 비롯된 것이다. 이돈형 자신도 인정하듯이 술을 지나치게 좋아하고, 낭비를 일삼았기 때문에 그러한 곤란한 지경에 이른 것이다. 꽁트 〈하복〉의 주인공 윤오는 돈삼십원이 없어서 여름에도 투박한 겨울양복을 입고 다닌다. 사람들의 "동복(冬服) 상"이라는 놀림이 듣기 싫어, 여름 양복을 하나 장만하지만 곧 곤란한 지경에 이른다. 마지막에 윤오는 타인의 시선과 외모에 신경을 쓴 자신을 자책한다. 〈춘엽부인〉, 〈신혼〉, 〈월급날 일어난 일〉, 〈하복〉은 소시민을 주인공으로 등장시켜 그들의 소비지향적이며 부도덕한 삶을 풍자적 수법으로 비판하고 있는 작품들이다.

〈형제〉와 〈상인〉은 긍정적인 인물이 최초로 등장하는 작품들이다. 〈형제〉와 〈상인〉은 소비의 윤리에 빠진 자들과 생산의 윤리에 빠진 자들을 대비시키며, 후자의 의미를 높이 사고 있다. 대보상점의 주인인 한승히와 동업자 정대구는 "눈앞의 이익에만 팔린 중소 상인들, 뿌로커들"로 "어둠장사니 보름달거래니하는"14 '야미' 장사를 통해 부당한 이득을 취한다. 이에 큰 불만을 가진 점원 이창진은 그들에게 테러를 가한다. 〈형제〉에서 스물 다섯 살의 전차운전수인 우식은 어머니와 두 동생의 생계를 책임진 가장으로서, 힘든 전차운전을 한다. 힘든 노동의 와중에서도 책을 읽으며 지식을 쌓는 것을 큰 낙으로 여기는 성실한 청년이다. 자칭 시인이라 뽐내고 다녔던 동생 준식은 경부선 전신공사장에서 일을 하다가, 늑막염으로 일을 그만두고 집에서 쉰다.

---

14 『문장』, 1941.2, 111면.

우식이 보기에 준식은 "방구석에 들어앉어 잡지를 뒤적거리거나, 반 미친놈처럼 집안에서 베돌"15고 있다. 나중에는 형의 책을 몰래 팔아 담배를 퍼서 형에게 얻어 맞고, 형 우식으로부터 집에서 나가라는 말을 듣는다. 그러나 가출 후 준식은 T직물상회에 취직해서 누구보다 열심히 일하고, 마지막에는 T상회에서 받은 월급을 밑천으로 과일장 사를 한다. 손수레를 끄는 그의 손에는 책이 들려 있다. 준식을 보고 우식은 "넌 내 동생이다!"16라며 감격하는데, 노동이라는 특권적 지점 을 통해 우식과 준식은 혈육으로서의 관계를 회복하는 것이다.

우식과 준식의 반대편에 놓여 있는 인물이 우식의 친구 민우이다. 민우는 보통학교 동창으로서, 중학만 다녀도 그렇지 못한 친구들을 업신여기는 다른 친구들과는 달리 우식을 친구로서 대해주며 책을 빌 려주기도 한다. 그러나 지식인인 민우는 카페에서 여급을 구박하고 물건을 부수는 친구들과 어울려 술을 먹었다고 태연하게 말하는 문제 적인 모습을 보인다. 또한 술을 예찬하며, 담배를 태연하게 길에 버리 기도 한다. 나중 민우는 "제아모리 훌륭한 생각도, 직업엔 어쩔수 없 네!"라며 자신이 "재판소 서기견습으로 평양"17에 가게 되었다고 말한 다. 이러한 민우를 보며 우식은 "민우는 자기보다 훨씬 학문을 이해하 고 있는 것도 분명했다. 허나 민우는 조금도 자기 친구의 아우 준식의 사정을 모를것이 또한 분명한 일이다."18라며, 자신과 민우 사이의 거 리를 분명히 인식한다.

〈형제〉는 일제 말기 김영석의 세계관을 이해하는데 매우 중요하다.

---

15 『문장』, 1941.2, 177면.
16 『문장』, 1941.2, 179면.
17 『문장』, 1941.2, 178면.
18 『문장』, 1941.2, 179면.

일제 말기에 생산과 절약을 중시하고, 건전한 생활과 육체노동을 강조하는 것은 국책문학의 핵심적인 주제이기도 하다.[19] 따라서 〈상인〉의 이창진이나 〈형제〉의 우식, 준식 형제의 모습은 국책에 협력하는 인물로 해석할 수도 있다. 그러나 김영석이 강조하는 생산, 생활, 절약 등은 국책과는 다른 맥락에서 존재한다. 〈형제〉에서 우식 형제와 반대편에 놓인 지식인 민우가 마지막에 선택하는 것이 '재판소 서기견습'이라는 것이 분명한 증거이다. 민우는 일제의 관료가 되는 것을 선택한 것이고, 이에 대해 우식은 은근하지만 매우 뚜렷하게 비판의 시선을 던지고 있기 때문이다. 마찬가지 맥락에서 〈상인〉에 등장하는 경제사범 한승히와 정대구에 대하여 파시즘 체제를 부정하는 존재들로서, 식민지의 회색지대를 대표하는 인물로 의미부여하는 것은 견강부회이다. 그런 식으로 판단하기에, 한승히와 정대구는 술집에서의 행태 등을 통해 경제적인 논리와는 무관한 인격적 파탄의 모습을 적나라하게 드러내기 때문이다.

김영석은 일제 말기 생산의 가치를 무엇보다 높게 인정했다고 볼 수 있다. 이 때 무엇보다 유의해야 하는 것은 〈형제〉에서 드러난 것처럼, 그것이 국책에서 강조하는 생산력의 강조와는 다른 맥락에서 존재한다는 사실이다. 김영석의 생산력에 대한 강조는 이후의 행보를 고려할 때, 사회주의적 문제의식 속에 놓여 있는 것으로 보인다. 그는 이 시기 생산관계에 대해서는 별다른 탐구를 보여주지 못한다. 이것은 시대폐색의 시대에 어쩔 수 없는 선택이었을 것이다. 김영석이 일제 말기 보여준 국책과는 구분되는 생산력에 대한 강조는 일제 말기에 가능한 사회주의적 문제의식의 최대치라고 평가할 수 있다.

---

19 조진기, 『일제 말기 국책과 체제 순응의 미학』, 소명, 2010, 185~246면.

3. 해방기 노동현실의 형상화

해방기에 창작된 작품들은 막연하게 생산과 노동자를 예찬하는 것에서 나아가 노동현장을 배경으로 생산관계를 문제 삼고 있다. 해방기 작품들의 주인공은 소학교 정도의 학력만을 지닌 노동자들이다.[20]

〈지하로 뚫린 길〉은 일제 말기를 배경으로 한 작품으로서, 일제 말기 노동자가 처했던 상황과 그것을 견뎌낸 방식에 대한 사후적 기억의 산물이다. 생산이라는 문제와 관련해 이 작품은 일제 말기와 해방기 작품의 중간에 놓여 있다. 서울에서 숙련된 선반공으로 살아가던 기주는 형이 징용당해 낙반에 치어 죽고 아버지가 위독하다는 말에 고향에 돌아온다. 아버지는 곧 죽고, 경방단원과의 사소한 시비로 특별근로보국대에 끌려간다. 보국대에서 그들은 "모두 네시간 동안에 백여톤의 석탄을 파내인 스타하노브가 되기를"[21] 강요받는다. 특별근로보국대에 끌려간 사람들은 사고로 다리를 못 쓰게 되거나, 죽거나 혹은 자살한다. 서울로 탈출한 기주는 서울 거리에서 우연히 이념분자인 최종우를 만나 "공장일보다도 딴, 벅차고 소중한 일을"[22] 하러 청진으로 떠난다.

〈지하로 뚫린 길〉에는 노동에 대한 작가 김영석의 본능에 가까운

---

20 식민지 시기 작품경향이 완전히 사라진 것은 아니다. 대표적으로 〈금전문제〉(『협동』, 46.8.)는 가진 자들의 파렴치함과 부도덕성을 풍자적인 수법으로 형상화하고 있다. 이 때 주요한 풍자의 대상이 되는 것은 고정기의 아내 정애이다. 이 작품은 식민지 시기 창작된 작품과는 달리 구체적인 사회 현실에 대한 비판의식이 드러나 있다. 고정기는 무기력한 소시민이기는 하지만, 뚜렷한 정치적 시각을 지니고 있으며, 나중에는 상징적인 방식이지만 자신의 굴레를 벗어던지는 모습을 보이기 때문이다.

21 『협동』, 1946.10, 162면.

22 『협동』, 1946.10, 171면.

애정이 곳곳에 묻어나 있다. 보국대를 탈출해 서울로 온 기주는 밥을 굶으면서도 "자기의 주위와 서쪽 일대에 벌어진 적지 않은 노동의 세계가 그를 위안시켰다"[23]고 말한다. 노동에 대한 애정은 자연스럽게 노동자에 대한 믿음으로 연결된다. 서술자가 직접 나서서 기주가 봉천에서 길바닥에 쓰러져 죽게 되었을 때, 그를 살려준 것은 "혁명의 이론을 말하는 학자도 아니었고, 유물론을 주장하는 신사도 아니었다. 기주처럼 믿을 곳 없는, 기주보다도 숫한 고생을 격근, 기주와 같은 노동자였다."[24]고 말한다.

〈께끼꾼〉, 〈전차운전수〉, 〈폭풍〉은 본격적으로 당대의 노동문제를 다루고 있는 해방기의 작품들이다. 해방기 김영석의 노동소설에서는 무엇보다도 전평(조선노동조합전국평의회) 산하의 분회파와 대한노총의 대결이 가장 중요한 갈등 요소로 등장한다. 〈께끼꾼〉에 나타난 노동자의 문제는 아주 초보적인 경제문제에 국한되어 있다. 또한 노동자의 단결 문제도 초보적인 차원에서 문제시되고 있다. 이 작품의 제목인 '께끼꾼'은 노동조합을 파괴하는 사람을 일컫는 말이다. 분회 책임자인 인철, 병수, 태근은 메이데이에 직공들을 데리고 나간 책임으로 해고를 통보받는다. 분회는 전평에 소속되어 있으며, 이들의 투쟁은 경제문제에 맞추어져 있다. 파업 당시 조건으로 내세우는 것은 "1.무단해고 절대 반대! 1.기숙사에서의 외출 자유를 달라! 1. 八 시간 노동제를 실시하라!"이다. 또한 인철이 노동자들에게 가장 강조하는 것은 "파업을 위한 파업을 해서는 안된다"[25]는 점이다.[26] 반대세력도

23『협동』, 1946.10, 167면.

24『협동』, 1946.10, 167면.

25『민주주의』, 1946.6, 170면.

26 노동자들의 태업 및 파업을 제한하는 전평의 지령은 1946년 6월에서 7월에 걸쳐

아직 세력화가 되어 있지 않으며, 이후 작품에 등장할 대한노총 등의 단어도 등장하지 않는다. 단지 성칠이와 재순이의 개인적인 문제만이 부각될 뿐이다. 분회파의 반대세력인 성칠은 메이데이날 직공을 꾀어 나가지 못하게 하며, 서무과장과 쑤군거리는 정도의 인물로 묘사된다. 분회에서는 성칠이와 재순이를 감화시킬 결정을 하고, 이런 저런 말로 설득을 시도할 정도로 분회파와 반대파의 갈등은 그리 심각한 단계가 아니다.

〈전차운전수〉는 〈형제〉와 같이 전차운전수를 주인공으로 내세우고 있으며, 주인공의 이름까지 우식으로 똑같다. 그리하여 세부의 차이에도 불구하고 〈형제〉에 이어지는 작품으로 볼 수 있다.[27] 〈형제〉의 우식이 노동의 의미와 가치를 강조하는 차원에 머물렀다면, 〈전차운전수〉의 우식은 노동의 올바른 형태와 사회적 관계에까지 관심의 폭을 확장시키고 있다. 이 작품의 스토리 시간은 메이데이를 앞둔 3일간이다. 소학교만 나온 우식은 "물론 나는 공산주의가 무언지도 잘 몰을뿐 아니라 조합에 가서 이야기를 드르면 조합을 만들고 종업원이 일치 단결하고 하는게 결코 우리가 공산주의를 하려고 하는게 아니었다."[28]고 밝힐 정도로, 공산주의와는 무관하다. 그러나 "조합의 간부도 아니오 또 여러 승무원들을 지도해볼 재주도 없지만 조합에서 시

세 차례 내려진다. (성한표, 「9월총파업과 노동운동의 전환」, 『해방전후사의 인식 2』, 한길사, 1985, 375면) 전평이 온건 노선을 포기한 것은 1946년 8월 이후이다. (박지향, 「한국의 노동 운동과 미국, 1945~1950」, 『해방전후사의 재인식 2』, 박지향·김철·김일영·이영훈 엮음, 책세상, 2006, 126면)

27 〈형제〉에서 우식의 동생 준식은 어려운 가정형편으로 경부선 전신공사장에서 일을 하다가 늑막염에 걸려 집에서 쉬고 있다. 이와 달리 〈전차운전수〉에서 우식의 동생은 징용으로 일본으로 갔다가 위장병과 각기로 반병신이 되어 집에 돌아와 누워 있다.

28 『신문학』, 1946.8, 225면.

키는것만은 충성을 다해야 한다."[29]고 생각할 정도의 각성된 모습을 보인다.

이 작품에서는 '전차의 태엽장치'라는 말이 반복해서 등장한다. '전차의 태엽장치'는 노동의 부정적인 형태를 의미하는 어구이다. 우식은 식민지 시기에 자신이 전차의 태엽장치가 되었다고 생각하며, 해방기에는 전차의 한 개 태엽장치가 아니라는 감격이 가슴을 친다. 해방 된 지금 우식이 열심히 전차 운전일을 하고 조합일에도 최선을 다하는 것 역시 태엽장치가 되지 않기 위해서이다. 조합일은 우식에게 다시 '태엽장치'가 되지 않기 위한 절대적인 일로서 인식된다.

이 작품에서 가장 큰 문제는 전평에 반대하는 김학수 패이다. 그들 패는 대한노총과 관련된 것으로 그려진다. 이들의 갈등은 아직 심각한 수준이 아니다. 오류명인 줄 알았던 김학수의 패가 57명이나 되는 것을 알고, 분회파가 경각심을 갖는 정도이다. 김학수 패의 활동도 조합에서 전차에 붙였던 "'조선의 노동자는 단결하라'는 메이데이의 포스타"[30]를 찢어버리거나 조합에 대한 각종 비난을 하는 수준이다. 이처럼 조합에 반대하는 이들은 노동자들을 "다시금 전차의 한개 태엽장치로 전락 시키려는 악독한 무리들"[31]이다. 또한 "그러한 책동이 오즉 김학수나 차영선에 의해서가 아니라 그 뒤에 숨은 이리들의 조종인것을 알었을때 더욱 숨 막히었다."[32]에서 알 수 있듯이, 대한노총 배후에 놓인 거대한 사회적 세력이 암시되고 있다.

〈폭풍〉은 노동조합의 활동이 경제투쟁에서 정치투쟁으로 넘어가는

---

29 『신문학』, 1946.8, 224면.
30 『신문학』, 1946.8, 223면.
31 『신문학』, 1946.8, 231면.
32 『신문학』, 1946.8, 231면.

과정의 필연성을 보여주는 작품이다. 이 작품은 5일간 300명의 여공과 80명의 남자 직공이 일하는 애국화방공장에서 벌어지는 노동쟁의를 다루고 있다. 〈께끼꾼〉과 〈전차운전수〉가 대한노총과 전평의 초기적 대립양상만을 그렸다면, 〈폭풍〉은 전평 산하의 분회파와 대한노총, 사업주와 노동자, 나아가 노동자와 미군정과의 갈등까지 다루고 있다. 공장장은 여공들을 "갈보"[33] 정도로 밖에 생각지 않으며, 종업원들에게 대한노총에 가입할 것을 강요한다. 공장장은 순히가 성추행에 항의하자 "내가 말허는것은 군정청에서 명령하는 거와 일반이다!"[34]라고 소리치기도 한다. 이 작품에서 대한노총은 회사측의 "병정", "민족반역자들이 꾸며낸 엉뚱한 음모", "술마시고 게집애 꾀이는 모임"[35], "은근히 조선독립을 해방하는"[36] 곳, "자본가를 위한 조직"[37]으로 설명된다.

분회파는 '시간외 작업 반대', '처우 개선' 등을 내걸고 파업을 벌인다. 이 과정에서 분회파와 대한노총파는 물리적인 충돌을 겪기도 한다. 이 소설의 대부분은 그 충돌의 과정으로 이루어져 있다. 다음날 경관들이 공장에 들어와서 분회 위원장 조한복과 부위원장 김순히를 검거해간다. 이러한 과정을 거치면서 자신과 같은 노동자들은 자신들이 처한 상황이 총독부시대와 다를바 없다고 생각한다. 분회를 "폭력단"이나 "선동기관"[38] 정도로 생각하던 두영은 대한노총파에게 폭행을 당하며, "순사가 우리동물 맘대루 잡아가고 공장장이 돈푼 주니까"[39] 그들이 힘을 쓴다고 생각한다. 노동자들이 공장 내에서 처한 문

---

33 『문학』, 1946.11, 110면.
34 『문학』, 1946.11, 111면.
35 『문학』, 1946.11, 112면.
36 『문학』, 1946.11, 120면.
37 『문학』, 1946.11, 128면.
38 『문학』, 1946.11, 116면.

제를 해결하기 위해서는 필연적으로 정치적 차원으로까지 그 투쟁의 범위가 확장될 수밖에 없음을 보여주고 있는 것이다. 이처럼 해방기에 들어 김영석은 노동현장을 배경으로 하여 당대 생산관계의 문제점을 형상화하는데 노력하였음을 알 수 있다.

4. 기억의 정치를 통한 북한의 생산관계 은폐

김영석은 북한에서도 지속적인 창작활동을 보여준다.[40] 이 중 노동의 문제를 다룬 것은 장편 『폭풍의 력사』와 개작본 〈격랑〉이다. 『폭풍의 력사』는 해방부터 1946년 9월의 총파업까지를, 개작본 〈격랑〉[41]은 1947년 3월 총파업부터 1948년 2월 총파업까지를 배경으로

---

39 『문학』, 1946.11, 135면.

40 북한에서 창작된 작품들은 크게 세 가지 계열로 나누어 진다. 첫번째는 〈젊은 용사들〉을 비롯하여 〈화식병〉, 〈승리〉, 〈노호〉, 〈적구에서〉, 〈지휘관〉, 〈고지에로〉 등과 같이 전투현장을 생생하게 보여주는 작품들이다. 이들 소설은 "나의 종군 생활에서 얻은 체험으로 쓴 소설"[1]이라는 설명이 어울릴 정도로 현장감이 있고 전문적이다. 짧은 사건시에 바탕한 장면화의 기법을 주로 사용하였고, 전문 군대 용어가 빈번하게 등장한다. 주제의식은 주로 일방적인 내셔널리즘으로 수렴된다. 두 번째는 〈봄〉과 같이 전후복구와 사회주의 건설기의 풍속을 담담하게 그려낸 작품들이다. 세 번째는 장편 〈폭풍의 력사〉와 〈데모〉(이 작품은 장면화를 통해 1948년 5.10 단독선거 이후의 데모 현장을 드러내고 있다. 종로 거리에서 벌어진 단독선거의 무효를 주장하는 시위와 부산 부두 노동자들의 파업을 스케치해서 보여주고 있다)처럼 해방기 서울을 배경으로 한 작품들이다. 세 번째 계열의 작품은 북한문학사에서 김영석만의 고유한 영역이라고 할 수 있다.

41 〈격랑〉은 본래 『조선중앙일보』에 1948년 2월 17일부터 4월 13일가지 연재된 중편분량의 소설이다. 그러나 지금 보관되어 있는 자료로는 극히 일부만이 판독 가능하다. 북한에서 출판된 〈격랑〉은 1947년 3월 총파업 이후에서 1948년 2월 총파업 사이의 기간 동안 동양인쇄공장 노동자들이 벌이는 투쟁을 주요 사건으로 담고 있다.

삼고 있다. 같은 해방기를 배경으로 하면서도, 북한에서 창작된 소설에는 해방기에 창작된 소설과는 다른 여러 가지 변화양상을 보여준다. 『폭풍의 력사』와 개작본 〈격랑〉은 해방기의 노동현장을 재현한다기보다는 1960년 북한사회의 시각으로 그 당시 노동현장을 전유하는데 그 목적이 있다.

장편 『폭풍의 력사』는 주인공으로 지식인 기준을 설정하고 있다. 해방기 단편소설이 초등학교를 졸업한 노동자를 주인공으로 내세워 그들의 시각을 중심으로 노동현장만을 바라보았다면, 『폭풍의 력사』는 여러 운동경력을 가진 지식인을 주인공으로 내세워 좀더 입체적으로 해방기를 조감하고 있다. 이러한 지식인 주인공의 설정은 당대 사회를 좀더 폭넓게 바라볼 수 있는 시각의 확보를 가능케 한다. 이 작품은 모두 3부로 구성되어 있다. 1부에는 '사회경제연구회'를 중심으로 한 다양한 지식인 군상이 등장한다. 2부와 3부는 주인공 기준이 노동현장으로 들어가 겪는 일들을 다루고 있다. 이로 인해 이 작품은 기본적으로 노동소설의 성격을 지니지만, 일정 부분 지식인 소설의 성격도 지닌다. 그러나 1부에 등장하는 대부분의 지식인은 부정의 대상으로만 존재할 뿐이다. 일찌감치 북으로 넘어가 북한의 소식을 기준에게 전달하는 박문선의 말처럼, 지식인들의 세계는 청산되어야 할 "소시민의 잔재"에 불과하고, 노동자는 "진지한 사람들"(28)이다.

『폭풍의 력사』와 개작본 〈격랑〉은 기억의 힘을 이용하는 전형적인 기억의 정치를 보여준다. 과거를 기억한다는 것은 단순한 취미가 아니라, 그 기억으로 표상되는 여러 가지 억압이나 모순과 관련하여 현재를 이해하고, 미래의 방향을 설정한다는 의미를 지니고 있다. 하비케이는 가능한 미래를 상정하는 서사의 정교화는 초역사적이거나 역사 외적인 법칙과 필요성에 좌우되는 게 아니라 비판적 역사 기억에

의해 계발된 인간의 행위에 좌우된다고 주장한다.[42] 기억이란, 과거
야말로 우리가 행동하기 위해서 끌어내야 하는 결론들의 원천임을 인
정하는 것이다.[43] 기억은 지나간 일을 반추하는 데 그치는 것이 아니
라 현재와 미래를 만들어나가는 작업이라 할 수 있다. 김영석은 해방
기에 대한 기억을 통해 당대에 대한 일정한 정치적 발언을 하고 있다.
이 때 김영석의 기억이 초점을 맞추는 것은 그의 일관된 작가적 문제
의식인 생산(노동)이다. 그는 해방기 노동 현장을 독특한 방식으로 기
억(전유)해내며, 이는 소설이 창작되던 당대 북한 노동현실의 생산관
계를 은폐하는 담론효과를 창출한다.

　『폭풍의 력사』에 나타난 가장 중요한 변화는 김일성과 북한이 남한
내 노동운동의 중심에 위치한다는 점이다. 해방이 되었을 때, 이미 조
선 사람은 "김일성 장군의 지도를 받는"[44] 것으로 설명된다. 처음부터
"당중앙은 북조선에 있"(45)는 것이며, 올바른 노동운동은 김일성이
발표한 20개조 정강과 같은 북의 지도방침에 따라 이루어진 것이다.
해방기뿐만 아니라 식민지 시기 변혁운동 역시도 김일성을 중심으로
새롭게 구성된다. 더군다나 이 작품에서는 노동자들의 모범으로 일제
시대 김일성의 항일혁명투쟁 일화가 구체적으로 제시되기도 한다.[45]

---

42 Harvey J. Kaye, 오인영 옮김, 『과거의 힘 − 역사의식, 기억과 상상력』, 삼인,
　　2004, 213면.

43 John Berger, *Ways of Seeing*, Harmondsworth, 1971, p.11.

44 『폭풍의 력사』, 조선작가동맹출판사, 1960, 21면. 『폭풍의 력사』와 〈격랑〉의 본
　　문 인용은 『폭풍의 력사』와 소설집 『격랑』(조선작가동맹출판사, 1956)에서 하였
　　다. 앞으로의 인용시 본문중에 면수만 기록하기로 한다.

45 북한에서 김일성의 항일혁명활동이 구체적으로 일반인들에게 알려진 것은 1959
　　년 『항일빨찌산 참가자들의 회상기』라는 책이 널리 배포되고 이를 학습하기 시
　　작한 이후이다. (김성보·기광서·이신철, 『북한현대사』, 웅진, 2004, 178면) 북
　　한 사회는 1960년대 초반 이후 만주 항일무장투쟁 세력이 전면에 등장하면서 유

2부의 마지막에 동광방직쟁의가 실패로 끝나고 분회 위원회도 사실상 해체되자, 기준은 막막해한다. 이 때 그는 박문선이 편지에 써보냈던 1938년 김일성 부대의 항일혁명투쟁과정에서 있었던 일을 생각하며,[46] 기운을 낸다. 3장에서도 1938년부터 1939년까지 하루에 18회씩이나 김일성 부대가 전투를 하며 행군한 이야기가 소개된다. 개작본 〈격랑〉에서도 이러한 변화는 그대로 드러난다. 주인공 운영은 "우리의 배후에는 북반부의 억센 민주 력량이 있다!"(37)며 스스로에게 기운을 불어넣는다. 운영 등은 "해방 직후부터 오늘까지 북반부를 나의 고향처럼 생각하고 있습니다."(44)고 고백할 정도이다. 노동자들 역시 김일성의 "20개조 정강"(23)을 공부하며 투쟁의 지침으로 삼는 것으로 그려진다.[47]

특히 개작본 〈격랑〉에서는 직접적으로 노동자들이 열심히 투쟁하는 이유가 "북조선의 로동자들처럼 잘 살아야 했기 때문"(12)인 것으로 설정되어 있다. 이들 작품에서 북한의 노동현실은 직접 드러나지 않지만, 남한 노동자의 생각을 통하여 하나의 모범으로서 이상화된다. 남한의 생산관계가 착취적이고 억압적인 것으로 형상화되면 될수록, 이들 작품에서 북한의 생산관계는 무모순의 전범으로서 한껏 고양된

격대 국가로서의 면모를 구비했고, '항일빨치산 참가자'들의 '회상기'와 김일성의 무장투쟁 회고담이 불러일으킨 사회적 관심 속에서 체제의 공공적 기억을 사회 전반에 파급시켰다.(강진호 외, 『북한의 문화정전, 총서 '불멸의 력사'를 읽는다』, 소명, 2009, 5면) 따라서 이러한 설정은 해방기의 실상을 재현한 것이라기보다는 김영석이 『폭풍의 력사』를 쓰던 시기의 정치적 시각이 전적으로 개입된 결과라고 할 수 있다.

46 행군 중에 식량이 모두 떨어졌을 때, 한 홉의 미시가루를 김일성 혼자 먹지 않고 대원들과 함께 나눠 먹었다는 이야기이다.

47 〈격랑〉이 수록된 『조선중앙일보』 1948년 2월 24일자 원문에는 "김일성 장군의 『20개조 정강을 발표하면서 조선 인민에게 고함』이라는 문헌"이 나오지 않는다.

다. 이 때 하나의 문제가 남는다. 해방 이후 남한의 노동운동이 북한과 김일성의 지도방침에 따라 이루어졌음에도 불구하고, 실제 역사에서는 그 정치적 목표를 달성하는데 실패했다는 엄연한 사실이다. 이러한 균열을 봉합하기 위해서 등장하는 또 하나의 전유 양상이 바로 당시 남한내 변혁적 정치세력의 중심인 박헌영과 조선공산당을 무능하고 반동적인 집단으로 형상화하는 것이다.

『폭풍의 력사』에서 조선공산당의 중심인물인 박헌영은 "박헌영 도배"(79)라고 호칭된다. 조선공산당은 박헌영파와 대회파로 양분되는데, 작품 속에서 유상렬과 안철은 각각 박헌영파와 대회파에 속한 것으로 그려진다. 둘 다 기회주의자이자 출세주의자로 노동운동을 파괴하는 사람들이다. 그들은 "남조선의 로동 운동을 1920년대처럼 추악한 지위 다툼의 진창으로 끌어넣으려"(292) 한다. 따라서 해방기 노동자들은 김일성의 지도하에서만 올바르게 투쟁할 수 있었고, 남한내 변혁세력은 오히려 노동자들의 투쟁을 방해한 세력이라는 구도가 형성되는 것이다. "박헌영 도배가 계속 음으로 양으로 8.15 직후부터 북조선의 시책을 무시하려 했음에도 불구하고 인민들은 북조선을 지지했다."(79-80)거나 "그 자들은 당이 아니요! 그 자들은 당과 우리와의 사이를 막아 섰단 말이요! 우리의 당 중앙은 엄연하오!"(317)와 같은 문장이 이러한 사정을 잘 보여준다.[48]

---

48 『폭풍의 력사』에는 작가가 직접 "7년 동안의 벅찬 력사가 흐른 후 사람들은 남조선의 9월 총파업이 짐짓 날자를 앞당겨 25일날 발발할 것을 하지 중장과 모리스만은 예지하고 있었다는 사실을 알게 될 것이였으나 허 인기는 그것을 모른 채 그냥 운명하고 말았다."(315)는 진술을 하고 있다. 이것은 박헌영과 남로당 등이 미제의 간첩이라는 북한의 지배 이데올로기에 바탕해 이 소설이 해방기를 바라보고 있다는 직접적인 증거이다.
　이것은 김영석이 해방기 남한의 노동운동을 형상화하는데 있어 김일성이 말한 창작지침, 즉 "남반부에 좋은 투쟁경험과 영웅적 투쟁 사적이 많은데 그것들을 왜

박헌영을 중심으로 한 조선공산당이 비판받는 가장 큰 이유는 노동운동의 지도방침에 놓여 있다. 당은 동광방직쟁의 당시에는 노동자들의 복귀를 주장했고, 총파업 때에는 노동자들에게 잘못된 시기의 강경한 투쟁을 지시했다는 것이다. 이것은 해방기 남로당노선에 대한 비판론자들의 핵심적인 주장과 맞닿아 있다.[49]

조직 지도부에 대한 비판은 〈격랑〉에서도 발견된다. 감옥에 간 김상규 대신 조합책임자가 된 경섭은 분회원들과 사사건건 충돌한다. 조합 지도부의 가장 큰 문제는 "우리의 운동은 간부 몇 사람의 운동이 아니라 반드시 종업원 전체의 운동이 되어야 하잖겠소!"(59)라는 말에 압축되어 있다. 경섭은 분회원들의 정당한 요구에 항상 이론과 상부의 지시를 내세울 뿐이다. 경섭은 자신은 읽지도 않은 문헌을 분회원들에게 강요하고, 중요한 일이 벌어졌을 때 사라지기도 한다. 마지막에 경섭은 전향 성명서를 써서 노동자의 대열에서 이탈한다. 또한 이미 지도부는 일반 노동자들의 신뢰를 상실한 상태이다.

이처럼 김영석은 월북 후에 당대 북한의 노동현실에 대한 작품은

그리지 못하겠습니까. 례를 들면 10월인민항쟁을 누가 지도했든지 그것은 상관 없습니다. 이 투쟁을 비록 박헌영이 망쳐버렸다 하더라도 인민들의 용감한 투쟁 력사를 지울 수는 없는 것입니다. 인민들의 이 영웅적 투쟁이 실패한 원인에 대해서도 쓸 수 있지 않습니까"(『사회주의문학예술론』, 310면. 사회과학원 문화연구소, 『조선문학사』, 과학백과사전출판사, 1977, 26면에서 재인용)에 바탕하고 있음을 보여준다.

49 남로당노선 비판론자들에 의해서 조공 − 남로계열은 미국의 제국주의적 속성을 나이브하게 인식한 결과, 미국을 해방자로 취급하고 짝사랑하는 우경적 오류를 범하다가 결국 미군정에 의한 배제가 확실해지자 혁명을 유산시키는 좌경적 오류를 범한 것으로 지적되어 왔다. 흔히 이것은 조공의 당중앙으로서의 권위를 부정하는 것이 되기 때문에 한반도의 다른 한쪽에서 민주기지노선이 추진되는 주요한 근거를 이루는 것으로 이해되고 있다. (김명섭, 「해방 전후 북한현대사의 쟁점」, 『해방전후사의 인식 6』, 한길사, 1989, 155면)

쓰지 않는다. 그는 다만 해방기 남한의 노동현실을 바탕으로 그 생산관계의 문제만을 지적하고 있을 뿐이다. 그러나 앞에서도 살펴보았듯이, 최소한의 객관성마저 상실하고 과거에 대한 부당한 전유를 행하고 있다. 이를 통해 북한의 노동현실이 가지고 있을 생산관계의 문제는 철저히 은폐되고, 북한의 노동현실은 전유된 해방기의 상황을 바탕으로 한없이 이상화된 것으로 상상될 뿐이다. 따라서 김영석의 『폭풍의 력사』50와 〈격랑〉은, 두 작품이 대상으로 한 해방기의 '역사'가 아닌 두 작품이 쓰여진 북한의 '현재'를 드러낸다고 볼 수 있다. 해방기 기억의 호출을 통해 당대 이데올로기를 효과적으로 선전하는 이 작품은, 전형적인 기억의 정치를 보여준다.

---

50 이외에도 해방기에 창작된 소설들에서 대한노총파는 공장 노동자들 중에서 생긴 것으로 형상화되는 데 반해, 북한에서는 이들이 본래 노동자가 아니라 외부에서 잠입한 것으로 그려진다. 이외에도 『폭풍의 력사』에서 기억의 정치학을 수행하기 위한 해방기 노동운동의 전유는 두 가지 양상을 더 보여준다. 첫 번째로 이 작품은 해방기의 노동운동이 정치투쟁의 차원에서 이루어진 것으로 형상화하고 있다. 3장에서 살펴본 것처럼, 해방기에 창작된 노동소설은 정치투쟁보다는 경제투쟁에 그 초점이 맞추어져 있었다. 그러나 우리의 투쟁은 "공장 종업원들의 생활만을 위해서 하는 게 아니라 인민의 나라, 민주주의 나라를 세우기 위해서 제국주의와 그 앞잡이들을 상대로 싸우는 것"(146)이라는 정형규의 말처럼, 『폭풍의 력사』는 경제적인 측면보다 "반미구국투쟁"이라는 정치적 측면에 더 초점이 맞추어져 있다. 두 번째로 『폭풍의 력사』에서는 해방기 일반인들이 자본주의가 아닌 사회주의를, 미국이 아닌 소련을 지지하는 것으로 형상화한다. 미국은 일제의 연속으로서 이해된다. 해방이 되자 사람들은 '붉은기의 노래'를 부르며 붉은 깃발을 흔들고, 어떤 청년은 전차 지붕 위에서 "쏘베트 로씨야의 만세를 부르면서 붉은기를 높이 치켜들"(5)기도 한다. 이와 같은 소련의 형상은 해방기의 작품에 나타난 소련의 모습과는 매우 다르다. 〈지하로 뚫린 길〉(『협동』, 46.8.)에서 소련을 점령군으로 형상화한 것과는 매우 다른 것이다. 결론적으로 『폭풍의 력사』는 '미군정, 리승만, 박헌영파, 대회파, 경찰, 테러단, 남조선' 對 '소련, 김일성, 노동자, 항일 빨치산 대원, 북조선'이라는 구도를 선명하게 보이고 있다.

5. 결론

김영석은 문학활동 기간 내내 생산(노동)이라는 문제에 대하여 지속적인 관심을 보였다. 일제 말기 김영석의 작품들은 소비/생산, 지식/생활, 낭비/절약의 이분법을 바탕으로 후자의 입장에서 전자의 가치들을 비판하고 있다. 이 때 부정적인 가치를 담지한 이들은 주로 소시민들이고, 긍정적인 가치를 대표하는 이들은 노동자들이다. 김영석은 일제 말기 생산의 가치를 무엇보다 높게 인정했다. 이 때 유의해야 하는 것은 〈형제〉에서 분명하게 드러난 것처럼, 그것이 국책에서 강조하는 생산력의 강조와는 다른 맥락에서 존재한다는 사실이다. 김영석의 생산력에 대한 강조는 이후의 행보를 고려할 때, 사회주의적 문제의식 속에 놓여 있는 것으로 보인다. 해방기에 창작된 작품들은 막연하게 생산과 노동자를 예찬하는 것에서 나아가 당대의 노동현장을 배경으로 생산관계를 문제 삼고 있다. 해방기 작품들은 소학교 정도의 학력만을 지닌 노동자를 주인공으로 내세워 전평(조선노동조합전국평의회)의 시각에 바탕하여 해방기 노동현실을 그려내고 있다. 나중에 창작된 작품일수록 노동자들의 투쟁이 경제투쟁의 단계에서 정치 투쟁의 단계로 나아가는 모습을 형상화하고 있다.

북한에서 김영석은 해방기 노동운동을 그린 장편『폭풍의 력사』와 개작본 〈격랑〉을 발표한다. 그러나 이 작품은 해방기 노동현실에 대한 재현이라기보다는 전유에 가깝다. 이들 작품에서 남한내 노동운동은 김일성과 북한의 지도를 받는 것으로 설명된다. 또한 노동자들이 열심히 투쟁하는 이유는 북한의 노동자들처럼 잘 살기 위해서이다. 이들 작품에서 북한의 노동현실은 직접적으로 드러나지 않지만, 남한 노동자의 삶과 생각을 통하여 하나의 모범으로서 이상화된다. 남한의 생산관계가 착취적이고 억압적인 것으로 형상화되면 될수록, 북한의 생산관계는 무모순의 전범으로서 상상된다. 이들 작품은 기억의 정치를 통해 당대 북한의 이데올로기를 충실하게 전달하고 있다.

한국근대문학사에서 김영석만큼 문학활동의 전 기간을 통하여 생산(노동)의 문제를 일관되게 탐구한 작가는 찾아보기 어렵다. 일제 말기에는 시대 상황의 영향으로 원론적인 차원의 생산력을 강조하다가 해방기에는 맑스주의적 의미에서 생산관계의 문제점을 진지하게 탐구해나갔다. 북한에서는 당대 북한이 아니라 해방기 남한의 노동현장을 문제삼는다는 점에서 독특하다. 이 때 해방기 남한의 현실은 일방적인 전유에 의해 표상되고, 이를 통해 당대 북한 사회의 생산관계는 교묘하게 은폐되는 담론적 효과가 창출된다. 생산에 대한 관심은 사회주의 문학가들에게 일반적으로 나타나는 특징이다. 그런데 그동안은 생산을 구성하는 두 가지 측면, 즉 생산력과 생산관계 중에서 생산관계에만 초점을 맞추어서 이들 작가들을 연구해 왔다. 따라서 사회주의 문학자들은 카프 시기에 사회주의자의 시각에서 생산(노동)의 문제를 적극적으로 형상화하다가 월북 이후에는 체제 이데올로기에 함몰된 것으로 설명되고는 했다. 그러나 생산은 본래 생산관계와 생산력이라는 두 가지 측면으로 구성되어 있으며, 사회주의는 두 가지 측면을 모두 중요시한다. 따라서 카프 작가들에게 나타나는 생산력에 대한 강조의 측면까지 생산관계의 문제와 함께 다루어진다면, 카프 문학 연구에 있어 새로운 가능성을 열 수 있을지도 모를 일이다. 사회주의 문학자들이 보인 탈근대적 상상력 안에 존재하는 선명한 근대적 상상력에까지 관심을 기울여야 할 시점에 도달한 것으로 보인다.

제2부

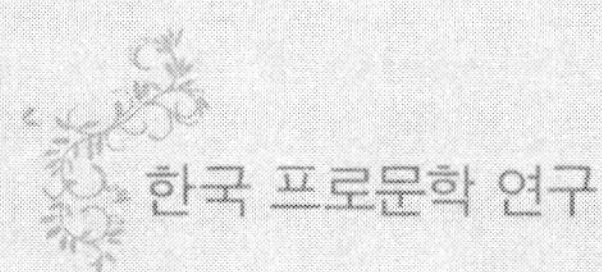

한국 프로문학 연구

한설야의 『열풍』 연구

1. 세 명의 한설야
: 1920년 북경, 1944년 함흥, 1958년 평양

한설야의 『열풍』은 출판과 관련해 다소 복잡한 사정을 지니고 있다. 한설야의 1920년 무렵 북경체험을 담고 있는 『열풍』은, 일제말인 1944년에 작가의 고향인 함흥에서 쓰여져 발표되지 않다가, 평양에서 1958년에 발표된다. 따라서 이 작품에는 1920년, 1944년, 1958년의 한설야가 삼중으로 겹쳐 있다. 장편 『열풍』의 머리말에서 작가 스스로도 해방 이전 써놓은 원고에, "고의로 뺀 부분을 다시 생각해서 써 넣고, 모호하게 만들어 놓은 부분을 도드라지게 고치고 조금 틀어 놓은 부분을 바로잡아 놓는 일"[1]을 했다고 밝히고 있다.

---

1 한설야, 『열풍』, 조선작가동맹출판사, 1958, 7면. 앞으로의 작품 인용시 본문 중에 면수만 기록하기로 한다.

『열풍』은 한설야의 자전 소설『탑』(매일신보사, 1942)에 이어지는 작품이다. 내용상으로도『탑』에 이어져 3.1운동에 참여하여 몇 개월 간 감옥살이를 한 상도가 북경으로 건너가 1년여 머물다 귀국하는 내용을 담고 있다. 그리하여『열풍』의 핵심에는 상도의 북경체험이 놓여 있다. 서경석이 주장한 것처럼, 북경은 한설야만의 고유한 미학적, 정치적 입장이 설정된 근원적 장소였다.2

식민지 시기 지역(공간)의 문제는 매우 중요하다. 중국과 일본, 미국 등지에서 꾸준히 전개된 한국인의 민족운동은 그 지역의 공간적 특성으로부터 지대한 영향을 받았기 때문이다. 민족운동가가 어떤 지역(공간)에서 일제와 싸우겠다고 선택하는 것은 어떤 운동방법으로 민족운동을 하겠다는 입장을 밝힌 것이나 마찬가지라고 볼 수 있을 정도였다.3 따라서 한설야와 북경 체험의 관련성을 살피는 것은, 한설야 개인에 대한 고찰에 그치는 것이 아니라 계급문학을 형성한 정신사의 한 측면을 밝히는 의미도 있다.

한설야에게 일정 기간 지속된 북경 체험은 모두 두번이다. 첫 번째는 3.1운동으로 수감되었다가 출옥한 직후에 북경으로 건너가 다음해에 돌아온 것이고, 두 번째는 1940년에 수개월 동안 머문 것이다. 한설야의『열풍』은 첫 번째 북경에 머물렀던 경험을 바탕으로 해서 쓰여졌다. 한설야는 '나의 이력서'라는 부제가 붙은「苦難記」에서 첫 번

---

2 서경석은 1958년『조선문학』에 발췌 수록된『열풍』의 마지막 부분(180매 분량)을 분석하여 다음과 같은 결론에 도달하고 있다. "마무리하자면 이렇다. 한설야에게 있어서 북경은 그의 성장소설의 종착지이다. 그의 미학적, 정치적 입장이 설정된 근원적인 장소인 것이다. 이러한 북경체험은 따라서 일본체험이 문학적 여로의 중심이 되었던 임화 등과는 다른 입각점에 한설야가 서도록 만든 원인일 수 있다는 점이 본 논문의 결론이다." (서경석,「한설야의『열풍』과 북경 체험의 의미」,『국어국문학』, 2002, 522면)
3 신주백,『1920~30년대 중국지역 민족운동사』, 선인, 2005, 8면.

째 북경체험과 관련된 내용을 다음과 같이 서술하고 있다.

九年에家兄을따라 中國北京으로가서 家兄에게서 支那語를배웠다.
當時支那飛行界에 이름이높던徐四甫(本名梁國一)氏의 紹介로支那
陸軍省官吏인 某朝鮮人家의書生이되었다. 그집次子가 鐵道局員이였
는데 阿片엔지 女子에겐지 들떠서 天津方面으로 逃亡을가서내가 그뒷
일을 맛타日本鐵道省에서 내는雜誌中에서 每朔論文   篇式漢文으로
飜譯해서 鐵道局에냈다. 그일餘暇에는 益智英文學校로 다니고 또 이때
부터 社會科學을보기始作하였다. 十年에잠시 서울와있다가 그사이 失
戀하고 渡東하여 日本大學社會科에入學하였다.[4]

한설야의『열풍』은 위에서 제시된 기본 행적 위에 수많은 사건들과
인물들이 덧붙여진, 총 28장 원고지 3500매 분량의 장편소설이다. 덧
붙여진 것의 상당 부분은 1958년 시점의 한설야가 지닌 문학관과 작
가의식에서 비롯된 것들이다.

『열풍』은 일제 시대에 창작되었다가 해방 이후 개작된 여타의 한설
야 장편소설이 보이는 특징을 대부분 공유하고 있다.[5] 1950년대 중반
한설야가 북한에서 발표한『황혼』,『탑』,『청춘기』,『초향』은 식민
지 시기의 작품과 비교할 때 다음과 같은 변화를 보인다. 서사적 내용
에 있어서는 반일의식의 강화, 기층민중의 이상화, 혈통의 순결성 강
조, 사회주의적 연애의 경직화, 사제 관계의 강화 등이 나타난다. 표
현 형식에 있어서는 논쟁과 대화, 속담의 빈번한 등장 등을 꼽을 수 있
다. 이러한 특징은『열풍』에서도 그대로 발견된다.『탑』에 등장했던

---

4 한설야,「고난기 – 나의 이력서」,『조광』, 1938. 10., 77면.
5 이경재,「한설야 소설의 개작 양상 연구」,『민족문학사연구』, 2006. 12., 281~312면.

의형 상제를, 초판본에 나타난 모습이 아닌 개작본에서 변화된 모습에 바탕해 형상화하는 것 등은 1958년의 한설야가 개입해 들어온 뚜렷한 증거이다.

구체적으로 살펴보면, 우선 『열풍』에서는 혈통의 순결성이 강조됨을 알 수 있다. 긍정적인 인물들의 피붙이들은 모두 이상화되어 있다. 중국인 동지인 연추의 큰오빠는 신해 혁명에 참여했다가 죽었고, 아버지는 탄광 노동자로 노동 운동에 참여했다가 경영측의 고의에 의해 갱내 가스중독 사건으로 죽는다. 둘째 오빠 정수화도 제철 노동자로서 변혁운동에 적극적으로 참여한다. 표현형식에 있어서는 "귀신은 경으로 떼고 도깨비는 매로 뗀다"(13), "제 속 짚어 남의 말 한다"(161), "주인집에 장 없자 손님 국맛 없는 뿐"(198), "석 량짜리 말 이도 들어 보지 말랬다"(206), "포수집 개는 범이 물어 가야 말이 없다"(346), "우둔한 자 범 잡는 격"(349), "바람 간 데 범 간 데"(349), "가재는 게 편"(362), "막다른 골목에 든 강아지는 범을 깨문다"(362), "한 길 물 속은 알아도 한 길 사람 속은 모른다"(372)와 같은 수많은 속담이 새롭게 등장한다. 또한 임진란 때의 김응서 장군이나 계월향 이야기가 등장하는데, 이것은 일종의 예시담(exemplum)으로서 한설야의 다른 북한 소설에도 나타나는 특징이다. 『열풍』에는 김응서나 계월향 이야기에서처럼 평양을 이상화하는 담론이 등장하기도 한다.

북경 표상에 있어서도 『열풍』은 40년에 집중적으로 발표했던 북경 기행 수필과의 불연속성을 지니고 있다. 「燕京의 여름 – 市內의 納凉 名所其他」에서는 건륭제를 두고, "乾隆이면 다시 두말할거없으니 사람은 첫재 어질구야볼것이오. 乾隆은 아직도 몇千 萬年을 이들 萬百姓과 가치 살는지 모르겠소."[6]라든가 "康熙와아울러 淸朝로하여금 漢唐을 지나가 文化中原을 만든 聖君乾隆"[7]이라고 찬양한다. 「北京

通信 萬壽山 紀行」에서는 건륭을 가리켜 "萬乘의귀한 몸이 汚穢흘
으는 溝渠를 생각함은 實로 民을 天으로 생각하는 聖心의 한끝일것
이다."[8]라거나 "한개의 勞動者까지도 乾隆의이름을 알게되는것은 그
仁때문일것이다. 仁帝인 乾隆은 이르는곳마다 그雄建한 詩와 書를
내붙여 萬百姓으로 하여곰 與民同樂의實際를 알게하였다."[9]고 쓰고
있다. 「天壇 北京通信」에서도 "實로 이 兩帝(강희제, 건륭제-인용자)
는 近代의堯舜이라할만하오. 이兩帝의文化가 오이려 漢唐을 누를만
한것을 보아온 나도 어쩐지 感激과追憶에떨리오."[10]라고 표현한다.
각각의 수필에서 건륭을 찬양하고 있는데, 그러한 찬양은 서태후의
무능과 부덕함에 대한 비판을 통해 더욱 강조된다. 특히「천단」의 다
음 인용에서는 일반 대중의 힘보다 탁월한 리더의 능력을 더욱 큰 힘
으로 파악하고 있다.

대체 우리가 늘보는 저苦力을 보는때마다 蔑視하지않을수없는 저勞
動者들 아직도 大路邊에 大便을 버리고 家畜의 死體를 버리는 이거리
의賤民들을 使用해가지고 이렇게 이놀라운 建物－藝術문을 만들어 놓았
는지 그것을 보면 이른바 위된 사람의 사람을 쓰는 재주와精神에 달려서
世道人事가 天壤之判으로 갈려지는 모양이오. 그러니까 사람사람이 다
착해서 太平烟月이 오는게아니고 사람사람이 다惡해서末世가 되는게
아닌듯싶소. 康熙乾隆이 나서 비로소 漢淸兩族이 同化되었나니 在上者

---

6 한설야, 「연경의 여름 – 시내의 납량명소기타」, 『조광』, 1940.8., 292면.
7 위의 글, 293면.
8 한설야, 「만수산 기행」, 『문장』, 1940.9., 107면.
9 위의 글, 107면.
10 한설야, 「천단」, 『인문평론』, 1940.10., 104면.

의 힘이 얼마나 偉大한 지 足히 알수있는것이오.[11]

이것은『열풍』에서 이화원을 관광하던 연추가 상도에게 "이걸 만든 사람은 건륭이 아니라 많은 장인들과 백성들이였어요."(256)라고 말하는 것과 대조적이다. 나아가 상도는 요즈음 사람들이 건륭을 떠받들지만, 사실은 "조그만 선행을 눈가림으로 하여 크나큰 악행을 했"(256)다고 싸늘하게 평가한다. 이외에도『열풍』에서는 여러 문화유적을 사회주의적 문제의식으로 비판하는 대목이 많다. 대표적으로 백운관이라는 도교사찰에 대해 이야기하며 상도가 "봉건 통치가 빚어논 백공천창을 이 며칠 사이에 수리하는 노름이라도 하도록 야바우를 꾸며 놓았으니 그 통치배며 어용학자며 종교가들의 흉물성이란 세계사에서도 맨 윗자리를 차지해야 할거애요."(239)라며 야유하는 부분을 들 수 있다. 이러한 차이는 1944년『열풍』에 1958년의 한설야가 개입해 들어온 사례일 것이다.

따라서『열풍』은 1944년의 한설야를 통해 1920년 북경의 한설야가 그려진다기보다는 1958년의 한설야(서술자아)를 통해 1920년 북경의 한설야(체험자아)가 그려진다고 보는 것이 타당할 것이다. 그럼에도 카프 내에서 이론적 맹장으로 독특한 위상을 확보할 수 있었던 한설야를 형성해 낸 하나의 근거로서의 북경 체험을 재구할 수 있는 자료로서의 의미는 배제할 수 없다. 이 글은 신채호와의 관계를 중심으로 하여 한설야의『열풍』을 실증적으로 고찰해 보고자 한다.

---

11 위의 글, 109면.

2. 신채호와 한설야

1) 작품 속에 형상화 된 신채호의 모습

『열풍』에서는 이데올로그들과의 직접적인 만남을 통해 상도의 성장이 이루어진다. 그것은 부정적 인물을 통한 대타적 방식으로 나타나기도 하고, 손빈이라는 긍정적 인물의 매개를 통한 긍정적 방식으로 나타나기도 한다. 상도는 북경에서 1920년 무렵 생각할 수 있는 다양한 유형의 이념분자들을 만난다. 실제로 1920년 무렵 북경은 중국의 고등교육기관이 밀집해 있었고 국제 사회주의운동과 연계선도 있었기 때문에 새로운 이념, 다채로운 이론을 펼칠 수 있는 공간이었다. 1920년대 북경지방에는 관내지역의 아나키즘 세력과 좌파 성향의 청년인텔리들이 군집해 당시로서는 수준 높은 이론 활동을 벌였다.[12] 상도에게 가장 큰 영향을 주는 손빈과 량국일 이외에도, 『열풍』에는 강연 등의 형식을 통해 다양한 조선인 지식인상이 등장한다. 북경을 중심으로 한 다양한 사상적 지형도를 그리는데 있어, 상도가 머물고 있는 민씨의 집이 "팔풍받이와 같은"(134) 성격을 지닌 것도 효과를 발휘한다.

상도가 만난 다양한 이념분자들 중에서 핵심인물은 손 빈과 량국일이다. 량국일은 실존 인물을 모델로 하여, 이름까지 그대로 가져온 경우이다. 량국일은 "글보다 지금 우리 처지에서는 쇠와 불과 피다."(89)라고 생각하는 인물로서, "민족의 원쑤를 족치고 조국을 찾는 그것뿐"(89)에만 몰두하는 열혈남아이다. 이러한 성격은 실제의 량국일(徐

---

[12] 신주백, 앞의 책, 9면.

日甫)과 흡사하다. 량국일은 항공학교 졸업식 축하연의 답사에서 "나는엇더케든지   나의마음에잇는대로   速히싸호여죽을생각만잇슬뿐이요."[13]라고 말할 정도로 강렬한 애국심과 열정의 소유자였다. 작품에서도 평소의 꾸준한 신체 단련 덕분에 비행기 사고에서 살아나는 것으로 그려지는데, 실제로도 두 번이나 비행기 사고에서 살아난 바 있다.

이 작품에서 손빈은 새로운 유형의 인텔리로서 "숨은 공산주의자"(203)로 명료하게 지칭된다. 량국일이나 민씨 등이 민족주의자라는 테두리로 묶일 수 있다면, 손 빈은 그들과 뚜렷하게 구분되는 좌파 민족주의자로서 형상화된다. 상도는 "모든 조선 사람들이 한맘 한뜻으로 단란하고 단합된 련계 속에 살 것을 희망"(215)한다. 이를 위해서는 지도적 핵심이 있어야 하고, 그 핵심으로 "3.1운동 이래 급격히 장성하고 있는 프롤레타리아"(216)를 상정하고 있다. 그런데 지도적 핵심을 생각하며 상도는 "불현 듯 조선을 생각하고 고향을 생각"(218)한다. "무엇인지 모르게 어머니 땅에서는 그런 미운 것들을 깔아 뭉갤 큰 힘이 지금 무럭무럭 자라고 있을 것 같고 거기서 떨어져 있음으로 해서 저는 지금 고독한 것 같았다."(218)고 느낀다. 이 부분에서는 지도적 핵심이 프롤레타리아 계급과는 차원이 다른 또 다른 존재와연결되는 미묘한 인상을 준다. 작품의 주제에 맞닿아 있는 이러한 생각을 상도는 손빈으로부터 배운다.

『열풍』의 초반에 량국일과 손빈은 대등한 비중으로 상도에게 영향을 주는 것으로 그려지지만, 후반부로 갈수록 상도는 손빈에게서 훨씬 큰 영향을 받는다. 상도에 의해 량 국일의 한계는 계속해서 지적되는데 반하여, 손빈의 훌륭함과 영향력은 더욱 더 커지기 때문이다. 조

---

13 在北京 K生, 「飛行將校徐曰甫君」, 『개벽』, 1923.5., 88면.

경호를 포함한 수많은 사람들을 만난 후, 상도는 "이제까지 북경서 만난 사람은 손 빈 이외에는 모두 저희를 상식의 범위 안에서만 지도할 수 있는 사람들"(330)이라고 결론 내린다. 성장소설로서의『열풍』에서 상도를 사상적으로 성장시키는 매개자는 손빈이라고 할 수 있다. 손빈은 상도뿐만 아니라 남향에게도 큰 영향을 미친다.

『열풍』에는 손빈과 량국일 이외에 다양한 사상가들이 등장하는데, 이들은 부정적 인물에 가까워 대타적인 방식으로 상도를 올바른 성장의 길로 인도한다. 그러한 인물로서 상도가 처음 만난 인물은 "한학 대가고 또 도학으로는 중국에서도 드소문한"(76) 윤취재라는 노인이다. 윤취재는 조선에서 온 도사 행세를 하며 중국인들에게 숭배를 받고 호사스런 삶을 산다. 상도는 윤취재를 배울 것이 하나도 없는 부정적인 대상으로 인식한다.

다음으로는 김상우를 만나는데, 그는 상도가 머물고 있는 집의 주인인 민우식과 젊은 시절의 동지이다. 칠십이 가까운 노인으로서 웅변으로 유명한 김상우는 기독교계의 성망을 얻고 있다. 북경에서의 연설에서 그는 천당과 기독교적 신념만을 강조할 뿐이다. 상도는 김 상우를 보고서는 "신앙과 지식 대문에 인간의 맘을 절반은 잃고 절반은 누르고 속이고 사는 것 같았다."(131)고 비판한다.

이어서 상해에서 왔다는 조경호가 등장하는데, 조경호는 도산을 모델로 한 것으로 판단된다. 량국일을 추모하는 글에서 한설야는 "日前에 島山先生이 北京에왔을째"[14]라고 하여, 도산의 북경 방문을 언급하고 있다. 또한 작품에서 조경호가 강조하는 "사람은 위선 책임감을 가져야 한다. 사람은 각각 제 책임을 완전히 리행할 각오와 실행력을

---

14 한설야, 「嗚呼 徐日甫公 血淚로 그의 孤魂을 哭하노라」,『동아일보』, 1926.7.6.

가져야 한다."(130)는 말은 안창호의 무실역행(務實力行)에 바탕한 실력양성론을 떠올리게 한다. 또한 조경호는 평양에서 활동하며 명연설로 이름을 날렸고, 미국에도 다녀온 것으로 그려진다. 조경호는 "윤취재나 그런 사람들 류와 달리 나라와 민족을 위해 일하는 사람인 점에서 경외와 감사가 가져"(175)지는 사람이다. 그러나 조경호는 "미국 의존주의로 미국만이 세계 평화의 담당자이며 윌슨의 민족 자결론이 세계 각 민족 문제를 해결하리라는"(175) 생각을 가졌다는 점에서, 한계를 지닌 인물로 상도에게 받아들여진다.

주인 민씨 역시 조선 역사와 문화에 해박하며 "제것을 사랑하는 정신 강한 것"(131)으로 형상화된다. 민씨는 "일본은 조선을 이길 수 없다. 또 우리는 다른 아무에게도 지지 않을 것이다."(133)라고 주장한다. "조선 사람으로서 조선 땅과 그 문화 우에 서 있는 점에서 상도는 주인 민씨를 존경할 사람이라고 생각"(134)하지만, 상도는 민씨가 "새 것을 머리로부터 배제하고 제 것과 이미 있는 것만이 유일하게 옳은 것이며 가치 있는 진리라고 보는 것에 대해서 회의를"(133) 느낀다. 민씨는 "새것을 받아 들이지 않으려 하며 남의 것을 렬등한 것으로 배격하려 하는"(133) 국수주의자로서 상도에게 인식된다.

다양한 사람들 중에서 윤취재와 김상우는 철저히 배제되어야 할 부정적인 인물로만 새겨진다. 이에 반해 조경호와 주인 민씨는 일정한 한계를 지니지만, 큰 틀에 있어서는 함께 나아가야 할 인물로서 긍정된다. 조경호와 주인 민씨는 신채호가 구한말에 지녔던 자강론적 민족주의에 맞닿아 있다. 상도가 이들을 포용하는 것은, 신채호가 외교론이나 준비론을 비판하면서도 그러한 노선을 일제에 대한 타협주의 경향이나 민족의 적으로는 규정하지 않은 사실과 연관된다.[15]

윤취재, 김상우, 조경호, 민우식도 당대에 존재했던 다양한 유형의 지식인상을 대표하는 존재들이다. 그런데 이들은 서로 반목하고 질시한다. 민우식과 손빈이, 손빈과 량국일이, 량국일과 민우식이 서로를 멀리 하고 꺼린다. 량국일도 그만의 파를 형성한 것으로 그려진다. 그 파에는 비교적 양심적인 실력파들로 "테로단 같은 사람이 많"(401)다. 이들 외에도 민우식을 살해한 세 명의 청년들이 속한 파가 존재한다. 이들은 서로 격렬한 파당 싸움을 벌이고, 이러한 파당 뒤에는 심지어 "도깨비 감투를 쓴 일본 관헌이 있"(402)다. 파당 싸움에 있어서는 완고파 뿐만 아니라 주의자들도 예외가 아닌 것으로 그려진다. 이러한 파쟁의 직접적인 결과가 바로 민우식의 피살이다. 이러한 파당 싸움은 '민족적 사회주의'16를 통해 해결된다. 남향과 상도는 이전에 계획한 적 있던 소련행 대신 조선행을 선택하는데, 그것은 "조선 인민 대중과 함께 살고 함께 싸"(408)우는 길을 선택하는 것이기도 하다. 상도를 통해 구현된 파쟁의 해결방안이 손빈에게서 비롯된 것임은 불문가지이다.

2) 신채호와 손빈의 거리

식민지 시기 창작된 한설야의 소설을 상세한 전기적 사실에 비추어 연구한 김명수는 "북경에서 그에게 커다란 사상적 영향을 준 사람은 진보적 학자이며 독립 운동자인 손 빈과 양 국일이였는바 손 빈은 혁명가 신채호를 모델로 하여 창조된 것이며 양 국일 역시 조선 최초의

---

15 최홍규, 『신채호의 역사학과 역사운동』, 일지사, 2005, 163면.
16 『열풍』의 머리말에도 상도가 도달한 지점이 "한 민족 속에 두 개 민족이 있는 것을 그는 이제야 알게 된다. 그는 어디까지든지 인민 대중을 근간으로 하는 민족의 편에 발을 박아야 할 것을 깨닫는다. 그는 리상의 땅(쏘련)으로 망명하자던 생각을 시정하고 애인과 함께 조국으로 돌아갈 것을 결심한다."(6)라고 정리되어 있다.

비행사이며 독립 운동가였던 서 왈보를 모델로 하였다."라고 하여, 손빈이 혁명가 신채호를 모델로 하여 창조된 인물임을 밝히고 있다.[17] 김재용은 손 빈과 신채호가 지닌 연관성을 다음과 같이 설명한다.

> "3.1운동 이후 체포되었다가 석방된 뒤 중국으로 건너가 그곳에서 신채호를 만나게 된다. 그는 당시 중국에 건너온 많은 애국 지사들 중에서 신채호에 대해 각별하 애정을 느꼈다. 일제 말에 북경에서 신채호와의 만남을 소재로 장편 소설 『열풍』을 집필할 정도로 그의 삶에서 신채호는 매우 중요한 계기였던 것으로 보인다."[18]

『열풍』에서 손빈이 모습은 신채호의 1920년대 초반 모습과 여러 가지 면에서 흡사하다.[19] 손빈은 "한학과 사학에 조예가 깊을 뿐 아니라 새 사상의 소유자로 또 면도칼 같이 날카로운 사람"(85)으로 그려

---

17 김명수, 『새 인간의 탐구 – 해방전의 한 설야와 그의 창작』, 조선작가동맹출판사, 1957, 300면.

18 김재용, 「염상섭과 한설야 – 식민지와 분단을 거부한 남북의 문학적 상상력」, 『역사비평』, 2008년 봄호, 77면.

19 신채호가 북경과 인연을 맺은 것은 1915년부터이다. 이회영의 권고로 서간도에서 북경으로 가서 3.1운동 때까지 약 4년을 머문다. 북경에서는 주로 역사연구, 북경 부근의 조선고대사 유적 답사, 독립운동 관계 논설 집필에 힘을 쏟았다. 1919년 3월 북경에서 문철(文哲), 서일보(徐日甫) 등과 대한독립청년단을 조직하여 단장이 되었으며, 그 회원은 70여명 정도의 학생들로 구성되었다. 3.1 항쟁의 소식을 듣고 상해로 달려간 이후, 단재는 1919년 4월부터 7월까지 상해임시정부에 적극적으로 참여한다. 그러나 제6회 의정원 회의(1919.8.18.~9.17.) 이후 임정과 결별하고 임정 비판의 맹장으로 나선다. 단재는 임시정부 의정원 의원직을 사임한 상태에서 『신대한』이 임시정부의 압력으로 폐간되자 1920년 4월상해를 떠나 다시 북경으로 돌아온다. 이후 신채호는 1928년 5월 대만 기융항에서 일제경찰에 체포될 때까지 북경에서 주로 활동한다. (김삼웅, 『단재 신채호 평전』, 시대의창, 2006, 240~300면. 여기서 서일보는 서왈보(徐曰甫)의 오기로 보인다.)

진다. "이 바닥에 손 빈씨만침 굳고 바르고 결백한 사람"(204)이 없다
는 것, "허줄하게 차리고 다니지만, 그 눈에서는 언제나 광채가 떠나
지 않으니까요."(204)라는 대목 등도 실제 신채호의 모습과 흡사하다.
신채호와 오랜 기간 사귀어 온 변영만은 "그 기질이 기이하고 또 엄하
고 좁아서 간사하고 조잔한 무리를 한번 보면 얼굴에 노한 빛을 띠게
되고, 생각이 맞지 않으면 연장자로서 德望 있는 사람이라도 멸시하
듯 하였다."20고 증언한 바 있다. 변영로는 단재의 가장 큰 특징으로
절대 비타협의 지조를 들고 있다. "絕對非妥協! 그야말로先生의 갸륵
하신 長點인同時에 아름다운缺點도될가한다."21고 말한다. 북경에서
오랫동안 함께 생활한 원세훈은 사람들이 "丹齋의 모든 點에 崇拜하
지만 그의 固執不通에는 窒塞 된다."22고 말하는 것을 여러번 들었다
고 증언하고 있다. 신채호는 북경에서『중화보』에 논설을 집필하는
데, 논설의 조사 '矣'자 한 자를 그의 허락 없이 신문사에서 고쳤다고
해서 집필을 거절한 바도 있다고 한다.23

　애국계몽기의 신채호는 제국주의 침략에 대응한다는 뜻에서 자강
론적 민족주의 또는 시민적 민족주의를 내세웠으나, 일제의 식민지
지배 체제가 구조화 장기화됨에 따라 반제국주의에 덧붙여 반봉건주
의를 강화한다. 그리하여 신채호는 1920년대의 민족해방운동을 반제,
반식민, 반봉건이 전제된 민족해방을 위한 혁명의 단계로 이해하고,
독립운동의 주체로서 민중을, 그 방법에 있어서도 폭력행사를 수단으

---

20 변영만, 「단재전」, 『단재 신채호 전집 9』, 단재신채호전집편찬위원회, 독립기념
　　관 한국독립운동사연구소, 2008, 340면.
21 변영로, 「國粹主義의 恒星인 申采浩氏」, 『개벽』, 1925.8., 40면.
22 원세훈, 「丹齋 申采浩」, 『삼천리』, 1936.4., 128면.
23 신석우, 「단재와 '矣'자」, 『신동아』, 1936.4.

로 한 민중직접혁명론을 천명한다. 이러한 변화는 3.1운동 이후 국내 외에 대두된 사회주의, 무정부주의 등 진보적 이데올로기의 유입과 수용, 국제회의에서 청원운동의 실패, 러시아 혁명의 성공과 반식민지 민족운동에 대한 지원, 그리고 망명지인 중국 사상계와 민족해방운동 의 동향 등이 영향을 미친 결과이다.[24]

앞에서 살펴본 파당에 대한 비판적인 인식 역시 실제 신채호의 사 상과 활동에서 뚜렷하게 나타난 바다. 신채호는 실제로 북경 독립운 동자 그룹의 대표적인 이론가로서 활약하는 한편, "군사 각 단체를 완 전히 통일해 혈전을 꾀한다."는 취지를 지닌 북경군사통일회의 성공 을 위해 남, 북만주에서 난립된 무장군사단체의 통합운동에 진력했고, 국민대표대회의 성공을 위해 노력했다.[25] 그곳에서 박용만, 신숙 등 대한민국임시정부 반대세력과 합작하여 군사통일운동을 일으켜 남북 만주와 연해주에서 활동하는 군사 단체의 통합과 혈전의 독립전쟁을 강조하는 독립운동 방략을 강력히 추진하였다.[26] 1920년대 초 신채호 는 독립운동단체간의 통합에 상당한 관심을 기울였던 것이다.

또한 량국일과 손빈은 1920년대 북경의 독립운동세력의 양대세력 을 대표하는 인물들이라 볼 수 있다. 1923년 국민대표대회를 전후하 여 북경의 독립운동세력은 크게 북경한교동지회(北京韓僑同志會)의 '혁명적 민족주의' 세력과 『혁명』이라는 잡지를 중심으로 한 '민족적

---

24 최홍규, 앞의 책, 126~149면.
　　신채호는 반제국주의, 반식민주의, 반봉건주의에 입각한 그의 근대 민족주의 이 념을 이론화, 실천화하는 과정에서 사회와 역사의 주도 세력으로 각 시대적 단계 에 따라 영웅, 신국민, 민중 등을 내세웠다. 1920년대 전반 중국 망명지에서 신채 호는 민족해방운동의 주체로서 민중을 내세운다. (위의 책, 211면)

25 위의 책, 134면.

26 윤병석, 『단재신채호전집 8』, 단재신채호전집편찬위원회, 독립기념관 한국독립 운동사연구소, 2008, xi면.

사회주의'의 세력으로 양분할 수 있다. 『열풍』에 등장하는 량국일은 '혁명적 민족주의' 세력에, 손빈은 '민족적 사회주의' 세력에 가깝다. 특히 북경한교동지회의 1924년 8월 총회에서 서왈보는 신숙, 한진산, 조남승, 원세훈과 함께 집행위원으로 선출된다. 서왈보는 량국일의 이명(異名)이다. 이를 통해 량국일은 '혁명적 민족주의' 세력과 직접적으로 관계하고 있음을 확인할 수 있다. 이들은 폭력과 저항을 수단으로 절대 독립을 쟁취하자고 주장했으며, 자본주의 국가가 아닌 민주 공화주의에 입각하여 운영되는 국가를 지향했다. 그러나 무산자 독재가 관철되는 사회주의 국가를 건설하려고 하지는 않았다. 반면 '민족적 사회주의' 세력은 민족적 단결과 정치적 해방을 주장하는 민족주의적 경향과 경제적 해방과 평등을 주장하는 사회주의적 경향을 동시에 추구하였다.[27] 이것은 손빈이 추구하는 이념적 지향과 일치한다.

그렇다고 『열풍』의 손빈과 실제의 신채호를 등치시키는 것은 위험하다. 신채호가 1921년부터 1923년 사이에 북경 대학 도서관장이었던 이대교의 도움으로 북경 대학 도서관에서 『자본론』을 읽었다는 기록이 남아있기도 하지만,[28] 한설야가 북경에 머물렀던 시기인 1920년 무렵[29]의 신채호를 공산주의자라고 단정할 수는 없다. 1921년 1월 김

---

27 신주백, 앞의 책, 180~190면. 신주백은 북경한교동지회의 집행위원으로 선출된 자의 이름을 서일보(徐日甫)라고 밝히고 있다. 그러나 여러 가지 정황을 고려할 때, 이것은 서왈보(徐曰甫)의 오독이라 판단된다.

28 김병민, 『신채호 문학연구』, 아침, 1989, 29면.

29 1920년 무렵 신채호의 주요활동은 다음과 같다. 1920년 4월 상해에서 북경으로 돌아온 신채호는 박용만 등 50여 명의 동지들과 함께 '제2회보합단'을 조직하고 그 내임장으로 선출된다. '제2회보합단'은 1919년 만주에서 조직된 독립군단체인 '보합단'을 계승한 단체로서, 무장군사활동을 유일한 독립운동방략으로 채택하고 임시정부의 독립운동노선을 맹렬히 비판하였다. 20년 9월에 박용만, 신숙 등과 함께 군사통일촉성회를 발기하여 만주 독립군단체들의 통일을 추진하였다. 21년 2월에는 박은식, 원세훈, 김창숙, 왕삼덕 등 14명과 함께 「우리 동포에게 고함」

창숙 등의 지원을 받아 만든 잡지 『천고』는 이 시기 신채호의 사상이 직접적으로 나타난 문건이다.[30] 이 잡지를 분석한 김명섭은, 『천고』 1호에서 신채호는 공산주의 이념이 진실로 진리에 부합하지 않을 뿐 아니라 러시아의 무분별한 진출도 경계해야 한다고 보았으며, 『천고』 2호에서는 볼셰비키당의 정치를 전제 무단정치로 파악하고 있다고 주장한다.[31] 『천고』 2호에는 「고조선의 사회주의」라는 글이 실려 있다. 이것은 이 시기 신채호가 사회주의에 대한 일정한 의식을 보이고 있다는 사실을 증명하는 것인 동시에 '정전(井田)'을 사회주의로 파악할 정도로 사회주의에 대한 인식이 깊지 못함을 보여주는 것이다.[32] 『열풍』의 서사에서도 손빈은 작품의 마지막에 "완전히 지하로 들어 가 버린 것"(400)으로 그려지는데, 이것은 1920년 무렵 활발한 활동을 벌이던 신채호의 실제 모습과는 배치된다.

이라는 성명서를 발표하며 '국민대표회의'의 소집을 요구하였다. 4월에는 동지들과 함께 '군사통일주비회'와 '통일책진회'를 발기하였다. (신용하, 「신채호의 사상과 독립운동」, 『한국근대지성사 연구』, 서울대출판부, 2004, 343면)

30 『천고』의 창간사에서 신채호는 잡지 창간의 이유를 네 가지로 밝히고 있는데, 그것들은 모두 강렬한 항일의식으로 수렴된다. 일본의 죄악과 만행을 알리는 것, 항일의 결연하고 장렬한 역사를 이웃나라에 알리는 것, 일본의 조선사 왜곡을 바로잡는 것, 3.1운동 이후의 국내 언론 상황과 일제에 부역한 언론에 대한 비판이 그것이다.

31 김명섭, 『자유를 위해 투쟁한 아나키스트 이회영』, 역사공간, 2008, 126면.

32 최광식은 『천고』를 발행하던 1921년 신채호가 지닌 사회주의에 대한 인식을 다음과 같이 정리하고 있다. "아나키즘과 사회주의와 같은 사회사상에 관심을 가졌으나 그에 대한 이해는 매우 초보적이라는 것을 알 수 있다. 「고조선의 사회주의」에서 정전제를 사회주의로 인식한 것을 통해 그것을 알 수 있다. 한편 아나키즘에 대해서도 「크로포트킨의 죽음에 대한 감상」에서 알 수 있듯이 이 시기에는 아나키즘에 대한 사상적 수용이 제대로 되지 않았다. 상해임시정부에 환멸을 느낀 그가 조직이나 단체보다 개인적인 차원에서 이러한 사상에 관심을 갖기 시작하였다고 볼 수 있다." (최광식, 『단재 신채호 전집 5』, 단재신채호전집편찬위원회, 독립기념관 한국독립운동사연구소, 2008, xix면)

『열풍』에서 손빈은, "하나의 겨레는 덮어놓고 하나로 되어 한길로 가며 또 가야 한다고 생각"(217)하는 민우식이나 량국일과는 달리 "하나의 겨레에 두 개의 겨레가 있다고 말"(217)하기까지 한다. 그러나 이것은 지나치게 계급적 관점이 개입된 것이다. 신채호가 1920년대 초 독립과 혁명의 주체로 내세운 민중은 "일제 식민지하의 조선 민중"을 의미한다. 신채호는 '2천만 조선 민중' 대 '제국주의 강도 일본', 일제 압제하 '식민지의 민중' 대 일제의 선봉적 첨병인 '강국의 민중'이라는 대립 개념을 명확히 설정함으로써, 민족주의적 관점에서 민중의 개념과 그 현실적 특수성을 파악하려고 하였다. 그가 설정한 조선 민중의 범위에는 일제 지배층과 매국노, 항일민족해방운동을 완화, 중상하는 각 지방의 지식인과 지주계층만이 특권계급으로 제외되어 있다. 신채호가 1920년대 이후에 애용한 민중이란 용어는 그 의미와 성격상 식민지 민중으로서 우리 민족의 다른 표현에 지나지 않았다.[33]

따라서 "하나의 겨레에 두 개의 겨레가 있다고 말"하는 것은 신채호의 사상에서 벗어난 것이라 할 수 있다. 신채호에 대한 이와 같은 전유의 양상은, 한설야를 비롯한 북한 문학이 끝내 벗어나지 못했던 분단현실에 대한 평양중심주의적 인식의 틀이 적용된 결과라고 할 수 있다.[34] 또한 손빈이 내세우는 '프롤레타리아'와 신채호가 내세운 민

---

33 최홍규, 앞의 책, 146~149면.

34 김재용은 「냉전적 분단구조하 한설야 문학의 민족의식과 비타협성」이라는 논문에서 해방 이후 한설야 문학의 한 특징을 "그의 이러한 민족문학적 관점은 그 주관적 지향과 절절함에도 불구하고 분단현실에 대한 평양중심주의적 인식의 틀을 끝내 벗어나지 못함으로써 제한적인 것이 될 수밖에 없었다. 분단구조가 강제하는 이 평양중심주의는 그 주관적 분단극복의 강한 의지에도 불구하고 결국 분단 고착에 이바지하는 역설적 결과를 빚어내게 되는데 한설야가 그 강한 민족현실에 대한 천착에도 불구하고 이 그물에서 벗어나지 못함으로써 결국 식민주의 극복의 진정한 모습에는 이르지 못하고 말았다."(『분단구조와 북한문학』, 소명출판사,

중 사이에는 모종의 갭이 존재한다. 나중 정수화라는 존재를 통해 드러나듯이, 『열풍』의 프롤레타리아가 노동계급임이 비교적 선명하게 드러남에 비해, 신채호에게 민중은 가난하고 핍박받는 조선인 일반을 의미하기 때문이다.

작품의 마지막은 파당 싸움에 대한 비판과 그것의 해결방안으로서 소련이 아닌 조선에의 지향을 과도하게 강조하고 있다. 이와 관련해 "이 종파주의와의 투쟁, 그리고 조국으로의 귀환이 『열풍』의 중요한 주제였다는 점에서, 1958년 종파주의 청산, 독자노선 수립이라는 정치적 입장을 반영한 집필 혹은 가필 흔적이 이 작품에 남아있다고 볼 수도 있다."[35]는 서경석의 주장은 경청할 만하다. 종파주의가 1920년대 초반 북경에서 심각한 문제가 아니었다는 견해가 있다는 것을 생각한다면, 1958년 북한의 정치적 상황이 개입했을 가능성은 더욱 크다고 볼 수 있다. 신주백은 "1923년경까지 북경지방에서의 민족주의 운동 세력과 사회주의운동 세력 사이에 갈등이 있었다는 자료를 찾기 힘들다."[36]고 말하고 있다. 특히 이 마지막 부분만이 따로 발췌되어 『조선문학』에 실렸다는 것은, 이 부분이 작품의 여타 부분보다 민감하게 당대성을 띠었음을 증명한다.

따라서 『열풍』에 등장하는 손빈은 1944년 혹은 1958년 시점에서 한설야가 신채호를 새롭게 전유한 것이라 판단된다. 작품에 량국일이 실명 그대로 등장함에 반하여, 신채호는 실명이 아닌 손빈이라는 이름으로 등장하는 것도 이를 뒷받침한다. 량국일이나 민씨가 서사 속에서 살아 움직이는 인물로 형상화됨에 비하여, 손빈은 서사 속에 직

2003, 129면)고 정리하고 있다.

35 서경석, 앞의 글, 521면.

36 신주백, 앞의 책, 180면.

접적으로 등장하지 않는다. 손빈은 주로 상도나 서술자의 진술에 의하여, 상도에게 많은 영향을 주었다고만 이야기 될 뿐이다. 량국일처럼 서사 속에서 상도와 함께 말하고 행동하는 모습은 여간해서 보이지 않는다. 한설야가 북경에 머물던 1920년 무렵에 신채호는 이후 한설야가 갖게 될 이념에 가장 근접해 있던 인물이었던 것으로 보인다.[37] 그리하여 한설야는 신채호를 모델로 하여 손빈이라는 이상형을 만들어 낸 것이다.

3. 신채호가 주장한 한중연합론의 문학적 구현

한설야가 북경에서 만났을 당시 신채호를 이해하는데 가장 중요한 자료는 『천고』이다. 『천고』에 실린 대부분의 논설들이 주장하는 것은 항일의식과 깊이 관련되어 있다. 『천고』에는 고대사를 비롯한 한국사에 대한 논문과 아울러 일본 제국주의에 대항하는 논설과 독립운동 기사 등이 발표되었다. 『천고』를 본격적으로 연구한 최광식은 "특히 『천고』의 내용 중에는 한족(韓族)과 한족(漢族)의 단결을 부르짖는 내용이 많이 나타나고 있다."고 설명한다.[38] 윤병석도 신채호가 "1921년 초 북경에서 김창숙 등과 함께 순한문의 독립운동 잡지 『천고』를 창간하여 제7호까지 계속하면서 민족단합과 한·중 공동의 독립운동 이념을 정립하려 하였으며, 혈전 강조의 독립운동 전술 천명

---

37 북경지방에 거주하는 한인 사이에 사회주의 사상이 현저히 확산된 것은 1924~26년경이라고 한다. (신주백, 앞의 책, 185면)

38 최광식, 『단재신채호전집 5』, 단재신채호전집편찬위원회, 독립기념관 한국독립운동사연구소, 2008, X 면.

에 크게 기여하였다."[39]고 주장한다. 『천고』 1호에는 중국인이 보낸 두 편의 글이 실려 있다. 종수(種樹)가 쓴 「爭自由的雷音자유를 다투는 천둥소리」와 천애한인(天涯恨人)이 쓴 「論中國有設中韓親友會之必要중국에 중한친우회를 설립할 필요가 있음」이 그것이다. 두 글 모두 한국과 중국이 굳게 결합하여 일제에 맞설 것을 주장하고 있다.

『천고』 2호에서 신채호는 「韓漢兩族之宜加親結(한족과 한족은 마땅히 단결해야 한다)」는 논설을 쓰고 있다. 이 글에서 신채호는 "한중 양 국인들은 스스로 일어나 서로 사랑하고 어서 빨리 일어나 서로 도와 공존공생의 세상으로 함께 나아가지 않으려는가?"[40]라고 말하며, 그 구체적인 방안으로 '두 국민이 서로 교류함에 마땅히 옛 잘못을 바로 잡아야 한다', '두 국민이 단결하려면 마땅히 먼저 서로 상대 국가의 상황을 연구해야 한다', '두 국민은 공동의 적에 대해서 적개심을 서로 고취시켜줘야 한다'는 것을 내세우고 있다. 한국은 중국과 밀접한 관련을 가지고 상호 협조 하에 일본제국주의에 대항할 것을 천명하고 있으며, 그런 주장을 역사적 맥락에서도 강조하고 있는 것이다. 나아가 역사적 실증을 통해 조선과 중국은 종래와 같은 사대적 관계가 아니라 민족자존에 바탕한 대등하고 친밀한 관계를 맺어야 한다고 주장한다. 『열풍』의 핵심적 주제의식 중의 하나인 중국과의 연대는, 그 내용이나 구체적인 방식에 있어 신채호의 한중연합론과 흡사하다.

이와 관련해 『열풍』의 한 축을 이루는, 북경의 유적과 그곳에 사는 사람들에 대한 견문을 살펴볼 필요가 있다. 이것이 지닌 특징을 알기

---

39 윤병석, 『단재신채호전집 8』, 단재신채호전집편찬위원회, 독립기념관 한국독립운동사연구소, 2008, xii~xiii.
40 『단재신채호전집 5』, 단재신채호전집편찬위원회, 독립기념관 한국독립운동사연구소, 2008, 391면.

위해서는 일제 시기 여타 지식인들이 남긴 북경 체험기에 대한 분석
이 선행되어야 한다. 식민지 시기 북경을 다녀온 지식인들이 남긴 글
에는 몇 가지 공통점이 있다. 첫 번째는 북경의 유적지와 유물의 거대
함과 위대함을 찬양하는 태도이다. 이들이 둘러 보았던 곳은 대개 고
궁, 북해공원, 경산, 삼해공원, 십찰해, 중산공원, 만수산, 곤명호 등이
다. 이 곳을 둘러볼 때는 예외 없이 모두가 찬양일색이다. "높고 큰 정
양문을 바라보는 동안에 중국인의 인공이 위대한 것을 짐작할 수 있
었다."[41], "북평! 역사의 북평, 명승의 북평, 궁궐의 북평! 상상도 못하
던 웅대한 규모와 옛 문화의 정수의 어마어마한 유물, 유적에 마침내
는 형용의 말을 찾기를 단념"[42], "궁궐도 너무 굉대(宏大)하고 보물도
너무 찬란하고 사람의 수효도 너무 많고 또 떠드는 소리도 너무 크
다."[43], "그 굉대하고 웅장하며 화려하고 찬란한 것이 태서(泰西) 각국
의 궁전에 비할 바 아니다."[44], "내가본 北京은 크고 아름다웠다."[45]
등이 그러한 사례들이다.

　그러나 관찰의 대상이 북경에 살고 있는 사람들로 변할 때, 그 논조
와 태도는 급격하게 변한다. 중국인들은 반개(半開) 내지는 야만의 형
상으로 표상된다. 대표적인 것을 인용하면 다음과 같다.

---

41 정래동, 「북경의 인상」, 『사해공론』, 1936.9.
42 홍종인, 「북평에서 본 중국 여학생」, 『여성』, 1937.8.
　　북평(北平)은 북경(北京)의 다른 이름이다. 1928년 국민당은 북경시를 북평특별
　　시로 고치기로 한다. 1949년 공산당이 정권을 잡은 이후 북평의 이름은 다시 북
　　경으로 회복된다. 북경이 북평으로 불린 시기는 1928년 6월 20일부터 1949년 9
　　월 30일까지이다.
43 김시창, 「북경 왕래」, 『박문』, 1939.8.
44 이갑수, 「북평을 보고 와서」, 『조선일보』, 1930.10.2.~10.16.
45 문장욱, 「燕京遺記」, 『조광』, 1939.11., 332면.

外部에 대한 北京의 印象은 대개 이렇지마는 그곳에서 居住하는 人間에 대하여는 여간한 不滿을 느끼게 하는 것이 아니었다. 人力車를 끄는 사람, 下宿에서 심부름을 하는 사람은 本來 敎養이 없는 사람이니까 말할 것도 없지마는 그러나 우리가 처음 가서 대할 機會가 많은 것은 亦是 그 사람들이다. 그 사람들에게는 人間의 美點이란 발견할 수가 없었다.[46]

발이 빠지는 몬지싸힌/네거리 한복판에/네 발을 되는대로 뻐더 바리고/낫잠 자는 中國개 볼 때마다 울고십다./수레가 그 입흐로 시치고 지나가나/自働車가 소리를 지르며 몰아오나/'나 모른다.'는 듯한 그 꼴은/가장 偉大한 듯도 하다./나는 同時에 中國苦力[47]을 생각한다./그리고 또 中國사람 全體를 聯想한다. -1918年 北京서-[48]

오상순의 시에서 '낮잠 자는 중국개'는 '중국고력'에 이어지고, 그것은 다시 '중국 사람 전체'로 연결된다. 중국인들은 동물과 같은 차원에서 인식되고 있는 것이다. 이광수도 한 인력거부에게 불쾌한 일을 당하고서는 곧 "중국인이란 이처럼 경우가 무디고 벽창호의 소리를 곧잘 합디다."[49]라는 일반화를 시도한다.

배호처럼 중국인을 향해 노골적인 식민주의적 의식을 나타내는 경우도 있다. 북경을 여행한 다른 이들처럼 그 역시 방대한 성벽과 성문 앞에서 "只今 京城의昌德宮, 景福宮, 무슨 宮하는 一流의宮을 聯想

---

46 정래동, 「북경의 인상」, 『사해공론』, 1936.9.
47 고력은 쿨리(coolie)라고도 불리며, 육체노동에 종사하는 하층의 중국인을 일컫는다.
48 오상순, 〈放浪의 北京〉, ≪삼천리≫, 1935.1., 171면.
49 이광수, 「북경호텔과 寬城子의 밤」, 『신인문학』, 1935.8.

하기만 하여도 나는 侮辱을 받는듯이 猥濫하였다."[50]며 감탄한다. 그러나 궁성과 영사관이 밀집한 동교민항을 벗어났을 때, 감탄의 시선은 싸늘하게 변한다. 나머지 곳은 "黃塵萬丈"으로 불결하기 이를데 없다. 이처럼 배호에게 북경은 "不潔과 豪華의 兩極"[51]이다. 이것은 배호가 스스로를 일본인 혹은 서양인과 동일시하기 때문에 가능한 것이다. 그는 산해관을 지나며 "驛頭마다 凜然히 劍銃을 손에든 守備隊의 姿影은 觀者의마음을 든든케하여준다."[52]고 느끼며, "天津驛頭에 前城大豫科配屬將校 故丸山大佐의 戰死碑앞에서 感慨無量함을 이기지못"[53]한다. 그는 만수산에 가는 도중에 동행인 중국인과는 달리 신체검사에서 면제받자, 서양인과 동등한 대우를 받았다는 우월감을 느끼기도 한다.

그에게 중국은 야만으로서 일본인 혹은 서양인과 동등한 입장의 자신과 같은 조선인들에 의하여 개조되어야 할 대상에 머문다. "急速度한 中國民族의 自醒과改造를 빌며"[54] 부산행 열차에 몸을 실은 그는, 경성역에 내린다. 경성에서는 "鐘路의 乞人까지가 이雙眼에는 모다 똑똑하고 깨끗하고 才操덩어리로 보"[55]인다. 중국인의 존재로 인해 조선 사람들은 "모–던階級"이 되고, "五十年以後의 未來人"[56]이 된다. 중국인의 존재는 배호를 식민지의 야만인이 아닌 모던한 미래인으로 만들어주고 있다.

---

50 배호,「留燕 20일」,『인문평론』, 1939.10., 63면.
51 위의 글, 65면.
52 위의 글, 62면.
53 위의 글, 62면.
54 위의 글, 66면.
55 위의 글, 67면.
56 위의 글, 67면.

한설야의 『열풍』에서의 중국인 표상은 이와 근본적으로 다르다. 상도는 북경행 기차에서 처음 중국인을 만났을 때부터 "그들을 업신여기는 맘은 꼬물도 없었다. 좀 불결은 하지만 인정머리 있고 두덥덥한 그들이 누구보다도 믿음성 있는 이웃 사람인 것 같았다."(63)고 여긴다. 설령 중국인들이 불결하고 무질서한 행동을 하더라도 그것은 "악마놈들이 침범한 어느 지경"(63)에서 비롯된 것이다. 피식민지 국가라는 측면에서 "조선 사람이나 중국 사람이나 오늘의 처지와 상태가 별로 다를 것이 없"(63)다. 상도는 "나는 중국 사람이 자기것을 느끼는 것처럼 중국 문물을 깊이 리해할 수 없지 않을가 이런 생각을 하게 됩니다."(149)라고 말할 정도로, 타자를 동일자로 전유하는 식민주의적 의식으로부터 벗어나 있다.

오히려 상도에게 중국은 배움의 대상이다. 그런데 배움의 대상으로 등장하는 중국은 일정한 담론적 지형도 속에서이다. 그것은 '분열하고 파쟁하는 한국인 對 단합하고 대범한 중국인'이라는 구도 속에서이다. 상도는 중국 여성 연추를 보며 "소소한 일에 꼬밀꼬밀하는 좀스런 자기의 버릇을 고치고 대륙의 넓음과 대범함을 호흡"(158)하겠다고 결심한다. 조선인들의 고질적인 파쟁을 비판하면서, 상도는 중국 사람은 "제 리익만을 위해서 전체를 희생시키지는 않을 것 같"(213)다고 인식하며, 곧이어 "이것은 조선 사람이 반드시 배워야 할 점이라고 상도는 생각"(213)한다. 작품의 마지막에는 연추의 오빠이자 철공소 노동자로서 조직선에 들어 있는 정수화를 통해 조선과 중국의 이념분자들이 "정신적 련계"(419)를 맺는 모습을 보여준다.

중국에 대한 위와 같은 인식은 1940년에 한설야가 집중적으로 쓴 일련의 북경 기행 산문에도 나타난다. 『열풍』에서 다루어지는 북경의 문화 유적과 사연들, 즉 중앙공원, 천교, 성남공원, 천단, 북해공원, 향비, 황토색에 대한 이야기는 기행산문에서 이미 다루어진 것들이다. 「연경의 여름」[57]에서 한설야는 깨끗한 것을 좋아하는 조선인들이 폭 포같이 땀을 흘리고 제대로 닦지도 않는 중국인들을 보고 이마를 찡 그리지만, 실제로는 이 땀이 중국인들에게 매우 이로운 역할을 한다 고 주장하며, 「천단」에서도 중국인은 '만만적'이라 해서 느린 것의 대 표로 치지만, 어떤 경우에는 이 사람들처럼 "다급하고 재바르고 싹싹 하고 귀끼빠른것은 없소."[58]라고 말한다. 이어서 "汽車나 汽船을탈때 의 황망해하는것과 와자지껄 떠버리는것은 나쁜 習性"[59]이나 이것은 "오래도록 內亂속에 살아왔고 또 權勢와秩序가없는 가운데서 살아온 사람의 다만 살기爲하여서의 꾸며진 慾心에서 나온것"[60]이라고 주장 한다.

나아가 중국인이 소위 문명인이라 자칭하는 이들보다 낫다고 주장 하는 경우도 있다. 길에서는 "文明人이니 무어니 하고 쪼를 빼고 턱을 높이는 人間"보다 더욱더 민첩하게 길을 피해준다고 말한다. 따라서 "公衆이니 公道니하는 그들의 아름다운 文字와는 딴판으로 길을 비 키기를 꺼려하고 뜨고 오만하오. 해서 萬一 이들所謂 文明人이라는 치들만 모아서 이北京의 雜沓한 네거리에 휘몰아 넣는다고하면 每日 같이 交通事故가 續發할것"[61]이라는 것이다.

일제 시기 화려한 유적의 광대함에만 감탄하고 중국인들에 대해서 는 혐오와 멸시를 노골적으로 드러내던 여타의 지식인들과 달리 한설

---

57 글의 마지막에는 "北京 유리창 寓居에서 1940년 6월 10일"이라고 표기되어 있다.
58 『인문평론』, 40.10., 105면.
59 위의 글, 105면.
60 위의 글, 105~106면.
61 위의 글, 106면.

야는 중국 일반 민중들의 모습을 객관적으로 드러내고 있다. 한설야의 『열풍』에 나타난 중국인 표상은 식민지 시기 여타의 조선인 지식인들에게서 발견할 수 있는 식민주의적 의식과는 거리가 멀다. 또한 "조선 사람이나 중국 사람이나 오늘의 처지와 상태가 별로 다를 것이 없"(63)다는 말에서처럼, 조선과 중국이 일제의 침략 앞에 놓여 있는 공동운명체라는 인식이 뚜렷하게 드러난다. 그러한 특징은 1940년에 집중적으로 쓰여진 북경기행산문에서도 발견된다. 이것은 모두 1920년 초에 신채호가 『천고』를 통해 주장한 한중연합론, 즉 '한국과 중국이 굳게 결합하여 일제에 맞설 것'과 '한국인과 중국인이 서로 사랑하고 공존공생할 것'이라는 지침과 흡사하다고 볼 수 있다.

4. 신채호의 영향력과 연애서사의 변화

한설야의 장편소설에서는 지식인의 성장이 연애관계와 중첩되어 나타나는 경우가 많다. 대표적으로 『황혼』의 여순, 경재, 준식의 관계, 『청춘기』의 은히, 태호, 명학의 관계, 『초향』의 초향과 권의 관계, 『대동강』의 점순, 태민, 상락의 관계, 『설봉산』의 순덕과 학철의 관계 등이 그것이다. 이때 성장의 주체는 여성이며, 여성 인물의 의식화 과정은 긍정적이든 부정적이든 남성인물과의 관계를 매개로 해서 이루어진다. 대부분의 경우, 긍정적 도제 구조에서의 조력자나 부정적 도제 구조에서의 적대자가 모두 남성으로 설정된다. 여자 주인공과 교화자로서의 남자 인물과의 관계는 사제관계라고 할 정도로 위계화되어 있다.[62]

『열풍』에 등장하는 연애관계도 한설야 소설의 연애관계 일반이 그러하듯이, 붉은 연애 즉 사회주의적 연애로서의 특징을 지닌다. 그러한 특징은 머리말에서부터 상세하게 드러난다.[63] 그러나 2장에서 살펴본 바와 같이 『열풍』의 연애서사는 이전의 장편소설들과 달리 성장의 과정과 긴밀하게 맞물려 있지 못하다. 그것은 손빈이라는 압도적인 사상가의 등장에서 비롯된다. 그로부터 직접적인 가르침을 받기 때문에, 연애관계를 통한 이념의 각성은 상대적으로 그 비중이 줄어든다.

『열풍』에는 상도 – 연추, 상도 – 송심, 남향 – 상도 – 요한나, 최일 – 남향 – 상도, 상도 – 요한나 – 영식 등의 연애관계가 등장한다. 이러한 연애 관계 중에서 가장 중요한 것은 '남향 – 상도 – 요한나'의 삼각관계이다. 사회주의적 연애의 성격에 걸맞게 상도가 요한나를 멀리하고 남향과 맺어지는 이유는 이념적인 매개에 따른 것이다. 동지적 결합의 강렬함 앞에 에로스적인 측면은 소거되어 있다. 상도에게 남향의 얼굴은 "아름다우려는 꾸밈도 기쁘다는 들뜸도 무엇을 가지려는 욕기도 무엇을 즐기려는 성수도 아무것도 없는 잠시 공허한 얼굴"(250)이다. 그것은 "잎 없는 꽃, 바다 없는 항구, 물 없는 호수… 순수한 아름다움…"(250)에 비유된다. 작가는 굳이 상도가 발목이 다친 남향을 부축하는 순간에도, "결코 남향에게서 이성을 느끼지 못"(253)하는 장면을 삽입한다.

---

62 이경재, 「한설야 소설의 서사시학 연구」, 서울대 박사논문, 2008, 50~55면.

63 대표적인 대목을 옮겨보면 다음과 같다. "애정이란 두말할 것 없이 인간 생활에 있어서 없지 못할 인간의 고귀한 정신의 일면이다. 그러나 만일 이것이 사회적 제 관계와 무연한 다만 개인 생활의 범위에 국한된 것이라면 그것의 의의는 아주 저하되지 않을 수 없는 것이다. (중략) 이와 달리 청년 남녀의 사랑이 보다 고귀하고 나와 남과 그리고 더 나아가서 나라와 인민을 위하는 길 우에서 꽃피게 된다면 그것은 진정 인간의 신성하고 고상한 정신으로 될 것이다."(3)

　식민지 시기 한설야 소설의 연애관계가, 기본적으로 남성 주인공이 여성을 이념적으로 각성시키는 구조였다면,[64] 『열풍』에서 상도와 남향은 대등한 층위에 놓인 이념분자로 그려진다. 남성이 여성을 이끈다기 보다는 둘이 모두 이 작품의 사상적 중심이라 할 수 있는 손빈의 제자로서 관계를 유지해간다. 이들의 연애관계가 궁극적으로 지향하는 것은 서로의 내면에 잠재되어 있는 손빈의 이념을 확인하는 과정일 뿐이다. 상도와 남향의 연애서사가 지향하는 것은 공통의 이념을 향해 다가가는 것이 아니라, 이미 지니고 있는 서로의 공통된 이념을 확인하는 것이다. "매를 들고 당신들은 그걸 나에게 가르쳐 주거든요. 나의 거울이 되어 주거든요. 나를 비쳐 주는 거울로…"(230)라는 상도의 말처럼, 남향은 상도를 비추어주는 거울이다. 둘의 연애서사는 상도가 남향에게서 자신이 지닌 '민족적 사회주의'를 확인하는 과정이다.

　남향은 압록강을 넘나들며 독립운동을 하는 조선인 아버지를 두었지만 중국에서 나고 자라 모습, 동작, 입성, 성격 등이 중국인과 흡사하다. 남향이의 마음 속에서 "무엇과도 바꿀 수 없는 조선"(234)을 확인했을 때, 상도는 몹시 흥분되어서 부지중 남향의 손을 잡는다. 상도와 남향의 사랑은 상도가 쓴 〈꿈〉이라는 소설이 불러일으킨 갈등이 해소되면서 절정으로 치닫는다. 〈꿈〉에서 남향에 해당하는 춘희는 진정한 조선인이 되고자 하지만 상도에 해당하는 화가 S의 꿈에 중국인 애인 왕첸과 함께 중국옷을 입고 나타난다. 이 소설을 훔쳐 읽은 남향은 "상도씨는 나를 집씨로 알아요, 나라 없는 류랑민으로 알아요."(318)라고 화를 낸다. 남향은 "나에게는 나라가 있습니다. 부모는

---

64 이경재, 『한설야 소설의 서사시학 연구』, 서울대 박사논문, 2008, 32~54면.

없지만 겨레가 있습니다."(318)라고 당당하게 외치며, 상도의 소설을 찢어 버린다. 그 순간 상도는 남향을 껴안는다. 이후 남향은 "두 개의 심장은 여전히 각각 그 육체에 따로 머물러 있으나 그것은 둘이 아니고 하나이며 그 속을 흐르는 피도 하나의 문을 통해 도는 것 같"(381)음을 느낀다. 마지막에 남향이 상도와 함께 조선으로 향하는 것은, 남향과 상도가 이념적으로 하나가 되었음을 보여주는 행위이다.

이 작품에는 다양한 삼각관계와 상도가 머무는 집의 주인인 민우식의 피살 외에 별다른 사건이 등장하지 않는다. 작품의 육체를 채우는 것은 상도를 중심으로 해서 이루어지는 길고 지루한 대화들이다. 특히 상도와 남향이 나누는 대화가 많이 등장하는데, 그것은 상도(혹은 남향)의 독백에 불과하다. 그들은 서로의 말에 추임새를 넣고, 동의를 표하는 고수의 역할에 한정되어 있기 때문이다. 대표적인 사례 하나만 인용하면 다음과 같다.

> "난 량 선생과 견해가 다른 점이 있어요. 난 무엇보다 첫째 정신이 강해야 한다고 생각합니다. 머리 속이 새 대가리만치 줄어 들고 육체나 강하면 뭘 합니까. 옛날 어떤 철학자는 맘 속에서 뜨겁다는 생각을 빼 버리면 몸이 뜨거운 것을 모른다고 하고 불가리에 앉아서 태연히 타 죽었답디다만 전연 거짓말은 아닐거예요. 성 삼문 같은 이가 다리에 화침을 받으면서 좀 더 따겁게 하라고 호통했다는데 그것은 몸이 강한 것을 말하는 것이 아니라 정신이 강한 것을 말하는 것일겁니다. 정신이 강하면 그럴 수가 있어요. 나도 이 찰나의 기분 같으면 뜨거운 불을 견디여 낼 수 있을 것 같은데요 하하하…"
>
> 하고 상도가 웃으니까 요한나도
>
> "어디 불을 대볼가요."

하고 웃고 남향이는 상도의 말에 매우 공명된 듯

"그럼요. 정신은 육체의 한 속성이라지만 정신이 육체에 주는 반작용이란 그렇게 무섭고 강한 것인가 봐요. (중략)"하고 말하였다.

"그렇지요. 물론 량 선생도 전연 정신을 부인하는 것은 아니지요. 글 때문에 사람이 도리여 나약해지고 보짱이 없어지는걸 경계하는 것일테지요." (208-209)

이 작품에서 둘의 관계는 손빈의 지도를 받는 두 명의 동지이다. 민족적 사회주의를 가르쳐주는 사람이 손빈이고, "그 아래서 손잡고 나갈 길동무가 남향"(214)인 것이다. '남향 – 상도 – 요한나'의 삼각관계에서 부정적인 측을 담당하고 있는 요한나는 좌파 민족주의라는 작품의 주제에 걸맞게 서구(미국)지향이 가장 본질적인 성격으로 형상화된다. 서구(미국)에 대한 무조건적인 동경을 지닌 요한나는 다음과 같은 모습을 보인다.

미국인의 감화 밑에서 자라난 요한나는 사람을 외양과 빛깔과 키와 입성으로 구별하는 버릇이 박혀 있다. 그러기 때문에 그는 도시 사람은 의당히 농촌 사람보다 한 등 동뜨다고 생각하고 동양인은 서양 사람보다 의레 렬등하다고 생각는 것이다.

… 이웃 사람을 변방 외인같이 가벼이 보는 대신, 바다 건너 양코배기들을 이웃 사촌처럼 탐탐히 그리는 것이다.

… 그의 안중에는 조선의 문화라는 것도 없다. 음악이나 무용이나 말하자면 미개한 토인의 그것이나 다를 것이 없고 문학이니 무엇이니 하지만 그게 어디 서양것의 발길에나 갈 것이냐 하고 생각하며 결국 조선 사람은 기껏 문명한다면 서양 사람과 같게 될 것이니 아아 조선 것은 배울

거 없이 서양것을 배우는 것이 현명하다고 생각한다. (187)

민우식이 낯선 청년들에 의하여 피살된 17장 이후부터 상도가 민씨의 집을 떠나는 26장까지는 '상도 – 요한나 – 영식'의 삼각관계가 서사를 이끌어나가는 동력이 된다. '상도 – 요한나 – 영식'의 삼각관계는 남향의 의지는 배제되어 있지만 주위 여건에 의해 성립된 '최일 – 남향 – 상도', '남향 – 최일 – 요한나', '요한나 – 상도 – 남향'의 삼각관계와 복잡하게 얽혀 있다. 요한나를 짝사랑하는 영식은 요한나를 얻기 위해 갖은 흉계를 꾸미고, 그 방편의 하나로 상도와 손빈을 민씨의 살인범으로 몬다. 이것은 상도와 남향이 조선행을 감행하는 계기를 마련해 준다. 위 삼각관계는 이념성보다는 홍미성에 초점이 맞추어져 있지만, 영식의 흉계는 그 자체만으로 당시 조선인들 사에서 파쟁이 얼마나 심각한 것인지를 환기시키는 역할을 한다. 한설야가 생각하는 모든 부정적인 특징을 지닌 영식은 "파당 쌈의 교형리로 되기에 꼭 알맞게 되어 먹은 자"(400)라는 남향의 말처럼, 파당 싸움의 문제점을 드러내준다.

5. 결론

이 논문은 단재와의 관련성 속에서 『열풍』을 살펴보고자 하였다. 한설야의 『열풍』은 출판과 관련해 다소 복잡한 사정을 지니고 있다. 한설야의 1920년 무렵 북경체험을 담고 있는 『열풍』은, 일제말인 1944년에 작가의 고향인 함흥에서 쓰여져 발표되지 않다가, 평양에서 1958년에 발표된 것이다. 따라서 이 작품에는 1920년, 1944년,

1958년의 한설야가 삼중으로 겹쳐 있다. 서사 내용이나 표현 형식 그리고 1940년대 북경기행 수필들과의 비교를 통해 볼 때, 1944년의 한설야보다는 1958년의 한설야가 서술자아로서 더욱 큰 비중을 차지하고 있다.

성장소설이라 볼 수 있는 『열풍』의 중심에는 손빈의 '민족적 사회주의'가 놓여 있다. 손빈은 신채호를 모델로 하여 창조된 인물이다. 이 작품에서 손빈이 지니는 영향력은 절대적이어서, 작품의 주제와 구성에까지 영향을 미치고 있다. 그러나 손빈을 신채호와 등치시키는 것은 조금 성급해 보인다. 손빈은 1920년 무렵의 신채호와는 다른 여러 가지 특징을 갖기 때문이다. 이 시기 신채호는 『열풍』에서처럼 분명한 공산주의자라고 볼 수 없다. 결정적으로 『열풍』의 손빈은 1958년 한설야가 지녔던 분단현실에 대한 평양중심주의적 인식을 지니고 있다. 신채호를 모델로 한 손빈 이외에도 량국일이나 민우식, 조경호, 김상우, 윤취재 등의 이념형 인물을 통하여 상도는 이념적으로 성장해 간다. 각각의 인물은 당시 조선인 사상가의 유형을 대표한다. 이외에도 『열풍』에는 상도와 같은 세대의 다양한 인간형 역시 등장한다. 부자집 아들로서 북경에서 오직 중국말 배우는 것에만 시종하는 경수나 3.1운동에 적극 나서고 여학교에서 출학당한 송심이 그들이다.

『열풍』의 배경이 되는 북경은 한설야를 이해하는데 매우 큰 의미를 지닌다. 1920년대 북경은 외교론을 지향하는 사람들의 주요 거점이었던 상해와는 차별적인 공간이었다. 북경에 존재하던 독립 운동가들은 다양한 분파 속에서도 반임정과 무장투쟁 노선만은 공유했다. 특히 『열풍』의 사상이라고까지 말할 수 있는 신채호는 반이승만 반임정 노선의 선봉적인 역할을 수행하였다.[65] 또한 북경은 좌파 성향의 인텔리들이 활발하게 활동하던 무대이기도 했다. 이러한 사상적 지향점은 이후 한설야 문학에 변치 않는 중핵으로 남게 된다. 해방 이후 한설야 소설에 나타난 강력한 반이승만주의는 북한의 지배이데올로기에 영향받은 바 크지만, 『열풍』을 통해서 볼 때 그 뿌리가 단재에까지 이어진 것이라고 볼 수도 있다.

『열풍』의 핵심적 주제의식 중의 하나인 '중국과의 연대'도 신채호의 한중연합론과 많은 근친성을 지니고 있다. 일제 시기 조선의 많은 지식인들이 중국의 화려한 유적에만 감탄하고 중국인들에 대한 혐오와 멸시를 노골적으로 드러낸 것과 달리 한설야는 중국 일반 민중들을 객관적으로 드러내고 있다. 한설야의 『열풍』에 나타난 중국인 표상은 식민지 시기 여타의 조선인 지식인들에게서 발견할 수 있는 식민주의적 의식과는 거리가 멀다. 또한 조선과 중국이 일제의 침략 앞에 놓여 있는 공동운명체라는 인식이 뚜렷하게 드러난다. 그러한 특징은 1940년에 집중적으로 쓰여진 북경기행산문에서도 발견된다. 이것은 모두 1920년 초에 신채호가 『천고』를 통해 주장한 한중연합론, 즉 '한국과 중국이 굳게 결합하여 일제에 맞설 것'과 '한국인과 중국인이 서로 사랑하고 공존공생할 것'이라는 지침과 흡사하다.

손빈이라는 압도적인 사상가의 등장으로 인해, 한설야 장편소설의 기본적인 구성방식인 연애관계에도 큰 변화가 일어난다. 식민지 시기 한설야 소설의 연애관계가, 기본적으로 남성 주인공이 여성을 이념적으로 각성시키는 구조였다면, 『열풍』에서 상도와 남향은 대등한 층위

---

65 한설야가 신채호와 관련을 맺었던 1920년대 초반에, 신채호는 임시정부의 지도노선을 바로잡기 위하여 임시정부를 떠나 『신대한』을 창간하는 등, 반임정 반이승만 노선의 대표적인 맹장이었다. 북경에서 독립운동자 54명의 공동서명으로 「성토문」(1921)을 기초 발표하여 자주독립 절대독립론의 입장에서 이승만 정한경 등의 위임통치청원사건을 규탄하고, 이승만을 국무총리 및 대통령에 추대한 안창호에 대해서도 비판한다.(최홍규, 앞의 책, 159면)

에 놓인 이념분자로 그려진다. 남성이 여성을 이끈다기 보다는 둘이 모두 이 작품의 사상적 중심이라 할 수 있는 손빈의 제자로서 관계를 유지해간다. 이들의 연애관계가 궁극적으로 지향하는 것은 서로의 내면에 잠재되어 있는 손빈의 이념을 확인하는 과정일 뿐이다. 상도와 남향의 연애서사가 지향하는 것은 공통의 이념을 향해 다가가는 것이 아니라, 이미 지니고 있는 서로의 공통된 이념을 확인하는 것이다. 상도에게 남향은 손빈의 이념을 비추어주는 거울이다. 둘의 연애서사는 상도가 남향에게서 자신이 지닌 '민족적 사회주의'를 확인하는 과정에 해당한다.

『열풍』은 자전적 소설에 존재하는 체험자아와 서술자아 사이의 관계에 있어 서술자아의 힘이 너무나 압도적이다. 이 작품은 성장소설이 갖추어야 할 주인공의 변화와 각성의 과정이 제대로 드러나지 않는다. 이유는 상도를 핵심으로 하는 긍정적 주인공들이 처음부터 이념적으로 완벽한 상태이기 때문이다. 이것은 서술자아가 과도하게 개입한 결과이다. 상도는 북경에 온 순간부터 다양한 사상가들의 의의와 한계를 분명하게 짚어낼 수 있는 능력의 소유자이다. 그는 중국인에 대하여서도 식민주의와는 무관한 국제주의적 시각을 견지하고 있으며, 민족의식 역시 뚜렷하다. 이러한 민족의식은 계급적 당파성을 견지한 바탕 위에서 성립되어 있다. 이로 인해 한설야 장편소설의 통사적 규칙이라 할 수 있는 연애관계마저 무미해지고, 작품은 구체적 서사 대신 지루하고 반복적인 대화와 논쟁이 작품의 대부분을 차지하게 되는 문제점을 보이게 된다.

한설야 단편소설의 개작 양상 연구
— 외국인 표상의 변화를 중심으로

1. 서론

한설야는 지속적으로 자신의 작품을 개작해 온 작가이다. 그는 1950년대 중반 북한에서 식민지 시기에 창작한 자신의 소설 거의 전부를 개작한다. 한글 장편소설 네 편은 물론이고, 단편 소설들도 개작하여 선집으로 펴낸다. 본고에서 집중적으로 다루고자 하는 한설야 단편소설의 개작과 관련된 서지사항은 다음과 같다.

한설야의 첫 번째 창작집은 『귀향』이라는 제목 아래 1940년 영창서관에서 발행된다. 이 책에는 표제 위에 '중편소설'이라는 명칭이 붙어 있는데, 여기에는 〈귀향〉, 〈이녕〉, 〈보복〉 세 작품이 실려 있다. 이후 박문서관에서 『한설야단편선』이라는 제목으로 1941년에 단행본이 발행된다. 여기에는 〈이녕〉, 〈임금〉, 〈술집〉, 〈강아지〉 네 편이 실려 있다. 해방 이후에는 『이녕』이라는 표제로 건설출판사에서 1946년에 작품집이 발행된다. 북한에서는 1956년 12월에 『씨름』이 출판되는데, 여기에는 〈과도기〉, 〈씨름〉과 함께 최서해의 〈서막〉이 함께 실려 있다. 한설야의 『귀향』은 1957년 6월 10일 조선작가동맹출판사에서 발행되었다.[1] 식민지 시기 작품집이 나오는 과정에서는 별다른 변화가 이루어지지 않는다. 본고에서는 잡지에 처음 실렸을 때의 작품과 북한에서 출판된 『귀향』에 실린 작품을 중심으로 개작 양상을 살펴보고자 한다.

북한에서 이루어진 한설야 소설의 개작에 대한 본격적인 연구는 장편에만 초점이 맞추어져 왔다. 김병길은 『황혼』의 개작을 다루면서 주요한 변화로 준식의 성격이 훨씬 더 이상화된 선진적인 노동자로 변모했다는 점을 들고 있다. 이와 함께 원본에는 없는 박상훈의 등장을 중요한 개작 사실로 들고 있다.[2] 한수영은 『청춘기』의 개작이 "『청춘기』는 다른 어떤 이야기도 아니 바로 남녀의 애정을 주조로 한 소설이라는 사실을 재확인하는 것이며, 두 번째로는 남녀의 애정은 어떤 형태로 이루어져야 하는가에 대한 분명한 지향점을 밝히려 했다는 점"[3]이라고 보고 있다. 이경재는 일제 시대에 창작된 한글 장편 소설 전부, 즉 『황혼』, 『탑』, 『청춘기』, 『초향』의 구체적인 개작 양상을 검토한 바 있다. 이를 통해 서사적 내용에 있어서는 반일의식의 강화, 기층민중의 이상화, 혈통의 순결성 강조, 사회주의적 연애의 경직

---

1 개작된 작품들은 모두 이 작품집에서 인용하였다. 앞으로의 인용시 본문 중에 면수만 표시하기로 한다.

2 김병길, 「한설야의 『황혼』 개작본 연구」, 『연세어문학』 30호·31호 합집, 1999, 155~175면.

    ______, 「한설야의 『황혼』 개작본 연구」, 『국어국문학』 132, 2002, 249~278면.

3 한수영, 「한설야 장편소설 『청춘기』의 개작과정에 대하여」, 『한설야 문학의 재인식』, 문학과사상연구회 편, 소명출판사, 2000, 105면.

화, 사제 관계의 강화를, 표현 형식에 있어서는 논쟁, 설화, 민요, 굿노래, 동요, 속담, 관용어구, 고유어, 의성어, 의태어의 적극적인 활용을 변화의 구체적인 개작 양상으로 제시하고 있다.[4] 이에 반해 한설야 단편소설의 개작양상에 대한 연구는 아직 이루어진 바 없다.

한설야가 식민지 시기 창작한 작품들을 개작한 이유로는 작품의 완결성을 추구하기 위한 의도를 들 수 있다. 이와 관련된 변화로는 적절한 비유나 관용구의 삽입, 일본어의 순화 등을 들 수 있다.[5] 〈태양〉에서는 "태양이 구름사이로 얼굴을내밀때마다"[6]가 "여우볕이 구름 사이로 얼굴을 내밀 때마다"[7]로 바뀌었고, 감옥 안에서의 풍경이 자세하게 표현되었다. 개작본 〈사과〉에서는 "허나 높고 너그러운 하늘은 이 작난꾸레기들을 저 하는 대로 내버려두고 있다."가 "그러나 높고 너그러운 하늘은 이장난꾸러기들을 재롱바치 아들 손자쯤으로 보듯이 저하는 대로 내버려 두고 있다."(81)로 바뀐다. 〈귀향〉에서는 "봄이 핀것같이"[8]가 "고목에 꽃이 핀 것처럼"(222)으로 바뀌었다. 〈파도〉에서도

---

4 이경재, 「한설야 소설의 개작 양상 연구」, 『민족문학사연구』 32호, 2006, 281~312면.

5 반대로 삭제되는 경우도 있다. 〈과도기〉에서 소 먹이는 아이들이 부르는 노래에서 원본에 있는 "시내가 강변에 돌도 만코/이내 시집에 말도 만타"라는 부분이 생략된 것이다. 개작본에서는 이전과는 달라진 구룡리 마을을 찾아간 창선이의 반응을 서술하는 대목이 빠져 있다. "나즉나즉한 곤돌초막은 무서운듯시 쪼그리고 잇다. 작고 더 쪼그릴 것 갓다. 그리되면 그 속의 식구들이 모조리 깔니고 말 것이다. 창선의 머리에는 낫꿈가튼 야릇한 상상이 그리여젓다 – 긔운찬 사나희만 쪼그라진 그 집웅을 뚤코 머리를 반쯤 내민 것이 뵈인다. 늙은이 안악네 어린 것이 그 밋헤 깔녀서 숨이 팔닥그리는 것이 뵈인다–"(『조선지광』, 29.4., 180면)
서사 구성상 필요없는 부분을 삭제하는 경우도 있다. 〈사과〉에서 "남편은 팔을 도두 베며 성수가 난듯이 또 한 곡을 뗀다."(248)와 같은 부분이 그것이다.

6 『조광』, 36.2., 84면.

7 한설야, 『귀향』, 조선작가동맹출판사, 1957, 72면. 앞으로 이 책에서 인용할 경우 본문 중에 페이지수만 기록하기로 한다.

8 『야담』, 39.7., 141면.

"이제부터 맘을 좀더 단단히 사리 먹으리라 하였다."[9]가 "이제부터 맘을 당나귀 발통처럼 단단히 사러 두리라 하였다."(378)로, "참 똑똑한 사람이애요."[10]가 "참 쇳소리 나는 사람이예요."(386)로 변한다. 단어의 차원에서 일본어 표기가 우리말로 바뀐 경우도 있다. 〈철로교차점〉에서는 '간죠날'이라는 일본어 표기가 '회계날'로, 〈모색〉에서는 '방고표'가 '번호표'로 변화된다.

이상의 변화는 모두 작품의 미학적 완성도를 높이려는 작가의 집요한 의지를 드러내는 것이다. 이와 관련하여 작품의 개연성을 확보하기 위한 노력도 찾아볼 수 있다. 〈사과〉에서 경수의 아이가 역장실에 잡혀가게 된 이유를 설명하는 부분, 즉 "그리고 그리로 넘어 가고 넘어 오다가 레일에 귀를 대고 기차 달리는 소리를 들었을 것과 그리다가 붙잡혔을 것도 벌써 짐작할 수 있었다."(92)가 그것이다. 〈철로교차점〉에서는 "쌍둥이 가진 눈물 많은 어머니는 쌍둥이라는 그 소문에까지 저으기 불만이었던 것이다."(105)라는 부분이 첨가되어 있다.

개작의 다른 이유로는 식민지 시기 검열과 일제의 탄압으로 인해 드러내지 못했다가 해방 이후 자유로운 상황에서 창작의 본의를 드러냈을 가능성과 1950년대 한설야가 지니고 있던 강력한 정치적 의식이 개입해 과거의 작품을 변화시켰을 가능성을 생각할 수 있다. 복자의 복원과 외국인 형상의 변화 등에서 두 가지 가능성이 모두 발견된다. 앞으로의 논의에서 드러나겠지만, 전자보다는 후자가 개작의 보다 본질적인 이유라고 할 수 있다.

『귀향』에 실린 작품은 희곡 〈총공회〉와 소설 〈과도기〉, 〈씨름〉, 〈딸〉, 〈태양〉, 〈사과〉, 〈철로교차점〉, 〈홍수〉, 〈부역〉, 〈산촌〉, 〈귀

---

9 『신세기』, 40.11., 66면.
10 위의 책, 76면.

향〉, 〈보복〉, 〈진창〉, 〈아들〉, 〈모색〉, 〈파도〉, 〈세로〉, 〈류전〉, 〈두견〉이다.[11] 이 중 〈사과〉, 〈진창〉, 〈아들〉은 각각 〈임금〉, 〈이녕〉, 〈종두〉의 제목이 바뀐 것이다. 흥미로운 것은, 위에 열거된 작품들 중에서 〈과도기〉와 〈씨름〉을 제외하고는 모두 카프 해산 이후에 창작된 작품들이라는 사실이다. 개작의 양과 질에 있어서 가장 큰 변화를 보이는 것은 〈과도기〉와 '탁류 3부작' 그리고 〈보복〉이다.[12] 이들 작품의 개작은 모두 외국인 형상의 변화에 집중되어 있다. 〈과도기〉와 '탁류 3부작'의 개작은 생산력중심주의와 관련하여 일본인 형상의 변화를, 〈보복〉은 중국인에 대한 한설야의 인식이 지닌 중층성을 보여준다. 한국이 진정한 타자로서의 외국을 경험하게 된 것은 19세기 말부터라고 할 수 있다.[13] 19세기 말부터 해방이 될 때까지 우리에게 가장 큰 영향을 미친 외국 세력으로는 당연히 일본을 들 수 있다. 다음으로는 지리적 근접성과 역사적 문화적 관련성으로 인하여 중국의 영향력을 꼽을 수 있다.[14] 한설야 소설에도 이 두나라의 외국인 형상이 핵심적으로 다루어지고 있다. 본고는 일본인과 중국인 형상의 변화를 중심으로 한설야 단편소설의 개작양상을 살펴보고자 한다. 작품에 드러난 작가의식의 변화는 자연스럽게 표현 형식의 변화와도 연

---

11 〈임금〉, 〈종두〉, 〈이녕〉은 각각 〈사과〉, 〈아들〉, 〈진창〉으로 제목이 변화된다.

12 반대로 개작이 거의 이루어지지 않은 작품은 〈딸〉, 〈태양〉, 〈철로교차점〉, 〈이녕〉(개작본 제목은 〈진창〉) 등이다. 〈딸〉은 "은숙은 S를 몹시 때렸다."(〈딸〉, 『조광』, 36.4., 132면)는 문장이 빠진 정도이다.

13 John M. Frankl, 『한국문학에 나타난 외국의 의미』, 소명출판사, 2008, 12면.

14 19세기 후반부터 본격화 된 중국과 일본의 한반도에 대한 상호 투쟁은 청일전쟁으로 폭발했다. 일본의 승리로 인하여 한반도에 대한 패권은 일본에 넘어가고, 해방 때까지 일본의 영향력은 절대적으로 된다.(김기역 외, 『청일전쟁의 재조명』, 한림대 아시아문화연구소, 1996) 그럼에도 중국 지역 내에서의 여러 독립 활동과 만보산 사건 등에서 알 수 있듯이, 중국 역시 우리에게 지속적인 영향을 미친다.

관되어 있다.

2. 일본인 형상의 변화를 통한
식민지적 생산관계의 모순에 대한 강조

『귀향』에 실린 작품들이 원작과 가장 큰 변화를 보이는 것은 일본인의 형상화에 있어서이다. 그들은 사회적 문제의 원인제공자로서 강력한 모습을 드러낸다. 이러한 일본인 형상의 변화는 반일의식의 강화와 맞물려 있다. 해방 이후 민족주의는 북한에서 절대적인 영향력을 지니게 되고, 반미주의와 반일주의의 이데올로기로서 구체화된다.[15] 일본인 형상과 관련해 가장 큰 변화를 보이는 작품들은 생산력주의를 보인 작품들로서, 〈과도기〉와 '탁류 3부작'이 여기에 해당한다.

한설야는 일관되게 생산(노동)이라는 문제에 큰 관심을 기울여왔다. 주지하다시피 생산은 생산관계와 생산력이라는 두 가지 하위 의소의 결합을 통하여 그 온전한 의미를 부여받게 된다. 이 때 생산관계와 생산력을 바라보는 한설야의 시각은 고정되어 있지 않다. 시기에 따라 두 가지 축은 서로 다른 비중과 중요성을 차지한다. 생산력과 생산관계가 벌이는 각축 속에서 한설야의 소설은 몇 가지 굴곡을 보이며 전개된다. 카프 시기 한설야의 문학은 자본주의적 생산관계에 주로 관심을 기울였으나, 점차 생산력을 강조하는 방향으로 변화된다. 〈과도기〉와 '탁류 3부작'[16]은 일본에 의하여 이루어지는 근대화의 문제점에 대하여

---

15 신기욱, 『한국 민족주의의 계보와 정치』, 이진준 옮김, 창비, 2009, 132면.
16 '탁류 3부작'은 〈홍수〉(『조선문학』, 36.5.), 〈부역〉(『조선문학』, 37.6.), 〈산촌〉(『조광』, 38.11.)을 말한다.

충분한 관심을 보이고 있다. 당대의 농민들이 자신의 땅에서 유리될 수밖에 없는 실상을 효과적으로 드러내고 있는 것이다. 그럼에도 이들 작품에는, 일제의 자본에 의해 가능해진 생산력의 향상 앞에서 보이는 작가의 머뭇거림(hesitation)이 나타나 있다. 이러한 머뭇거림은 작품이 이데올로기의 일방적 중압으로부터 벗어났음을 보여주는 것으로서, 작품의 미학적 성취를 일정 부분 보장하게 된다.[17]

그러나 해방 이후 개작본에는 식민지 농촌의 생산력 발달이 조선인 농민들의 삶에는 아무런 도움을 주지 못하며, 오히려 고통을 심화시킬 뿐이라는 인식을 분명하게 보여주고 있다. 개작본 〈과도기〉에서 창선이 부부가 고향을 떠나 간도로 이주한 것은 일제 때문임이 선명하게 드러난다. 원고지 3매 정도가 삽입되어 창선이 부부가 근대화로 인해 곤궁해진 생활을 하게 된 경과를 설명하고 있다. 그것은 다음과 같이 서술되고 있다.

> 그런데 어느덧 세월은 점점 이 사람들에게 나쁘게만 변하여 갔다. 발동선이 새로 바다의 주인으로 등장하였다. 그리하여 돈 가진 사람과 일본 사람의 큰배 하나가 이 고장 어부들의 조그만 목선 몇 십 척씩을 밀어 젖히면서 독판을 치게 되엿다.
>
> 그래서 결국 창선이네도 대대로 해오던 고기잡이를 그만두지 않으면 안 되었고 아버지마저 학대와 곤궁 속에 세상을 떠난 뒤 창선이는 형과 함께 바닷가 산전을 갈아 먹고 사는 수 밖에 없었다. 그때 창선이는 순남이와 결혼하게 되었으나 살림은 점점 쪼들려만 가서 하는 수 없이 정든 고향을 떠나 간도로 갔던 것이다. (10)

---

17 「과도기」와 '탁류 3부작'에 나타난 생산력주의에 대한 논의는 이경재의 「한설야 소설의 서사시학 연구」(서울대 박사논문, 2008)를 참고하였다.

결국 이들 부부가 간도로 떠나간 것도, 돈 가진 사람과 일본 사람이 소유한 '큰 배 하나'의 등장과 밀접한 관련이 있는 것이다.

개작본 〈과도기〉에서 창선이 일가가 고향으로 돌아온 이유도 일제의 수탈과 탄압 때문인 것으로 변화된다. 원본에서는 "죽지 안은게턴 만다행임니다. 되놈들등쌀에 몰녀댄니기에볼일을못봄니다."[18]라고 되어 있는 것이 "왜치들, 순경놈들, 지주놈들 등살에 몰려 다니기에 볼 일을 못 봅니다."(12)로 바뀐 것이다. 중국 체험을 그리는데 자주 등장하는 동사(凍死) 모티프[19]와 관련해서도 그 원인은, 어머니에 의해 "그놈들이 삼재팔난을 다 싣구 다니너니라."라는 말에 이은 "그럼요. 거기도 그놈들 판입니다."(13)라는 말의 첨가를 통해 일제에 의한 것으로 그려진다. 〈산촌〉에서는 금순(원 복네)이 아버지와의 대화에서 기술이 "만주도 예전과는 달르다오. 저놈들이 어찌 들이 밀렸는지 여기보다 더하다오."(163)라는 말이 덧붙여졌다.

개작본 〈과도기〉에서는 "하기사 살기 좋은 곳부터 뺏뜰어 먹는 놈들이 아닌가."(6)라는 말을 첨가하여, 고향의 부정적인 변화 역시 일제의 착취와 관련된 것임을 분명히 하고 있다. 창선이와 어머니가 나누는 대화는 다음과 같이 변한다.

> "사흘 굶은 범이 원을 가리겠늬. 그놈들이 한당해서 못살게 만들었으니 아무 놈이라도 물고 늘어진다더라. 글쎄 저놈들이 그 좋던 동네를 빼앗구 이리로 몰아 내더니 고기가 잡혀야 살지. 무얼 먹고 산단 말이냐."
> (13)

---

18 『조선지광』, 29.4., 179면.

19 동사 모티프는 만주에 사는 조선인이 한겨울에 중국인 지주의 수탈 등으로 얼어 죽는 내용이다. 〈인조폭포〉, 〈과도기〉, 〈한길〉 등에 동사 모티프가 나타난다.

원작에서는 "사흘 굶은 범이 원을 가리겟늬. 죽을 판인데…… 고기가 잡혀야 살지, 무얼 먹고 산단 말이냐"[20]라고만 되어 있다. 개작본에서는 '그놈들'로 지칭되는 일제의 책임을 분명하게 드러내고 있다. 〈과도기〉에서는 원본에는 복자 처리된 부분이 온전하게 밝혀지고 있다. 첫 번째로 "동리에서몰녀나서기만하면 엇전지XX이부득부득못가게한다더구나"[21]라는 부분의 'XX'가 '순사'로 표기된다. 또한 "창룡이는 처음XXXXXX가될때형편을얘기하엿다"[22]의 복자가 '화학비료공장'으로, 마을의 피해 보상을 위해 찾아간 곳에서 복자처리되어 있는 부분도 '도장관'으로 표시되고 있다.

일제에 의한 생산력의 발전이 결국 고향을 파괴하고 사람들의 삶을 황폐화시킬 뿐임은 작품의 여러 곳에 나타난다. 그 중에서도 창선과의 대화에서 이루어지는 창룡의 발언이 다음과 같이 변화된다.

원작 : "원 가당치도 안은…………가우리말은고사하고 XX도넷쓰리만 히안다네. 원 령의뎡을업고댄니는지 그 XX등쌀은 갈는장수가업데그려."[23]

개작 : "하기사 축항이고 나발이고 할거 없이 저놈들이 가고 우리 동네를 도루 찾았으면야 일등 좋겠지만, 저놈의 회사가 우리 말은 고사하고 경찰도 관청도 꿈에 넷들이로 안다네그려. 일본서 제일 가는 회사라거든."(17)

---

20 『조선지광』, 29. 4., 180면.
21 위의 책, 181면.
22 위의 책, 182면.
23 위의 책, 184면.

창룡은 개발되기 이전의 고향을 다시 찾기를 간절하게 원한다. 그러나 경찰과 관청보다도 힘이 센 것으로 그려지는 회사는 결코 그 소망을 이루도록 내버려 두지 않는다. 개작을 통해 일제 시기 이루어진 생산력의 발전에 대한 회의와 일제의 식민지적 실체가 보다 뚜렷하게 부각되고 있다. 이와 관련해 새로 등장한 노동자 노래에 대해, 원본에 있었던 "옛살님을빈정대고새살님을자랑하는노래다."[24]라고 평하는 부분이 삭제된다. 〈과도기〉의 후속편인 〈씨름〉에도 일본과 그에 기댄 자본과의 투쟁이 선명한 선으로 새겨넣어져 있다.

'탁류 3부작'에서도 일제의 부정적인 역할을 뚜렷하게 드러나기 위해 애쓴 흔적이 역력하다. 그것은 주로 일본인 교장 사사키와 관련해서 나타난다. 〈홍수〉에서 "저놈의 동때문에 똑 이지경이어! 무진년창파에도 아무일 없었는데 저동이 생기더니 대뜸 이지경이 아니우? 물길을 막아놓아서!"[25]라는 농민들의 대화 뒤에 개작본에는 "저놈이 교장의 등살을 믿고…"(124)라는 말을 덧붙이고 있다. 이외에도 사사끼와 관련해 새로 첨가된 부분을 정리하면 다음과 같다.

'사사끼'라는 위인이 워낙 참새 굴레 씌우게 약은 사람이라 조선 사람의 눈을 속이기 위해서 종걸의 이름을 빌고 있었던 것이었다. (125)

그러나 사사끼는 꾀가 많은 사람으로 그때 벌써 그 땅은 언제든지 제 손으로 들어 오고 말 것이라는 것과 그러기 위하여 제가 해야 할 일들을 생각하고 있었다.

(나라도 먹는데 네 땅쯤이……)

---

24 위의 책, 185면.
25 『조선문학』, 36.5., 68면.

사사끼는 속으로 이렇게 콧방귀를 불었다. (125)

농민들은 아직도 그것이 사사끼의 동인 것을 똑똑히 알지 못하였다. (127)

특히 〈홍수〉의 마지막에는 원고지 12매가 넘는 분량으로 사사끼의 내면이 적나라하게 드러나고 있다. 그것을 통해 "동척 회사는 물론 일본인인 나의 편이다. 나를 도와준다. 벌써 도 재무부장을 통해서 앞일까지 어느정도 약속이 맞지 않았는가."(133)와 같은 사정이 드러난다. 이어지는 〈부역〉에서는 문근과 기술이의 대화를 통해 동척 회사와 일제의 연관성을 강하게 드러내고 있다. 그 핵심적인 부분을 옮기면 다음과 같다.

> "사긴 누가 사. 동척 회사에 들어간 땅인데 다른 데로 넘어갈 수 있늬. 너 동척 회사 모르늬. 그거 에–무섭단다. 범의 이짬에 들어간 고기를 파내면 냈지 동척 회사에 들어간 땅을 빼낼 수는 없다."
> (중략)
> "야, 너 정말 세월 없구나. 항우와 씨름하면 누가 지겠늬. 교장 선생은 일본 사람이야. 그런데 또 자력 갱생, 농사 개량, 거기다 또 심전 개발(心田開發)을 위해서 모범 농장을 창설한다는데 회사가 안 들어 주겠늬. 저당만 잡히면 회사 맘대로야. 칼자루를 쥔 셈이거든. 그러니 일본 사람들에게 줄 밖에 있늬. 교장 선생은 벌써 김 갑산 동이 제 땅이 다된 걸로 알고 있단다. 그래 일본서 모범 농민도 더 불러온대." (152)

이와 관련해서는 '탁류 3부작'의 마지막 편인 〈산촌〉이 특히 중요하다. 사사키 농장이 선보인 놀라운 생산력의 증가에 대하여 서술한 이후에, 개작본에서는 "그러나 땅이 이렇게 개변되었음에도 불구하고 그 땅을 가는 사람들의 살림에는 아무런 변화도 오지 않았다. 다만 이 땅으로 해서 생활이 달라지면서 있는 것은 사사끼 교장 한 사람 뿐이였다."(177)와 같은 작가의 목소리가 삽입되어 있다. 이것은 원작에서 사사키 교장이 가져온 놀라운 생산력의 증대 앞에서 중립적인 목소리만을 내었던 것과 비교한다면 크나큰 변화이다. 개작본에서는 그러한 변화가 "그 땅을 가는 사람들의 살림에는 아무런 변화도 오지 않"은, 단지 "사사키 교장 한 사람"만을 위한 변화임을 뚜렷하게 표명하고 있기 때문이다.

식민지 시기 일제가 가져온 생산력의 증가에 대한 경시와 식민지적 생산관계에 대한 강조는, 개작본 〈모색〉에서 H부중에 있는 공급소에 대한 원작의 찬양이 삭제되는 것으로 이어진다. 원작에는 "뿐아니라 오늘날 비상시국민의 경제를 위해서 이존재는 부민전체가 감사해야 할 것이오. 또 그여덕을 인근 촌읍에서까지입고 있는것도 사실이다."[26]라는 부분이 등장한다. 일제에 의해 생긴 공급소라는 근대적 문물이 가진 이점을 찬양하고 있는 것이다. 그러나 개작본에서는 이 부분이 깨끗하게 삭제되어 있다. 이것은 식민지적 생산관계가 지닌 문제점을 드러내는 개작본의 전체적인 변화 양상과 통한다. 이와 관련해 공급소에서의 쇼핑이 끝나고 집에 가는 길에 남식이 아내에게 하는 "오늘 이득 봤지. 물건값이 우리게보다 언간히 싸지?"[27]라는 말은 "오늘 잘 해댔어. 그치들이 다시 끔쩍하지 못하는 것만 봐—"(370)로 바뀐다.

위에서 살펴본 생산력 증대에 대한 무시와 식민지적 생산관계에 대

---

26 『인문평론』, 40.3., 152면.
27 위의 책, 162면.

한 강조는 반일의식의 강화와 동궤에 놓여 있다.[28] 반일의식의 강화
는 조선어학회에 깊이 관여한 신명균의 자살을 소재로 한 〈두견〉에서
가장 선명하게 나타난다.[29] 개작본에서는 'XXX학회'라고 복자처리된
것이 '조선어학회'로 표기된다. 또한 아래 원작과 개작본의 인용이 보
여주듯이, 안민이 남긴 원고는 "반달족(일제)의 조선어문 말살 정책을
반대하여 싸워"온 결과물로 뚜렷하게 자리매김된다.

> 원작 : 그가 삼십년 동안 적공한 원고인것이다. 그가 XXX학회의 한사람
> 으로 꾸준히 그방면의연구를 쌓아온것이며 그것을 따로 출판 못
> 한다하더라도 학회의 참고자료를삼아 그사업을 도웁자고하든것
> 을 세형이는 잘 알고있었다.[30]

> 개작 : 그가 삼십년 동안 적공한 원고인 것이다. 그가 조선 어학회의 한
> 사람으로, 반달족(일제)의 조선 어문 말살 정책을 반대하여 싸워
> 오면서 조선 어문에 관한 체계적인 연구를 하였고 그리하여 귀중
> 한 원고를 작성했으나 발표할 자금도 자유도 없어서 어학회의 참
> 고자료로 제공하겠노라고 말하던 것을 세형이는 직접 들은 일이
> 있었다. (497)

---

28 반일의식은 〈아들〉의 개작양상에서도 나타난다. 이 작품에서 경구의 애꾸눈 아
들 이섭은 사무라이를 그리기도 하며, 사무라이를 동경한다. 개작본에서는 그것
이 "우리 장수"(305)로 변한다. 같은 맥락에서 "너 뭐가 되고 싶으냐"는 경구의 물
음에 원본에서는 "순사"(『문장』, 39.8., 36면)라고 말하지만, 개작본에서는 "장
수"(311)라고 대답한다.

29 〈두견〉의 안민이 한말과 일제시대에 민족계몽과 한글운동을 실천한 비타협 민족
주의자인 신명균을 모델로 한 것임은 박용규의 「일제시대 한글운동에서의 신명균
의 위상」(『민족문학사연구』 38호, 2008.12., 390~391면)에 잘 나타나 있다.

30 『문장』, 41.4., 157면.

뒤이어서 "'저놈들이 선생을 죽였군나'하는 창날 같은 생각이 치솟으며"(497)라는 말이 첨가되어 있다. 조문한 사람들이 나누는 이야기에는 "은나라 뿌리는 먹을지언정 주 나라 잎은 먹지 않는 량반이였지요. 가위 본받을만한 우국지사건만 이놈의 세상은 그걸 제일 싫어하거든."(497-498)이라는 말이 덧붙여졌다. 안빈에게는 결백한 지사라는 성격 위에 '우국지사'로서의 성격이 뚜렷하게 새겨지고 있는 것이다. 또한 일제는 "경찰은 한편으로는 탄압하고 한편으로는 언제 어느 날 죽어자빠지나 기다리고 있었다."(501)는 말처럼, 안민이 관여하는 학당을 탄압한다. 그 결과 학당은 "일제 관헌의 박해로 말미암아 마침내 폐쇄되고"(502) 만다. 안민의 제자가 와서 읽은 조사에서는 "조선 사람의 창마다에 검은 장막을 드리워 준 그것이 바로 선생의 귀중한 생명을 뺏아갔습니다."(512)는 말이 첨가되어 있다.

북한에서 출판된 단편집 『귀향』의 서사 내용에 있어 가장 큰 변화는 일본인 모습의 변화이다. 이것은 복자 처리되었던 '순사', '도장관', '조선어학회'와 같은 말이 되살아난 것에서 드러나듯이, 일제의 탄압에 의해 제대로 드러내지 못했던 것을 해방 후의 변화된 상황에서 자유롭게 표현한 것으로 볼 수 있다. 생산력과 생산관계의 문제에 있어서는 원작과 확실하게 달라진 모습을 보여준다. 일제 말기 작품들에는 일제가 가져온 생산력의 증대에 대한 머뭇거림이 나타나 있었다. 그러나 개작본에서는 그러한 머뭇거림이 완전히 소거되고, 식민지적 생산관계의 문제점만을 강렬하게 드러내고 있다. 이러한 문제점 아래에서 생산력의 발전은 일제와 그에 추종하는 일부 세력만을 위한 것에 머물게 된다. 이러한 변모양상은 해방 이후 북한사회의 강고한 내셔널리즘과 연관된 반일의식의 강화에 따른 결과이기도 하다.[31]

3. 중국인 형상의 변화에 나타난
반식민주의적 의식의 강화

〈과도기〉, '탁류 3부작'과 더불어 개작이 가장 많이 이루어진 작품은 〈보복〉이다. 이 작품에 나타난 개작 양상은 한설야가 지닌 중국인에 대한 중층적인 (무)의식을 보여준다는 점에서 매우 중요하다. 주지하다시피 한설야는 카프 문인 중에서 가장 다양하고 깊이 있는 중국 체험을 한 작가이다. 세계관이 형성되던 청년기에 북경유학을 한 바 있으며,[32] 1926년에는 무순에서 간접적으로 탄광노동을 체험하였다. 1930년대에는 조선일보 기자로서 만주를 취재하기도 하였고,[33] 1940년에는 북경에 머물며 여러 편의 기행산문[34]을 발표한 바도 있다.

원작 〈보복〉은 딸을 유괴당한 종태가 자식을 찾지 못하는 고통으로

---

31 워커 코너는 맑스주의에서 드러나는 민족주의의 세가지 경향을 말한다. 첫째 고전적 맑스주의는 계급을 민족보다 우선시했으며, 따라서 민족주의와는 화해할 수 없었다. 두 번째 계통인 전략적 맑스주의는 추상적인 차원에서는 민족정서의 힘을 인정하고 민족자결권을 공식적으로 지지하였지만 실제 승인과정에서는 선택적이고 심지어 내켜하지 않았다. 세 번째인 민족주의적 맑스주의는 고전적 맑스주의와는 반대로 주요한 역사적 세력으로서 민족의 역할을 인식하였다.(Walker Connor, *The National Question in Marxist-Leninist Theory and Strategy*, Princeton University Press, 1984, pp.19~20) 이 중에서 북한 사회는 "민족주의적 맑스주의"에 해당한다고 할 수 있다. 오늘날의 주체민족주의에서 알 수 있듯이, 북한은 공산주의를 그들의 민족주의적 목표를 위해 전유할 도구로 받아들였다고 말할 정도로 민족주의를 우선시했다. (신기욱, 앞의 책, 154면)

32 서경석, 「한설야의 〈열풍〉과 북경 체험의 의미」, 『국어국문학』 131, 2002, 499~523면.

33 「북국기행」, 『조선일보』, 1933.11.26.~12.3. 이 글은 1933년 10월 24일 밤에 발생한 간도 팔도구 폭동 사건을 취재한 것이다.

34 「北支紀行」, 『동아일보』, 1940.6.18.~7.7., 「燕京의 여름 - 市內의 納凉名所 其他」, 『조광』, 40.8., 「北京通信 萬壽山 紀行」, 『문장』, 1940.9., 「天壇 北京 通信」, 『인문평론』, 40.10.등의 수필이 그것이다.

인해 끝내는 광기에 빠져, 다른 아이를 유괴하고 감옥에 수감되는 이야기이다. 이 작품에서 종태는 뚜렷한 이유는 없지만, 순이를 홀려서 납치해 간 것이 중국인이라고 단정한다. 순이가 집을 나간 동안 지나인의 주택을 가장 먼저 훑어본다. 또한 "그사이 거어지 문둥이놈들을 의심하고 그 뒤를 밟아본일도 있으나 별로 수상한 티가 없음으로 그제는 더욱 외모로 지나인의 작간이라고 몰밀었다."[35]에서 알 수 있듯이, 지나인을 '거어지', '문둥이'와 같은 차원에서 사유한다. 아내 역시 마찬가지여서 "안해는 사녕개보다도 더 거악스레 지금 다리건너 채매전 지나인의마을을 휘끈 드비고 있"[36]다. 이 작품 속에서 중국인은 다음과 같이 야만시된다.

> "야 다다디유아. 이거 모두 주고 또 더줄테니 내시기는대로 할테냐…… 저, 너이들 중국사람이 뉘집어린앨 집어갔는데 너 찾아주면 백량(이십원)주마. 백량…… 일굽살난 계집애……"
>
> 종태는 계집애란말을하다가 무중 주춤했다. 지나인은 계집애라면 앙퀴다.[37]

> "아니다. 응당 되눔이 집어간것이라고 여길거다. 되눔 아니면 그럴 눔이 있나…… 되눔의집은 몰밀어 벌컥 뒤집어놓것이다."[38]

〈보복〉을 읽는 독자는 누구나 민족적 편견에 가득찬 한설야를 떠올

35『조광』, 39.5., 81면.
36 위의 책, 84면.
37 위의 책, 88면.
38 위의 책, 97면.

리지 않을 수 없다. 이러한 인식은 1930년대 중후반에 중국을 다녀온 여러 지식인들의 의식을 떠올리게 한다. 만주국 건국 이후 중국을 다녀온 지식인들이 남긴 글에는 몇 가지 공통점이 있다.[39] 그들은 중국의 유적지와 유물의 위대함은 찬양하면서도 중국인들은 반개(半開) 내지는 야만의 형상으로 표현한 것이다.

그러나 일제 말기 한설야의 중국인에 대한 의식은 그렇게 단순하지 않다. 〈보복〉과 비슷한 시기에 한설야가 쓴 일련의 북경 기행 수필들은 〈보복〉이나 여타의 지식인이 쓴 글들과는 달리 중국인들에 대하여 객관적인 태도를 유지하려고 하며, 때로는 존중과 배려의 정신이 넘쳐난다. 〈燕京의 여름 – 市內의 納凉名所其他〉에서는 다음의 인용과 같이, 화려한 유적의 광대함에만 감탄하는 다른 지식인들과 달리 그 속에서 중국 일반 민중들의 힘을 발견하고 있다.

대체 이놀라운工事들도 爲政者나 白手士人들이 했을 理없고 우리가 흔히보고 蔑視하고 함부로 부리는 勞動者(工匠까지도)들이 全部 했을 것이니 저보잘것없는, 더러운 人間들속에 그만한 재주와 힘이 있으리라고, 생각되지안소만 그러나 저들이 만든것은事實이니 다시금깊이 숨어 있는 智와力을 가진 大陸人의性格을 생각하지않을수 없소.

우리가 西洋人에게 一種畏敬을 가지는것이사실이오. 또저들은이 큰 땅덩이우에 검은 野心을가지고 阿片이라 宗敎라 무엇무엇이라하는것으로 이땅 到處에자기네標本을 박아도 놓았지만 그러나 이大陸人들이 만

---

39 정래동, 「북경의 인상」, 『사해공론』, 1936.9., 홍종인, 「북평에서 온 중국 여학생」, 『여성』, 1937.8., 김시창, 「북경 왕래」, 『박문』, 1939.8., 이갑수, 「북평을 보고 와서」, 『조선일보』, 1930.10.2.~10.16., 문장욱, 「연경유기」, 『조광』, 1939.11., 오상순, 「방랑의 북경」, 『삼천리』, 1935.1., 이광수, 「북경호텔과 관성자의 밤」, 『신인문학』, 1935.8., 배호, 「유연 20일」, 『인문평론』, 1939.10.

들어논 人工의큼을 볼때 우리는 열번百번윈고개를 흔들지않을수없소.
絶對로 이偉大함을 나은 이性格을 地球上에서 抹殺할수없으리라
고…….40

이러한 인식은 1944년에 창작했다는『열풍』에서도 발견된다.41 주
인공 상도는 타자를 동일자로 전유하는 식민주의적 의식으로부터 벗
어나 있다. 오히려 상도에게 중국은 배움의 대상이 되기도 한다. 또한
일본어 경장편 소설『대륙』은 일본인 오야마와 중국인 조마리의 연애
서사를 통하여 반식민주의 의식을 선명하게 드러내고 있다.

1940년을 전후한 시기 한설야가 지닌 중국인에 대한 의식은 이처럼
복잡하고 중층적이다. 일련의 중국 기행산문들에서는 중국인에 대한
어떠한 식민주의적 의식도 발견할 수 없다. 우호적이며 객관적인 태
도를 유지하려고 하며, 존중과 배려의 정신이 넘쳐난다. 여타의 지식
인이 중국인을 대하는 의식구조가 '중국인은 더럽다(혹은 무질서하다).
그러므로 그들은 야만이다.'라는 명제로 정리할 수 있다면, 〈열풍〉과
일련의 중국기행산문을 통해 확인할 수 있는 한설야의 중국인을 대하
는 의식구조는 '중국인은 더럽다(혹은 무질서하다). 그러나 그들은 야
만이 아니다.'라는 명제로 정리할 수 있다. '중국인은 더럽다(혹은 무질
서하다).'가 일제 말기 중국인을 대하는 조선인 지식인의 심층심리에
해당한다면, 후자의 '그러나 그들은 야만이 아니다.'는 사회주의자로
서의 한설야가 지닌 사상적 양심에 해당한다. 이것을 식민주의적 (무)

---

40 『조광』, 1940. 8. , 294면.
41 『열풍』은 1958년 조선작가동맹출판사에서 발행된다. 이 창작집에는 1944년 9월
   9일에 쓴 후기가 붙어 있다. 한설야는 머리말에서 1944년에 탈고한 작품을 발표
   하지 않다가, 약간의 수정을 가하여 1958년에 발표한다고 밝히고 있다.

의식과 반식민주의적 의식이라 말할 수도 있을 것이다.

그러나 이 시기 한설야는 여타의 지식인들처럼 중국인들을 향한 식민주의적 (무)의식을 표출하는 경우도 있다. 앞에서 살펴본 〈보복〉이 대표적인 경우이다. 『열풍』에서도 작가의 실수인 양, 식민주의적 (무)의식에 해당하는 장면이 등장한다. 상도가 북경행 기차를 탔을 때, 기차의 위층에 있는 중국인이 새벽녘 상도에게 오줌을 싼다. 상도는 그 중국인을 손으로 찔러 보지만, 돌아온 것은 "부관 부관(괜찮다)"[42]이라는 말 뿐이다. 이러한 반응에 "상도는 입이 써서 암말도 안 하고 신문지로 대강 몸을 훔치고 다시 자리에 들어 앉"[43]는다. 이것은 '중국인은 더럽다(혹은 무질서하다). 그럼에도 그들은 야만이 아니다.'라는 명제에서, 앞 문장만 나오고, 뒷문장은 생략된 경우라 할 수 있다.

북경행 기차 안에서 겪는 불결한 중국인의 모습은 소설이 아닌 산문에서도 반복적으로 나타난다. 「북지기행」에 그러한 모습이 잘 나타나는데, 이 산문은 모두 7회로 이루어져 있다. 1회부터 3회까지는 조선을 출발해 만주를 거쳐 북경역에 도착하기까지의 여정을 담고 있고, 나머지 4회부터 7회까지는 북경의 각종 문화유적지를 설명하고 있다. 힘들게 차에 오르는 중국인들은 "당기고 끌리고 떠받드는 세사람이 모다 시컴언 이빨을 내노코 낑낑잡자르는데 그必死의 찡긴 몰골이 가관이요."[44]라고 묘사된다. 나아가 다음의 인용문에서처럼 만주는 '냄새'와 '먼지'로서 표상되는 곳이기도 하다.

그 몬지와 惡臭에 코를 들수업소. 그러나 滿支旅行 기왕 떠난사람은

---

42 한설야, 『열풍』, 조선작가동맹출판사, 1958, 63면.
43 위의 책, 63면.
44 『동아일보』, 40.6.19.

이런 것을 실허하는 조고만 결벽만을 지켜서는 정말이地方旅行의 眞味를 모르오. 무엇이니무엇이니해도 이것이 이地方人의 大部分의 生活狀態를 如實히말하는것이오 이것이 곧오늘날의 이들의民度를 말하는것이니 滿支를 알려면 이냄새와 몬지를 꺼려서는 안되오.[45]

한설야는 기차 안에서 차를 파는 중국인을 보며, 그 차림새와 다기(茶器)의 때를 보고 불쾌함을 느끼기도 한다. 특히 옆에 앉은 중국인이 차를 사서는 자기에게 권하자 한사코 그것을 거부하고는 맞은편에 앉은 일본인과 대화를 나누는 장면은 더욱 문제적이라고 할 수 있다.

그러나 개작본에서는 중국인을 향한 식민주의적 (무)의식은 깨끗하게 사라져 버린다. 〈보복〉의 원작에서는 순이를 납치해 간 것이 중국인으로 형상화되지만, 개작본에서는 일본인들로 변화된다. 처음에 순이를 찾기 위해 "B루라는 지나요리점"[46] 앞을 지나는 것이 "일본인 곡마단 천막"(236) 앞을 지나는 것으로, "무지막지한 되놈이 손매싼 회차리를 들고 을를것이니"[47]가 "마귀놈이 손매싼 회초리를 들고 을를 것이니"(238)로, "조선말대신에 되말을하도록 참대침질을 하는 지나인의 앞에 까무라처 늘어진 순이"[48]가 "조선말 대신에 왜말을 하도록 참대침질을 하는 말광대 놀리는 사람 앞에 까무러쳐 늘어진 순이"(238)로, "이집뿐아니라 H부중에 있는 지나인은 한놈도 빼지 않고 모조리 족처서 있는대로 불게하리라."[49]가 "이 집뿐 아니라 곡마단과 또는 H

---

45 『동아일보』, 40.6.19.
46 『조광』, 39.5., 80면.
47 위의 책, 82면.
48 위의 책, 82면.
49 위의 책, 82면.

부 중에 있는 수상한 놈은 한 놈도 빼지 않고 모조리 족처서 있는 대로 불게 하리라.”(239)로, 순이를 찾기 위해 종태가 경찰서에 찾아가서 하는 진술이 “오늘 B루 뒷골목에 있는 지나인의집에 갔다온 말”[50]에서 “오늘 곡마단 뒷골목에 있는 빈 집에 갔다 온 말”(240)로, 아내가 순이를 찾기 위해 “채매전 지나인의마을”[51] 다녀온 것이 “채마전 부락”(240)을 다녀온 것으로 변한다. 또한 개작본에서는 “종태도 말광대판(곡마단)의 어린애들은 모두 유괴되어 붙들려 간 아이들이란 말을 진작들은 일이 있다.”(237)라는 문장이 첨가된다.

또한 원작에서 중국인이 비문명인의 모습으로 형상화 되었던 데 반해, 개작본에서는 그러한 모습이 생략된다. 몰래 거름을 퍼내다가 아낙에게 욕을 먹는 사람이 “똥통을 멘 지나인”[52]에서 “똥통을 멘 채마전 사람”(244)으로 변한다. 이 부분에서 원작에는 무려 다섯 번에 걸쳐서 등장하는 ‘지나인’이라는 표현이 모두 삭제되어 있다. 작품의 후반부에서도 종태가 순이를 생각하며 아내에게 하는 말이 “무지한 지나인이 매를 내리거던”[53]에서 “무지한 년놈들이 매를 내리거던”(252)으로 변한다. 마지막에 감옥에 갇힌 종태가 환상 속에서 순이를 만난 부분에서 “지나인에게도 부뜰려가고 곡마단에도 갔다왔으나”[54]라는 순이의 대답은 “유괴단에게도 붙들려 가고 곡마단에도 갔다 왔으나”(257)로 바뀌고 있다. 또한 종태가 순이에게 하는 말 중에 너를 찾은 곳이 “지나인의집이더라”[55]라는 부분은 “그 집 주인은 이리와 같이

---

50 위의 책, 83면.
51 위의 책, 84면.
52 위의 책, 88면.
53 위의 책, 96면.
54 위의 책, 100면.
55 위의 책, 100면.

무서운 왜치더라"(257)로 변한다.

북한에서의 개작본에서는 중국인을 형상화함에 있어서 반식민주의적 의식만이 선명해지고, 식민주의적 (무)의식은 생략된다. 개작본 〈보복〉은 '중국인은 더럽지 않다. 그러므로 그들은 야만일 수 없다.'는 명제의 성립을 보여준다. 중국인 형상화에 있어서도 1950년대의 정치적 의식이 강력하게 작용한 결과 일제 말기에 집중적으로 나타나던 미묘한 머뭇거림과 의식의 중층성은 소거되어 버린 것이다. 이것은 한설야의 전체 개작이 보이는 기본적인 방향과 일치한다.

4.인물 형상화의 이분법과 현실 극복 의지의 강조

일본인과 중국인을 포함한 작중인물 형상화에 있어서 나타나는 공통된 특징은 이데올로기적 구분에 따른 선악의 이분법이 크게 강화된 것이다. 〈과도기〉에서 달라진 고향의 모습을 담담하게 바라보았던 창선이는 개작본에서 미래의 의지를 다지는 인물로 변한다. 〈씨름〉에서는 명호와 관련된 부분이 확대되어 있다. 21면부터 23면에 걸쳐서 씨름판에 모인 군중들이 나누는 대화가 등장하는데, 이 대화에서 명호는 한껏 이상화된다. 〈철로교차점〉에서는 "또다시 그 사고에 걸리면 부모를 잡아간다고 위협까지 하나 벌써 그런데 떨어질 주민들이 아니였다."(108)라는 문장을 첨가하여, 주민들의 정치적 의식을 강조하고 있다. 〈산촌〉에서 금순의 오빠는 일제에 끌려가 "고문통에 급사해 버"(163)린 것으로 내용이 변한다. 〈귀향〉에서 14장의 마지막 단락은 개작본에서 원고지 10매 분량으로 확장된다. 기덕이 고향에서 살아나갈 방도를 모색하는 내용인데, 원작에는 "H읍에 있는 친구와선배에게

부탁해서 직업을 구하”는 것과 “조고만 정미소를 내보라고 하는”[56] 것
이 구체적인 방안으로 제시되었다. 그러나 개작본에서 “기덕이는 서
울 갈 것은 단념하고 농민들 속에서 농민으로서 살고 싸울 것을 결
심”(225)한다. 〈모색〉의 원작에서 세상의 악에 굴복하지 않는 인물로
형상화되었던 남식 아내는 개작본에서 강인하고 저항적인 성격이 더
욱 강화된다. 남식이 역시 아내와 마찬가지로 불의에 저항하는 강인
한 성격의 인물임을 부각시키고 있다. 〈파도〉의 명수는 박준을 매우
부정적인 인물이라 생각하며, 그에게 당당히 맞설 것을 결심한다.
〈두견〉에서는 안민 선생을 표현함에 있어 “종시 로동하며 공부하던
고학생들을 버리고 가려 하지 않았다.”(499)는 문장을 첨가시키고 있
다. 〈유전〉에서도 정식이 혜선을 연모하는 것은 좀더 숭고한 인류애
에 바탕한 것으로 그려진다.

긍정적 인물의 이상화와 더불어 부정적 인물의 악인화가 이루어진
다. 〈과도기〉에서 원본에 이름만 등장했던 최순검은 독립군을 잡아서
호의호식한 것으로 그려진다. 〈씨름〉에서 명호의 이상화와 대를 이루
어서, 명호와 한 편이 되기 이전의 요시다는 한층 더 부정적인 모습으
로 형상화된다. 〈부역〉, 〈산촌〉에서는 기술이가 아버지에게 느끼는
반발심의 강화와 함께 아버지를 포함한 기성 세대가 더욱더 부정적으
로 형상화되고 있다. 〈귀향〉은 이와 관련해서 원작보다 훨씬 더 아버
지가 아들의 세계관을 인정하는 모습으로 변한다. 〈파도〉에서 지조 없
이 세상과 타협하며 사는 부박한 인물인 박준은, 개작본에서 더욱더
부정적인 방향으로 변화된다.

한설야의 카프 시기 소설과 해방 이후 소설은 주제소설(authoritarian

---

56 『야담』, 39.7., 144면.

fiction)로서의 성격을 지닌다. 주제소설이란 독자에게 교훈을 주려는 의도를 가지고 있으며, 특정 정치, 철학, 종교 이념이 유효한 것임을 보여주는 소설이다.[57] 주제소설로서의 특성은 카프 시기보다 해방 이후에 더욱더 강화된다. 그것은 위에서 살펴본 것과 같이 개작본에서 인물의 이분법적 대립이 선명해지는 것에서도 확인된다. 선과 악으로 뚜렷하게 나누어진 인물들은 격렬한 갈등을 겪고 대결을 벌이기도 한다. 이를 통해 작가가 전하고자 하는 특정한 이념은 좀 더 선명하게 독자에게 전달된다. 이러한 이유로 대결의 구조(structure of confrontation)는 도제 구조(structure of apprenticeship)와 함께 구조적 모형으로 가장 널리 쓰인다. 개작본에서 보이는 인물들의 선명한 이분법적 형상은 한설야의 북한 소설이 경직된 주제소설에 가까워졌음을 증명한다.

인물 형상화에 있어 선명해진 선악의 이분법은 작가의 현실 극복 의지가 강화된 것과 맞물려 있다. 현실 극복 의지의 강화는 작품 결말의 변화를 통해 확인할 수 있다. 결말의 변화와 관련해 가장 큰 변화를 보이는 작품은 〈사과〉[58], 〈파도〉, 〈두견〉이다. 특히 〈파도〉의 마

---

57 Susan R. Suleiman, *Authoritarian Fictions*, Princeton University Press, 1993, p.7.

58 〈사과〉의 변화된 결말은 다음과 같다.

경수는 제 눈이 여태 터무니없이 높은 곳을 바라보고 있는 것을 깨달았다. 물론 경수는 일본인들이 사는 곳을 바라본 것은 아니다. 또 부자들의 살림을 바라보는 것도 아니다. 차라리 그것들을 반대해 왔다.

그런데 어찌하여 여태 그의 앞에 옳은 길이 보이지 않고 나서지 않았는가. 그는 여태 허공을 바라보고 있었던 것이다. 그것은 실상 높은 곳이 아니라 허황한 곳이었고 나락 같이 낮고 어두운 곳이였다.

거기에는 인간이 없다. 참답고, 바르고, 밝고 굳센 생활이 없다.

"인간을 보라. 인간 속에서 살자!"

한데 생각해본니 그것은 실상 가까운 데 있었다.

결코 먼 데도 높은 데도 있지 않았다.

경수는 공사장에서 일하는 친구들의 뒤를 따라 그리로 갈 것을 마음에 다짐하였다. 그것은 자기에게 생활을 가져다 줄 것이며 제가 가지고 있는 너절부레한 찌꺼

지막에는 작가의 이념을 직접적으로 토로하는 시가 등장하기도 한다.[59] 이 때의 시는 한설야의 북한소설에 빈번하게 등장하는 예시담(exemplum)[60]과 비슷한 기능을 한다. 〈두견〉은 두견새의 소리를 안민의 지사적인 삶과 긴밀하게 연결시키고 있다. 이외에도 〈태양〉에는 원문에 없던 '탈환해야 할 것'이 새롭게 첨가되었는데, 이것은 현실 극복의 의지를 드러내는 것이다. 〈사과〉의 마지막은 새롭게 첨가된 "경수의 마음속에는 하나의 신념이 주춧돌처럼 들어 앉았다."로 끝난다. 〈철로교차점〉에서도 마지막 부분에 "아무리 해서라도…… 목숨을 바쳐서라도 수직소를 내게 해야 한다. 사람들을 일어 서게 하자. 우리에게는 오직 그것만이 힘이다. 경수는 이렇게 부르짖었다."(115)는 부분이 첨가되어 있다. 〈부역〉의 마지막 부분에도 "그리고 또 기술은 문득 아까 그가 환상하던 그 무서운 괴물이 끓는 기름에 데여 죽는 것을 련상하였다. 유쾌하였다. 기운이 났다."(155)는 의지적인 말이 덧붙여져 있다. 〈세로〉의 주인공 형식은 신문사 내에서의 불의에 항거하다 끝내 해직 사령을 받고 낙향한다. 작품의 마지막에는 "지금 걸어가는

기들을 털어줄 것이라고 경수는 생각하였다. (97)

59 이 길을 걸어라! 훨훨 걸어라!
붉은 가슴이 영화에 탈 때
이 자유의 길 우에 나오거라
자비한 성자, 평등주의자 길의
위로를 들어라
헤매이는 리상과 영원한 광명을 고요히고요히 일러 주리라.
나오거라. 훨훨 걸어라, 이 자유의 길을… (422)

60 예시담이란 비유나 우화와 같이 하나의 권고나 메시지를 분명하게 함축하고 있는 이야기이다. 이러한 예시담은 주제소설의 초기적이고, 간단한 형태이다. 예시담과 주제소설은 모두 서사 자체가 작가의 의도하는 결론에 초점이 맞추어져 있고, 불명료함이 제거된 하나의 해석만을 가능케 한다는 점에서 공통된다. (Susan Rubin Suleiman, op.cit., p.28)

길이 거치나 참다운 자기의 길이라고 생각되였다"(453)는 문장이 첨가되어 있다.

개작본에 나타난 결말의 변화는 작품의 주제의식을 선명하게 하는 효과를 발휘하지만 작품의 미학적 측면에서는 부정적인 결과를 가져오고 있다. 앞에서 살펴본 바와 같이 개작본에서는 당대 현실을 연재 당시보다 훨씬 심각하고 어려운 것으로 파악하고 있다. 그럼에도 결말에서는 원작에는 보이지 않던 현실 극복의 의지를 날 것 그대로의 목소리를 드러내는 것이다. 이러한 개작 양상은 작품의 내적인 논리를 훼손하게 된다. 이것은 1950년대 한설야의 작가의식으로 일제 말기의 암울한 현실을 극복하려는 의도에서 비롯된 것으로 볼 수 있다.

5. 결론

한설야 단편 소설의 개작은 미학적 완결성의 추구라는 일반적인 목적 위에 크게 두 가지 의도하에 이루어진 것으로 보인다. 첫 번째는 일제 시기 엄혹한 시대 상황으로 인해 표현할 수 없었던 작가의 사상을 해방 이후에 비로소 표현한 것으로 이해할 수 있다. 이것은 복자의 복원(순사, 도장관, 조선어학회, 로동자 단결 만세, 로동자 농민 단결 만세 등등)에서 그 구체적인 실증을 얻을 수 있다. 두 번째는 1950년대 북한이라는 시공 속에서 강화된 정치적 의식을 반영하기 위해 개작이 이루어진 것으로 생각할 수 있다. 이것은 〈과도기〉와 〈씨름〉 두 편을 제외하고는, 북한에서 출판된 소설집 『귀향』에 실린 소설들이 모두 카프 해산 이후 쓰여진 작품이라는 것에서 방증을 얻을 수 있다.

한설야의 문학은 일반적으로 '경향문학 – 전향문학 – 당문학'의 진로를 밟은 것으로 이야기된다. 이 중 카프 해산 이후에 쓰여진 소설들은, 이데올로기의 강력한 영향을 받은 카프 시기와 북한 시절의 작품들에 비해 상대적으로 이데올로기적인 압박으로부터 자유로웠다. 더 이상 거대 담론으로부터 주체를 형성시킬 수 없는 지식인 주인공들의 끝모를 방황을 다룬 일련의 소설들은 이 시기 작가정신의 중요한 한 축을 형성한다. 카프 해산 이후에 창작된 작품들을 집중적으로 개작한 것은 이들 작품들이 1950년대 한설야의 정치 의식과 가장 큰 낙차를 지니기 때문이라고 볼 수 있다.

외국인 형상의 변화를 통해 볼 때, 개박본에서는 특히 한설야의 내셔널리즘이 강력하게 개입해 들어온 것으로 보인다. 개작된 여러 작품들에서 강렬한 반일의식이 전면적으로 표출되고 있다. 이것은 〈과도기〉와 '탁류 3부작'과 같은 작품에서 식민지적 생산관계를 선명하게 드러내는 기능을 한다. 원작에서 보이던 생산력의 발달이 가져온 성과에 대한 중립적인 시각은 지워져 있다. 또한 중국인의 형상화에 있어서도 일제 말기와 다른 양상을 보여준다. 일제 말기 중국인에 대한 한설야의 의식이 식민주의적 (무)의식과 반식민주의적 의식을 동시에 지니고 있는 중층적인 모습이었다면, 〈보복〉의 개작에서 단적으로 드러나듯이 해방 이후 소설에는 반식민주의적 의식만이 선명하게 드러날 뿐이다. 일본인과 중국인의 표상에 있어, 이처럼 달라진 양상은 1950년대 한설야가 지닌 내셔널리즘과 직접적으로 관련되어 있다. 해방 이후부터 북한은 실제적인 이유에서건 국가 재건을 위한 이유에서건 외부의 적을 상정하고 그에 대한 강렬한 적개심을 드러냈다. 이 때 외부의 적으로 등장한 것은 미국과 일본이였다. 반대로 중국과는 한국 전쟁의 대규모 파병이 증거하듯이 혈맹의 관계를 맺어왔다. 이러한 당대의 정치적 담론이 『귀향』의 개작본에는 그대로 드러나고 있는 것이다.

　일본인과 중국인을 포함한 작중인물 형상화에 있어서 나타나는 공통된 특징은 이데올로기적 구분에 따른 선악의 이분법이 크게 강화된 것이다. 인물 형상화에 있어서도 이데올로기적 구분에 따른 선악이분법은 크게 강화된다. 이것은 주제소설로서의 성격을 지니는 해방 이후 한설야 소설의 일반적인 특징이기도 하다. 인물 형상화에 있어 선명해진 선악의 이분법은 작가의 현실 극복 의지가 강화된 것과 맞물려 있다. 현실 극복 의지의 강화는 작품 결말의 변화를 통해 확인할 수 있다. 정치적 의식을 드러내려는 의도는 너무나 강렬해 때로 예시담의 역할을 하는 시를 등장시키기도 하다. 이로써 일제 말기 한설야 소설이 확보했던 복합적이며 성찰적이었던 생활의 공간과 예술성을 담지한 사상의 공간은 사라지게 된다. 소설집『귀향』에 실린 개작 단편들은, 1950년대 북한문학의 이데올로기적 담론에서 자유롭지 못하던 한설야 문학의 특징을 보여주는 구체적 사례이다.

한설야 장편소설의 개작 양상 연구

1. 개작 양상 연구의 필요성

지금까지 한설야에 대한 연구는 식민지 시기를 중심으로 이루어져 왔다. 이것은 남한 학계에서 북한문학을 본격적으로 다루기 시작한 것이 얼마 되지 않은 것에서도 연유하지만, 한설야 문학의 본령을 식민지 시기로 한정지어 바라보았기 때문으로 보인다. 북한에서의 한설야 소설을 다룬 연구는 얼마 되지 않는다.[1] 작가론의 경우에는 북한에서의 한설야 문학을 다룸에 있어, 『설봉산』을 중심으로 한 논의가 대부분이었다.[2]

---

[1] 김윤식, 『한국현대현실주의소설연구』, 문학과 지성사, 1990.

조남현, 「북한소설론 – 『설봉산』, 『서산대사』를 중심으로」, 『한국현대소설의 해부』, 문예출판사, 1993.

김재용, 「냉전적 분단구조하 한설야 문학의 민족의식과 비타협성」, 『분단구조와 북한문학』, 소명출판사, 2000,

[2] 서경석, 「한설야 문학 연구」, 서울대 박사, 1992.

그러나 진정한 의미의 한설야론을 완성하기 위해서는 북한에서의 작품까지 포괄해서 다루어야 한다. 해방 이후 북한에서 화려한 활동을 펼친 한설야의 경우, 실제 작품 창작에 있어서도 이전보다 더욱 활발한 모습을 보여주기 때문이다. 따라서 해방 이전과 해방 이후 한설야 소설의 연속성과 변화를 살피는 작업은 온전한 의미의 한설야론을 완성시키기 위한 필수적인 작업이라 할 수 있다. 이러한 작업의 매개 역할을 할 수 있는 것이 한설야 소설의 개작 양상 연구이다. 1950년대 중반에 한설야는 식민지 시기에 창작한 한글 장편소설 네 편을 모두 개작한다.

이러한 한설야 소설의 개작에 대한 연구는 지금까지 활발하게 이루어져 오고 있지는 않다. 민족문학사연구소는 이북명의 〈민보의 생활표〉, 송영의 〈음악교원〉, 엄흥섭의 〈가책〉, 〈아버지 소식〉, 이기영의 〈돈〉, 『봄』, 한설야의 『탑』 등의 작품에 나타난 개작양상을 살펴보고 있다. 그 결과 이들 작품의 개작은 "일제에 대한 적개심을 직접 드러내거나 노동대중의 투쟁정신을 고양하고 진보적 인텔리들의 항거와 투쟁을 직접 형상하고 불굴의 정신을 드러내는 쪽"3으로 이루어지고 있으며, 개작의 목적은 당대 독자 대중의 의식을 교양하는데 있다고 결론내린다. 이글은 북한에서 이루어진 식민지 시대 프로소설의 개작양상에 대하여 최초로 주목했다는 의의가 있으나 문제점 역시 발견된다. 그것은 개작된 작품 자체를 대상으로 한 연구가 아니라 북한에서 쓰여진 문학사에 정리된 내용을 통한 간접적인 연구라는 점이다.4

문영희, 『한설야 문학 연구』, 시와 시학사, 1996.
장석홍, 『한설야 소설 연구』, 박이정, 1997.
조수웅, 『한설야 소설의 변모양상』, 국학자료원, 1999.
3 민족문학사연구소, 「소설작품의 개작 문제」, 『북한의 우리문학사 인식』, 창작과비평사, 1991, 342면.

김병길은『황혼』의 개작을 다루면서 주요한 변화로 준식의 성격이 훨씬 더 이상화 된 선진적인 노동자로 변모했다는 점과 원본에는 없는 박상훈이 등장했다는 점을 중요한 개작 사실로 들고 있다. 박상훈은 직업적인 혁명가로서 노동자들을 막스 – 레닌주의로 무장시키는 역할을 하며, 텍스트 외적인 상황을 고려할 때 김일성과의 연관성을 드러내는 인물이라는 것이다.[5] 그런데, 박상훈의 존재를 김일성과 관련시키는 것은 한설야 소설의 개작본 전체를 고려하지 않고『황혼』만을 고려했기에 나올 수 있는 결론이다.『초향』같은 경우는 초판본에서 막연하게 중국에서 활동하는 것으로만 그려지던 초향 오빠의 활동을 백두산 저편에서의 활동으로 명시하고 있기 때문이다. 이것은 명백하게 김일성의 항일 운동과의 관련성을 보여주기 위한 것이라고 할 수 있다. 이러한『초향』에서의 명시성에 비한다면『황혼』에서 박상훈에 대한 작가의 묘사는 오히려 김일성과의 관련성을 감추는 효과를 발휘하는 것으로 볼 수 있다.

한수영은『청춘기』의 개작이 "『청춘기』는 다른 어떤 이야기도 아니 바로 남녀의 애정을 주조로 한 소설이라는 사실을 재확인하는 것이며, 두 번째로는 남녀의 애정은 어떤 형태로 이루어져야 하는가에 대한 분명한 지향점을 밝히려 했다는 점"[6]이라고 보고 있다. 나아가 개작을 통해 성격 묘사에서의 심리 변화 과정이 풍요롭게 묘사되어 있으며, 이를 통해 리얼리즘적 성취를 이루었다고 주장한다. 이러한 현실 충실성에 대한 강화 욕구는 1956년 10월 제2차 조선작가대회에

---

4 이 글에서 대상으로 하고 있는 문학사는『조선문학사』3과『조선문학통사』하권이다.

5 김병길, 「한설야의『황혼』개작본 연구」, 『연세어문학』, 30호·31호 합집, 1999.
　　　, 「한설야의『황혼』개작본 연구」, 『국어국문학』, 132, 2002.

6 한수영, 「한설야 장편소설『청춘기』의 개작과정에 대하여」, 『한설야 문학의 재인식』, 문학과사상연구회, 소명출판사, 2000, 105면.

서 제기된 도식주의에 대한 비판과 연속선상에 있다고 파악하고 있다.[7] 그런데 북한에서 도식주의에 대한 비판은 단순히 1956년 10월의 시점에서만 이루어진 것이 아니라, 그 이전부터 계속해서 이루어져 온 것이다. 또한 1년 후에 개작이 이루어진『초향』에서의 변화, 즉 김일성과의 명백한 관련성을 보여주는 부분 등을 고려할 때, 제2차 조선작가대회를 기점으로 한설야 개작본의 성격이 변화되었다고 보는 것이 적확한 설명이라고 할 수는 없을 것이다.

지금까지의 한설야 개작본 연구사 검토를 통해 알 수 있는 것은, 무엇보다도 개작된 작품 전부에 대한 검토가 필요하다는 사실이다. 그럴 때만이 개별 작품들에서 나타나는 개작 양상의 정확한 의미도 온전하게 규명될 수 있다. 이 글은 이러한 필요성에 바탕해서 쓰여지며, 그 기초 작업으로서『황혼』,『탑』,『청춘기』,『초향』의 구체적인 개작 양상을 실증적으로 검토해 보고자 한다.

이 글에서 다룰 장편소설들의 서지사항을 살펴보면 다음과 같다.『황혼』은『조선일보』에 1936년 2월 5일부터 같은 해 10월 28일까지 연재되었고, 1940년 1월 10일에 영창서관에서 단행본으로 발행되었다. 그 후 1955년 3월 25일에 조선작가동맹출판사에서 재간되었다. 그런데 머리말을 쓴 날짜는 1954년 12월로 되어 있다.[8] 이로

---

7 한설야 자신도 이러한 도식주의 비판에 동참하고 있다.

8『황혼』의 개작 시기에 대해서는 지금까지 분명하게 밝혀진 바 없었다. 다만『조선문학』(55년 10월호)의 신간소개와 엄호석의 글(「한설야의 문학과『황혼』,『조선문학』, 1955.11.)을 통해『황혼』의 개작이 1955년 4월 이전에 행해졌으며 그 첫 출간은 1955년 4월 작가동맹출판사를 통해 이루어졌으리라고 추정되어 왔다. (김병길, 앞의 글, 159면.) 본고에서는 직접『황혼』개작본을 입수할 수 있었다. 여기에 따르면,『황혼』개작본의 발행 시기는 1955년 3월 25일이다. 또한 작가에 의해 직접 쓰여진 머리말이 1954년 12월에 쓰여진 것으로 미루어 실질적인 개작은 54년 이전에 이루어진 것으로 확인할 수 있다.

미루어 볼 때, 실질적으로 재간은 1954년에 이루어졌던 것으로 보인다. 『탑』은 『每日新報』에 1940년 8월 1일부터 1941년 2월 14일까지 연재된 장편소설이다. 이 작품은 이후 1942년 매일신보출판사(每日新報出版社)에서 간행되었다. 이후 이 작품은 북한에 있는 조선작가동맹출판사에서 1956년 10월 15일에 재간행된다. 머리말은 1956년 8월 15일에 쓴 것으로 되어 있다. 『청춘기』는 동아일보에 1937년 7월 20일부터 같은 해 11월 29일까지 연재되었고, 2년 뒤인 1939년 6월 28일에 중앙인서관(中央印書館)에서 단행본으로 발행되었다. 그 후 1957년 7월 30일에 조선작가동맹출판사에서 개작본이 발행되었다. 후기는 1957년 4월 24일에 쓴 것으로 되어 있다. 『초향』은 본래 '마음의 향촌'이라는 제목으로 동아일보에 1939년 7월 19일부터 같은 해 12월 7일까지 연재되었다. 이후 1941년 4월 1일에 박문서관에서 『초향』으로 제목이 바뀌어 단행본으로 발행되었다. 조선작가동맹출판사에서 1958년 4월 10일에 재간된다. 후기는 1957년 12월에 쓴 것으로 기록되어 있다.

　네 편 모두 신문연재소설이었던 것이 이후 단행본으로 출판된다. 초판본이 되는 과정에서 자구의 수정과 첨삭이 이루어진 경우가 있으나 이것은 거의 무시해도 좋을 정도이다. 그나마 체제 자체의 변화를 꾀한 것으로는 『청춘기』와 『탑』을 들 수 있다. 『청춘기』도 연재본에서 아홉 번째 장인 '갈등'과 열째 장인 '삼곡선' 사이에 '은원'이라는 장이 추가되어 12장이었던 것이 13장으로 늘어난다. 그러나 '은원'장은 '갈등'장의 후반부를 분리해서 이름만 붙인 것에 불과하다. 『탑』은 초판본이 나올 당시, 연재분 중 마지막 부분에 해당되는 155, 156, 157회가 생략되었다. 따라서 본고에서는 각 작품의 초판본과 북한에서의 개작본[9]을 중심으로 하여 개작 양상을 살펴보고자 한다.

2. 서사적 내용의 변화

1) 반일의식의 강화

반일의식의 강화는 개작본 전부에 나타나는 특징이다. 특히 반일의식이 선명하게 드러나는 것은 『황혼』과 『탑』이다. 『황혼』[10]에서 노동자들과 대립하는 직접적인 당사자인 안중서는 철저하게 일본의 야스다 재벌의 하수인으로 그려진다. 그가 일약 부자가 된 것도 야스다 재벌이 조선에 진출할 때 "거간 겸 앞잡이 노릇"(16)을 했기 때문에 가능했던 것이다. 안중서는 실제 공장을 운영함에 있어서도 야스다의 정신과 방식에 따라 운영하고자 한다. 안중서의 "우리 조선 사람 공장은 일본 재벌을 업지 않고는 절대로 성공할 수 없소."(59)라는 말은 일제 시대에 자본과 일제가 결합되어 있음을 보여주고자 한 의도가 드러난 것이라 할 수 있다. 나아가 안중서는 "일본 군대를 보란 말요. 그들은 '야마도 다마시이'(일본혼)으로 쇠사슬 같이 얽혀 있단 말요."(335)라는 말에서처럼 노동자들을 탄압하는 방법의 모범으로 일본 군대까지 끌어들이고 있다. 이러한 설정은 노동자가 벌이는 자본가와의 대결이, 결국에는 일본제국주의와의 대결로까지 이어지고 있

---

9 본고에서 텍스트로 삼은 것은 다음의 책들이다. 『황혼』(영창서관, 1940.), 『청춘기』(중앙인서관, 1939.), 『초향』(박문서관, 1941.), 『탑』(매일신보사, 1942.), 『황혼』(조선작가동맹출판사, 1955.), 『탑』(조선작가동맹출판사, 1956.), 『청춘기』(조선작가동맹출판사, 1957.), 『초향』(조선작가동맹출판사, 1958.) 인용시 본문 중에 쪽수만 기록하기로 한다.

10 김병길은 『황혼』의 개작본에서 민족주의가 강조되어 나타나는 것은 단지 마지막 부분에 노동자가 들이닥치자 사장이 일본관헌을 부르는 것으로 한정지어 바라보고 있다. 그러나 개작본 『황혼』에서 민족주의에 대한 강조는 서사 전반을 지탱할 만큼 보다 전면적이다.

음을 보여주는 설정이라 할 수 있다.

『탑』의 개작본에서 반일의식은 『황혼』보다 전면적으로 드러난다. 지금까지 『탑』은 주요 내용이 아버지 세대의 낡은 세계를 부정하고 근대화로 지칭되는 새로운 세계에 대한 열망을 담고 있으며[11], 이러한 반봉건에 대한 의식은 반제국주의와 결합하지 못한 것으로 평가받아 왔다.[12] 그러나 개작본에서는 반봉건에 대한 의식보다 더욱 강렬한 밀도로 반일의식이 작품의 전면에 드러난다. 그것은 작품의 시작부터 마지막까지 이어지며, 극소수의 친일모리배(원술의 안해, 박광주 정도)를 제외한 모든 인물에게서 나타난다. 이 작품에서 타파해야 할 낡은 전근대적인 사고와 행동양식을 소유한 할머니마저도 일본에 대한 반일의식에 있어서만은 예외가 아니다.

초판본에서도 러시아에 대한 부정적인 인식은 드러난다. 그러나 그것을 반제국주의 의식이라 말하기엔 아쉬움이 남는데, 이유는 러시아를 바라보는 시선이 객관성을 상실한 채 일본의 시각을 거의 그대로 따르고 있기 때문이다. 러일전쟁의 책임을 모두 러시아에 돌린다든가 "쫓기는 로서아 병정들은 처처에 불을 질르고 길가는 사람의 대통을 깨여 대진을 빨아먹고 젊은 게집들을 까무러치게하고 돈을 물쓰듯 흐터가며 돼지 닭 게란을 처죽"(196)였다는 식으로 형상화하는 것이 그러하다.

개작본에서는 이러한 '짐승'으로서의 외세의 자리를 차지하는 것이 러시아에서 일본으로 바뀐다. 초판본에서 원고지 20매가 넘는 분량으로 다루었던 러시아군에 의한 혼혈아 얘기도 개작본에서는 "이런 풍설은 주로 일진회 회원들의 조작인데 그것을 알지 못하는 사람들이 진짜 이야기로 받아서 한입 건너 두입으로 퍼뜨러졌던 것이다."(118)

---

11 윤영옥, 「한설야의 『탑』에 나타난 근대성과 여성」, 『한국언어문학』, 2001, 383면.
12 김상욱, 「거세된 현실과 방법의 포기」, 『한국국어교육연구회논문집』, 1991, 63면.

라고 간단하게 정리하고 있다. 그렇다고 하여 러일전쟁 당시의 러시아를 긍정적으로만 그리는 것은 아니다. 러시아 역시도 어디까지나 외세의 한 범주로서 바라보고 있다. 일본이 '검은 것'이라면 러시아는 '노란 것'이고, 일본이 '족제비'라면 러시아는 '구렁이'에 불과할 뿐이다.

개작본에서는 지난 시절 우리 고유의 풍속에 대한 묘사가 훨씬 더 구체화되고 세밀해진다. 대표적인 것으로 정월 대보름의 불싸움을 묘사하는 것을 들 수 있는데, 초판본에서는 네줄에 불과했던 것이 개작본에서는 원고지 5매 정도로 확대된다. 초판본에 나오는 전통 풍속에 대해서, 윤영실은 "전통 풍속은 소년주인공의 의식에서 절대화된 근대 자체를 상대화하면서, 서술자아가 근대에 대한 성찰적 거리를 확보하고 있음을 보여준다."[13]고 의미부여한 바 있다. 즉 이러한 전통 풍속은 그 자체로 전근대에 민중공동체가 지녔던 삶의 충만함을 통해 일본으로 대표되는 서구적 근대의 폭력성을 성찰해볼 수 있는 기회를 갖게 하는 작용을 한다는 것이다. 개작본에서 그러한 의미를 지니는 풍속이 더욱 확대되었다는 것은 반일의식이 첨예하게 부각되고 있는 작가의 의식과 통하는 현상이다.

무엇보다도 반일의식의 형상화에 있어 개작본이 가져온 중요한 변화는 마지막 장 '모든 강물은 바다로'의 삽입이다. 이 부분은 상도(우길은 상도의 아명이다.)가 3.1운동에 참여하여 유치장에 갇혀 있는 모습을 형상화하고 있다. 본래 신문에 연재될 당시에는 마지막 3회에 걸쳐 이 부분이 형상화되고 있지만, 서사의 중심은 3.1운동과 그 의미에 놓여 있다기보다는, 조혼을 반대해 이순과 함께 도망친 상도가 아버지

---

13 윤영실, 「1930년대 후반 장편소설 연구」, 서울대 석사논문, 2000, 64면.

에게 붙잡히는 계기가 된다는 것에 놓여 있었다. 신문연재본에는 3.1
운동이라는 말도 나오지 않고, 다만 "여성을 사랑한다는 일보다 더소
중한일에 당면했든것이다."[14]라고만 언급되어 있다. 더군다나 초판본
에는 3.1운동에 관련된 부분은 완전히 누락되어 버린다. 그러나 개작
본에서는 150매 분량으로 3.1운동에 상도가 참여하는 모습과 그 이후
더욱더 각성된 의식을 갖게 되는 과정이 생생하게 그려지고 있다. 한
설야는 개작본에서 의식화된 상도와 가장 학대받는 계급의 전형으로
서의 상제가 함께 모이고 결의를 다지는 계기가 3.1운동인 것으로 결
말을 새롭게 설정함으로써, 20여년에 걸친 우길의 성장이 민족 해방
이라는 거대한 역사적 사명에의 동참과 헌신으로 귀결되고 있음을 분
명히 하고 있다.

　『청춘기』의 개작본에서는 은희가 병원에서 겪은 일을 삽입함으로
써 반일의식을 드러내고 있다. 다께다라는 일본 의사는 위암 환자의
배를 절개하고서는 병이 심각하다며 그냥 봉합한다. 이러한 행동은
같은 일본인인 스승 우에무라에 의해서도 문제 없는 행동으로 받아들
여지는데, 이것은 "같은 일본 사람이라는 편견"(397)으로 설명된다.
이 일은 은희에게 "그 수술 환자가 조선 사람이 아니고 일본 사람이든
가 더욱 일본 사람 고관쯤 되었다면 문제는 어찌 되었을까. 그리고 항
의를 제출한 학생들이 일본인 학생들이라면 그들의 의견을 그렇게 수
지 밟듯 해버렸을까."(398)라는 반일의식을 불러일으킨다. 또한 무료
환자로 자궁을 수술한 조선 부인 이야기가 나오는데, 이 여자를 담당
한 일본 의사가 환자를 제대로 돌보지 않아 은희가 대신 돌본다는 것
이다. 이런 이야기는 모두 초판본에는 없던 반일의식의 표출이라고

14『매일신보』155회, 1941.2.12.

볼 수 있다.

『초향』의 개작본에서도 일본 경찰의 앞잡이인 고가는 요리점에서 만나는 그 어떤 형형색색의 인간보다도 가장 악랄한 모습으로 그려지고 있다.

> 그러나 오늘 본 고가는 그들과도 다르다. 이자의 눈과 잇바디는 사람의 생명을 갉아 먹고 핥아 들이려는 곰의 혓바닥 같다. 더욱 이자는 남의 노예되는 것을 영광으로 생각하는 근성이 박혀서 상전에 대한 충성심과 상전의 요구를 충족시키려는 봉사심에 의하여 길들여진 사냥개처럼 움직이는 것이다.
>
> 초향이는 고가의 말소리를 듣고 표정을 볼 때마다 무언지 모르게 몸서리가 쳐졌다. 좋은 소리고 나쁜 소리고 거기에는 인간의 빛도 음향도 없다. 있다면 인간을 잡아 먹은 피비린 냄새만이 있는 것 같다.
>
> 까마귀가 하루 열 마디를 울어도 송장 먹고 싶은 소리라지만 고가의 소리는 그것도 아니다. 그것은 분명 산 사람을 먹고 싶은 소리다. 그의 얼굴, 눈도 정히 그렇다. (428)

이처럼 반일의식을 통해 드러나는 민족의식의 강화는 개작본에 공통되는 현상이라고 할 수 있다. 이러한 개작의 이유로는 두 가지를 생각할 수 있다. 첫째로, 작가가 지닌 반일의식을 표출할 수 없었던 창작 당시의 외부적 상황을 꼽을 수 있다. 다음으로는 작가의식의 변화를 들 수 있다. 한설야는 해방 이후, 특히 한국 전쟁 시기부터 냉전적 민족주의라 할 수 있는 경향의 작품들[15]을 꾸준히 발표한다. 이처럼

---

[15] 이러한 경향은 마지막 작품활동을 하던 시기까지 이어진다. 작품활동의 종반부에 창작된 『형제』나 『사랑』은 모두 냉전적 민족주의, 즉 '미제에 반대하는 조선'을

강화된 민족주의는 일제시대를 바라보는 작가의 시각에도 변화를 가져와, 일제에 대한 좀더 강경한 시각을 갖도록 유도했을 수도 있다. 개작의 정도나 서사 전반에 미치는 영향 등을 고려할 때 두 가지 이유가 모두 작용한 것으로 보인다.

2) 기층민중의 이상화

『황혼』의 초판본에서 노동자들은 생동감 넘치는 인물들이었다.[16] 그들은 계급의식으로 무장되어 가는 투사들이기 이전에 피가 흐르는 인간들이었던 것이다. 그러나 개작본에서 그러한 부분은 많은 부분 삭제되거나 변화된다. 이것은 기층민중을 이상적으로 그리고자 하는 의지가 낳은 결과라고 할 수 있다. 초판본에서 낙범과 기태는 욕설과 우스개를 주고 받기 좋아하는 희극적인 모습으로 그려졌다. 대표적인 예로 정님의 방을 엿보는 장면을 들 수 있다. 초판본에서는 '궁둥이'와 같은 희극적인 표현을 동반한 대화와 긴 장면묘사로 이루어져 있지만, 개작본에서는 "얼굴은 보이지 않으나 하나는 둥글뭉실하고 하나는 새우등같이 말라 꼬부라진 사나인데 그 두 사람이 잔등을 구부린채 움직이지 않고 벽에 머리를 댄채 가만이 앉아 있는 것이 어쩐지 우습고 이상하였다."(73)라고만 간단하게 묘사되고 있다.

개작본에서 기태와 낙범이는 준식이네 소조원으로서, 그들의 우스개 뒤에는 "빈 구루마를 멀찍이 한편에 치워 버려, 다음 시간의 작업

그 주제로 하고 있다.

16 앞시대의 소설들이 대체로 노동자들을 '고상한 존재'로 보았던 것과는 달리『황혼』은 노동자들을 그야말로 인간으로 보고 있다. 피와 살이 있고 성욕과 소유욕이 펄펄 살아 움직이는 존재로 그려 내고 있다는 것이다. (조남현, 「지식인소설과 노동자소설의 이중음」,『황혼』, 동아출판사, 1995, 539면.)

에 지장을 주자는 것"(133)과 같이 치밀한 계산이 놓여 있는 것이다. 공장내 청소년들 독서회 지도를 나가는 이들은 초판본에서와 같이"핑이 하이야 쌍하이야"와 같은 청국 아리랑을 부르는 대신 "숨잘 쉬는 백두산 줄기/피어서 만발해 무궁화라//타오르는 우리의 핏줄/쌈에 더욱 붉어 누리의 꽃//"(261) 혹은 "온천하 둘러싼 로동자들아,/일어나 나가자 앞으로 앞으로//우리는 누리에 붙는 불이라/태우자 압박의 저주론 쇠사슬"(262)과 같은 노래를 부른다. 개작본에서 이 부분은 원고지 20장에 가까운 분량으로 자세하게 기술되어 있다. 이런 그들이기에 낙범이는 산업 합리화와 이를 위해 실시된 건강 진단이 지니는 의미에 대하여 동료 노동자들에게 명쾌하게 설명하는 모습으로까지 그려진다.

기층민중의 각성된 존재로의 변화는 『탑』에서도 선명하게 드러난다. 게섬(초판본에서는 게섬으로, 개작본에서는 계섬으로 표기되어 있음)이 대표적인데, 그녀는 초판본에서도 작품의 중심에 놓여 있는 기층민중이었다. 그녀는 종으로서 집안의 궂은 일을 다하고, 혼기가 지났음에도 아무도 결혼에 대한 말을 하지 않아 애태워하며, 나중에는 어렵게 맺은 상제와의 사랑도 뜻대로 이루지 못한 채, 아이 하나만 남기고 미쳐서 죽고 만다. 그러한 게섬의 삶은 우길이를 계급적으로 각성하게 만드는 중요한 역할을 한다.

개작본에서는 할머니의 악인화를 통해 게섬이 겪는 고통과 한이 더욱 깊어지며, 그로부터 비롯되는 우길의 각성 정도 역시 더욱 강렬해진다. 계섬의 죽음은 "우길의 마음에 고귀한 씨를 뿌려 주었"고, "이 씨는 벌써 그날부터 앞으로 자라서 인간에 대한 사랑으로 되며, 인간을 박해하는 모든 것에 대한 증오로 될 그러한 약속을 지니고 있었던 것"(302)이다. 개작본에서는 여기서 한단계 더 나아가 우길에게 의식을 불어넣는 교사로서의 역할까지 주어진다. 계섬이는 우길에게 임진왜란 당시의 번개늪 이야기를 통해, "어떤 일이 있어도 뒤를 돌따보지 않고 도적이 와도 겁내지 않"(93)는 삶의 교훈을 주기도 하고, 항일의식으로 가득찬 두꺼비 타령을 우길에게 가르쳐 주어 그것이 아이들 사이에 널리 불리도록 한다. 계섬은 그 노래를 들을 때마다 "마을 소년들의 선생이나 된 것처럼 흐뭇"(224)해 한다.

우길을 가르치는 계섬의 모습은 박 진사의 진로에 큰 영향을 미치는 택균이라는 청년의 모습에서도 볼 수 있다. 초판본에서 택균은 "본시 북청 진위대 정교로 있던 사람"으로 "박진사가 북청을 탈출한 이후 항시 데리고 다니는"(311) 사람으로만 언급되어 있다. 그런데 개작본에서는 그의 출신과 활동 등에 대한 자세한 진술이 이루어진다. 그는 의병의 아들로, 의병의 연락 공작이라는 임무를 수행하기 위해 음식점 '중네미'로 들어가 바보 시늉을 하고 있던 사람이었다. 그런 그가 의병(초판본에서는 폭도)선무사업에 참여하지 않아 헌병대에 잡혀 있는 박진사에게 접근했던 것이다. 박진사는 그를 만나는 때마다 "그의 추례한 몸 속에서 고귀한 것을 찾"(175)으려 하고, 박진사가 탈출을 결심하는 데도 큰 역할을 미친다. 의병들의 연락책인 택균은 그동안 차도선이나 홍범도를 중심으로 한 의병들의 활약상을 자세하게 설명하고, "가지 마시오. 가면 죽어요."라며 갈 것을 저지하고, "가만 계시오. 하늘이 무너져도 솟아날 구멍이 있습니다."(177)며 박진사에게 희망을 준다. 또한 탈출의 과정에서도 동행한다. 나중 박진사는 동네 사람들의 부탁에도 학교에 재정적 지원을 하는데 인색하지만, "군대와 마찬가지로 꼭 학교가 필요하다"(203)는 택균의 말에 영향을 받아 학교에 대한 물질적 지원을 결심한다. 우길을 가르치는 계섬이나, 박 진사에게 영향을 미치는 택균의 모습에서 어떠한 계급보다 선도적인 위치에 선 기층민중의 모습을 확인할 수 있다.

개작본 『탑』에서 한설야가 보여주는 기층민중의 전위적 성격에 대한 믿음과 강조는 3.1운동으로 잡혀간 유치장에서 만난 재유라는 청년을 통해 절정에 이른다. 일본인 경부를 군중들과 함께 죽여서 유치장에 잡혀온 재유는 열 여덟 살로, 소학교를 四학년 때에 퇴학하고 룡산 일본인 철공소에 들어가서 오늘까지 五년 남아 쇠물과 마치 속에서 자라온 청년이다. 상도는 이 청년에 대하여 친동기와도 같은 친밀감을 느끼며, 나이는 두 살이나 아래지만 실상은 자신의 형벌이 된다고 생각한다. 이러한 호감은 상제도 마찬가지여서 자신 역시 인쇄소 노동자이면서도 "저보다 재유는 훨씬 단단하다고 생각"(449)한다. 그 결과 상도는 정순이 돈 많고 변호사 시험을 준비하는 창수에게 간 후에, "의지와 사상으로 싸우며 자기와 사회의 길을 여는 사람만이 결국 행복할 수 있고 바른 길을 갈 수 있다는 것을 갖은 인생 행로의 쓰고 단 화폭으로써 충일시킨 하나의 장편 소설"(437)로 기획한 『선구자』의 주인공을 자신이 아닌 재유로 바꿀 것을 결심한다. 상도에게 "재유는 정말 하나의 청년 선구자"(450)로 보였던 것이다.

그러나 이것은 지나치게 작가의 주관이 개입된 결과 자연스러움을 잃고 있다. 고작 재유라는 청년을 몇시간 보고 나서 친동기와 같은 친밀감을 느끼고, 역사를 개척해 나갈 선구자로 받아들인다는 것은 무리가 아닐 수 없기 때문이다. 이것은 서사 속에서 자연스럽게 우러난 상도와 상제의 생각이라기보다는 프롤레타리아를 역사 발전의 전위로 단정짓고 있는 작가 한설야의 입장이라 하지 않을 수 없다.

기층민중에 대한 한설야의 입장은 개작본에서 상제를 바라보는 서술자의 시각을 변화시킨다. 상제 역시 재유와 마찬가지로 "아이가 워낙 참해서 상무와의 사이도 좋았고 박진사는 물론이고 심사 꾸여진 할머니까지도 붙임성 좋은 상제를 대견히 생각"(224)할 정도로 이상적인 모습으로 그려진다. 그러나 초판본이나 개작본 모두에서 상제는 계섬과의 관계 속에서 긍정적인 인물로 그려지기 힘들다. 그는 계섬과 사랑을 나누고는 계섬이 아기를 갖고 그것이 사람들에게 알려지자, 도망쳐서라도 자신들만의 보금자리를 만들자는 계섬의 청을 무시하고 줄행랑을 친 무책임한 인물이기 때문이다.

초판본에서는 상제가 어디론가 떠난 후, "그는 본시 겁기가 많은 사나인데 더욱이 장근 이십년 가까이 가시밭길을 밟아오기에 지칠대로 지쳐서 청년다운 슬기가 없었다. 그래서 제게올 화단을 지나치게 무서워하든 나마에 끝내 도망을 가고 만것"(379)이라는 서술자의 목소리가 들린다. 그러나 개작본에서는 이 부분이 삭제되어 있다. 개작본을 쓸 당시, 작가에게 있어 상제는 '청년다운 슬기'가 없는 무책임한 인물이어서는 안 되며, 역사를 담당하는 주체가 되어야 했던 것이다. 그리하여 상제는 3.1운동에까지 참여한 당당한 청년으로 다시 등장한다. 『황혼』과 『탑』에서 계급적 문제의식은 반일의식에 모자라지 않는 비중으로 개작본에 드러나고 있다. 한설야는 1950년대 중반에 이르러, 이전에 모든 것을 민족문제에 환원시키려던 냉전적 반제국주의의 시각에서 벗어나, 계급적인 것과 민족적인 것을 통일적으로 보려고 노력한다.[17] 이 시기에 창작된 『황혼』과 『탑』의 개작본에서 보이는 계급문제에 대한 관심의 고조와 전위적 프롤레타리아 형상에의 고집은 이러한 흐름의 한 반영이라고 볼 수 있다.

---

17 김재용, 앞의 글, 243면.

3) 혈통의 순결성 강조

민족의식의 강화 다음으로 개작본에 공통되게 나타나는 변화를 꼽자면, 그것은 주요인물들을 둘러싼 가족서사의 변화이다. 『황혼』을 제외한 모든 작품에서 그러한 변화가 나타난다.

『탑』에서는 우길이를 둘러싼 가족 서사의 변화가, 주로 우길의 아버지와 어머니에게 집중되어 있다. 초판본에서 우길의 가문은 대대로 벼슬을 한 뼈대 있는 가문으로서 우길의 할아버지인 박급제에서부터 아버지 박 진사에 이르기까지 탐관오리들과 죽이 맞아 토색질을 일삼은 집안으로 그려진다. 초판본에서 박 진사는 선무작업에서 탈출한 후에 다시 일본군에 자수하여 몇 개월의 형을 산 후 일본양복쟁이들과 좋은 관계를 유지한다. 나중에는 선무작업 공로표창까지 받고, 삼수군수에 임명된다. 박 진사는 부임을 기다리는 사이에 홍범도 부하들의 방문을 받고 언제 비명횡사할지 모른다는 두려움에 고향을 떠나 서울로 간다.

그러나 개작본에서 우길의 집안은 "벼슬 길에 들어 선다 하더라도 학민한 일이 없"(316)는 것으로, 할아버지인 박급제는 관찰사를 몰아낸 민란의 배후조종자이며 나중에는 관찰사의 청을 받은 암행어사를 피해 자결한 의인으로 둔갑한다. 또한 선무작업에서 탈출한 박 진사는 일본군을 피해 자신의 친구가 독립군 활동을 펼치고 있는 해삼위로 탈출한다. 이 때까지의 박 진사는 고루한 옛날 인습(남녀차별 등)에 젖어 있다는 한계를 보이지만, 아내에게 임진왜란 당시 '자기 남편을 대신 죽게 하고 의병장을 살린 주씨 부인' 얘기를 해주는 민족의식이 투철한 지사로서 그려진다.

고향을 떠난 이후의 삶에 있어서도 그 변화는 크다. 초판본에서 박

진사는 서울에서 특별히 하는 일 없이, 기존의 재산으로 광산을 운영하거나 개간사업을 벌이는 등의 자본가의 모습으로 그려진다. 그러나 개작본에서 박 진사는 해삼위로 탈출하려는 과정에서 마음이 바뀌어 평안도로 간 후부터, 한약방을 운영한다. 한약방을 경영하는 것은 "리 동무 선생의 가르침을 지키는 것"으로서 "돈을 위해서가 아니고 사람의 질병을 구하고 그것으로 선생의 의학을 후세에 전하려는 노력"(354)에서 비롯된 것이다. 여기서 '리 동무 선생'은 초판본에서의 '이 제마 선생'을 말한다.

그리고 초판본에서는 개간 사업이 박 진사가 자신의 사주팔자를 믿고, "단독으로 또 하나 큰사업을 이루어 보리라"는 생각에 "조부시절에 개간하다가 주민의 반대가 심해서 그대로 오늘까지 묵여오는 땅"(502)을 개간하기로 한 것으로서 현재도 주민들이 반대하는 일로 그려지지만, 개작본에서는 사촌 동생의 부탁을 받고 "토지가 아주 적고 또 벌건 박토인데 만일 이 개간지만 일군다면 부근 주민들이 크게 혜택을 입을 것이라고 하여 새벌 사람들도 환영하는"(357)으로서 바뀌어 있다. 또한 금광사업도 초판본에서는 "일찍부터 함경도 이원에 철광을 경영"(501)하는 것으로 되어 있지만, 개작본에서는 "박 광주의 권고로 극 비밀리에 벌써 재작년 말에"(359) 리원에 철광을 산 것으로 설정되어 있다.

개작본에 새롭게 등장하는 박광주나 백둥이[18]도 아버지의 의인화를 위해 존재한다고 볼 수 있다. 그들은 순진한 박 진사를 충동질하고 속

---

[18] 개작본에서는 박 광주나 백둥이가 새롭게 등장하는데, 박광주나 백둥이는 그 자체로 당시 사회의 어두운 일면을 나타내주는 인물들이다. 박광주는 몰주체적으로 일본의 앞잡이가 되어 자신의 이익만을 챙기는데 혈안이 된 인물군상을, 백둥이는 사이비 술사(術士)로서 그의 호의호식은 아직까지 전근대의 무명에서 깨어나지 못한 조선의 암울한 현실을 나타내는 것이다.

여 먹는 존재들로서, 박 진사의 타락한 행동에 대한 책임의 상당 부분을 완화시켜 주는 역할을 하고 있다. 그러나 서울에서의 박 진사는 고향에서와는 달리 사주팔자니 관상에 빠지고, 자본에의 욕망에 빠져 허우적거리는 인물로 귀결되고 만다. 그리하여 그는 상도에 의하여 박광주와 더불어 "스스로 죽음의 길로 가고 있는 존재들"(455)로 규정되는 것이다. 그럼에도 불구하고, 개작본에서 작가는 박진사의 모습을 초판본에 비해서는 긍정적으로 그리고자 많은 애를 썼음을 확인할 수 있다.

어머니의 성격 변화 역시 그 정도가 큰 편이다. 초판본에서 어머니는 뚜렷한 성격을 보여주지 않는다. 부유한 집안의 성실하고 조용한 며느리로 서사의 전면에 드러나는 일이 거의 없다. 그러나 개작본에서는 누구보다 노동의 신성함을 몸에 익힌 인물로서, 계섬을 자기의 딸같이 여기는 등 여러 가지 긍정적인 자질을 한 몸에 체득하고 있는 이상적인 인물로 그려지고 있다. 이러한 어머니의 모습은 1960년대 이후 북한문학의 정통으로 인정받고 있는 항일혁명문예의 어머니상[19]에 이어지는 것이다.

우길 어머니는 계섬을 항상 감싸러 하며, 헌병이 계섬의 뺨을 때리자 자신이 대신 나서기도 한다. 계섬이 병이 들었을 때, 그 병을 고치기 위해 할머니의 병환에 쓰려고 준비한 웅담까지 먹이려고 하는 어머니의 모습은 계섬으로 하여금 "이 세상에서의 첫태양"(53)을 느끼게 하기에 모자람이 없다. 이러한 모습은 초판본에는 전혀 등장하지 않는 것이다. 심지어 초판본에서 우길모는 계섬과 상제의 관계를 알게 된 후, 상제에게 "그게 바루 종의 자식이다. 너루 말하면 서울 민가의

---

19 신형기·오성호, 『북한문학사』, 평민사, 2000.

자식이오, 또 우리집 상무와 결의가 아니냐. 제 지체를 생각 해야
지"(378)라는 계급 차별적인 발언도 서슴지 않는다. 그러나 이러한 발
언은 개작본에서 할머니의 발언으로 바뀐다. 우길모는 나중 계섬이
낳은 아들(초판본에서는 계섬이 낳은 딸을 버린채 방치한다.)에게 민손이
라는 이름을 지어주고 데려다 기르기까지 한다. 우길모는 계섬이에게
서뿐만 아니라 남편에게서도 "이제까지도 제 뼈와 기름으로 살아 온
안해였고 앞으로도 그렇게 살아 갈 안해였다. 뿐 아니라 죽을 경우면
죽어야 한다고 생각하고 그러나 사는 일에 있어서도 누구보다 못지않
게 완강히 살려는 안해였다. 왜놈들이 아무리 달고치고 한대도 남편
을 팔 안해가 아니였고 남편 대신에 자식 대신에 죽으라면 죽을 수 있
는 사람이였다."(197)는 평가를 받는다.

　이러한 어머니의 모습은 상도에게 미래를 개척하는 근로 인민의 형
상으로까지 인식된다. 고향집이 서울집과는 달리 날마다 새로운 것이
있다고 느끼는데, 그 원인을 "어머니의 근로"에서 찾고 있다. "서울집
에서는 밤낮 돈으로 자기들의 운명을 개척하려하는데 그것과는 반대
로 어머니는 자기의 손으로 자기의 근로로 앞길을 헤치고 있"(370)는
것이다. 또한 어머니는 "고난과 암흑과 비극 속에 한숨짓고 늘어지려
하지 않고 손톱 발톱이 젖혀지면서도 살아 나가려고 피나는 쌈을
하"(378)기 때문에 아름답다. 이러한 "근로하는 시골의 신선한 공기와
더욱 어머니가 그에게 던져준 건전한 정신"은 상도로 하여금 서울집
에 있는 어멈에게서 계섬의 모습을 발견하게끔 하고, "나는 너의 동무
다. 너의 편이다."(374)는 다짐을 하도록 만든다. 개작본에서 상도가
보이는 한층 성숙된 사회의식의 밑바탕에는, 초판본에서는 볼 수 없
었던 새로운 모습의 어머니가 놓여 있는 것이다.

　개작본에서는 작품 속 주인공의 조상부터 시작해 아버지와 어머니

가 모두 초판본보다 긍정적인 인물로 변화되고 있다. 이러한 변화의 이유가 무엇인지는 분명히 알 수 없다. 다만 작가가 『탑』이라는 소설이 "내가 살아 온 생활 체험을 토대로 하는 년대기 소설"(4)이라고 밝히고 있는 데서 그 이유를 추측해 볼 수 있다. 이 작품은 일종의 자전 소설로 기획된 것인데, 북한 사회에서 할아버지부터 아버지까지 심한 토색질을 했고, 일본으로부터 군수직에 임명을 받았다는 등의 부정적인 모습을 형상화하는 것은 대단히 위험한 일이었을 것이다. 실제로 숙청 당시[20] 한설야에게 붙은 죄목에는 '일제 시대 군수의 아들'이라는 것도 있었다.[21]

『청춘기』의 개작본에서는 박용과 은희, 명순의 조상에 대한 이야기가 첨가된다. 박용과 은희는 이복(異腹) 남매간임에도 성격이 판이하게 다르다. 은희가 양심 있는 지식 청년에서 태호의 인도를 따라 각성된 인물로 변화되어 나가는데 반해, 박용은 자신의 이익을 위해서 물불을 가리지 않는 부정적인 인물에 불과하기 때문이다. 그런데 개작본에서는 초판본에 없는 설명을 통해 그러한 성격적 차이를 설명하는 부분이 첨가되고 있다. 그러한 차이는 은희가 아버지를 많이 닮았고, 박용이 어머니를 많이 닮은 데에서 비롯되었다는 것이다.

은희의 아버지는 극빈한 가정에서 태어났으나 임진란 때 평양성을 지켜 군사와 함께 싸우다가 전사한 애국자며 문한가(文翰家)인 박민천의 후예로 글재주가 비상해서 남의 일컬음을 받았고 그 덕으로 부자집에 장가를 들었다. 그러나 그 아내는 자기 집의 재산을 무기 삼아

---

20 1962년 12월 10일 한설야는 당 4기 5차 전원 회의에서 숙청이 결정됐으며 이에 따라 63년 2월 전 재산을 몰수당하고 자강도 시중 군의 한 협동 농장원으로 쫓겨난다. (한국비평문학회, 『혁명전통의 부산물』, 신원문화사, 1989. 332~333면.)

21 이외에도 '종파주의자', '복고주의자', '부와 방탕' 등의 죄목이 첨가된다. (위의 책, 178면.)

남편을 업신여기며 구박한다. 그 아내가 죽자 은희의 아버지는 빈농가에 후취장가를 간다. 그런데 빈농가의 딸은 아주 근면하고 독립성이 강하며 말이 적고 유순하다. 그녀는 내조도 훌륭하게 해 오히려 그 전보다 사는 일이 나았고, 남편은 마음이 피어서 좋아하는 글쓰기, 글짓기도 할 수 있었다. 나아가 그는 그 마을에서 "가장 식견있고 결바른 사람으로서 동네 일을 지도"(394)하게 된다. 그 부자집 아내의 자식이 박용이고, 빈농가 아내의 자식이 바로 은희인 것이다. 그 아들 박용이 은희와 달리 올바르지 못한 것은 "부자집 딸인 그 어머니의 피를 더 많이 받"(395)았기 때문으로 설명된다.

이 작품의 주요 인물인 태호 역시도 문대장을 살리기 위해 자신의 목숨과 명예를 바친 임진란 당시 의병의 후손으로 그려지고 있다. 태호는 그러한 조상의 후손임을 강하게 의식하고 있다. 그는 "내가 말하는 조선의 아내가 죽지 않고 그리고 거기서 난 생명이 끊어지지 않고 이어내려와서 오늘에 이르렀습니다. 그러니까 말하자면 나는 노예의 자식입니다."(130)라며 자신있게 말하고 있는 것이다. 『청춘기』에서는 조금은 부정적인 인물이라 할 수 있는 명순이의 아버지 역시 "명순의 아버지가 평양에서 이름난 부자지만 또한 이름난 목사로서 3.1운동 때 감옥에까지 갔었다니까 미상불 그 영향을 받았을 것"(117)으로 그려지고 있다. 이렇게 볼 때 『청춘기』의 주요 인물인 태호, 은희, 명순, 명학은 모두 항일을 한 조상을 두고 있다는 공통점을 지니고 있다.

개작본 『초향』에서도 초향의 아버지 명칭은 '이후작'에서 '이판서'로 수정된다. 원작에서는 이후작의 '후작'이라는 명칭에 대한 아무런 언급이 나오지 않는다. 이에 반해 개작본에서는 "그러나 한 마디 더 리 판서에 대해서 발을 달아야겠습니다. 리 판서는 본시 명문 대작으로 한일 합방 때 일본 정부가 그에게 작위를 주었으나 그는 굳이 거절하고 깊이 은퇴했습니다.”(102-103)라는 부분이 첨가되어 있다. 이후 작이건 이판서건 노욕으로 초향의 어머니를 범하고, 어머니와 초향을 버리고 나중에도 자신의 안위만 생각하는 부도덕한 인물이라는 기본 성격은 변하지 않는다. 그럼에도 이후작이라는 명칭은 이판서로 바뀌고 있는 것이다. 이것은 아무리 이판서가 부정적인 인물이라 할지라도 이 작품의 긍정적인 주인공인 초향의 아버지인 이상 일제의 흔적이 남아 있는 후작이라는 명칭만은 붙일 수 없음을 보여주는 것이라 할 수 있다.

이처럼 한설야의 개작소설에서 긍정적 인물의 조상은 모두 긍정적인 인물로 변화하거나, 최소한 친일의 혐의에서 벗어난 존재로 그려지고 있음을 알 수 있다. 이러한 혈통의 순수성에 대한 인식은 한설야의 다른 북한소설에서도 보여지는 현상이다.

4) 사회주의적 연애의 경직화

개작본 『청춘기』는 연애소설로서의 골격을 유지하면서, 한설야가 이상적으로 생각하는 연애에 대한 생각을 집중적으로 드러내고 있는 작품이다. 그것은 ‘태양의 기절’이라는 장에 집중적으로 나타난다. 이 장은 신간서적을 구경하러 시내로 나온 태호와 영화 관람을 다녀오는 명순의 대화(간혹 은희가 개입한다)로 이루어져 있다. 둘의 대화를 통해 드러나는 것은 당시 작가가 이상적으로 생각하던 연애의 모습이다.

대화에 등장하는 사랑 이야기는 두가지이다. 하나는 명순과 은희가 본 서양 영화의 얘기이다. 그 이야기는 음악가와 그 애인의 이야기인데, 음악가의 친구는 침략자들에 맞서는 애국운동의 지도자이다. 음악가는 지도자의 활동을 보장해 주기 위해 비밀 아지트를 얻어준다. 점령군은 이 정보를 얻고 지도자를 잡기 위해 음악가를 데려다가 모진 고문을 하지만 끝끝내 음악가는 입을 열지 않는다. 음악가의 애인은 음악가를 살리기 위해 거짓 정보를 흘렸다가 결국 음악가도 죽고 자신도 죽게 된다는 이야기이다. 명순은 이 영화를 두고, "그들 남녀의 사랑이 얼마나 순결하고 리상적인가 하는 것을 뵈어주려고 한 것"(114)이라거나 "죽음을 초월한 두 사람의 사랑을 그리려"(123) 한 것이라며 감격한다.

그러나 대화의 권위를 지닌, 일종의 교사역인 태호는 다음과 같이 그러한 영화가 제시하는 사랑을 부정한다.

요새는 불란서고 미국이고 이태리고 영국이고 방향은 모다 대동소이하니까요. 아메리카도 갱그 영화만이 아니고 대체로 련애지상주의가 그들의 공통한 방향 같아요. 말하자면 지상적인 련애, 푸라토닉적 련애라는 것으로 모든 사람의 정신을 마비시키고 잠자게 하자는 것이지요. 잠자는 것은 글쎄 좋다고 할세 그 사이에 모든 것이 다 망하고 없어지면 탈이거든요. 나라도, 민족도, 문화도 말이에요. (124)

태호는 그 영화의 사랑에 대한 대안으로 자신의 몇 대 할아버지 부부가 보여준 사랑을 제시한다.[22] 그것은 "녀주인공은 죽지 않으면 죽지 않을 수도 있는 자기의 애인을 죽음으로 갈 것을 요구했고 남자는 거기서 오히려 녀자를 존경했고 따라서 그의 말대로 결행"(127)한 이

---

22 서양과 조선적인 것에 대한 대비는 한설야 소설에 자주 등장한다. 이 때 전자는 항상 부정적이고 타기되어야 할 대상인데 반해, 후자는 항상 긍정적이며 본받아야 할 대상이다. 해방 이후의 소설에서는 이러한 이분법이 더욱 확고해진다.

야기이다. 임진란 때 할아버지 부부는 적에게 체포된다. 적은 할아버지를 의병대장 문대장으로 오인하고, 할아버지는 조직의 미래를 위해 자신이 문대장 행세를 하기로 결심한다. 그런데 아내마저 문대장을 살리기 위해 자신의 남편이 문대장이라고 거짓 확인을 해준다. 그 결과 진짜 문대장이 의병을 이끌고 재반격을 시도해 왜병을 격파해 승리한다는 것이다.

두 이야기의 차이는 전자의 이야기에서 여자가 애인을 구출하기 위해 지도자를 팔았다면, 후자의 이야기에서는 지도자를 구하기 위해서 아내가 남편을 사지로 몰았다는 것이다. "조선 이야기의 주인공은 그 남편을 죽게 함으로써 많은 조선의 남편과 아내와 부모와 자식들을 구했"(129)던 것이다. 이 때 '그 남편'은 '조선의 남편과 아내와 부모와 자식들'을 위해 희생될 수 있는 존재에 불과하다. 사람들은, 결과적으로 자신의 남편을 죽게 한 "그 아내를 남편 죽인 녀자라고, 즉 나라에는 충성했을지 몰라도 남편에게는 죄인이라고 말하지 않"(129)으며, "나라에도 충실했고 남편에게도 렬녀"(129)인 것으로 말한다. 조선 이야기의 사랑에서 개인은 '조선 민족'이라는 일반자 안에 속하는 것이고, '조선 민족'의 한정 또는 특수화로서 존재하기 때문이다. 특히 두 이야기의 주체는 여성이 되고 있는데, 이 때 여성에게 개인의 존엄이나 욕망은 남아 있지 않고, 오직 공동체를 위해 희생했느냐의 여부만이 여성을 판단하는 척도로 그려지고 있다. 아이를 잉태한 상태에서 노예로 끌려간 아내는 오직 "남편의 뒤를 이어 세상에 나올 한 생명을 위해서 살아남"(128)는다.

이 이야기는 개작본 『탑』의 전반부에서 우길의 아버지 박진사가 아내에게 해주는 이야기 속에서 이미 등장했던 것이다.[23] 이러한 반복은 이 서사가 전해주는 연애의 양상이 당대 북한 사회에서 얼마나 중요한 것이었는지를 말해주는 것이다.

5) 사제관계의 강화와 그 정점으로서의 김일성

개작본들은 대체로 인물들의 관계가 계몽적 사제관계로 이루어져 있다는 특징이 있다.[24] 『황혼』의 경우 초판본에서도 이러한 성격이 없었던 것은 아니지만, 개작본에서는 한층 강화되어 나타난다. 특히 여순과 준식의 관계는 분명한 변화를 보여준다. 초판본에서 여순과 준식은 일종의 연인 사이로서, 대등한 힘과 영향력을 가진 사이였다. 준식이 여순을 노동자로 이끌어야겠다는 목적의식은 선명하지 않으며, 여순이 노동자의 길을 선택하는 것도 어디까지나 자발적인 외형을 유지하고 있었다. 경재 – 여순 – 준식의 삼각관계에서 결국 여순이 준식을 택하는 것도, 여순의 자발적인 고민과 선택에 따른 행위였던 것이다. 그러나 개작본에서는 여순의 변화가 준식의 '권고'와 가르침

---

23 임진왜란 당시 부관 지방에 의병들이 있었고, 그 우두머리가 문대장이었다. 그런데 왜군의 앞잡이인 최가놈에 의해 문대장이 죽을 위기에 처한다. 이 상황에서 문대장 동생의 부인인 주씨 부인이 자기 남편을 대신 죽게 하고 의병장을 살린 것이다. 후에 그 부인은 나라를 위해서 한 일이지만 자기 남편을 죽게 한 것은 자기라고 생각하며 자결한다. 세부에 있어 약간의 차이만 있지 기본 골격은 동일한 이야기인 것이다.

24 『황혼』 개작본이 보이는 인물구도의 위계화에 대해서는 이미 언급된 바 있다. (김병길, 「한설야의 『황혼』 개작본 연구」, 국어국문학, 2002, 264~273면.) 『청춘기』의 개작에서도 그러한 인물의 위계화 구도는 더욱 선명해지는 모습을 보이고 있다. 초판본에서와 달리 개작본에서는 은희가 태호의 감옥행 이후, 하숙집 주인여자와의 대화에서 "그이가 하는 일이 그른 일이라고는 생각할 수 없어요. 우리도 따라 배워야지요."(389)와 같은 말을 한다. 배운다는 말에서 알 수 있듯이, 선명한 사제관계의 구조가 명시적으로 드러나고 있는 것이다. 『탑』에서도 이러한 인물간의 위계화는 우길을 가르치는 계섬이나 박 진사에게 영향을 주는 택균의 모습에서 확인할 수 있다.

에 따른 것으로 변화되며, 준식이 여순을 대하는 태도 역시 고압적이고 권위적인 것으로 달라진다. 이 과정은 주로 둘의 문답으로 이루어져 있는데, 이 때의 문답은 사실상 준식의 독백으로 이루어져 있다고 보아 무방하다.

준식이는 이전과는 비교도 할 수 없을 정도로 분명한 주의자형 인물로 변화되어 그려지고 있다. 그는 노동자들의 지도자이며, 그들을 의식화시키고 새로운 정치 투쟁으로 이끄는 선구적인 인물인 것이다. 그런데 준식의 뒤에는 초판본에는 등장하지 않던 박상훈의 존재가 있다.[25] 준식이 그처럼 명확한 의식을 가질 수 있었던 것은 박상훈의 지도가 있었기 때문이다. "준식은 박상훈의 지도를 받게 되면서부터 자기자신과 자기들의 하는 일에 대하여 더욱 긍지를 가지게 되였고 따라서 남들을 자기들의 길로 이끌어 갈데 대한 신념을 가지게 되"(85)었던 것이다. 박상훈이 그들에게 지도하는 핵심은 "상훈은 일본인 자본가들을 추종하는 조선인 자본가들에 의하여 조선에 도입된 산업 합리화의 본질을 해명 폭로하는 일과 여기 반대하여 싸울 방법들을 준식을 통하여 일반 로동자들에게 침투시키는"(72) 것이다.

이처럼 『황혼』에서 인물 위계화 구도에 있어 최고 정점에는 박상훈이 놓여 있다. 기존의 연구에서는 외적인 정황을 고려해 박상훈이 조국광복회와 연관되는 인물로 고려되었으며, 조국광복회와의 연관은 곧 김일성과의 연관을 의미하는 것으로 받아들여졌다. "박상훈은 식민지 시대 노동운동이 김일성의 무장투쟁과 연결된 것이었음을 암시

---

25 준식의 뒤에 박상훈이 있다면, 동필의 뒤에는 형철이 놓여 있다. 조합주의적 특성을 가지고 있어 준식이와 대립하다 끝내는 준식과 뜻과 행동을 함께 하는 동필의 변화를 추동하는 힘으로는 "동필은 요사이 형철이와 자주 만나는데서 심저에 적지 않은 변화가 생겼다."(35)에서 알 수 있듯이, 형철이 놓여 있는 것이다.

하는 존재"[26]라는 것이다. 따라서 박상훈의 등장은 프롤레타리아 해방서사에서 김일성의 지도를 받는 전위적인 인물의 출연을 의미하는 것으로 이해되었던 것이다.[27]

『초향』의 개작을 생각할 때 이러한 견해는 그 타당성이 의심받을 수 있다. 『초향』의 가장 중요한 개작 양상은 초향의 오빠인 상기의 독립활동을 김일성과의 명백한 연관성 속에서 그리고 있다는 점이다. 『초향』의 개작본 후기에서 작가는, 초판본 『초향』에서 초향의 오빠인 상기와 함께 활동하고 있는 권이 "당시 백두산 저편에서 혁명의 불ㅅ길을 들고 일어서 싸우던 빨찌산 대렬의 외곽에서, 즉 광범한 인민 속에서 인민들을 그 혁명 력량의 주위에로, 주위에로 불러 세우는 한 인물"(499)로 형상화했다고 설명하고 있다. 그러나 당시 상황으로 인해 극히 작고 먼 암시만을 주었다면서, 초향이 경찰에 불려가 조사를 받을 때 본 "그 인물들의 사진 대지에 박힌 사진관의 주소가 바로 백두산 저편의 지명이라는 것을 보임으로써 초향이의 오빠와 권이라는 사나이가 그 곳에서 비밀 활동을 하고 있다는 것을 겨우 암시"(500)했다고 주장하고 있다.

그러나 이것은 사실과 다르다. 초판본에서 『초향』이 경찰서에서 본 사진들의 주소는 "상해에서 박은 것 남경에서 박은 것 북경에서 박은 것 한구에서 박은 것 향항에서 박은 것……"(572)으로 되어 있다. 개작본에 와서야 '백두산 저편'의 지명과 관련되는 "상해에서 박은 것, 간도에서 박은 것, 북경에서 박은 것, 할빈에서 박은 것, 향항에서 박

---

26 신형기, 『북한문학사』, 평민사, 2000, 42면, 이 글에서 신형기는 안함광의 「조선에 있어서의 사회주의 사실주의 문학의 발생과 발전」(『조선어문』, 1956, 1~3집.)을 바탕으로 박상훈을 김일성 부대의 지도를 상징하는 존재로 파악하고 있다.

27 김병길, 「한설야의 『황혼』 개작본 연구」, 연세어문학, 30·31호 합집, 1999, 169~174면.

은 것"(434)으로 바뀌고 있는 것이다. 결정적으로 초향의 오빠인 상기와 권이 함께 찍은 사진의 주소는 초판본에서 "한구에서 박은 것"(573)으로 되어 있다. 개작본에 와서야 그 주소는 백두산 저편의 항일운동과 직접적으로 관련된 길림, 즉 "국자가에서 박은"(435) 것으로 바뀌고 있는 것이다. 또한 "그 오빠가 살아 있는 것이다. 더욱이 붉은 별로 살아 있는 것이다. 또 그리 멀리 있는 것도 아니다. 두 강을 지음쳐, 그리고 멀고도 가까운 백두산 바로 저편에 있는 것"(466)이라는 직접적인 언급까지 등장한다.

이렇게 볼 때, 개작본에 이르러서야 한설야는 오빠인 상기와 권의 활동이 김일성의 항일활동과 직접적인 관련을 맺는 것으로 설정하고 있음을 알 수 있다. 개작본에는 초판본에는 없는 "권이라는 청년이 중국 동북에서 서울로 돌아 올 때"(116)라는 부분이 첨가되어 있기도 하다. 이와 달리 『황혼』에서는 박상훈을 묘사함에 있어, "준식이들은 자기의 올그가 어디서 왔는지 어디 묵고 있는지 그런 것은 전연 알지 못했고 알려고도 하지 않았다."(70)고 표현하고 있다. 김일성과의 관련을 두기 위한 목적이였다면, 『초향』에서 그러했듯이 박상훈의 존재에 대하여 좀더 구체적인 설명이 얼마든지 가능했을 것이다. 최소한 『초향』에서처럼 백두산 저편에서 왔다는 정도의 설명은 가능한 것이다. 그리고 이것은 당시의 북한체제에서 조금도 어렵지 않은 것이었으며, 오히려 권장되었을 것이다. 그러나 작가는 더 이상의 설명은 하고 있지 않다. 다만 "그들의 올그 박 상훈의 지도 아래에서 언제나와 같이 맑쓰 – 레닌주의적 립장에서 행하여졌다."(70)고 말하고 있을 뿐이다. 이로 볼 때, 『황혼』 개작본이 쓰여지던 54년 무렵에는 한설야가 1930년대 노동운동을 무리하게 김일성과의 관련성 속에서 찾으려 하지 않았다고 보는 것이 타당하다고 보여진다. [28]

그런데, 1958년 4월에 출판된『초향』개작본에서는 상기의 활동을 김일성과 연관시키고 있는 것이다. 이것은 1958년 북한 역사학계의 분위기와 관련된 것으로 이해할 수 있다. 이 때 북한 역사학계는 혁명 전통의 문제를 다루면서 만주에서의 항일혁명운동과 국내에서의 대중운동 사이의 관계에 대해 새로운 요구를 하기 시작하였다. 국내 대중운동은 어디까지나 항일혁명운동의 영향 하에서 이루어졌다고 보아야 한다는 것이다. 58년에 이르러서는, 더 이상『황혼』개작본에서와 같이 애매한 방식으로 김일성과 국내 운동의 관련성을 처리하는 방식이 더 이상 가능하지 않게 된 것이다. 더군다나 상기의 활동 지역이 해외임을 생각할 때, 그것을 김일성과 관련시키는 것은 당대 북한 문학계에서는 당연한 현상이었을 것이다.

3. 표현 형식에 있어서의 변화

여러 작품에서 나타나는 표현 형식의 변화는 논쟁이 여러번 삽입되고 있다는 것이다. 이것은 북한소설의 일반적인 특징과 부합되는 것이다.[29] 이것은『초향』을 제외한 대부분의 작품에서 나타나고 있다. 『황혼』에서는 가장 중요한 갈등이 여순을 중심에 둔 경재와 준식의

---

28 이것은『설봉산』에서 만주의 항일운동과 성진 지역의 농민운동 사이에 질적 차이를 두거나 혹은 위계를 설정하지 않은 것과 통하는 현상이라고 할 수 있다.

29 북한의 문학작품은 갈등의 국면들을 흔히 논쟁적 형식 속에 드러내고는 한다. 이러한 논쟁적 성격의 대화는 갈등 해소의 주된 방법으로 활용된다. 그러나 이러한 논쟁은 당과 김일성 혹은 김정일의 교시를 확인하고 숙지시키는 기능을 담당하는 데 머무르고 만다. (이선이,「북한문학의 문체적 특성」,『북한문학의 이해 2』, 청동거울, 2002, 264~265면.)

삼각관계인 만큼, 여순과 경재, 여순과 준식 사이의 대화를 드러낸 부분이 상당 부분 첨가된다. 삼각관계와 관련되어 개작본에서 새롭게 첨가된 부분은 대부분 대화 내지는 논쟁으로 이루어져 있다. 여순과 경재의 대화 부분을 예로 들면 다음과 같다.

> "아닙니다. 려순씨, 그것은 오해입니다."
>
> "그러면 나의 세계와 통한다고 말하시렵니까. 그러나 유감이나 박 려순에게는 여태 자기의 세계가 없습니다. 통할 길이 없습니다. 내가 여태 김 선생 세계에 포로병으로 더부살이 했었지오, 그것 뿐입니다. 사실은 명백합니다."
>
> "아닙니다. 려순씨 내말…"
>
> "아니 김 선생은 나로하여금 나의 적들을 보지 못하게 했습니다. 또 나의 편도 보지 못하게 했습니다. 그래서 나를 참패케 했습니다."
>
> "아닙니다. 려순씨는 자기를 참패자로 부름으로써 나까지 참패자로 만들려는 것입니다. 려순씨! 려순씨가 지는 것은 두 사람이 지는 것으로 됩니다. 려순씨! 이깁시다. 이겨야합니다."
>
> "그럼 김 선생은 누구편입니까."
>
> "편이 어디 하나나 있습니까." (206-207)

『청춘기』에서도 논쟁적 형식이 새롭게 삽입된다. 대표적인 것이 새롭게 첨가된 〈태양의 기절〉이라는 장에서의 태호와 명순의 논쟁이다. 그러나 그것은 그야말로 논쟁의 형식만을 취하고 있을 뿐, 『황혼』에서의 준식과 려순의 논쟁이 보여주는 바와 같이 태호의 일방적인 설교라고 봄이 타당하다. 이러한 논쟁적 형식은 대화나 비판이 불가능한 작가의 이데올로기(당의 이데올로기)를 소설 속에 끌어들이기 위한 하나의 방법에 불과한 것으로 볼 수 있다.

다음으로 눈에 띄는 변화는 설화나 민요, 굿노래, 동요 등이 서사의 전면에 등장하고 있다는 사실이다. 이러한 변화는 『탑』에서 집중적으로 나타나는데, 모두 9편이 나오며 대부분 반일 의식이나 반봉건 의식을 담고 있다. 그 중에서도 반일의식을 담고 있는 것이 5편으로 가장 많다. 대표적인 것을 소개하면 계섬이가 우길이에게 가르쳐주는 뚜꺼비 타령을 들 수 있다.

> 두껍아, 두껍아, 네 눈이 와 그렇노/사람잡이 할 적에 총칼 들고 피 빼여서/울근불근 많이 먹고 피가 차서 그렇단다//두껍아, 두껍아, 네 잔등이 와 그렇노/남의 나라 뇌략질에 화약 지고 산을 넘고/대포수레 끄노라고 창이 올라 그렇단다//두껍아, 두껍아, 네 손이 와 그렇노/조선국 들어 와서 올리 긁고 내리 긁고/사람 잡아 따리기에 못이 박혀 그렇단다. (221-223)

이러한 설화나 민요 등은 내용에 있어서 반일 의식을 담고 있을 뿐만 아니라, 그 형식 자체로서도 민족적 의미를 가질 수 있는 것이다. 내용과 형식이 일치하는 경우라 할 수 있다. 이러한 구비문학 장르는 우길이 촌에서 살던 어린 시절에만 나오는데, 이것은 어린 우길이 민족의식을 받아들이는데 있어 그 수준에 어울리는 자연스러운 매체로서의 의미도 지닌다고 할 수 있다.

개작본에서는 설화나 민요와 같은 고유의 예술 장르 외에도 "범보다 더 무서운 시할아버지","외나무 다리보다 더 어려운 시할머니", "태산 준령보다 더 높은 시아버지", "고초 후초보다 더 매운 시어머니", "날배추보다 더 푸르딩딩한 맏동세" "매눈보다 더 눈 밝은 시누이","가을 콩보다 더 발가진 시동생", "담배잎보다 더 싸라운 서방님…" 같은 우리 고유의 속담이나 관용어구 등도 나온다. 이뿐만 아니라 '홀미주근한, 시뜻해서, 사다드미질, 개발 듯, 씨물거리고, 지불지불, 시틋이, 쏠락쏠락, 싱숭중, 찌륵찌륵, 부전부전, 갈갬질, 숭글숭글, 새무릇'과 같은 고유어들을 쏟아내고 있다. 일본으로 대표되는 서구적 근대에 대항하여 이것도 우리 고유의 풍속과 전통을 강조하고자 하는 의도에서 비롯된 것으로 이해할 수 있다. 또한 부사어, 특히 의성어나 의태어의 적극적인 활용은 역동적이고 활력 있는 생명감을 문장에 불어넣어 주고 있다.

4. 결론

1950년대 중반 한설야가 북한에서 발표한 개작본의 변화양상은 다음과 같다. 서사적 내용에 있어서는 반일의식의 강화, 기층민중의 이상화, 혈통의 순결성 강조, 사회주의적 연애의 경직화, 사제관계의 강화 등을 발견할 수 있다. 서사적 내용의 변화에 있어 반일의식은 네 작품 모두에, 개인의 혈통에 관련된 변화는 『탑』, 『청춘기』, 『초향』에, 기층민중의 이상화는 『황혼』과 『탑』에, 사회주의적 연애와 관련된 변화는 『청춘기』와 『탑』에, 김일성과의 명확한 관련성을 보이는 변화는 『초향』에 나타남을 확인할 수 있다. 표현 형식에 있어서는 논쟁의 빈번한 등장을 변화양상으로 꼽을 수 있다. 다음으로 『탑』에 집중적으로 나타나는 변화로 설화나 민요, 굿노래, 동요 등의 등장, 속담이나 관용어구의 등장, 고유어, 의성어, 의태어의 적극적인 활용 등을 발견할 수 있다. 개작의 정도에 있어서는 『탑』, 『황혼』, 『청춘기』, 『초향』의 순서로 이루어졌다. 『탑』

의 개작은 서사의 전반에 걸쳐 일어난다. 분량에 있어서도 13장이었던 것이 18장으로 늘어나고 있으며, 서사적 내용과 표현 형식에서도 많은 변화를 보인다. 이에 반해 『초향』은 오빠와 상기의 해외 활동 무대를 백두산 저편의 지명으로 고친 것, 초향의 아버지인 '이후작'을 '리판서'로 고친 것, 일본 경찰의 앞잡이인 고가를 악인화한 것 외에 문장 몇 개를 첨가한 변화만 보이고 있다.

한설야는 식민지 시절에 활동했던 그 어떤 작가에 비하여 전면적인 개작 활동을 한 것으로 보인다. 그렇다면, 숙청 당하기 직전까지 북한 문화계에서 주도적인 역할을 했던 한설야가 지난 시절의 작품들에 대하여 이토록 지속적인 개작 활동을 한 이유는 무엇일까?

우선 생각해 볼 수 있는 것은 한설야의 카프 시절 문학활동에 대한 강한 자부심과 그 정신을 이어가고자 하는 열망을 들 수 있다. 위에서 살펴본 개작본 소설들의 머리말이나 후기는 당시 소설이 창작되던 배경을 카프와의 관련성 속에서 상세하게 설명한다는 공통점이 있다. 『황혼』의 머리말에서는 카프의 창건 상황에서부터 1934년 카프 2차 검거에 이르기까지의 상황을 4면에 걸쳐 자세하게 설명하고 있다. 『탑』의 머리말에서는 이 작품이 쓰여지던 1940년 무렵의 상황에 대한 설명이 나오고 있으며, 『청춘기』의 후기에서는 카프 해산 이후의 상황을 김남천이나 백철 등의 실명을 거론하며 3페이지에 걸쳐 자세하게 설명하고 있다. 『초향』의 후기에서는 이 작품이 "독자들에게 시대와 민족과 인민이 요구하는 본질적인 방향을 보여 줌이" 약하다는 것을 인정하면서도, 그에 대하여 보충하지 않는 이유는 "그것을 전부 보충해 넣는 것은 도리여 일제 반동의 시궁창에서 싸우던 그 당시의 창작적 실정을 임의로 흐리게 하는 것"(501)이기 때문이라고 말하고 있다. 이것은 그 당시 자신이 어려운 환경 속에서 고투했음을 말하는 것이라 할 수 있다. 이것은 카프에 대하여 정확히 알지 못하는 당대 북한 독자들에게 카프를 소개하는 것인 동시에, 그 어려운 환경 속에서 작가 활동을 했던 것에 대한 자부심의 표현이라고 할 수 있다. 『탑』의 머리말에서는 직접적으로 카프의 의의와 그 자부심을 다음과 같이 분명하게 밝히고 있다.

> 나는 이 작품의 내용 또는 기타에 대해서 구구히 더 말하려 하지 않는다. 그보다 나는 독자들에게 한번 꼭 읽어 달라는 것을 말하고 싶을 뿐이다. 한 것은 무엇보다 우리가 1935년 감옥에 있는 동안에 일제가 자의로 해산시켜 버린 『카프』의 작가들이 그 뒤에 있어서도 어디까지나 민족 해방 투쟁의 일익이던 문화 예술 전선으로의 『카프』의 정신에 굳게 서려 하였던 것을 이 작품이 말해 줄 것이라 믿기 때문이다. (5)

최근의 연구에 의하면, 한설야가 숙청당한 근본적인 이유는 카프의 역사적 의의를 끝까지 지키고자 했기 때문인 것으로 밝혀졌다.[30] 1959년 초부터 당 선전 분야에서는 문학에서의 혁명전통을 항일혁명문예에서 찾으려 했던 것이다. 그러나 한설야는 끝까지 카프 문학을 항일혁명문예와 대등한 혁명전통으로 인정하려는 입장[31]에서 물러서지 않으려 했고, 이로 인해 그는 끝내 숙청을 당하게 된 것이다. 개작본의 밑바탕에는 카프로 대표되는 식민지 시절의 문학활동에 대한 한설야의 형언할 수 없는 애정과 자부심이 놓여 있는 것이다.

---

30 김재용, 앞의 글, 123~127면.

31 이러한 입장은 다음의 글들에서 확인할 수 있다. (한설야, 「〈카프〉 문학의 빛나는 전통」, 문학신문, 1960.8.24., 한설야, 「투쟁의 문학 – 카프 창건 37주년에 즈음하여」, 문학신문, 1962.8.24. 두 번째 글은 한설야가 남긴 공식적으로 남긴 마지막 글이다.)

현덕의 삶과 문학세계

1. 실증적 검토의 필요성

현덕은 1938년 『조선일보』 신춘문예에 소설 〈남생이〉가 당선되어 소설가의 길을 걷게 된다. 1930년대 후반기 신세대 작가 중의 한 명인 현덕은 해방 이전까지 8편의 소설과 40여 편에 이르는 동화, 그리고 10여편의 소년 소설을 창작했다. 수십 편의 동화와 소년 소설을 창작 했다는 점에서 독특한 면모를 보인 현덕은, 본격 소설의 세계에서도 여타의 작가와는 다른 특이한 인물 설정과 분위기를 보여주고 있다.

현덕은 등단 당시 문단의 커다란 주목을 받았다. 안회남은 〈남생 이〉를 일컬어 "우리의 全文學的水準을 代表할만한"[1] 작품으로, 박태 원은 "부끄러움과 두려움을 주"[2]는 작품으로 평했다. 이들은 이러한 극찬의 이유를 '묘사력'에서 들고 있다. 그러나 지나친 묘사의 치중은

[1] 안회남, 「현문단의 최고수준」, 『조선일보』, 1938.2.6.
[2] 박태원, 「우리는 한껏 부끄럽다」, 『조선일보』, 1939.2.8.

현덕의 작품을 세태 소설로 보게 되는 이유가 되기도 한다.[3] 백철은 앞의 논자들과 마찬가지로 "一切의 感傷的인 氣分과 人情的인 地帶를 設置하지않고 모든 것을 冷靜히 觀察하고 緻密하고 緻密히 묘사해 가는 태도"[4]를 높이 평가하고 있다. 계용묵도 여러 신인들 중에 현덕이 제일 우수하다고 평하고 있다.[5]

이토록 문단의 큰 주목을 받았던 현덕이지만, 오늘날 그의 삶과 작품에 대한 연구는 작가의 이름 자체가 낯설만큼 소략하기 그지없다. 이러한 연구의 빈곤을 초래한 원인으로는 크게 세 가지를 들 수 있다. 첫번째로는, 데뷔한 지 얼마 안 되어 맞닥뜨린 암흑기를 생각해 볼 수 있다. 현덕에게는 진정한 의미의 소설 창작을 할 수 있는 시간이 매우 조금밖에 주어지지 않았던 것이다. 다음으로는 그의 월북을 들 수 있다. 그로 인해 남한 사회에서 창작을 지속할 수 없었을 뿐만 아니라, 해방 이전 작품들도 80년대 말까지는 본격적인 연구의 대상이 될 수 없었다. 마지막으로는 그의 독특한 작품 경향에서 그 원인을 찾을 수 있다. 그는 대부분의 해금 작가들처럼 카프에 소속되어 있지 않았고, 작품 경향은 당대의 어떤 유파에 포함시켜서도 쉽게 설명되지 않는 독특함을 보여주고 있다.

지금까지 이루어진 현덕에 대한 연구는 그의 작품 중 무엇을 대상으로 하느냐에 따라 셋으로 나누어 볼 수 있는데, 첫째는 해방 이전의 본격소설을 대상으로 한 것, 다음으로는 동화와 소년 소설을 중심으로 논의한 것[6], 마지막으로는 그 둘을 모두 다룬 것[7]이다. 그 중 본격

---

3 임화 역시 〈남생이〉를 『천변풍경』, 『탁류』와 함께 세태소설로 평가한다. (임화, 「세태소설론」, 『문학의 논리』, 亨倫문화사, 1977, 341~365면)

4 백철, 「금년간의 창작계 개관」, 『조광』, 1938.12., 59면.

5 「신진작가좌담회」, 『조광』, 1939.1., 248면.

소설만을 대상으로 한 논문들은, 현덕의 소설을 1930년대 신세대 작가들의 문학적 성격을 규명하는 자리에서 함께 논의한 글[8]과, 현덕의 소설만을 대상으로 해서 쓰여진 글[9]로 나누어 볼 수 있다. 이들 논문들은 주로 주제, 인물, 갈등, 문체 등의 기본적인 요소들에 주목하고 있으며, 현덕 소설의 특징을 '프로문학의 공식성에서 벗어나 암울한 현실의 문제를 다루었다는 점', '어린이의 천진하고 맑은 시선을 통해 현실을 바라보았다는 점', '사회 현실의 본질적인 문제보다는 형식적인 측면에 중심을 두었다는 점' 등으로 정리하고 있다. 이러한 연구들은 현덕 문학의 핵심적인 성격을 명확하게 제시하고 있는 것임에는 분명하지만, 등단 당시에 받았던 '뛰어난 묘사력의 작가', '독특한 인물

---

6 이재철, 『한국아동문학 작가론』, 개문사, 1983, 141~144면.

원종찬, 「현덕의 아동문학」, 『민족문학사연구』 6호, 1994, 349~369면.

최승은, 「현덕의 동화와 소년소설 연구」, 성균관대 석사논문, 1996.

김명순, 「현덕 동화 연구」, 이화여대 석사논문, 1996.

김종필, 「현덕 아동문학에 나타난 리얼리즘 연구」, 전주교대 석사논문, 2000.

이인숙, 「현덕 동화의 국어학적 연구」, 숙명여대 석사논문, 2000.

7 이강언, 「현덕의 소년 등장 소설 연구」, 人文藝術論叢 21, 2002, 29~46면.

공성수, 「현덕 문학 연구」, 서강대 석사논문, 2004.

8 강진호, 「1930년대 후반기 신세대 작가 연구」, 고려대 박사논문, 1994.

박선애, 「1930년대 후반의 신세대 작가 연구」, 숙명여대 박사논문, 1996.

9 홍점숙, 「현덕 소설 연구」, 경남대 석사논문, 1992.

조기철, 「현덕의 '남생이 연구」, 인하대 석사논문, 1993.

이상화, 「현덕 소설 연구」, 상명여대 석사논문, 1996.

염희경, 「1930년대 후반 현덕 소설 연구」, 연세대 석사논문, 1997.

김하철, 「현덕소설론」, 『한국학보 57』, 일지사, 1989, 218~243면.

이미림, 「현덕소설 연구」, 『숙명여대 어문논집』, 1991, 201~215면.

＿＿＿, 「남생이' 구조 분석」, 『강릉어문학 7』, 1992, 54~72면.

전명희, 「현덕 소설의 일고찰 ― 소설 〈남생이〉를 중심으로」, 영남대국어국문학회, 『국어국문학연구 25』, 1997, 541~566면.

박정규, 「현덕의 단편소설 연구」, 『서울산업대 논문집 48』, 1998, 25~35면.

설정의 작가' 등의 평가에서 크게 벗어난 것은 아니다. 이것은 새로운 연구 시각의 도입이 절실함을 보여주는 것이다.

지금까지 현덕 연구에 있어 가장 큰 문제는 현덕의 생애에 대한 실증적인 검증조차 충분히 이루어지고 있지 못하다는 점이다. 특히 출생연도나 학업연도, 등단연도, 월북 이후의 행적 등이 불명료한 상태이다. 이것은 현덕 문학의 연구에 있어 전기적 생애에 대한 고찰이 얼마나 중요한 것인지를 보여주는 것이다. 따라서 본고에서는 호적부와 학적부, 그리고 당시의 여러 관계 문헌을 토대로 현덕의 생애에 대한 실증적 검증을 우선적으로 하고자 한다. 그것을 토대로 현덕 소설의 중요한 특징으로 지적되어 온 아동 인물에 초점을 맞추어 논의를 진행하고자 한다. 구체적으로 아동 인물 자체가 지니는 사회적 의미와 아동 인물이 작품 내에서 차지하는 역할에 대하여 살펴볼 것이다.

2. 현덕의 전기적 생애

1) 출생 및 성장 환경

현덕은 1909년 현동철(玄東轍)의 3남 2녀 중 차남으로 출생했다. 본명은 현경윤(玄敬允)이고, 본관은 연주(延州)이다.10 제일고보 학적부에는 아버지의 직업은 상인으로, 출신성분은 양반으로, 본적은 경성부 通義洞 三八 번지로 기록되어 있다. 그동안 현덕의 출생에 대해서

---

10 연주 현씨는 고려 의종 때 장군을 받고, 명종 때에 門下侍郎平章事를 지낸 무관 玄覃胤을 그 시조로 한다. 현담윤은 흉노를 무찌르고, 중국에 원병하여 큰 공을 세웠다. (『연주현씨대동보』 참고)

는 1911년[11]과 1912년[12]의 두 가지 설이 있었다. 1911년은 「신춘현상문예입선자약력」(『조선일보』, 1938.1.7.)과 「조선문예가일람표」(『문장』 2권 1호, 243면)에 따른 것으로 보인다. 그러나 호적부에는 1909년 2월 15일에 출생한 것으로 되어 있으며, 제일고보 학적부 역시 명치 42년 2월 15일 生으로 되어 있다. 또한 현덕이 25년에 오늘날의 고등학교 과정에 해당하는 제일고보를 중퇴한 조사 결과 등으로 미루어 볼 때, 현덕의 출생연도는 1909년이 확실하다.

그가 직접 쓴 「自敍小傳」에 의하면 출생 당시는 가정 현편이 꽤 넉넉했으나, 그 후 가세가 기울어 사글세집을 면하지 못했으며, 부모님은 불화했던 것으로 기록되어 있다. 아버지는 매사에 실패를 거듭하면서도 사업을 꿈꾸며가사를 돌보지 않았고, 집안 살림은 모친이 유지해 나갔다. 집안 형편은 매우 어려워 집을 옮긴 횟수가 이십여 회, 식구가 각자도생으로 헤어지길 수삼회였다고 한다.[13] 무능력한 아버지와 생계를 돌보는 어머니는 현덕 소설에 빈번하게 등장하는 설정 중의 하나이다. 이것은 현덕의 개인적인 이력에서 비롯된 결과로 생각할 수 있다.

1924년에 대부 공립 보통학교 6년을 수료하고, 중동 학교 속성과 1년을 다닌다. 「자서소전」에는 중동학교에 입학하기 이전 삼사년간을 당숙의 집인 인천 근해의 대부도에서 보낸 것으로 기록되어 있다. 그동안 현덕이 제일고보에 입학한 해는 1931년으로 알려져 있었다.[14] 그

---

11 이상화, 『현덕소설연구』, 상명여대 석사논문, 1995.

12 『북으로 간 작가선집 9』, 을유문화사, 1988.
　『월북작가대표문학 4』, 서음출판사, 1989.
　『한국근대문인대사전』, 아세아문화사, 1990.
　『한국소설문학대계 25』, 동아출판사, 1995.

13 현덕, 「자서소전」, 『월북작가대표문학 4』, 서음출판사, 1989, 211면.

러나 학적부에 의하면, 제일고보(현 경기고등학교)에 입학한 해는 1925년이며 같은 해에 그만둔 것으로 되어 있다. 전체 수업 일수 245일 중에서 무려 165일을 결석했으며, 지각 횟수는 모두 4회이다. 단 한번의 시험도 치른 적이 없는 듯 성적란은 완전히 공란으로 남아 있다. 당시 주소로는 京城 觀水洞 四五번지가 기록되어 있다.

2) 등단 및 작품활동

1927년에 『조선일보』 신춘문예 동화 부문에 〈달에서 떨어진 토끼〉가 1등으로 당선된다. 현덕이 1927년에 처음으로 문단에 발을 들여놓았다는 것은 그동안 밝혀지지 않았다. 그 이유로는 현덕 자신이 표나게 내세우지 않았음과 더불어, 이 작품의 발표자가 玄德이 아닌 본명 玄敬允으로 되어 있었기 때문으로 추정된다. 뒤이어 1932년년 동화 〈고무신〉(1932.2.10.~11.)이 『동아일보』에 가작 입선된다. 또한 시 〈봄〉이 1932년 4월에 잡지 『신생』의 독자문단에 발표된다.

이 시절 현덕은 뜻한 바 있어, 지금까지의 병적인 생활을 근저로 뒤엎어 수원 발안 근방의 매립공사장에서 토공생활을 하기도 한다. 이어 현해탄을 건너가 경도 대판 등지로 돌며 최하층의 생활을 하였다. 그러던 중 한번은 흙보구니를 지지 못하고 쓰러져 결국 쫓겨나는 신세가 된다. 마침내 쓸모 없는 몸으로 할 수 있는 최후의 일로 지금까지 동경해오던 문학의 길을 밟아보겠다는 생각으로 귀경한다.[15]

---

14 『한국근대문인대사전』, 아세아문화사, 1990.
  『한국소설문학대계 25』, 동아출판사, 1995.
15 이러한 사실은 「신진작가좌담회」에서도 그대로 나타나고 있다. (『조광』, 1939.1., 242면)

현덕이 본격적인 소설가의 길을 걷는데 있어, 김유정은 큰 영향을 끼친 것으로 보인다.「자서소전」의 마지막은 "지기 고 김유정 형을 얻어 문학을 향한 뜻을 굳게 하고 그 길을 밟던 중, 금년 조선일보 신춘문예에 당선되어, 그 길에 자신같은 것을 가져보며 현재에 이르렀다."(213)로 되어 있다. 안회남의「겸허 - 김유정론」(『문장』, 1939.10.)에는 안회남에게 김유정의 사망소식(1937.3.29)과 그의 시신이 화장되었다는 소식을 알린 사람이 현덕으로 기록되어 있다. 같은 글에는 김유정이 문병 온 현덕 앞에서 일부러 자기 형의 **뺨**을 때렸다는 기록도 남아 있다. 이로 보아 현덕과 김유정의 관계는 일반의 상상을 뛰어넘는 각별한 사이였던 것으로 여겨진다.

김유정과의 교유는 그의 문학세계에 큰 영향을 끼친 것으로 판단된다. 김유정이 도시화의 물결 속에서 극도로 궁핍화하는 농촌의 풍경을 그렸으며, 독특한 소재로 '들병이'를 작품화했음은 주지의 사실이다. 현덕의 작품세계도 기본적으로 이러한 범주에서 크게 벗어나지 않으며, 〈남생이〉에서는 '항구의 들병이'가 등장하기도 한다.

1938년에『조선일보』에 소설 〈남생이〉가 당선되어 소설가로 문단에 정식 데뷔하며, 곧이어 〈경칩〉(『조선일보』, 1938.4.10.~23.), 〈층〉(『조선일보』, 1938.6.16.~19.), 〈두꺼비가 먹은 돈〉(『조광』, 1938.7.)을 발표한다. 「신춘현상문예입선자약력」(『조선일보』, 1938.1.7.)에는 현덕의 주소가 仁川 龍岡町 7/1번지로 되어 있다. 그리고「신진작가좌담회」(『조광』, 1939.1.)에서 〈남생이〉가 인천에 있을 때 조선일보 신춘문예 모집이란 사고를 보고 자신의 역량을 시험해보기 위해 창작한 것이라고 발언하고 있다. 이로 미루어 볼 때, 현덕의 소설가로서의 등단작인 〈남생이〉와 〈층〉의 배경은 인천 해안의 빈민굴[16]이라고 볼 수 있다.

1939년에 현덕은 인천에서 서울로 상경하여 동대문 부근의 빈민촌

인 "京城府 昌信町 600의 9"(「조선문예가일람표」, 『문장』 2권 1호)에
거처를 정한다. 이 해에는 〈골목〉을 『조광』(3월)에, 〈잣을 까는 집〉을
『여성』(4월)에, 〈녹성좌〉를 『조선일보』에 발표한다. 이와 함께 〈부엉이〉
(『박문』, 1939.5.), 〈살구꽃〉(『문장』, 1939.6.), 〈장발기〉(『조광』, 1939.9.),
〈지연〉(『조선일보』, 1939.9.15~16.), 〈잊을 수 없는 그대여〉(『여성』,
1939.12.) 등의 수필을 발표하는데, 이들 작품은 당시 현덕이 처한 상
황과 그의 의식세계를 이해하는데 큰 도움을 준다.

　〈부엉이〉에서는 현덕이 동대문 밖의 산꼭대기 빈촌에 살고 있음을
보여주는데, 이러한 배경은 소설 〈군맹〉의 공간적 배경이 되고 있다.
또한 〈살구꽃〉에서는 현덕이 친구가 와도 담배 하나 대접할 수 없는
처지임이 드러나며, 〈장발기〉에서는 누이동생이 준 돈으로 간신히 이
발을 할 정도의 난처한 상황임이 드러나고 있다. 변변한 생업이 없고,
총각을 면치 못한 자신의 처지로 인해 현덕은 자괴감에 시달렸던 것
으로 보인다. 이러한 현덕의 처지는 〈골목〉, 〈군맹〉, 〈녹성좌〉 등에
등장하는 위축된 인텔리의 모습과 통하는 것이다. 1940년에는 해방
이전 마지막 소설로 〈군맹〉을 『매일신보』에 연재한다.

3) 해방 이후의 행적

　해방 이후 그는 임화와 빈번한 교제를 가지며, 문단 활동에 적극적
이었던 것으로 알려져 있다.[17] 1946년에는 조선문학가동맹의 소설부,

---

16 안회남(「현문단의 최고수준」, 『조선일보』, 38.2.6.)은 "朴泰遠氏는 京城市內의 淸
　溪川 川邊風景을 맛고 「남생이」作者 玄德氏는 仁川 海岸의 貧民 生活을 차지해도
　괜찮흘 것"이라고 하여, 〈남생이〉의 무대가 인천 해안의 빈민촌임을 말한바 있다.
17 김윤식, 「해방후 남북한의 문화운동」, 『해방공간의 문학운동과 문학 현실』, 한울,
　1989, 23면.

아동문학부, 대중화위원회의 위원으로 참여한다. 소년소설집 『집을 나간 소년』을 아문각에서, 동화집 『포도와 구슬』을 정음사에서 간행한다. 1947년에는 문맹의 출판부장으로서 기관지 『문학』의 편집 겸 발행인을 역임하며, 문맹의 서울지부 소설부위원장까지 지낸다. 소설집 『남생이』를 아문각, 동화집 『토끼 삼형제』를 을유문화사에서 간행한다. 1949년에는 M.A.숄로호프의 『고요한 동』을 이홍종과 함께 공동 번역하여, 대학출판사에서 간행한다.

한국 전쟁 중 월북한다.[18] 호적부에 의하면 1951년 9월 27일, 서울 종로구 통의동 38번지에서 사망한 것으로 되어 있으며, 이때까지도 미혼으로 기록되어 있다. 그러나 1951년 북한에서 〈하늘의 성벽〉, 〈복수〉, 〈첫 전투에서〉 등의 여러 작품을 발표한 것으로 미루어 볼 때, 1950년에 월북한 것으로 보인다. 월북 후 현덕은 북한에서 가장 규모가 큰 '우산장 창작실'과 '평양시 창작실'에서 근무했으며, 한때는 대남 심리전 원고를 작성하는 비밀작가로도 활동했던 것으로 알려져 있다.[19] 1951년에 〈하늘의 성벽〉, 〈복수〉, 〈첫 전투에서〉를 발표한 데 이어, 1959년 1월에는 〈부싱쿠동무〉를 1960년에는 〈수확의 날〉을,

---

18 현덕은 한국 전쟁 발발 이전까지 좌익전향자 단체인 '보도연맹'에도 가입하지 않고 지하로 잠적한 것으로 보인다. (원종찬, 앞의 논문, 356면)

19 창작실이란 주요 도시와 각 도 단위별로 해당 지역에 거주하는 작가들을 묶어 집단으로 집필케 하는 장소를 말한다. 가장 규모가 큰 곳은 남포에 있는 '우산장 창작실'과 '평양시 창작실'인데 월북 문인으로 이 두 곳을 거친 작가는 황건, 송영, 박세영, 최명익, 안함광, 신고송, 김영석, 이찬, 엄흥섭, 현덕, 유항림, 박태원, 안호남, 조벽암, 백인준, 이근영, 이북명, 양운한, 안룡만 등 20명을 넘고 있다. 북한의 작가는 비밀 작가, 직장을 가진 작가, 해방 작가 등 3가지로 분류되고 있는데, '비밀 작가'란 대남 심리전 원고를 집필하는 작가를 일컫는 것이며, 남한 출신 또는 월북 문인이 주로 이 부류에 선발되었다. 엄흥섭, 현덕, 김영석, 안회남, 유항림 등 월북 문인들이 한때 비밀 작가로 일했다. (한국비평문학회, 『혁명전통의 부산물』, 신원문화사, 1989, 187~188면)

1961년 9월에는 〈싸우는 부두〉를 발표한다.[20] 이들 작품 중 〈수확의 날〉[21]을 제외한 나머지 작품에 대한 논의는 2차 자료를 근거로 한 추정에 불과하다. 더군다나 〈부싱쿠동무〉와 〈싸우는 부두〉는 단지 작품 발표만을 확인할 수 있을 뿐이다.

〈하늘의 성벽〉, 〈복수〉, 〈첫 전투에서〉는 도식성에 빠지지 않고 현실을 치밀하게 그려내는 해방 이전 현덕 소설의 특성을 어느 정도 보유한 작품들로 보인다. 북한에서 이들 작품은 자연주의적, 형식주의적 경향을 보인 작품으로 강력하게 비판받는다.[22] 그러나 긴 공백기를 거친 1961년에 이르면 현덕에 대한 평가는 긍정적인 것으로 반전한다.[23] 이것은 현덕에 대한 평가의 기준이 바뀌었다기 보다는 현덕 문학 자체의 변화에서 이유를 찾을 수 있다. 이것은 고평의 직접적 대상이 된 〈수확의 날〉을 통해 확인할 수 있다.[24] 1962년에는 북한

---

20 이중 〈하늘의 성벽〉, 〈복수〉, 〈첫 전투에서〉, 〈수확의 날〉은 북한문학비평자료 (이선영·김병민·김재용 편, 『현대문학비평자료집 – 이북편』, 2권 5권, 태학사, 1993.)를 통해, 〈부싱쿠동무〉와 〈싸우는 부두〉는 『남북한 문학사 연표, 1945~89년』(한길사, 1990)을 통해 그 존 재를 확인할 수 있다.

21 『실천문학』 52호(98년 겨울호)에는 현덕의 〈수확의 날〉 전문이 실려 있다. 여기서 편집자는 현덕의 단편집 『수확의 날』(1962)에 실린 것을 수록했다고 했는데, 『수확의 날』이라는 단편집의 존재는 이 글에서 처음 언급되고 있는 것이다.

22 안함광,「1951년도 문학창조의 성과와 전망」,『현대문학비평자료집 2』, 태학사, 1993,159면.
이원조,「영웅 형상화의 문제에 대하여」,『현대문학비평자료집2』, 태학사, 1993, 176면.
한효,「자연주의를 반대하는 투쟁에 있어서의 조선문학」,『현대문학비평자료집 2』, 태학사,1993, 494~495면.

23 천세봉은 소설 문학의 거대한 성과로 현덕의 〈수확의 날〉을 들고 있다. "오늘의 인간들의 정신적 특징이 감동 깊게 천명되고 있다. 그리하여 이 작품들에 등장하는 주인공들의 위력한 정신력이 천리마의 진군의 원동력이라는 것을 형상적으로 확증하고 있는 것"(「천리마 시대와 소설 문학」,『현대문학비평자료집 5』, 태학사, 1993, 362면)이라고 평가하고 있다.

문화계에서 한설야가 '종파주의자', '복고주의자', '일제 시대 군수의 아들', '부와 방탕' 등의 죄목으로 제거된다. 현덕은 이 때 한설야 일파로 분류되어 함께 숙청당했으며, 이후의 행적은 묘연하다.[25]

3. 공동체의 해체 과정과 아동 인물의 의미

1) 공동체 해체 과정의 형상화

〈골목〉, 〈군맹〉을 제외한 현덕의 해방 이전 소설(〈남생이〉, 〈경칩〉, 〈층〉, 〈두꺼비가 먹은 돈〉, 〈잣을 까는 집〉, 〈녹성좌〉)에는 모두 아동

---

24 이 작품은 조림공인 종호와 농촌 조합원 금녀의 결혼을 중심으로 서사가 진행된다. 금녀의 어머니인 김씨는 금녀를 종호와 맺어주려 하지만 금녀를 포함한 주변 사람들은 이에 반대한다. 그러나 나중 종호가 농촌 기계화의 큰 전환을 가져온 트랙터 천리마호를 만든 기술자이자 열성적인 당의 일꾼이라는 것을 알고서 금녀를 포함한 모든 이들이 종호와의 결혼을 진심으로 받아들인다. 여기에 금녀의 아버지인 강씨 영감과 종호의 아버지인 윤남산의 과거가 회상되며, 지금의 세상이야말로 "천지개벽"이고 "땅의 혁명"인 것으로 그려진다. 나중 산같이 크고 높은 황금빛 노적가리 위에서 종호와 금녀가 나란히 서있는 모습을 보며, 창수는 "노동계급을 대표한 한 노동자와 농민을 대표한 한 여성이 그렇게 어깨를 나란히 하고 서서 자기들의 굳은 동맹을 다지며 광휘로운 앞날을 내다보고 섰는 것 같았다."(『실천문학』, 98년 겨울호, 225면)고 생각한다. 이것은 이 작품이 전하고자 하는 바를 선명하게 드러낸 것이다. 〈수확의 날〉에 이르러서는 현덕 문학의 본질적 특성이라 할 수 있는 치밀하고 정확한 현실의 묘사와 아동 인물은 사라지고 없다. 그 자리를 메꾸고 있는 것은 혁명의 선명한 도식뿐이다.

25 1962년 12월 10일 한설야는 당 4기 5차 전원 회의에서 숙청이 결정됐으며 이에 따라 63년 2월 전 재산을 몰수당하고 자강도 시중 군의 한 협동 농장원으로 쫓겨났다. 이와 함께 한설야의 추종 세력이던 현덕, 엄흥섭, 배용, 이서향, 박팔양, 민병균, 신불출, 임선규 등도 '철직', '강직', '농장배치', '자격박탈' 등을 당했는데, 여기에 포함된 작가는 90명에 이르렀었다. (한국비평문학회, 위의 책, 332~333면)

인물이 등장한다. 현덕의 소설에 어린이가 등장하고, 그들이 중요한 역할을 맡고 있다는 것은 그의 소설이 지닌 주요한 특질로 항상 지적되어 왔다.[26] 아동 인물이 등장하는 소설은 〈녹성좌〉를 제외하고는 모두 도시가 아닌 농촌이나 해안가를 배경으로 하고 있다.

이들 소설들은 인물과 사건에 있어 일정한 연속성을 유지하고 있으며, 당대 사회의 변화양상을 반영하고 있다. 〈남생이〉, 〈경칩〉, 〈두꺼비가 먹은 돈〉이 특히 그러하다. 세 작품의 소년 인물은 모두 '노마'라는 이름을 가지고 있다. 서사의 순서는 발표순서와 반대로 생각할 때, 자연스럽다. 〈두꺼비가 먹은 돈〉에서 노마는 "바른 손가락이 다섯 왼 손가락이 다섯 모두 합해서 열"[27]이라는 사실을 의식할 정도의 어린 아이로 제시된다. 이 작품에서 노마 아버지는 기동 아저씨와 양철집 학원을 짓고는, 곧 그 학원에서 서울로 붙들려 간 것으로 그려지고 있다. 이 작품의 마름 김오장이 양철집 학원을 지은 노마 아버지가 자기네 뽕나무 밭을 결단냈다고 해서, 그리고 학원을 나무광으로 쓰고 싶어서 갖은 트집을 잡아 학원에서 행패를 부리고, 노마 아버지를 괴롭힌 결과이다. 그럼에도 이 소설에서 노마의 집은 아버지가 없음에도, 집에 하인이 있을 정도로 생계의 위협은 받지 않는다.

〈경칩〉에서 노마 아버지는 소작농의 처지이고, 그마저도 병이 들어

---

26 백철은 "〈남생이〉, 〈경칩〉, 〈두꺼비가 먹은 돈〉 등에 있어 소년의 눈을 통하여 작품세계를 관찰시키고 있는데 그것은 작자가 성인보다도 소년 세계에 능통한 때문이요, 또 소년의 눈을 통과시키는 것이 그것을 관찰하는 한층 순수하고 진실할 수 있다고 생각한 때문"(「금년간의 창작계 개관」, 『조광』, 1938.12., 59~60면)이라고 분석하고 있다. 그 후에 쓰여진 현덕에 관한 많은 논문에서 아동 인물에 주목하고 있다.

27 현덕, 『월북작가 대표문학 4』, 서음출판사, 1989, 277면. 〈층〉과 〈녹성좌〉를 제외한 나머지 해방 이전 현덕의 소설들은 이 책에서 인용하였다. 앞으로의 인용에서는 본문 중에 페이지만 표시한다.

결국은 가장 친한 친구에게 빼앗기는 처지로 전락하고 만다. 〈두꺼비가 먹은 돈〉에 비해 경제적으로 몰락했음은 물론, 등장인물들은 윤리적으로도 타락한 것이다. 이러한 차이는 〈두꺼비가 먹은 돈〉이 온전히 노마의 시각만으로 그려지는 데 반해, 〈경칩〉은 홍서, 노마 아버지, 노마 어머니 등의 다양한 시각을 통해 그려진 데서도 그 이유를 찾을 수 있다.

〈남생이〉에 이르르면 그 빈곤의 정도와 윤리적 타락의 정도는 한층 심화된다. 〈경칩〉에서 끙끙 앓기만 했던 노마의 아버지는 해안가가 배경인 〈남생이〉에 와서는 소금 나르는 선창벌이를 하다 골병이 들어 죽고 말며, 〈경칩〉에서 남편을 위해 밤마다 치성을 올리던 노마의 어머니는 '항구의 들병이'가 되어 남편을 버리고 다른 남자와 살림을 차린다. 노마 아버지는 이전에 살던 절골을 그리워하며, "사실은 그때 영이 할머니의 편지를 믿는 구석이 없었드면, 그처럼 단판 씨름으로 지주가 보는 앞에서 마름 김오장의 멱살을 잡지는 못 하였을 것이다"(248)라고 생각한다. 김오장은 〈두꺼비가 먹은 돈〉에서도 마름으로 등장했으며, 그의 멱살을 잡았던 일은 실제로 있었던 일이다.

이렇게 볼 때, 〈두꺼비가 먹은 돈〉, 〈경칩〉, 〈남생이〉는 하나의 일정한 흐름을 반영한 것으로 볼 수 있다. 〈경칩〉까지의 소설적 공간이 농촌이라면, 〈남생이〉에서는 해안가 일대의 '거적문 토담집이 악착스럽게 닥지닥지 붙은' 도시 근처의 빈민굴로 옮겨진다. 즉 자작농이었던 농민이 소작농으로 전락하고, 나중에는 그것마저 힘들어 도시의 빈민으로 편입되는 과정이 그려지고 있는 것이다. 그것은 경제적 몰락의 과정인 동시에 윤리적으로 파괴되어 가는 과정이기도 하다.

아동 인물이 등장하는 나머지 소설들, 즉 〈층〉, 〈잣을 까는 집〉도 각기 위의 작품들에서 드러난 사회적 흐름의 한 국면에 대응되고 있다. 〈잣을 까는 집〉에서 옥이 아버지는 채석장에서 석공일을 하다 실직한 상태이며, 집 안의 생계는 옥이 어머니가 잣을 까는 일로 간신히 이어가고 있다. 함께 석공일을 하며 절친하게 지내던 친구 사이인 삼봉 아버지는 실직하지 않고 바로 산너머 채석장에 다니게 되고, 이때부터 옥이 아버지를 피하기 시작한다. 경제적 이유로 인해 우정이 파괴되는 것이다. 이것은 노마 아버지가 앓아 눕자, 그 땅을 빼앗으려 애쓰는 홍서의 모습을 그린 〈경칩〉과 대응되는 것이라고 할 수 있다.

〈층〉은 사팔뜨기이며 다리에 장애가 있는 거지 계집아이가 부잣집 아들을 짝사랑하는 이야기이다. 그런데 이 작품은 여러 가지 측면에서 〈남생이〉와 유사한 면을 보이고 있다. 소녀의 집은 "남향해 바다를 내려다 보고 안젓는 언덕위 토막집이 닥지닥지 부튼"[28] 동네로 〈남생이〉와 일치하며, 이 곳에서 살게 된 이유도 〈남생이〉와 마찬가지로 시골서 도저히 살 수가 없어 나온 것이다. 더군다나 소녀는 늙은 할머니와 병든 아버지의 생계를 구걸로 꾸려 나가야 하는 비참한 상태이다. 이것은 농촌에서 소작을 다 떼이고 도시로 나왔으나 아버지는 병이 들어 죽고, 어머니는 다른 남자와 살림을 차려 나간 노마의 처지와 거의 흡사하다.

따라서 아동 인물이 등장하는 소설, 즉 〈남생이〉, 〈경칩〉, 〈층〉, 〈두꺼비가 먹은 돈〉, 〈잣을 까는 집〉은 모두 농촌공동체가 해체되고, 사람들이 농촌을 떠나 도시 변두리로 이주하는 농민의 몰락 과정을 그린 것이라 할 수 있다. 위의 소설들을 전통적인 농촌 공동체의 해체 과정이라는 측면에서 순서대로 정리해보면 다음과 같다. 〈두꺼비가 먹은 돈〉은 자작농의 단계이자 전통적인 공동체가 유지되고 있는 상

---

28 〈층〉, 『조선일보』, 1938.6.17.

태에, 〈경칩〉과 〈잣을 까는 집〉은 소작농 혹은 잡부로 전락한 단계이 자 전통적인 공동체가 해체되어 가는 상태에, 마지막으로 〈남생이〉와 〈층〉은 도시의 빈민으로 편입되는 단계이자 공동체가 해체된 상태에 해당하는 것으로 정리해 볼 수 있다.

2) 가정과 학교로부터 소외된 아동들

프랑스의 역사학자 Philip Ariès에 의하면, 중세에는 젖을 뗀 아이는 곧장 어른의 자연스런 동반자가 되었다. 중세 문명은 아이와 어른의 차이를 인식하지 못했으며, 그러한 이행에 대한 개념도 갖지 못했던 것 이다.[29] 이 시대에 아동(엄밀한 의미로는 작은 어른)에 대한 교육은 성인 과 함께 살았던 덕분에 견습 수업을 통해 이루어졌고, 애정 교환과 사 회적 의사소통은 가정 밖의, 즉 애정이 속박으로 작용하지 않는 이웃, 즉 긴밀하고 정감어린 환경에 의해 보장되었다. 부부 가족은 그 속으 로 사라졌다.[30] 그런데 17세기 말에 이르면, 학교가 교육수단으로서의 견습 수업을 대체하게 되고, 가정은 이전의 공동체를 대체하여 부모와 자식 사이에 필수적인 애정의 공간이 된다.[31] 이로써 아동은 탄생하게 되는 것이며, 근대 사회에서 아동은 공동체 생활이 아닌 학교와 가정을 통해 성장하는 존재로 새롭게 자리매김 되는 것이다.

〈잣을 까는 집〉은 아이들이 성장하는데 기본 바탕을 제공하던 전통 적인 공동체가 해체되고 있음을 보여준다. 옥이는 잣이 먹고 싶어, 구

---

29 Philip Ariès, 문지영 옮김, 『아동의 탄생』, 새물결, 2003, 646면.
30 오늘날 프랑스 역사가들은 전통적인 공동체가 가진 이러한 성향, 즉 공동의 만남, 교제, 축제를 즐기는 경향을 사회성(sociabilié)이라고 부르고 있다. (위의 책, 35면)
31 위의 책, 35면.

슬을 줍는 척하면서 이웃집의 잣을 훔쳐 먹는다. 그러나 이러한 옥이의 행동은 아랫집 여자의 "네년 먹으라고 열 손가락이 닳도록 깐줄 아니? 요 앙큼한년"(301)이라는 악다구니와 뒤이은 어른들의 싸움을 불러올 뿐이다. 이러한 상황에서 아이들의 교육과 애정은 학교와 가정의 몫일 수밖에 없다.

그러나 〈남생이〉와 〈층〉의 아동들은 가정과 학교 모두로부터 소외되어 있다. 〈남생이〉에서 노마의 아버지는 중병이 들어 가장의 역할을 전혀 하지 못한다. 가장의 몫은 고스란히 어머니가 짊어지게 되는데, 그녀는 항구의 들병이가 되어 이미 도덕적으로 회복할 수 없는 상태로까지 전락하고 만다. 그녀는 오히려 자신의 부정을 어쩔 수 없이 목격하게 되는 노마에게 화를 내고, 경우에 따라서는 아들을 모른척할 정도이다. 이미 어머니로서의 역할은 포기한 것이다. 이런 상황에서 "노마에게 학생모자 하나를 사주겠다고 벼르"(249)는 아버지의 꿈은 불가능한 것이다. 이처럼 가정과 학교, 모두로부터 소외된 노마는 어른들의 세계에 무방비로 노출되어 있다. 그곳은 이미 정감어린 세계와는 거리가 먼 어머니, 털보, 바가지의 온갖 비루한 욕망과 애욕이 들끓는 타락한 세상이다. 〈층〉의 사팔뜨기이며 다리 병신인 거지 계집아이 역시 늙은 할머니와 병든 아버지의 생계를 구걸로 꾸려 나가야 한다는 처지에서 볼 때, 〈남생이〉의 노마와 상황은 크게 다르지 않다.

〈녹성좌〉에서도 서사 진행에 있어 핵심적인 인물은 아니지만, 동민의 조카 최명히는 형수가 데려온 아이로서, 형부부의 심한 구박을 받게 되고, 보통학교를 중도에서 그만두었다는 점에서, 가정과 학교 모두로부터 소외되었다고 말할 수 있다. 그럼에도 아직까지 어른의 세계로 내몰리고 있지는 않다는 점, 동민의 따뜻한 관심을 받고 있다는 점에서, 소외의 강도는 〈남생이〉나 〈층〉의 아동 인물보다는 훨씬 미약하다.

아동들은 사회적으로 약자일 수밖에 없다. 또한 그들은 자신들의 직접적인 책임 없이 냉혹한 현실 속에 던져진다는 점에서, 윤리적 비판으로부터 성인에 비해 자유로울 수밖에 없다. 세상에 수동적으로 던져졌기에 보호받아야만 하는 약자들이 바로 아동들인 것이다. 그럼에도 세상에 내동댕이쳐질 수밖에 없는 아이들의 모습은 당대의 비극을 무엇보다도 효과적으로 그려낼 수 있었던 설정으로 보인다. 아이들에 대한 문명화는 사회 전반의 문명화와 관련된 것[32]이기 때문이다. 아동 인물이 등장하는 다른 소설들(〈경칩〉, 〈두꺼비가 먹은 돈〉, 〈잣을 까는 집〉)보다 〈남생이〉나 〈층〉이 독자에게 한층 더 큰 비감을 주는 이유는 이 소설 속의 아동들이, 다른 소설들의 아동들이 가정으로부터는 소외되어 있지 않은 것과는 달리 가정과 학교 모두로부터 소외되어 있기 때문이다.

3) 상상적 전망으로 제시된 아동의 성장

현덕의 소설 중에서 아동 인물이 소설 내에서 가지는 의미를 가장 잘 보여주는 작품은 〈남생이〉이다. 이 작품에서 작가는 루소가 "현재의 누적된 환상으로서의 의식을 비판하기 위해 또는 역사적 형성물로서의 제도의 자명성을 비판하기 위해 방법적으로 자연인(아이)을 가상"[33]한 것과 유사한 이유에서 아동 인물을 설정한 것으로 보인다. 다음의 인용문은 성인 인물은 상상하기 힘든, 아동 인물이기에 가능한

---

32 오타케 기요미, 「근대 한일아동문화교육 관계사 연구」, 연세대 박사논문, 2002, 41면.
33 가라타니 고진, 박유하 옮김, 일본근대문학의 기원, 민음사, 1997, 168면.

의식과 행동들이다.

> 어머니는 그곳에 와서 어린애처럼 어리광을 떨고 일찍이 노마 자신도 한번 받아보지 못한 귀염을 뭇 사람에게 받는 것이 아닌가. 자기 어머니가 그처럼 소중한 존재인 것을 몰랐다. 노마는 저도 갑자기 층이 오르는 듯 싶었다. 모든 사람에게 저와 어머니의 관계를 크게 알려주고도 싶었다. 노마는 어머니를 불렀다.(246)

> "너 바가지가 그러는데 너이 어머닌 달아난데"
> "거짓부렁"
> "정말이다. 너 너이 아버지 잃기만 하구 버리두 못하구 하니까"
> "그럼, 좋지 뭐. 좋다다니며, 나두 구경하구"(266)

첫번째 인용문은 항구에서 자신의 어머니가 인부들과 희롱하는 모습을 지켜보는 노마의 반응이고, 두번째 인용문은 노마 어머니를 짝사랑하는 바가지가 노마에게 어머니가 털보와 딴살림을 차릴지도 모른다는 말을 할 때의 반응이다. 이것은 어른으로서는 상상할 수 없는 그야말로 동심의 세계에서나 가능한 말이고 생각이다. 노마의 천진무구한 반응은 그러한 반응을 낳는 비참한 현실의 어두움과 극단적으로 대비되어, 결국에는 그 어둠의 농도를 더욱 짙게 하는 기능을 한다.

더 나아가 소년 인물은 어른들의 세계가 얼마나 훼손된 가치의 세계이며, 사악한 것인지를 간접적으로 비판하기도 한다. 아버지의 죽음 앞에서 곡을 하는 어머니를 보며, "모두 거짓부렁이다. 참 설음에서 우러나오는 울음이고야 목청만이 노래 부르듯 청승맞을 수 없다."라고 생각한다.(275)라고 생각한다. 이처럼 소년 인물의 설정은 현실

의 비극성을 더욱 강화시키는 작용을 하며, 어른들의 세계를 비판하는 데에까지 이르르고 있다.[34]

그런데 이 작품에서 눈여겨보아야 할 것은 아버지의 죽음이 노마의 성장과 동시에 이루어진다는 것이다. 아버지가 죽은 날은 곧 노마가 양버들나무에 올라간 날이기도 한데, 나무 오르기는 노마에게 곧 어른이 되는 것을 의미한다. 평소에 노마는 "이 고비를 넘기기만 하였으면, 금방 거기는 선창이 있고, 활동사진이 있고, 돈이 있고 그리고 능히 어른의 세계에 한 목 들 수 있는 딴 세상이 있다. 그때에 노마는 자기 아니라도, 족히 아버지 모시고 잘살 수 있는 노마임을 여보란 듯이 어머니에게 보여 줄 수도 있으련만 아아!"(268)라고 생각했던 것이다.

하나의 성숙한 개체가 사라지고, 그 자리를 또 하나의 성숙한 개체가 채운다는 것은 자연의 기본적인 질서이다. 이렇게 본다면, 현덕은 농촌공동체가 해체되는 비참한 현실을 극복할 수 있는 사회적 전망 대신에 자연적인 생명의 순환법칙을 현실의 대안으로 제시한 것으로 볼 수 있다. 이웃의 영이 할머니가 가져온 남생이와 부적 역시 현실적인 대응과는 한참 거리가 있는 것이다. 〈남생이〉의 노마 아버지는 남생이라는 전근대적인 미신에 심취해 마지막 삶의 열정을 불태우고, 〈경칩〉의 노마 아버지는 봄을 알리는 개구리 울음 소리에 즐거워하지만, 너무나 당연하게도 봄이 온다고 해서 남생이가 있다고 해서 노마

---

34 본고의 분석에 따를 경우, "이 소년은 이후 그의 많은 작품의 관찰자로 제시되는 데 시종 사회적인 선악의 판단이 있을 수 없다는 투명성이 1930년대 후반 소설의 효과적인 장치로 사용된 것이다."(김재용·이상경·오성호·하정일, 『한국근대민족문학사』, 한길사, 693면)라는 결론은 그 타당성이 의문시된다. 이 부분 뿐만 아니라, 어머니가 털보와 살림을 차린 술판을 다녀올 때도, 노마는 "이날처럼 노마에게 집의 아버지가 불쌍하고 쓸쓸하게 생각된 때는 없다. 아버지는 쓰레기통 옆에 다리병신보다 더 가엾고 노마가정보다 더 작고 쓸쓸하다."(272)라는 생각을 하고 있는 것이다.

아버지가 살아날 수는 없는 것이다.

그러나 현덕은 어른과는 달리 '선량하고 천진한' 어린이[35]가 보여주는 자연의 생명력[36]을 그 어떤 것보다 강한 무기로 생각한 것으로 보인다. 「내가 영향받은 외국작가 – 도스토엡흐스키」라는 글에서 도스토엡흐스키를 좋아하는 이유를 "도스토엡흐스키는 기실 『백치』의 주인공 무이쉬킨의 성격과 같아서 어린아이처럼 善良하고 天眞했다. 그리고 어린아이처럼 어떠한 困難한 경우에서든 자기의 기쁨을 만들 수 있어 '언제든 살어나갈 準備'를 하는 거기가 또 좋았다"[37]라고 밝히고 있다. 현덕은 어린이의 선량함과 천진난만함을 어떠한 곤란도 헤쳐나갈 수 있는 힘으로 생각하였던 것이다. 노마의 나무 오르기로 상

---

35 '진정한 어린이'라는 관념은 어떤 시점 이후에 발견된 것에 지나지 않는다. (가라타니 고진, 앞의 책, 153면) 유아가 비교적 지속성을 갖는 개념인 것과 달리 '작은 어른'이 아닌 천진난만하고 선량한 이미지로서의 어린이는 근대 사회의 도래와 함께 본격적으로 나타난 범주 에 불과하기 때문이다.

정신분석학에서도 '미성년은 존재하지 않는다'는 점에 동의한다. 정신분석은 말하는 주체에 관한 과학이라는 점에서 '미성년은 존재하지 않는다'고 말할 수 있다. 프로이드는 이전의 심리학자들이 '성(性)'과 관련해서 '무'에서 '유'로 가는 것이 성숙의 원칙임을 전제한 데 반해, 오히려 성의 '과잉'에 한계를 부과하는 것이 바로 성숙의 원칙이라고 말했다. 나아가 라캉은 성숙을 발달의 관점이 아닌 구조의 관점으로 바라봄으로써, 진정한 전복을 이룬다. 라캉은 정신분석학에 언어의 시간에 의거한 주체를 제시함으로써, 성인과 '성인이 아닌 자'라는 대립구도를 넘어선다. (맹정현, 「미성년은 존재하지 않는다 – 미성년의 정신분석」, 『문학과사회』 66, 2004년 여름호, 677~691면) 현덕이 그토록 천착했던 아동은 일종의 상상적 개념이라고 볼 수 있다.

36 수필 「잊을 수 없는 그대여」에서도 이런 입장을 확인할 수 있다. 이 글에서 현덕은 몇 해 전에 만난 소녀를 그리워하면서, "그대는 내게 있어 그대로 하나의 초봄"이라고 부르며, 소녀와 친하고자 했던 이유를 "그대와 같이 어린 나이의 소박하고 청초한 그리고 그대의 몸에서처럼 초봄의 溫氣와 들의 좀臭가 도는 한 自然兒가 되고자 함이였오."(『여성』, 1939.12.)라고 밝히고 있다. 이 글에서도 소녀는 자연의 싱싱한 생명력과 통하고 있다.

37 『조광』, 1939.1., 264면.

징되는 현실 극복 방식은 뚜렷한 대안이 보이지는 않는 암흑기에 현덕이 가질 수 있는 유일한 해결방안이었던 것이다.

4. 도시 공간의 전면화와 아동 인물의 사라짐

농촌을 무대로 한 현덕의 소설에 아동 인물이 주요 인물로 등장했다면, 도시를 무대로 한소설(「녹성좌」는 예외)에서는 아동 인물이 사라지고, 새로운 성인들의 모습이 등장한다. 타락한 인물들[38]과 무기력하고 왜소한 지식인의 모습이 그것이다.

〈골목〉에는 한없이 움츠러든 지식인의 모습이 잘 형상화되어 있다. 건넌방 김씨는 전문학교를 다녔으나 현재는 실업자다. 그런 그를 더욱 왜소하게 만드는 건 그의 아내이다. 그녀는 허영심과 허세에 가득 찬 인물로서, 아무도 믿지 않지만 자기 남편을 능력 있는 회사원이라고 떠벌리고 다닌다. 아내는 남편이 순사 시험이라도 보지 않는다며 구박하고, 이 구박은 동네 사람들에게 알려질 만큼 공공연할 때도 있다. 아내는 땅 장수로 부자가 된 사나이의 첩으로 들어온 푸른 집 대문 여자로 인해 더욱 자신과 자신의 남편을 괴롭힌다. 그녀는 푸른 집 대문 여자의 교양 없음과 출신의 미약함을 이유로 무시하려 들지만, 그녀가 지닌 금전의 힘 앞에서 왜소해지는 자신을 느끼고는 더욱더 남편을 괴롭힌다. 허영과 욕심에 가득 찬 이러한 아내의 모습은 남편의 무능과 무기력을 더욱 부각시키는 작용을 한다.

이런 상황에서 남편이 할 수 있는 것은 아내의 허영심을 채워주기

---

38 김하철은 〈골목〉의 '건넌방 여자'나 〈군맹〉의 '민성'을 훼손된 개인이라 명명하고 있다. (김하철, 앞의 논문, 232~239면)

위해, 쓰이는 데가 있는 사람인 것처럼 자신을 꾸미는 걸음으로 골목을 배회하는 일 뿐이다. 그러던 어느 날에는 고무신 행상으로 돈을 모아 중개인이 된 노파의 아들에게서 훈계를 듣는 처지에까지 이른다. 이 일을 겪고 친구인 윤을 찾아가 "내가 더 못났나, 자네가 더 못났나?", "나두 못나구, 너도 못났다. 못난 놈은 다 죽어라. 죽어 죽어 죽어."(317)라는 자학적인 말을 퍼붓는 대목은, 그가 느끼는 사회로부터의 소외감과 모멸감이 얼마나 깊은 것인지를 보여준다.

결국 남편은 아내의 소원대로 순사 시험을 보기로 하는데, 그러한 행동은 자신이 체중미달로 순사가 될 수 없다는 사실을 확인한 이후의 일이다. 이 작품은 남편이 순사가 될 수 없다는, 즉 시대의 불의와 타협할 수 없다는 양심을 버리지 않는 한 소외감과 모멸감에서 벗어날 수 없음을 보여주는 것으로 결말이 난다.

동대문 밖 산꼭대기 빈민촌을 배경으로 만수와 만성 형제를 중심으로 서사가 진행되는 〈群盲〉에도 당대 사회에 적응하지 못해 무기력과 압박감을 느끼는 인물이 등장한다. 그것은 동생 만수로, 그는 "요샌 웬일인지 남허고 싸움이 허고 싶어서 못 견디겠어.", "어느 놈에게 한번 실컷 얻어맞아라도 봤으면 시원허겠는데 아주 널치가 되도록 한번 얻어맞아 봤으면."(363)이라는 자학적이기까지 한 욕구불만의 상태에 빠져 있다.

그러나 이 작품은 만수보다도 이익이 남는 일이라면, '의리도 체면도 거리는 것'이 없는 만성을 중심으로 서사가 진행된다. 만성은 마을 사람들의 생존이 걸린 철거문제를 철저하게 자신의 이익을 위해 이용한다. 동시에 동생인 만수와 연인관계인 점숙이를 주가에 팔아 넘겨 한 몫 챙기려는 욕심을 갖고 있다. 이 작품은 철거문제를 놓고 만성과 마을 사람들이 벌이는 갈등과 점숙을 놓고 만성과 만수가 벌이는 갈등으로 이루어져 있다. 그러한 갈등은 마을 사람들의 입장에 서 있던 최의사가 만성이 던진 금전의 유혹에 넘어가 마을 사람들을 배신하고, 주가로 넘어가게 되었던 점숙은 만수와 야반도주를 하는 것으로 끝난다.

〈群盲〉은 "주위에는 어둠이 지터 몇 간통 앞을 분간키 어렵도록 캄캄하다. 그 어둠에 사로 잡힌 듯 앞길이 캄캄한 울안을 벗어나 두 남녀는 자기를 대신하야 밝은 세계로 다름질치는 것같은 감을 느끼며 동시에 그들은 좀더 자기 앞에 가루막힌 컴컴한 어둠을 자각하였다."(403)로 끝나고 있다. 〈골목〉과 〈군맹〉은 '건너방 여자'와 '만성'이라는 허영심이 가득하고 물욕에 눈먼 부정적 인물과 '건너방 김씨'와 '만수'라는 타락한 현실 속에서도 최소한의 양심을 보존하고 살려는 양심적인 인물의 대립 구도로 짜여져 있다. 작가는 분명 전자의 인물들을 부정하고 있지만, 어떠한 해결 방안도 제시하고 있지 못하다. 〈골목〉에서 김씨는 "안해의 그 기승기승한 새활력이 만드른 공기에 잠기며", "그 하로 하로가 무사하기만 바"(324)랄 뿐이며, 〈群盲〉에서 만수는 점숙과 함께 만성의 손아귀에서 벗어나기 위해 야반도주를 할 뿐이다. 이러한 결말은 두 작품이 발표된 극단적인 파시즘의 시기에서 비롯된 것이다.

이처럼 도시를 배경으로 한 소설은 분위기나 인물 설정에 있어 농촌(해안가)을 배경으로 한 소설과는 판이하게 다르다. 농촌을 배경으로 한 소설에서는 나름의 전망을 제시하고자 아동 인물의 성장이라는 모티프를 제시했다면, 도시를 배경으로 한 소설에서는 그러한 아동 인물조차 등장하지 않는다. 분위기 역시 절망적인 색조로 가득차 있다. 현실에 순응하고 타협하는 것은 아니지만, 그러한 현실을 극복해 보려는 의지나 전망은 전혀 드러나 있지 않다. 다만 어두운 현실을 '자각'하고 있을 뿐이다. 그렇다면 이러한 차이는 어디에서 기인하는 것일까?

그것은 현덕에게 있어 도시가 훨씬 더 현실적 의미를 가지는 실체로 다가왔기 때문일 것이다. 현덕에게 있어 농촌이라는 공간은 노마가 바라보는 수준 이상일 수 없다. 농사와는 아무런 관련도 없는 아버지를 두고, 서울에서 태어나 서울에서 교육받고, 육체노동이라고는 짧은 시간 동안 공사장에서 해본 것이 전부인 현덕에게 농촌은 구체적인 삶의 실감을 가질 수 있는 공간은 아니었을 것이다. 농촌(해안가)을 배경으로 한 〈남생이〉, 〈경칩〉에서 그려지는 처참한 궁핍의 원인이 가장들의 육체적 병에서 기인하는 것은, 현덕의 농촌 이해가 사회적인 차원과는 얼마나 떨어져 있는가를 증명하는 사례이다. 이러한 공간에서는 상상적 차원의 것일지라도 나름의 전망을 제시하는 것이 불가능한 일은 아니었을 것이다. 그러나 도시는 현덕에게 너무나 익숙한 공간이며, 그에게 '염인증'[39]을 불러일으킬 만큼 절망적인 곳이었다. 따라서 현덕은 도시를 배경으로 한 소설에서는 훨씬 더 육중한 현실적 무게를 느꼈을 것이고, 전망이 극도로 폐색된 암흑기에 상상적 전망으로서의 아동조차 내세우기 힘들었을 것이다.

5. 이념형 인물에게서 발견한 아동의 모습

3, 4장에서 살펴보았듯이, 농촌을 무대로 한 현덕의 소설에는 아동

---

39 「자서소전」에는 "제일고보를 그만둔 후부터 생활이 병적이어서 염인증으로 거리를 나가기 두려워하여, 낮이면 방구석에 이불을 쓰고 누웠다가, 밤이 어두우면 일어나 컴컴 골목 뒷길을 걸어보고 하였다."(212)는 내용이 있다.

인물이 주요 인물로 등장한다. 이에 반해 도시를 무대로 하는 소설에서는 아동 인물이 사라진다. 그런데 〈녹성좌〉는 도시를 배경으로 하고 있음에도 불구하고, '최명희'라는 아동 인물이 등장하고 있다는 점에서 특징적이다. 앞으로의 논의에서 밝혀지겠지만, 그것은 이 작품에 〈골목〉이나 〈군맹〉에는 등장하지 않던 이념형 인물이 등장하는 것과 관련이 있다.

〈녹성좌〉는 연극단체의 이름으로서, 이야기는 이 연극단체를 중심으로 전개된다. 이 소설의 주인공은 박동민[40]이라는 청년인데, 박동민은 사진기 한 대를 가지고 근근이 사진관을 운영하는 소시민이다. 그런 그가 형과 형수의 온갖 핍박에도 불구하고, 사진기를 빌려주고 더 나아가 극단 〈녹성좌〉의 일원이 된다. 극단 〈녹성좌〉는 좌익 계통의 예술극단의 단원으로 활동하다 구속된 바 있는 이재수가 이끄는 극단이다. 이 극단은 '광명을 등진 사람'이라는 연극을 공연하려고 하는데, 이 연극의 내용은 여주인공 김혜자 역을 맡은 최명희가 지내온 실제 삶의 내용과 일치한다.

그녀는 이념의 열풍에 사로잡혀 뜻을 같이 하는 선배와 결혼했으나, 남편이 검거되고 좌절하자 결국 이혼하고 냉소주의자로 변한다. 그녀는 낙향하여 교편을 잡기도 했으나, '니힐'과 '불안'에서 벗어나지 못하고, 상경해서는 타락한 생활을 하다가 병을 얻어 입원하는 신세가 된다. 그런데, 그때 신념을 지키면서 살아가는 윤달성이라는 인물이 찾아오고, 최명희는 그를 통해서 차차 신념을 회복해가고 있는 중이다. 〈광명을 등진 사람〉은 최명희에게 더욱더 힘을 불어넣어 주기 위해

---

40 그는 서울서 다니던 중학교를 그만두고 어머니마저 잃던 해 동경으로 건너가 신문 배달부, 철공장 임시공, 사진관 견습공, 노가다 등을 하고 귀국한 인물이다. 이 인물의 행적은 작가 현덕의 생애와 많은 부분 일치한다.

그녀의 실제 삶을 그대로 옮긴 연극이다.

그런데, 이 작품에서 일개 소시민에 불과한 동민이 자신의 유일한 재산이라고 할 수 있는 사진기까지 선뜻 내놓으며 극단에 참여하는 이유가 특이하다. 그것은 뚜렷한 이념적 지향이 있어서라기 보다는 이재수와 최명히에 대한 막연한 동경에서 출발한다. 이 중에서도 최명히를 향한 마음이 한층 문제적인데, 그것은 최명히에게서 아동을 향할 때와 같은 애정을 느낀다는 사실 때문이다. 다음은 동민이 형수가 데려온 명히에게 느끼는 무한한 애정이 드러난 부분이다.

> 동민에겐 명히의 존재처럼 이 세상에 잇서 애련한 것으로 보이는 것은 업섯다. 아동 잡지의 동화를 읽고도 그 초현실한 세계에 곳 동감이 되어 동경에 잠긴 먼 눈을 뜨고 눈물을 흘리고 하는 소녀로 동민과 그는 자기 집에 잇서 형부부의 미움바지가 되는 처지가 갓다는 것 외에 가튼 꿈을 가즌 어떠케 자기와 영을 가치한 동류의 인간을 대하는듯 나이와 위치를 떠나 감성이 가치 하여젓다. 그만치 형부부의 위협을 그대로 바다 오그라지는 그거 애련하엿고 또 그것을 즐기는 것처럼 자기네들의 화를 푸는 대상으로 삼는 형 부부가 극악한 것으로 보엿다. 이런 때면 동민은 그 의분에 가까운 분연한 감으로 부풀은 가슴을 풀려는 돗거리를 나가 돌앗고 그 나머지 감정으로 야시 가튼데서 달느진 현 잡지 가튼 것을 사다가 말업시 명히 아페던저주는거시엇다. 그리고 명히는 보통학교 오학년을 중도에서 나온 지식으로 구석구석 어머니의 눈을 피하여 숨어안자 읽고는 그세계의 현실을 바꾸어 자기가 감격한 바 외국 동화의 외로운 기사(騎士)를 보는 눈으로 동민을 올려다 보는 것이며 동민은 동민대로 또 어린 조카 명히를 지키는 의로운 기사로써의 임무를 하엿다.[41]

과거의 사회주의자였던, 그리고 차차 그러한 신념을 회복해 가고 있는 최명히를 향해 동민은 연모라고 할 수 없는 그 이상의 깊은 감정을 느낀다. 그것은 "자기 어린 조카 명히에게 가저지는 애정"으로, "숙질 간의 그것도 아니면서 또 이성간의 연애감도 아닌, 그것 이상으로 심저 기피 감정의 동요를 느끼는"[42] 애정인 것이다. 최명히를 향한 감정과 어린 조카 명히를 향한 감정이 동일한 것으로 제시되고 있는데, 이는 둘의 이름이 같다는 사실에서도 선명하게 드러난다. 이런 이유로 동민은 녹성좌가 자금난에 허덕이고 단원들이 불만에 휩쌓임에도 "적어도 한 나라의 문화를 위한 사업에 그처럼 단 한번의 실패를 무서워 할게 뭡니까. 이번 일이 실패라면 어떱니까. 대체 그대들은 얼마나한 손실을 보는 것입니까. 자아, 가고 시픈 사람은 가십시오. 남은 사람만 남아 일을 계속하시지요."[43]라는 당당한 발언을 하기에까지 이르고 있는 것이다.

3장에서 우리는 현덕이 암울한 현실을 극복할 수 있는 유일한 대안으로 아동의 생명력을 들고 있음을 확인할 수 있었다. 「녹성좌」는 현덕에게 있어, 사회주의가 차지하는 위상이 그가 그토록 사랑하는 아동과 같은 수준임을 보여주고 있다. 현덕 소설의 아동들은 전통적인 공동체는 물론 가정과 학교로부터 소외된 무력하기 이를데 없는 존재들이었다. 당시 파시즘의 극렬한 탄압 속에 숨죽이고 있던 사회주의자들 역시 아동들과 별반 다를바 없는 상황에 놓여 있었다. 그럼에도 현덕이 농촌보다 현실적인 중압이 크게 느껴지는 도시를 배경으로 하면서도, 사회주의자에게서 아동의 모습을 발견한다는 것은 그가 지닌

---

41 〈녹성좌〉, 『조선일보』, 1939.7.9..
42 『조선일보』, 1939.7.21.
43 『조선일보』, 1939.7.26

신념의 무게를 보여주는 것이라 하지 않을 수 없다. 암울한 현실에서 유일한 현실적 대안으로 현덕은 이념형 인물을 생각하고 있었던 것이다. 〈녹성좌〉는 해방 이후 좌익 문단에서 열정적인 활동을 펼치고, 월북까지 감행한 이유를 설명해 줄 수 있는 중요한 작품이다.

6. 결론

본고는 이전까지의 연구에서 현덕의 생애에 대한 실증적 검토가 충분히 이루어지고 있지 않다는 판단 하에, 호적부와 학적부, 그리고 여러 관계 자료를 통해 출생연도, 학업연도, 등단연도, 해방 이후의 행적을 밝히는 것으로 논의를 시작하였다. 그것을 토대로 현덕 소설의 중요한 특징으로 지적되어 온 아동 인물에 초점을 맞추어 논의를 진행하였다.

〈골목〉, 〈군맹〉을 제외한 현덕의 해방 이전 소설(〈남생이〉, 〈경칩〉, 〈층〉, 〈두꺼비가 먹은 돈〉, 〈잣을 까는 집〉, 〈녹성좌〉)에는 모두 아동 인물이 등장한다. 위의 소설들은 인물과 사건에 있어 연속성을 유지하고 있으며,전통적인 공동체의 해체 과정을 반영하고 있다. 이러한 사회적 변화 속에서 가정과 학교로부터 소외된 아이들의 모습은, 당대의 비극을 효과적으로 그려내는 문학적 장치로 기능한다. 나아가 작가는 선량함과 천진난만함을 지닌 어린이의 성장에서 현실을 헤쳐나갈 수 있는 희망을 발견하고 있다. 아동이라는 개념 자체가 허구적이라는 것을 생각할 때, 그것은 일종의 상상적 전망이라고 부를 수 있을 것이다.

농촌을 무대로 한 현덕의 소설에 아동 인물이 주요 인물로 등장했다면, 도시를 무대로 한 소설에서는 아동 인물이 사라진다. 현덕의 전기적 생애에 대한 검토에서 알 수 있듯이, 농촌은 작가에게 구체적인 삶의 실감을 가질 수 있는 공간은 아니었을 것이다. 그러나 도시는 현덕에게 너무나 익숙한 공간이며, 그에게 '염인증'을 불러일으킬 만큼 절망적인 곳이었다. 따라서 현덕은 도시를 배경으로 한 소설에서는 훨씬 더 육중한 현실적 무게를 느꼈을 것이고, 전망이 극도로 폐색된 암흑기에 상상적 전망으로서의 아동조차 내세우기 힘들었을 것이다. 그런데 〈녹성좌〉는 도시를 배경으로 하고 있음에도 불구하고, '최명희'라는 아동 인물이 등장한다. 파시즘의 극렬한 탄압 속에 숨죽이고 있던 사회주의자들에게서 아동의 모습을 바견하고 있는 것이다. 이것은 작가가 암울한 현실을 극복할 수 있는 대안으로 사회주의를 생각했음을 보여주는 것이다. 〈녹성좌〉는 해방 이후 좌익 문단에서 열정적인 활동을 펼치고, 월북까지 감행한 현덕의 행적이 결코 돌출적인 것이 아님을 보여주는 작품이다.

출전

「한설야 소설에 나타난 생산력주의」,『민족문학사연구』40권, 2008년 8월.

「한국전쟁의 기억과 사회주의적 개발의 서사」,『현대소설연구』41권, 2009년 8월.

「일제 말기 이기영 소설에 나타난 생산력주의」,『민족문학사연구』, 2009년 8월.

「이기영의 〈처녀지〉 연구」,『만주연구』13호, 2012년 6월.

「이기영 소설에 나타난 만주 로컬리티」,『한국근대문학연구』25호, 2012년 상반기.

「일제 말기 생산소설의 정치적 성격 연구」,『한중인문학연구』29집, 2010년 4월.

「김영석 소설 연구」,『현대소설연구』45호, 2010년 12월.

「한설야의 〈열풍〉 연구」,『현대문학의 연구』38권, 2009년 7월.

「한설야 단편소설의 개작 양상 연구」,『한중인문학연구』28집, 2009년 12월.

「한설야 장편소설의 개작 양상 연구」,『민족문학사연구』32권, 2006년 12월.

「현덕의 삶과 문학 세계」,『관악어문연구』29권, 2004년.

찾아보기

• 작품명 •

• 인명 •

ㄱ

ㄹ

ㅁ

ㅂ

•일반•

한국 프로문학 연구

저자 | 이경재

서울대학교 국문학과를 졸업하고 동대학원에서 석·박사 학위를 받았다.
『단독성의 박물관』(2009), 『한설야와 이데올로기의 서사학』(2010), 『한국현대
소설의 환상과 욕망』(2010), 『끝에서 바라본 문학의 미래』(2012) 등을 썼다.
현재 숭실대학교 국어국문학과 교수로 재직중이다.

숭실대학교 한국문예연구소 학술총서 37

한국 프로문학 연구

초판 인쇄 | 2012년 12월 6일
초판 발행 | 2012년 12월 18일

저 자 이경재

책임편집 윤예미

발 행 처 도서출판 지식과교양
등록번호 제 2010-19호
주 소 서울시 도봉구 창5동 262-3번지 3층
전 화 (02) 900-4520 (대표)/ 편집부 (02) 900-4521
팩 스 (02) 900-1541
전자우편 kncbook@hanmail.net

ISBN 978-89-6764-007-1 93810   정가 24,000원

이 도서의 국립중앙도서관 출판도서목록(CIP)은 e-CIP홈페이지(http://www.nl.go.kr/ecip)에서
이용하실 수 있습니다. (CIP제어번호: CIP2012005738)